CONTENTS

100 LEYENDAS URBANAS

AURORA LUMINA

COLECCIÓN: HISTORIAS PARA NO DORMIR

INTRODUCCIÓN

Imagina que, al cerrar los ojos por un instante, todo lo que creías real se desvanece. El suelo bajo tus pies se convierte en una capa fina e invisible que te arrastra sin compasión hacia lo desconocido. La oscuridad, esa que siempre creíste entender, se transforma en algo más profundo, algo que no puedes ver, pero que puedes sentir, como si millones de ojos invisibles te estuvieran observando en silencio. La vida, tal y como la conoces, deja de tener sentido, y lo único que permanece es una presencia, una fuerza sombría que nunca te abandona.

Ahora abre los ojos. Estás solo. No hay nadie más alrededor, pero sabes que no estás completamente solo. Porque, aunque no puedas verlo, algo te sigue, algo que te observa desde las sombras, esperando el momento adecuado para acercarse. El miedo no es una reacción natural, es un presagio, una advertencia, una voz que susurra desde el abismo, diciéndote que estás siendo guiado hacia lo que no puedes comprender. Y, lo peor de todo, es que ya no puedes escapar.

Este libro, querido lector, es una puerta. Una puerta hacia lo incierto, hacia lo prohibido, hacia lo que acecha en los rincones olvidados de la historia, donde el tiempo parece desvanecerse y los ecos de viejas leyendas resurgen con fuerza devastadora. En sus páginas, encontraras relatos que no solo te desvelarán los secretos oscuros de lugares perdidos y de seres más allá de la muerte, sino que también te atraparán en una telaraña de terror que será difícil de romper.

Te invito a que sigas leyendo, pero que lo hagas con cautela. Porque las historias que estás a punto de descubrir no solo han sido contadas para asustarte. Son relatos que trascienden el miedo, que marcan el alma, que dejan una huella imborrable en quien se atreve a conocerlos. Y, aunque te cueste admitirlo, sabes que lo que está por venir te hará cuestionar todo lo que creías saber sobre la realidad, sobre lo que está más allá del horizonte visible, sobre lo que acecha en la oscuridad y lo que se esconde en el polvo del olvido.

Adéntrate en este viaje. Pero recuerda, algunos caminos no tienen retorno, y algunas historias nunca dejan de perseguirte, incluso cuando crees que ya estás a salvo. Porque, al final, la verdadera oscuridad nunca se apaga. Solo se esconde, esperando el momento adecuado para revelarse de nuevo.

Bienvenido.

EL AUTOESTOPISTA FANTASMA

Era una noche de luna llena cuando Marcos conducía por una carretera solitaria en las afueras del pueblo. La niebla parecía bailar sobre el asfalto, arropando los árboles como un velo fantasmal. No era el tipo de hombre que se impresionara fácilmente. Había trabajado como camionero durante años, recorriendo rutas aún más desoladas. Pero esa noche, algo en el aire se sentía distinto.

Llevaba conduciendo varias horas cuando la vio. Una figura, de pie junto al camino, iluminada apenas por la luz de los faros. Era una mujer joven, vestida con una blusa blanca y una falda sencilla que se movía suavemente con el viento. Su cabello oscuro caía en cascada sobre sus hombros y su rostro, pálido como la misma luna, reflejaba una expresión de profunda tristeza. Marcos frenó casi de golpe, sorprendido por su presencia.

La joven levantó una mano temblorosa, haciendo señas para que se detuviera. Aunque dudó por un instante, su instinto de ayudar lo venció. Bajó la ventanilla y le preguntó hacia dónde iba.

—¿Podrías llevarme al pueblo? Vivo cerca del puente viejo. —Su voz era baja, apenas un susurro, pero tenía un tono que lo hizo sentir un escalofrío.

Sin pensarlo demasiado, Marcos accedió. Ella subió al auto y cerró la puerta con suavidad. Había algo extraño en ella. Su piel era fría, casi helada, y el aire dentro del auto pareció volverse pesado de repente.

Durante los primeros minutos del trayecto, el silencio era casi insoportable. Marcos intentó entablar conversación, pero la joven se limitaba a responder con monosílabos, mirando fijamente al frente. Había una tristeza profunda en sus ojos, pero también algo más, algo que no podía identificar.

A medida que avanzaban, Marcos empezó a notar que el aire a su alrededor se enfriaba más y más. Miró el tablero del auto: la calefacción seguía encendida, pero no servía de nada. El silencio comenzó a llenarse de un leve zumbido, como si alguien estuviera susurrando palabras que no podía entender.

Finalmente, llegaron al puente viejo, un lugar que siempre había evitado por las historias que escuchaba de niño. Sin embargo, la joven habló por primera vez con un tono más claro:

—Aquí está bien. Puedes detenerte.

Marcos frenó, pero cuando volteó para despedirse, su asiento estaba vacío. La puerta estaba cerrada, el cinturón de seguridad sin usar, y la joven había desaparecido. La sangre se le heló en las venas, pero antes de que pudiera reaccionar, algo llamó su atención en el asiento trasero.

Un leve rastro de humedad, como si alguien hubiera estado ahí, y una marca de manos pálidas en la ventanilla trasera, dedos delgados que parecían presionar desde el otro lado del cristal. De pronto, un golpe seco en el techo del auto lo hizo saltar.

Giró la cabeza hacia el espejo retrovisor, y lo que vio lo dejó sin aliento. En medio del puente, iluminada por la tenue luz de la luna, estaba la joven. Su rostro ya no era el de una mujer triste, sino el de una figura cadavérica, con ojos hundidos y una sonrisa que parecía imposible para un ser humano.

—¡Gracias por traerme a casa! —gritó con una voz que resonó en su cabeza como un eco desgarrador.

El auto se apagó de golpe. Marcos intentó girar la llave en el contacto, pero nada funcionaba. El miedo lo paralizó cuando sintió una mano helada sobre su hombro. Era imposible: no había nadie más allí.

Finalmente, el motor volvió a encenderse como por arte de magia, y Marcos salió disparado, dejando atrás el puente y a aquella figura que lo observaba desde la distancia. Llegó al pueblo sin mirar atrás, aparcando en la primera gasolinera que encontró. Temblando, trató de contarle al empleado lo que había sucedido, pero antes de que pudiera terminar, el hombre asintió con gravedad.

—¿Era una joven con una blusa blanca y pelo largo? —preguntó el empleado.

Marcos asintió, incapaz de hablar.

—No eres el primero que la ve. Dicen que murió hace años en ese puente, esperando un aventón. Algunos creen que busca alguien que la lleve de vuelta a casa, pero nunca llega. Otros dicen que solo busca a su próxima víctima.

Desde entonces, Marcos no volvió a conducir por esa carretera. Pero por las noches, cuando estaba solo en casa, juraba sentir un leve susurro detrás de él y el toque helado de una mano en su hombro.

LA CHICA DE LA CURVA

Javier volvía a casa después de una larga jornada de trabajo. Había tenido que quedarse hasta tarde en la oficina, y el camino de regreso a su hogar, un pueblo a las afueras de la ciudad, era un trayecto que solía disfrutar. Pero esa noche todo parecía diferente. El cielo estaba cubierto por nubes densas que ocultaban la luna, y la carretera serpenteante, flanqueada por árboles sombríos, parecía un túnel interminable.

El cansancio lo golpeaba como una pesada losa, pero no quería detenerse. Encendió la radio, pero la estática llenó el coche; cambió de emisora varias veces, pero todas parecían muertas. Apagó el aparato con un suspiro, resignado al silencio y al ruido monótono del motor. Fue entonces cuando, al girar en una curva cerrada, la vio.

Al principio creyó que era una ilusión, un juego de luces y sombras en la penumbra. Pero no, ahí estaba, de pie al borde de la carretera. Era una joven, con un vestido blanco largo que casi tocaba el suelo. Su cabello oscuro caía en mechones desordenados y su rostro estaba inclinado, oculto bajo la sombra de su cabello. Levantaba un brazo, haciendo una señal para que se detuviera.

Javier sintió un escalofrío recorrerle la espalda. Algo en ella le resultaba inquietante, pero también pensó que no podía dejarla ahí sola en medio de la nada. Frenó el coche y bajó la ventanilla.

—¿Está bien? —preguntó, tratando de sonar calmado.

La joven levantó la cabeza con lentitud. Su rostro era pálido, casi traslúcido, y sus ojos oscuros parecían demasiado profundos. Con voz baja, apenas un murmullo, respondió:

—¿Podrías llevarme? Vivo cerca...

Javier dudó, pero finalmente accedió. Algo en su tono le heló la sangre, pero no podía dejarla allí sola. Abrió la puerta del copiloto, y la joven subió sin hacer ruido. Apenas cerró la puerta, el ambiente dentro del coche se volvió extraño. El aire parecía más pesado, y un leve aroma a humedad, como de tierra mojada, llenó el espacio.

Durante los primeros minutos, ninguno de los dos habló. La joven miraba por la ventanilla, con las manos entrelazadas sobre el regazo. Javier intentó romper el silencio.

—Es tarde para estar sola por aquí. ¿Tuviste algún problema?

Ella giró la cabeza lentamente para mirarlo. Sus ojos estaban vacíos, como si el brillo de la vida hubiera desaparecido de ellos.

—Ten cuidado en la próxima curva —dijo de repente, con una voz que no parecía humana.

Javier sintió un nudo en el estómago. No entendió a qué se refería, pero la advertencia lo puso en alerta. Poco después, la carretera comenzó a inclinarse y las curvas se hicieron más cerradas. Era una sección peligrosa, conocida entre los lugareños como "la curva del diablo" por los múltiples accidentes registrados allí.

Cuando llegaron a la curva en cuestión, Javier sintió un impulso inexplicable de pisar el freno. El coche redujo la velocidad justo a tiempo para evitar lo que habría sido una tragedia: una enorme roca bloqueaba parcialmente el camino, casi invisible en la penumbra.

El corazón de Javier latía con fuerza mientras maniobraba con cuidado para sortear el obstáculo. Giró hacia la joven para agradecerle la advertencia, pero el asiento estaba vacío.

Frenó bruscamente y miró a su alrededor, convencido de que había algo que no estaba bien. La puerta del copiloto seguía cerrada y bloqueada, pero la joven ya no estaba allí. Un escalofrío recorrió su cuerpo cuando notó algo en el asiento: una mancha de agua, como si alguien se hubiera sentado allí empapado.

Aterrorizado, arrancó el coche y condujo a toda velocidad hacia el pueblo más cercano. Al llegar, buscó un bar que aún estuviera abierto. Entró agitado y pidió un vaso de agua. El dueño del lugar, un hombre mayor, lo observó con curiosidad.

—¿Estás bien, amigo? Pareces haber visto un fantasma.

Javier, aún temblando, le contó lo que había ocurrido. El hombre lo escuchó en silencio, pero su expresión se tornó sombría cuando mencionó la advertencia de la joven.

—No eres el primero en contar algo así —dijo al fin, con voz grave—. Hace años, una joven murió en esa curva. El coche en el que viajaba derrapó y cayó al barranco. Desde entonces, hay quienes dicen que la ven pidiendo ayuda, advirtiendo a los conductores sobre el peligro.

Javier sintió que el aire abandonaba sus pulmones. La imagen de la joven, con su rostro pálido y su advertencia escalofriante, quedó grabada en su mente. Esa noche no volvió a tomar el coche. En su lugar, reservó una habitación en el pueblo.

Sin embargo, incluso allí, en la seguridad de las cuatro paredes, no pudo dormir. En la penumbra de la habitación, juró escuchar un susurro junto a su cama:

—Ten cuidado en la próxima curva.

BLOODY MARY

Clara había escuchado la historia cientos de veces. En la escuela, sus compañeros la contaban con entusiasmo, cada uno añadiendo detalles más aterradores que el anterior. La leyenda de Bloody Mary era un rito de valentía: debías entrar a un baño oscuro, encender una vela frente al espejo y decir su nombre tres veces. Si lo hacías bien, su espíritu aparecería, una mujer de rostro desfigurado que te llevaría consigo o te dejaría marcado de por vida.

A Clara nunca le había importado demasiado. Las historias de fantasmas no le daban miedo, o al menos eso le hacía creer a los demás. Pero esa noche, en la casa de su amiga Irene, algo dentro de ella cambió. Estaban reunidas con otros dos amigos, Pablo y Sofía, contando historias de terror en el sótano mientras las luces parpadeaban ligeramente por la tormenta que caía afuera.

—Vamos, Clara —dijo Irene, desafiándola con una sonrisa—. Si no tienes miedo, hazlo.

Clara arqueó una ceja, fingiendo indiferencia.

—¿En serio? ¿De verdad crees en esas tonterías?

Sofía rió nerviosa.

—Bueno, nadie dice que sea real, pero... siempre hay una primera vez, ¿no?

El ambiente estaba cargado de una tensión que Clara no podía explicar. El desafío flotaba en el aire, y aunque su instinto le decía que era una mala idea, su orgullo no la dejaba retroceder.

—Está bien —respondió con firmeza—. ¿Dónde está el baño?

Los otros intercambiaron miradas. Irene se levantó y la guió hasta el pequeño baño en el primer piso. Era un lugar estrecho, con azulejos antiguos y un espejo grande que cubría casi toda la pared sobre el lavabo. Irene dejó una vela sobre el lavamanos y encendió la llama con un fósforo.

—Recuerda, tienes que decir su nombre tres veces —dijo Irene, tratando de sonar valiente aunque sus ojos la delataban.

Clara asintió, respiró hondo y cerró la puerta tras ella. El silencio dentro del baño era ensordecedor. La vela proyectaba sombras danzantes en las paredes, y el espejo parecía más grande y más oscuro de lo que había notado al entrar.

Se plantó frente al espejo, su reflejo distorsionado por la tenue luz. Su corazón latía con fuerza, pero no iba a echarse atrás.

—Bloody Mary... Bloody Mary...

El silencio parecía alargarse mientras la última palabra salía de sus labios. Por un momento, pensó que todo había sido una pérdida de tiempo. Pero entonces, la temperatura de la habitación descendió drásticamente. La llama de la vela parpadeó violentamente, casi extinguiéndose.

Clara sintió un escalofrío recorrerle la espalda. Miró el espejo y su reflejo seguía ahí, pero algo estaba mal. Las sombras detrás de ella no coincidían con las de la habitación. Algo parecía moverse en el cristal, una figura oscura que se deslizaba lentamente hacia el borde de su visión.

Se giró rápidamente, pero el baño estaba vacío. Volvió a mirar el espejo, y ahí estaba: una mujer, de cabello largo y oscuro, con un rostro deformado, cubierto de heridas profundas y ojos que parecían pozos sin fondo. La figura no estaba de pie detrás de ella; estaba dentro del espejo.

Clara quiso gritar, pero su voz se quedó atrapada en su garganta. La mujer sonrió, revelando dientes afilados y amarillentos. Sus manos, pálidas y ensangrentadas, comenzaron a golpear el cristal desde el interior, como si intentara salir.

La vela se apagó de golpe. La oscuridad la envolvió por completo, pero el ruido de los golpes en el espejo seguía allí, cada vez más fuerte, hasta que un sonido de vidrio quebrándose inundó la habitación. Clara sintió algo frío y húmedo en su cuello, como dedos que la rozaban.

—¿Me llamabas? —susurró una voz grave y gutural junto a su oído.

El pánico la hizo reaccionar. Tropezando con el lavabo, logró abrir la puerta de golpe y salió corriendo. Sus amigos estaban esperando afuera, sus rostros llenos de expectación que se tornaron en miedo cuando vieron a Clara.

—¿Qué pasó? —preguntó Pablo, alarmado.

Clara no pudo responder. Su rostro estaba pálido, y su mirada, perdida. Irene notó algo extraño y levantó la mano hacia la cara de Clara.

—Estás... sangrando.

Clara tocó su mejilla y vio sus dedos manchados de sangre. Se giró lentamente hacia el espejo del pasillo y notó tres marcas largas y profundas en su rostro, como si unas garras la hubieran alcanzado.

Esa noche, Clara no pudo dormir. Cada vez que cerraba los ojos, la imagen de Bloody Mary volvía a su mente. Pero lo peor ocurrió tres días después, cuando comenzó a notar algo extraño en cada espejo que encontraba.

Al principio, eran solo sombras en el reflejo, movimientos fugaces que desaparecían cuando miraba directamente. Pero con el tiempo, la figura de Bloody Mary comenzó a aparecer de nuevo, más cerca cada vez, con esa misma sonrisa macabra y los ojos oscuros clavados en ella.

Clara decidió cubrir todos los espejos de su casa, pero ni eso funcionó. Una noche, mientras trataba de dormir, escuchó un golpe sordo. Miró hacia la esquina de su habitación y vio algo que nunca olvidaría: el cristal del espejo cubierto comenzaba a agrietarse, como si algo estuviera empujando desde el otro lado.

A la mañana siguiente, Clara desapareció. La policía encontró su casa vacía, excepto por un detalle escalofriante: en todos los espejos, las palabras "Me llamabas" estaban escritas con sangre. Nadie volvió a saber de ella, pero aquellos que se atreven a contar su historia aseguran que Bloody Mary no solo se lleva a quienes la llaman, sino que los mantiene atrapados para siempre en su mundo, al otro lado del espejo.

EL HOMBRE DEL SACO

Eran finales del verano, y el pueblo parecía atrapado en un letargo pesado. La gente cerraba temprano las ventanas, aseguraba las puertas y evitaba hablar en voz alta sobre lo que estaba ocurriendo. Para los niños, lo que al principio parecía una simple advertencia de los adultos pronto se convirtió en una sombra que acechaba en cada rincón. "No salgas de noche, o el Hombre del Saco te llevará", decían las madres mientras apagaban las luces de las habitaciones.

Nadie sabía exactamente cómo había comenzado la leyenda, pero lo cierto era que los rumores se intensificaron cuando varios niños desaparecieron sin dejar rastro. Primero fue Mateo, un niño de siete años al que todos en el pueblo conocían. Había salido a jugar al bosque cercano y nunca volvió. Después fue Camila, de nueve años, que simplemente desapareció de su cama una noche, con la ventana abierta y las cortinas agitándose como fantasmas al viento.

Sebastián, un niño de diez años con más valentía que sentido común, no creía en el Hombre del Saco. "Es solo un cuento para asustarnos", decía con seguridad a sus amigos mientras caminaban de regreso a casa después de la escuela. Pero la curiosidad puede ser una trampa peligrosa, y Sebastián tenía una idea: demostrar que todo era una mentira.

Una noche, mientras el reloj marcaba las once y la casa estaba en silencio, Sebastián se levantó de su cama, agarró una linterna y un palo de madera que usaba como espada en sus juegos. Salió por la puerta trasera sin que sus padres se dieran cuenta y caminó hacia el bosque, el lugar donde decían que el Hombre del Saco había sido visto.

El bosque estaba envuelto en una penumbra inquietante. Las ramas de los árboles se retorcían como manos esqueléticas, y los ruidos de la noche parecían amplificarse. Sebastián avanzó con valentía, iluminando el camino con su linterna, aunque no podía negar que algo en el aire se sentía mal.

Después de caminar unos minutos, encontró algo que lo hizo detenerse en seco: un saco viejo y desgastado colgaba de la rama de un árbol, balanceándose con el viento. Era enorme, lo suficientemente grande como para ocultar a un niño. Sebastián se acercó lentamente, con el corazón latiendo con fuerza. El saco estaba manchado, pero no podía distinguir con qué.

De repente, un crujido detrás de él lo hizo girar. La linterna iluminó algo que lo dejó paralizado. Allí, entre las sombras, estaba una figura alta y encorvada. Vestía harapos que apenas cubrían su cuerpo, y en una mano llevaba un saco aún más grande que el que colgaba del árbol. Su rostro era una máscara deforme, con una sonrisa torcida que parecía alargarse demasiado. Pero lo peor eran sus ojos: vacíos, como si fueran pozos sin fondo que absorbían toda la luz.

El Hombre del Saco no dijo una palabra. Solo avanzó lentamente, arrastrando el saco por el suelo. Sebastián retrocedió, pero sus piernas temblaban tanto que tropezó y cayó de espaldas. Antes de que pudiera levantarse, la figura alargó un brazo desproporcionado y agarró su pierna con una fuerza inhumana.

—Te tengo —murmuró una voz grave y rasposa, como el crujir de ramas secas.

Sebastián gritó con todas sus fuerzas, pero nadie lo escuchó. El Hombre del Saco lo arrastró hacia el bosque, y la linterna rodó por el suelo, apagándose y dejando todo en una oscuridad total.

A la mañana siguiente, sus padres lo buscaron desesperados. Llamaron a la policía, al alcalde, incluso a un sacerdote. Pero Sebastián había desaparecido sin dejar rastro, como los otros niños. Lo único que encontraron fue el saco colgando del árbol, ahora vacío, meciéndose suavemente con el viento.

Con el tiempo, el pueblo cayó en un silencio pesado. Los padres mantenían a sus hijos cerca, pero el miedo persistía. Algunas noches, cuando el viento soplaba fuerte, algunos juraban escuchar un susurro lejano: el sonido de un saco siendo arrastrado por el suelo.

Los más valientes intentaron buscar explicaciones racionales. Hablaron de secuestradores o de animales salvajes, pero los ancianos del pueblo, aquellos que conocían la historia desde hace generaciones, decían que el Hombre del Saco no era algo que pudiera explicarse.

Según ellos, era un ser que se alimentaba del miedo y de la desobediencia, un castigo para quienes no respetaban las reglas. "No es solo una leyenda", advertían. "Es real, y nunca deja de buscar".

Años después, alguien encontró un dibujo entre las cosas de Sebastián, un dibujo que había hecho días antes de desaparecer. Mostraba un bosque oscuro y una figura alta y encorvada, con un saco enorme en una mano y unos ojos vacíos que parecían mirar directamente a quien lo observaba.

Desde entonces, nadie en el pueblo volvió a salir de noche. Y en las noches más silenciosas, cuando todo parecía en calma, siempre había alguien que cerraba las cortinas con rapidez al escuchar, aunque fuera por un instante, el sonido inquietante de algo siendo arrastrado en la distancia.

LA LLAMADA QUE VIENE DESDE DENTRO DE LA CASA

Era una noche tranquila en el vecindario. Sara, una adolescente de dieciséis años, había aceptado cuidar a los hijos de los vecinos mientras ellos asistían a una fiesta. La casa era grande, con tres pisos y un jardín que parecía un laberinto en la penumbra. Los niños, de seis y ocho años, ya estaban dormidos cuando los padres se despidieron, dejándola sola en la sala de estar con una pila de deberes y su teléfono móvil como única compañía.

Las primeras horas transcurrieron sin incidentes. Sara revisaba sus mensajes y hojeaba un libro mientras la televisión llenaba la casa con el murmullo de un programa de comedia. De vez en cuando, subía al piso superior para asegurarse de que los niños seguían dormidos. Todo parecía normal, aunque la casa tenía esa atmósfera que hacía que las sombras parecieran más largas y los rincones, más oscuros.

Alrededor de las diez de la noche, el teléfono fijo de la casa sonó. Sara se sobresaltó; no esperaba que alguien llamara, pero pensó que tal vez serían los padres de los niños revisando que todo estuviera bien. Caminó hasta el teléfono, que estaba en un rincón de la cocina, y contestó.

—¿Hola?

Al principio, solo escuchó un silencio, pero después, una respiración pesada llenó la línea.

—¿Quién está ahí? —preguntó, sintiendo un escalofrío recorrerle la espalda.

La llamada se cortó abruptamente. Sara se quedó mirando el teléfono, su mente tratando de racionalizar lo ocurrido. Probablemente era solo una llamada equivocada, pensó. Volvió al sofá, aunque su atención ya no estaba en el libro ni en la televisión.

No habían pasado ni diez minutos cuando el teléfono volvió a sonar. Esta vez, Sara dudó antes de contestar, pero finalmente levantó el auricular.

—¿Hola?

La misma respiración pesada respondió, y luego una voz baja, casi un susurro:

—¿Has revisado a los niños?

Sara sintió que el corazón le daba un vuelco.

—¿Quién eres? Esto no es gracioso.

La llamada se cortó de nuevo. Ahora estaba asustada. Subió rápidamente las escaleras y entró en la habitación de los niños. Ambos dormían tranquilamente, arropados en sus camas. Todo parecía en orden, pero algo en el ambiente se sentía fuera de lugar. Antes de salir de la habitación, cerró con cuidado la puerta y regresó al primer piso, tratando de convencerse de que era solo una broma pesada.

Decidió llamar a los padres de los niños, pero no pudo comunicarse. La señal parecía estar fallando. Estaba empezando a sentir un nudo de ansiedad en el pecho cuando, de nuevo, el teléfono sonó. Sara lo miró fijamente, dudando si contestar o no. Finalmente, reunió valor y levantó el auricular.

—¿Qué quieres?

Esta vez, la voz al otro lado fue más clara, pero aún más perturbadora.

—Estoy más cerca de lo que crees.

Sara colgó de inmediato, con las manos temblando. Llamó a la policía, explicando la situación con voz agitada. La operadora le pidió que se mantuviera en la línea mientras rastreaban la llamada.

—Mantén la calma, estamos localizando la señal —dijo la operadora con tono profesional.

Sara esperó, el corazón latiendo con fuerza mientras observaba todas las sombras de la casa, como si en cualquier momento algo pudiera salir de ellas. Después de unos minutos que parecieron eternos, la operadora volvió a hablar, pero esta vez con un tono de urgencia.

—¡Sal de la casa ahora! ¡La llamada viene de dentro de la casa!

El pánico la paralizó por un momento. Sus piernas parecían de plomo mientras el cerebro luchaba por procesar lo que acababa de escuchar. La operadora seguía hablando, diciéndole que se moviera, pero su voz parecía distante, como si viniera de un lugar lejano.

De repente, un ruido proveniente del piso superior rompió el silencio: pasos, lentos pero pesados, que se dirigían hacia las escaleras. Sara finalmente reaccionó. Corrió hacia la puerta principal, pero al girar la cerradura, se dio cuenta de que estaba atascada.

El sonido de los pasos se acercaba. Subió a una mesa y tomó un pesado adorno de cerámica, dispuesta a defenderse. Con el corazón a punto de salirse del pecho, oyó cómo los pasos llegaban al último peldaño. La sombra de una figura alargada se proyectó en la pared del pasillo.

En un acto de desesperación, Sara se dirigió al jardín trasero, abrió la puerta de cristal y corrió hacia el césped oscuro. No miró atrás hasta que estuvo en la casa del vecino, golpeando la puerta con todas sus fuerzas. La policía llegó minutos después y revisó la casa.

En el tercer piso, encontraron un armario que los dueños rara vez utilizaban. Dentro estaba el intruso, un hombre de aspecto desaliñado, con un cuchillo en la mano y un teléfono móvil en el bolsillo. Había estado escondido en la casa desde antes de que Sara llegara, observándola, acechando cada movimiento, y usando el teléfono fijo de la casa para hacer las llamadas.

Esa noche, Sara juró no volver a aceptar trabajos de niñera, pero las pesadillas la persiguieron durante meses. Cada vez que escuchaba sonar un teléfono, aunque fuera en público, sentía el mismo terror frío que había sentido aquella noche. Porque había algo más que nunca pudo explicar: cuando los policías sacaron al hombre del armario, él sonrió y susurró algo que le heló la sangre:

—Todavía no he terminado contigo.

EL PERRO BAJO LA CAMA

Carolina vivía sola en un pequeño apartamento de una ciudad tranquila. Era joven, independiente y le gustaba la sensación de libertad que le ofrecía su nuevo hogar. Había adoptado a Max, un golden retriever juguetón, como su único compañero. Max era el perro perfecto: leal, cariñoso y siempre alerta. Cada noche, él se acomodaba bajo su cama, su lugar favorito para dormir, lo que le hacía sentir protegida y menos sola.

Una noche, Carolina regresó a casa más tarde de lo habitual. Había tenido un día agotador en el trabajo y solo quería tomar una ducha rápida y dormir. Max la recibió en la puerta como siempre, moviendo la cola con entusiasmo. Después de acariciarlo y asegurarse de que tenía agua y comida, Carolina se dirigió al baño, dejando que Max se acomodara en su sitio bajo la cama.

Mientras se duchaba, algo en la casa se sentía extraño. El apartamento estaba en silencio, pero el tipo de silencio que parece más pesado, como si alguien más estuviera escuchando. Carolina trató de ignorar esa sensación y salió del baño con el pelo mojado, poniéndose su pijama favorito.

Ya en la cama, apagó la luz y se acurrucó entre las sábanas. Como siempre, sacó una mano y la dejó colgando al lado de la cama. Era una costumbre que tenía desde que Max llegó; él siempre lamía su mano antes de dormir, como una especie de ritual nocturno que la reconfortaba. Esa noche no fue la excepción. Sintiéndose aliviada por la familiaridad del gesto, cerró los ojos y se dejó llevar por el sueño.

En algún momento de la noche, un ruido la despertó. Era un sonido suave, como si algo estuviera goteando. Abrió los ojos lentamente y miró hacia el techo, tratando de ubicarse. El ruido no provenía de la cocina ni del baño. Sonaba más cerca, casi como si estuviera dentro de la habitación.

Encendió la lámpara de su mesita de noche y miró alrededor, pero no vio nada fuera de lo común. Bajó la vista al suelo, buscando a Max, pero no pudo verlo claramente bajo la cama. Extendió la mano, y, como siempre, sintió la lengua de Max lamiéndola. Eso la tranquilizó.

—Todo está bien —murmuró para sí misma, apagando la luz.

El sonido persistió, pero Carolina estaba demasiado cansada para preocuparse. Pensó que tal vez se trataba de una llave mal cerrada o algo insignificante. Se tapó con las sábanas y trató de volver a dormir, asegurándose de que Max estaba cerca.

Sin embargo, el ruido no desapareció. Se volvió más constante, y ahora parecía más nítido, como si algo estuviera cayendo en un lugar específico. Incómoda, se levantó de la cama, decidida a encontrar la fuente del goteo. Caminó hacia el baño y encendió la luz. Nada. Todo estaba seco. Luego fue a la cocina, pero tampoco encontró nada extraño.

Cuando regresó a su habitación, algo llamó su atención. Un olor metálico, ligero pero inconfundible, impregnaba el aire. Instintivamente, encendió la luz del techo. Max seguía bajo la cama, aunque no podía verlo completamente.

—¿Qué es ese ruido, Max? —preguntó en voz alta, más para llenar el silencio que esperando una respuesta.

El goteo continuaba, y parecía venir del armario. Carolina se acercó lentamente, cada paso haciéndola sentir más pesada, como si algo en su interior le suplicara que se detuviera. Al abrir la puerta, sus ojos se encontraron con algo que le cortó la respiración.

Dentro del armario estaba Max. Pero no estaba moviéndose. Estaba colgado, su cuerpo inerte, y de su cuello caían gotas de sangre que formaban un charco en el suelo.

Un grito ahogado escapó de su garganta mientras retrocedía, temblando de pies a cabeza. Su mente no podía procesar lo que estaba viendo. Si Max estaba en el armario… ¿qué había bajo la cama?

Carolina giró lentamente, con el corazón martillándole en el pecho. Se agachó con cautela y miró bajo la cama. Lo que vio le heló la sangre. Allí, agazapado, había un hombre, con los ojos desorbitados y una sonrisa amplia que no parecía humana.

—¿Te gustó mi lamido? —susurró el hombre, su voz ronca y cargada de una locura escalofriante.

El miedo la paralizó por un instante, pero su instinto de supervivencia se activó. Corrió hacia la puerta, saliendo al pasillo y gritando con todas sus fuerzas. Los vecinos, alarmados por el ruido, salieron a ayudarla mientras ella apenas podía explicar lo que había sucedido.

La policía llegó minutos después. Entraron al apartamento con armas desenfundadas, pero el intruso ya no estaba. Solo encontraron el cuerpo de Max, y bajo la cama, un cuchillo afilado y una nota escrita con letras torcidas:

"Siempre puedes conseguir otro perro, pero yo aún tengo hambre."

Carolina nunca volvió a vivir sola. Las noches en aquel apartamento la dejaron marcada para siempre, y durante mucho tiempo, evitó cualquier lugar donde pudiera haber espacios oscuros y ocultos. Sin embargo, lo peor era lo que seguía escuchando en sus sueños: la voz grave y burlona que le susurraba desde la penumbra.

EL GRITO DE LA LLORONA

La noche era fría y húmeda en el pequeño pueblo de San Jacinto, una comunidad rural donde las historias de terror se contaban al calor de una fogata. Sin embargo, había una leyenda que nadie contaba a la ligera: la de La Llorona. Los ancianos advertían que no era solo un cuento para asustar, sino una advertencia real. Su lamento, decían, podía escucharse en las noches más oscuras, y quienes lo oían jamás volvían a ser los mismos.

Esa noche, Clara regresaba a casa después de trabajar en una fiesta local. Había decidido tomar un atajo a través del viejo camino que bordeaba el río, a pesar de las advertencias de su abuela. "No camines sola cerca del río después del anochecer", le decía siempre. Pero Clara, cansada y deseando llegar a casa más rápido, ignoró el consejo.

El camino era estrecho, rodeado de árboles retorcidos que proyectaban sombras inquietantes bajo la tenue luz de la luna. El único sonido era el crujido de sus botas sobre la tierra húmeda. A medida que avanzaba, sintió que el aire se volvía más denso, más pesado, como si algo invisible la rodeara.

De repente, escuchó un ruido. Se detuvo en seco, aguzando el oído. Era un llanto, suave y lejano al principio, como el sollozo de una mujer. Clara sintió un escalofrío recorrerle la espalda. Miró alrededor, pero no vio nada. Pensó que tal vez era el viento, jugando con su imaginación, y continuó caminando, aunque más rápido.

El llanto se hizo más fuerte, más claro. Era un sonido desgarrador, lleno de dolor, como si alguien estuviera llorando por una pérdida insoportable. Clara trató de ignorarlo, pero su corazón latía con fuerza. Pronto, las palabras comenzaron a acompañar el llanto:

—¡Ay, mis hijos!

La voz era aguda, cargada de sufrimiento. Clara sintió que las piernas le temblaban. Aceleró el paso, tratando de mantener la calma, pero el lamento no solo no desaparecía, sino que parecía acercarse.

—¡Ay, mis hijos!

La voz ahora estaba detrás de ella. Se detuvo, paralizada por el miedo. Quiso girarse, pero algo dentro de ella le decía que no lo hiciera. Respiró hondo y siguió caminando, murmurando oraciones que su abuela le había enseñado cuando era niña.

De repente, el viento se levantó con fuerza, llevando consigo un olor penetrante a agua estancada y flores podridas. Clara sintió que el ambiente se volvía helado, y entonces lo vio. A la orilla del río, bajo la tenue luz de la luna, estaba una figura femenina vestida de blanco. Su cabello oscuro y enmarañado caía sobre su rostro, que parecía inclinado hacia adelante mientras sus manos delgadas y huesudas se levantaban en señal de lamento.

Clara quiso correr, pero sus pies no respondían. Era como si una fuerza invisible la mantuviera en su lugar. La figura levantó lentamente la cabeza, revelando un rostro pálido y alargado, con ojos vacíos que parecían mirar directamente a su alma.

—¡Ay, mis hijos! —gritó la mujer, su voz transformándose en un alarido aterrador que hizo eco por todo el valle.

Ese grito rompió el hechizo que inmovilizaba a Clara. Corrió con todas sus fuerzas, sin mirar atrás, sintiendo que la figura la seguía, que su presencia la envolvía como una sombra fría y opresiva. Sus piernas ardían, su respiración era un jadeo desesperado, pero no se detuvo hasta que llegó a la puerta de su casa.

Entró de un golpe y cerró la puerta con fuerza, apoyándose contra ella mientras trataba de recuperar el aliento. Su abuela, alarmada por el ruido, corrió hacia ella.

—¿Qué pasó, niña? —preguntó, pero Clara no podía hablar. Solo señaló hacia la ventana, con los ojos llenos de terror.

La abuela se acercó lentamente a la ventana y miró hacia afuera. Todo estaba en calma, el pueblo dormía bajo la luz de la luna. Sin embargo, cuando el grito volvió a escucharse, tan fuerte que las ventanas vibraron, la abuela supo lo que había ocurrido.

—Escuchaste su llamado —murmuró, haciendo rápidamente la señal de la cruz.

Pasaron semanas, pero Clara nunca volvió a ser la misma. Aunque no quiso hablar mucho de lo que había visto, cada vez que alguien mencionaba a La Llorona, su rostro se tornaba pálido y sus manos temblaban.

Sin embargo, había algo que Clara no le dijo a nadie. Desde aquella noche, cuando se acostaba a dormir, a veces oía el llanto en la distancia. Al principio pensó que era su imaginación, pero una noche lo escuchó claramente, justo afuera de su ventana:

—¡Ay, mis hijos!

Cuando miró hacia el cristal, vio una figura blanca que la observaba desde la calle. Los ojos vacíos de La Llorona parecían penetrarla, y Clara supo entonces que no importaba cuánto intentara escapar. Una vez que escuchas el grito de La Llorona, ella nunca te deja ir.

EL TÚNEL DE LOS LAMENTOS

En una carretera rural poco transitada, escondido entre las colinas y envuelto en la penumbra de los árboles que lo rodeaban, se encontraba el llamado Túnel de los Lamentos. Los habitantes de los pueblos cercanos advertían a los viajeros que evitaran pasar por ahí después del anochecer. La leyenda decía que el túnel estaba maldito, que aquellos que se atrevían a cruzarlo en la oscuridad escuchaban susurros, lamentos y gritos que no pertenecían a este mundo.

Ángel, un joven escéptico y amante de las historias de terror, decidió enfrentarse a la leyenda. "Son solo cuentos para asustar a los niños", solía decir con una sonrisa burlona. Una noche, mientras regresaba a casa de una fiesta en un pueblo vecino, tomó la decisión de cruzar el túnel para ahorrar tiempo. Era tarde, y la carretera estaba desierta. Su coche, un viejo sedán que crujía con cada bache, avanzaba lentamente hacia la entrada del túnel.

El túnel era un pasadizo estrecho y oscuro, con paredes cubiertas de grafitis que parecían ojos observando desde la penumbra. Una densa neblina se filtraba desde los extremos, dándole un aire sobrenatural. Ángel encendió las luces altas y encendió la radio para romper el silencio.

Cuando entró, el eco de las ruedas resonó como un tambor en la vastedad del túnel. De repente, la radio comenzó a fallar, emitiendo estática y fragmentos de una melodía desconocida. Ángel frunció el ceño y la apagó. "Solo interferencia", pensó. Pero entonces, justo cuando estaba a la mitad del túnel, el motor del coche se apagó sin previo aviso, dejando al joven en una oscuridad total.

—¿Qué demonios...? —murmuró mientras giraba la llave en el encendido, pero el coche no respondía.

Un silencio absoluto lo envolvió, tan opresivo que Ángel sintió que le faltaba el aire. Entonces lo oyó: un murmullo bajo, como si alguien estuviera hablando en voz baja justo a su lado. Giró la cabeza rápidamente, pero no había nadie. Encendió la linterna de su teléfono y apuntó hacia los asientos traseros. Vacíos.

El murmullo se convirtió en un sollozo, débil al principio, pero cada vez más fuerte. Ángel salió del coche con cautela, la linterna temblando en su mano. La niebla parecía más densa afuera, envolviéndolo como una manta húmeda.

—¿Hola? ¿Hay alguien ahí? —preguntó, su voz resonando en el túnel.

El sollozo cesó, y por un momento, el silencio volvió. Justo cuando pensaba que su mente le estaba jugando una mala pasada, un grito desgarrador rompió la calma, rebotando en las paredes del túnel como un eco interminable. Ángel retrocedió, casi tropezando.

—¡¿Quién está ahí?! —gritó, apuntando la linterna hacia la dirección del sonido.

La luz iluminó algo en el suelo: un charco oscuro y brillante que parecía extenderse lentamente hacia él. Cuando la linterna captó su verdadera naturaleza, Ángel sintió que el estómago se le revolvía. Era sangre.

El grito volvió a escucharse, esta vez detrás de él. Se giró rápidamente, pero no vio a nadie. Entonces lo sintió: un aliento frío en la nuca, como si alguien estuviera parado justo detrás de él. Se dio la vuelta de golpe, la linterna temblando, pero no había nada, solo la niebla que parecía cobrar vida a su alrededor.

El coche permanecía allí, inmóvil, como un refugio lejano e inútil. Decidió regresar, pero antes de llegar, escuchó pasos, lentos y pesados, acercándose desde la oscuridad.

Ángel apuntó la linterna hacia el origen del sonido, y allí estaba. Una figura alta y encorvada, envuelta en un manto negro que parecía flotar a su alrededor. La figura levantó lentamente la cabeza, y Ángel vio un rostro desfigurado, con ojos oscuros que lloraban sangre.

—¡Sal de aquí! —gritó la figura con una voz que parecía venir de varios lugares a la vez, resonando como un eco infinito.

Ángel corrió hacia el coche, con el corazón latiendo tan rápido que pensó que le estallaría en el pecho. Se encerró dentro y giró la llave con desesperación. Esta vez, el motor arrancó. Sin pensarlo dos veces, aceleró, saliendo del túnel a toda velocidad, pero el grito seguía persiguiéndolo, resonando incluso cuando ya estaba fuera.

Cuando llegó a su casa, temblando y cubierto de sudor frío, juró nunca volver a pasar por ese lugar. Sin embargo, aquella noche, mientras intentaba dormir, algo lo despertó. Era un murmullo, idéntico al que había escuchado en el túnel. Al abrir los ojos, vio una figura oscura al pie de su cama, con los mismos ojos que lloraban sangre.

El Túnel de los Lamentos no solo lo había dejado ir; lo había seguido. Desde entonces, las noches de Ángel estuvieron llenas de pesadillas, de susurros que lo llamaban desde la penumbra. Y en cada sueño, siempre terminaba de vuelta en el túnel, escuchando los gritos que parecían no tener fin.

EL HOMBRE SONRIENTE

Eran las dos de la madrugada cuando Valeria, exhausta después de una larga jornada de trabajo, salió de la oficina. Las calles estaban desiertas, bañadas por la luz amarillenta de las farolas. Mientras caminaba hacia la estación del metro, el eco de sus pasos resonaba en el pavimento húmedo, marcando un ritmo solitario y desconcertante.

El trayecto siempre había sido tranquilo, pero esa noche algo se sentía diferente. El aire parecía más pesado, el silencio más opresivo. Valeria apretó el paso, intentando ignorar la sensación de que estaba siendo observada.

Fue en una esquina poco iluminada donde lo vio por primera vez. Al principio, apenas era una sombra, una figura inmóvil al final de la calle. Valeria frunció el ceño, tratando de distinguir detalles. Era un hombre, alto y delgado, vestido con un traje negro perfectamente ajustado. Lo más inquietante era su rostro: estaba congelado en una sonrisa grotesca, exagerada, que parecía tallada en su piel.

Valeria apartó la mirada rápidamente, sintiendo un escalofrío recorrerle la espalda. Trató de convencerse de que solo era un extraño algo peculiar y continuó caminando. Sin embargo, al avanzar unos metros, el sonido de unos pasos detrás de ella la hizo detenerse. Se giró, pero no había nadie. La calle estaba vacía.

—Estoy cansada, solo estoy imaginando cosas —murmuró para sí misma, tratando de calmarse.

Siguió caminando, esta vez más rápido, casi corriendo. Pero entonces lo escuchó de nuevo: pasos, lentos y deliberados, siguiendo el ritmo de los suyos. Giró la cabeza bruscamente y allí estaba él, más cerca ahora, con esa sonrisa antinatural que parecía brillar en la penumbra.

—¿Qué quieres? —gritó, su voz temblando entre el miedo y la furia.

El hombre no respondió. Solo se quedó ahí, con las manos en los bolsillos y la cabeza ligeramente inclinada, como si estuviera evaluándola. La sonrisa no se movió, no se inmutó, como si estuviera grabada en su rostro.

Valeria decidió correr. Su corazón martilleaba en su pecho mientras doblaba esquinas y se adentraba en calles cada vez más desconocidas, intentando despistarlo. Finalmente, encontró refugio en un pequeño parque rodeado de árboles. Se escondió detrás de un seto, tratando de recuperar el aliento y convencerse de que estaba a salvo.

Pero entonces, el silencio fue roto por un sonido que le heló la sangre: una risa baja, gutural, que parecía emanar de todas partes a la vez. Valeria se levantó de golpe, mirando frenéticamente a su alrededor.

—¿Te diviertes? —la voz llegó desde su espalda, profunda y burlona.

Se giró y lo vio, de pie a pocos metros de ella. La sonrisa seguía allí, pero ahora sus ojos estaban vacíos, oscuros como pozos sin fondo. Valeria gritó y corrió nuevamente, sin rumbo, guiada solo por el instinto de huir.

Finalmente, llegó a la entrada del metro. Bajó las escaleras a toda prisa, tropezando, pero no se detuvo hasta llegar al andén. Miró hacia atrás. No lo vio. Respiró hondo, tratando de calmarse mientras el tren llegaba.

Cuando las puertas se abrieron, entró y se sentó en el vagón vacío. Por primera vez en toda la noche, sintió que podía relajarse. Pero justo antes de que las puertas se cerraran, una figura alta y delgada subió al tren y se sentó al otro lado del vagón.

Era él.

Valeria sintió que su cuerpo se paralizaba. El hombre seguía mirándola, su sonrisa más amplia que nunca. Pero no hizo nada. Solo la observó mientras el tren avanzaba, el sonido de las ruedas sobre los rieles aumentando la tensión en el aire.

De repente, las luces del vagón parpadearon y se apagaron. El tren se detuvo abruptamente en mitad del túnel, sumiéndolos en una oscuridad absoluta. Valeria escuchó pasos acercándose.

—No temas —susurró la voz, demasiado cerca de su oído—. Solo quiero verte sonreír.

Un grito desgarrador escapó de Valeria, pero no sirvió de nada. Cuando las luces volvieron, el vagón estaba vacío, y el tren arrancó de nuevo, llevándola hacia un destino desconocido.

A la mañana siguiente, el conductor del tren encontró el vagón vacío al llegar a la estación final. Pero en el asiento donde Valeria había estado, había un mensaje garabateado con letras temblorosas: "Él sonríe, y ahora yo también lo hago."

Desde esa noche, la leyenda del Hombre Sonriente comenzó a circular entre los habitantes de la ciudad. Decían que él aparecía solo a los solitarios, aquellos que, por una u otra razón, vagaban sin compañía en las horas más oscuras. Una vez que te encontraba, su sonrisa se convertía en la última cosa que veías.

EL JUEGO DEL ASCENSOR

En una ciudad conocida por sus edificios modernos y altísimos, existía uno que, aunque imponente, no atraía mucha atención. Un rascacielos de 30 pisos, vacío la mayor parte del tiempo debido a que era una antigua oficina que había sido abandonada hacía años. Sus paredes, manchadas por el paso del tiempo, y el sonido constante del viento golpeando sus ventanales rotos le daban un aire inquietante. A pesar de su apariencia desmoronada, el edificio no dejó de ser un punto de atracción para los más valientes, aquellos que buscaban explorar lo prohibido, y para quienes las leyendas urbanas siempre eran demasiado tentadoras.

Una de esas historias, que se susurraba en las noches de lluvia, era la del "Juego del Ascensor". Según decían, si subías al ascensor del edificio a medianoche, podrías acceder a un mundo paralelo, pero solo si seguías ciertas reglas. Aquellos que jugaban, si conseguían llegar al último piso, nunca volvían a ser los mismos. Algunos incluso afirmaban haber desaparecido para siempre.

Lucía, una joven estudiante de psicología con un insaciable interés por lo sobrenatural, escuchó por primera vez sobre el juego en una de sus clases. Un compañero, con una sonrisa nerviosa, les contó que lo había jugado durante su primer año en la universidad. Nadie lo tomó en serio, pues parecía una historia más, una de esas bromas que se cuentan en círculos de amigos. Sin embargo, algo en su mirada hizo que Lucía no pudiera dejar de pensar en ello.

Decidió investigar, no porque creyera en supersticiones, sino por curiosidad científica. En su mente, todo tenía una explicación lógica. Así que una noche, después de clases, se armó de valor y se dirigió al antiguo rascacielos. El edificio parecía más desolado a medida que avanzaba por la calle desierta. Cuando llegó, la puerta principal estaba entreabierta, y aunque la estructura estaba desmoronada por dentro, aún quedaba el ascensor original, con sus botones metálicos y su puerta de hierro.

Lucía respiró hondo y, sin dudar, presionó el botón para llamar al ascensor. El sonido del engranaje al accionar la puerta fue lo único que rompió el silencio absoluto de la noche. Cuando entró, observó que los botones no solo tenían los números del 1 al 30, sino también una fila adicional: el número 4, que estaba marcado con una pequeña X.

El juego, según la leyenda, consistía en presionar una secuencia específica de botones. Solo quien lograra seguir los pasos con precisión, y sin miedo, podría descubrir qué había más allá. Si cometías un error, el ascensor te devolvería al primer piso y el juego terminaría, dejando a los participantes atrapados en una espiral sin salida.

Lucía había estudiado las instrucciones, y, aunque lo que estaba a punto de hacer parecía irracional, lo intentaría. Cerró la puerta del ascensor y presionó el primer botón: el número 1. Inmediatamente, las luces del ascensor comenzaron a parpadear, y la voz robótica del ascensor anunció el movimiento ascendente. Cuando las puertas se abrieron, Lucía se encontró en el primer piso, igual que antes. Pero no se detuvo. En lugar de salir, presionó el siguiente botón: el número 4.

Las puertas se cerraron de nuevo con un sonido metálico, y el ascensor comenzó a moverse de nuevo, esta vez hacia abajo, hacia el primer piso. Lucía sintió cómo su pulso aumentaba, pero la tentación de seguir era más fuerte. Cuando el ascensor se detuvo, las puertas se abrieron, pero esta vez no era el primer piso. Frente a ella, solo había oscuridad. Una oscuridad tan densa que parecía absorber la luz.

Con una mezcla de miedo y fascinación, Lucía salió del ascensor. Se encontraba en lo que parecía un espacio vacío, un piso que nunca había sido parte del edificio original. Las paredes eran de un gris opaco, y el aire estaba impregnado con un olor a moho y algo más, algo más antiguo. A lo lejos, escuchó un susurro, un murmullo que parecía llamarla por su nombre.

Lucía avanzó, pero cada paso parecía hacer que el murmullo se hiciera más fuerte. A medida que caminaba, notó que las sombras en las paredes se movían, deslizándose hacia ella como si tuvieran vida propia. Fue entonces cuando vio algo: una figura en la esquina más alejada del pasillo. Al principio, pensó que era una ilusión, una sombra distorsionada por la luz tenue, pero pronto se dio cuenta de que no era así. La figura estaba allí, esperando.

Era un hombre, de pie en la esquina, con una sonrisa que nunca terminaba. La figura no se movió ni hizo ningún sonido, pero Lucía pudo sentir la presencia de algo mucho más antiguo, mucho más siniestro. Sin embargo, lo que más la aterró fue la sonrisa: no era una sonrisa humana. Los labios del hombre se estiraban en un ángulo imposible, y sus dientes parecían afilados, como si no estuvieran hechos para sonreír, sino para devorar.

Aterrada, Lucía retrocedió, pero las sombras la rodearon, la atraparon. De repente, el sonido de un timbre la sobresaltó. El ascensor estaba de nuevo frente a ella, sus puertas abiertas, invitándola a regresar. Sin pensarlo, Lucía corrió hacia él, saltando dentro. El hombre de la sonrisa ya no estaba, pero el peso de su presencia seguía allí, pesando sobre ella.

Presionó el botón para el primer piso, y el ascensor descendió rápidamente. Cuando las puertas se abrieron, Lucía se encontró de nuevo en el vestíbulo del edificio. Pero algo había cambiado. El aire estaba más pesado, la luz de la calle parecía apagada, y un escalofrío recorrió su cuerpo. Al mirar al frente, vio reflejada en el cristal del ascensor su propia imagen. Sin embargo, su rostro estaba extraño, desfigurada, con una sonrisa torcida que no podía controlar.

De pronto, el sonido de risas bajas y oscuras comenzó a llenar el aire, y Lucía supo, con horror, que algo más había subido con ella. Algo que nunca debía haber sido liberado. En ese momento, comprendió que el Juego del Ascensor no solo se jugaba en el edificio, sino también en la mente de aquellos que se atrevían a jugarlo. Y ahora, ella ya no era la misma.

LOS NIÑOS DE OJOS NEGROS

La primera vez que Clara los vio fue una tarde de otoño, mientras caminaba hacia su casa después de una visita a la tienda. El viento frío jugaba con las hojas secas, arrojándolas de un lado a otro, mientras el cielo se tornaba de un gris plomizo. Estaba a tan solo unas cuadras de su casa cuando los encontró. Un grupo de niños pequeños, no mayores de diez años, caminaba por la acera opuesta, avanzando con paso lento y sincronizado, como si marcharan bajo una orden invisible. Clara notó algo extraño en ellos, algo que la hizo detenerse un momento en seco.

No era su ropa, ni la forma en que se movían. No, lo que le heló la sangre fueron sus ojos. Esos ojos. Completamente negros. Tan oscuros que parecían absorber toda la luz a su alrededor, como dos pozos infinitos que no reflejaban nada. Clara sintió un nudo en el estómago y un escalofrío recorriéndole la espalda. Los niños no se detuvieron ni la miraron; simplemente siguieron caminando, casi arrastrando los pies, mientras una extraña sensación de incomodidad se apoderaba de Clara.

Ella no les prestó más atención, apartando la mirada y apretando el paso para llegar a su casa. Sin embargo, algo en su interior le decía que esos niños no eran normales. La sensación persistió a lo largo de la noche. Cuando llegó a casa, se sintió aliviada de haber dejado atrás aquella extraña escena. Pero los ojos de esos niños no podían salir de su mente. Se acostó, pero algo inquietante seguía rondando su mente.

A la mañana siguiente, Clara decidió que no había motivo para preocuparse, pero decidió contarle a su hermana lo que había visto. El relato, aparentemente insignificante, provocó una reacción de sorpresa en su hermana.

—Esos niños... —dijo su hermana, con voz temblorosa—. He oído hablar de ellos. Dicen que andan por ahí buscando a personas que estén solas, sin protección. Que no te acerques a ellos, Clara.

Clara se rió de lo que pensó que era una leyenda urbana o un cuento para asustar a niños pequeños. Pero, aún así, algo en el tono de su hermana la hizo dudar. A medida que los días pasaban, empezó a notar algo extraño. Las noticias locales empezaron a hablar de desapariciones en la ciudad. No muchas, pero las que había, tenían algo en común: las víctimas nunca habían mostrado signos de lucha. Eran personas que simplemente se desvanecían, como si nunca hubieran existido.

Esa misma noche, Clara tuvo una pesadilla. En ella, veía a esos niños, los de los ojos negros, mirándola fijamente desde las sombras de su jardín. Ellos no decían una palabra, pero su presencia era tan aterradora que el terror de la pesadilla se sentía real, tangible. Despertó entre sudores fríos, con la sensación de que algo estaba acechando, algo que no podría entender. La imagen de esos ojos la seguía, y lo peor de todo es que la pesadilla parecía más una advertencia que un simple sueño.

Al día siguiente, mientras tomaba el autobús para ir al trabajo, los vio nuevamente. Estaban en la acera, al igual que la vez anterior, pero esta vez algo era diferente. No caminaban como antes, no se movían en un grupo sincronizado. Ahora, estaban parados, mirando hacia ella, completamente inmóviles, con sus ojos oscuros fijados en ella. Clara sintió un estremecimiento recorrer su cuerpo. Los miró de reojo, esperando que desaparecieran, pero no lo hicieron. Fue entonces cuando una niña del grupo comenzó a acercarse, dando pequeños pasos hacia ella.

Clara trató de no mirarla, mirando fijamente la ventana del autobús. Pero no podía dejar de sentir cómo la niña se acercaba más y más. En su mente, una sensación de pavor se instaló como un peso inquebrantable. Cuando por fin levantó la mirada, la niña estaba justo frente a ella, apretando los labios en una mueca inexpresiva, los ojos completamente negros, sin pupilas, sin iris, solo un abismo. La niña extendió una mano hacia Clara, señalando algo en la distancia, pero no decía palabra alguna.

Fue en ese momento cuando Clara comprendió que algo muy oscuro y muy antiguo estaba sucediendo. Algo que esos niños buscaban, algo que estaba relacionado con ella. La niña no la tocó, pero el aire que respiraba se sentía denso, pesado, como si algo estuviera robándole lentamente su energía.

Sin pensarlo, Clara saltó del autobús en la siguiente parada, corrió hasta su casa, y se encerró con llave. Esa noche, se armó de valor y trató de buscar más información sobre los niños de ojos negros. Descubrió historias de personas que afirmaban haber sido seguidas por ellos, historias que coincidían en detalles: la mirada penetrante, el paso lento pero constante, la sensación de estar siendo observados, el miedo indescriptible que se apoderaba de quienes los veían.

Unos días después, una vecina le mencionó algo que la hizo helarse de miedo. Le dijo que había visto a unos niños en su jardín por la noche, pero que cuando intentó acercarse, desaparecieron, como si se desvanecieran en el aire. También comentó que su hijo, un niño de seis años, había estado hablando mucho sobre unos amigos imaginarios. Sin embargo, lo extraño era que esos "amigos" nunca hablaban, solo miraban. Y cuando su hijo los describió, la vecina sintió un estremecimiento al escuchar la descripción: "Tienen ojos muy grandes y oscuros, mamá, como un agujero negro."

Clara no pudo dormir esa noche. A lo largo de los días siguientes, el miedo se apoderó de su mente, alimentado por las desapariciones inexplicables que seguían ocurriendo. Una noche, después de semanas de angustia, Clara volvió a verlos, esta vez en la esquina de su calle. Se mantenían en silencio, observándola. Solo estaban allí, de pie, sin moverse, con sus ojos negros clavados en ella.

El pánico la invadió como una ola y, sin dudarlo, corrió hacia su casa. Se encerró con llave y apagó todas las luces, temerosa de que pudieran saber que estaba allí. Durante la noche, el sonido de unos golpecitos suaves en la puerta la despertó. Golpes lentos, casi imperceptibles, como si alguien estuviera pidiendo entrar. Clara temblaba de miedo, sabiendo que esa era la señal: ellos ya sabían que la había visto.

Nadie más la volvió a ver. Su casa estaba intacta cuando los vecinos pasaron a buscarla al día siguiente. Sin embargo, alguien dejó un mensaje en la puerta: "Te hemos encontrado, Clara. Ahora no podrás escapar."

Desde entonces, nadie ha vuelto a ver a Clara. Y los niños de ojos negros siguen apareciendo de vez en cuando, en las sombras de la ciudad, buscando a la próxima víctima que se atreva a mirarlos.

EL BOSQUE DE LOS SUICIDAS

El viento susurraba a través de los árboles, creando un sonido inquietante que parecía como si el mismo bosque estuviera respirando. El sol apenas penetraba entre las copas densas de los árboles, dejando una sombra perpetua que nunca alcanzaba a disiparse, incluso durante el día. Era un lugar donde la luz nunca parecía brillar con fuerza, y donde los ecos de los que habían pasado allí antes de ti seguían resonando entre las hojas caídas. Este era el bosque de Aokigahara, mejor conocido como el "Bosque de los Suicidas".

Situado a los pies del monte Fuji en Japón, Aokigahara es famoso por su oscuro historial. Cada año, las autoridades encuentran cuerpos en sus profundidades: personas que llegaron allí con la esperanza de terminar con sus vidas, dejando atrás solo sus recuerdos y sus almas perdidas, atrapadas en un lugar que parece devorar a quienes lo pisan. Pero más allá de los hechos trágicos, más allá de la desesperación que consume a aquellos que buscan un final en sus rincones oscuros, el bosque guarda secretos mucho más siniestros. Se dice que Aokigahara no solo es el lugar de los suicidas, sino que también es el hogar de espíritus y presencias que acechan en la penumbra, esperando a atrapar a aquellos que se atreven a adentrarse demasiado.

Mariana, una joven periodista, decidió ir a investigar sobre el bosque. Había oído historias aterradoras, pero no creía en ellas. Solo quería escribir un artículo, un reportaje que desmitificara la leyenda y le diera una explicación lógica a los eventos extraños que ocurrían allí. Aunque su intuición le decía que algo no estaba bien, el deseo de hacer una historia impactante la llevó a ignorar el miedo.

Cuando llegó, el ambiente era mucho más pesado de lo que había imaginado. A pesar de que estaba durante el día, el bosque parecía estar envuelto en una niebla densa, como si nunca se pudiera ver el sol directamente. Cada paso que daba era acompañado por el crujir de las hojas secas bajo sus pies, y los árboles parecían moverse a su alrededor, como si alguien los estuviera observando. Mariana se desvió por un sendero menos transitado, convencida de que encontraría algo que explicara por qué tantas personas elegían ese lugar para terminar con sus vidas.

A medida que avanzaba, la atmósfera se volvía cada vez más opresiva. Se podía escuchar el viento, pero este no llevaba consigo el sonido de animales o de cualquier otro tipo de vida. Era un silencio sepulcral, uno que se instaló en su pecho como una presión invisible. De repente, comenzó a notar algo extraño. Cuerdas colgadas de los árboles. Algunas aún sujetas a las ramas, otras cortadas, deshilachadas, como si alguien hubiera abandonado allí una parte de su alma. Mariana no sabía si debía continuar, pero su curiosidad pudo más que el temor, y siguió caminando.

Mientras avanzaba, las señales del sufrimiento humano se volvían más evidentes. Papeles arrugados, pertenencias olvidadas, huellas de personas que ya no estaban. La sensación de desolación era palpable. De pronto, una sombra se movió rápidamente entre los árboles, y Mariana se detuvo en seco, el corazón acelerado. Miró en todas direcciones, pero no vio nada. Un frío intenso se apoderó de su cuerpo, y fue entonces cuando escuchó algo que la hizo estremecerse: una risa, suave pero penetrante, como si viniera de todos lados a la vez.

Miró a su alrededor, su respiración entrecortada, pero no vio a nadie. Los árboles parecían más densos ahora, como si la rodearan. Algo no estaba bien. Cada paso que daba la acercaba más a la sensación de que no estaba sola, pero aún así decidió seguir adelante. Estaba demasiado cerca de la respuesta que había venido a buscar.

El camino se hizo cada vez más intrincado, y los árboles parecían cerrarse sobre ella. Al caminar, notó una pequeña abertura en el suelo, una especie de túnel cubierto por raíces gruesas y hojas secas. Algo la empujó a acercarse. Cuando miró más de cerca, vio una figura encorvada dentro del agujero, apenas visible. Era una mujer, o lo que quedaba de ella. Su rostro estaba cubierto por el cabello enmarañado, y su cuerpo estaba rígido, como si se hubiera quedado atrapada en una pose extraña. Mariana no podía moverse, observando la figura con horror mientras una sensación de desesperación la envolvía. El aire estaba impregnado de un sentimiento de vacío absoluto, como si todo lo que tocara ese lugar estuviera condenado.

Con un esfuerzo sobrehumano, Mariana retrocedió y, de alguna manera, consiguió arrancarse del trance que parecía haberla atrapado. Pero al dar la vuelta para huir, algo la detuvo. En su camino de regreso, escuchó un murmullo, bajo, casi imperceptible. Era una voz, pero no humana, una que le susurraba al oído: "No te vayas...".

Un estremecimiento recorrió su cuerpo y miró hacia atrás, solo para ver cómo las sombras entre los árboles parecían moverse, formando figuras que no deberían existir. Espíritus, o lo que fuera, que emergían de la oscuridad misma. Con cada paso que daba hacia atrás, las sombras parecían seguirla, arrastrándose, deslizándose sobre el suelo como si estuvieran hechas de niebla y pesadillas. A lo lejos, pudo ver algo que la paralizó: una figura, con el rostro completamente desfigurado por el dolor y el sufrimiento, observándola desde entre los árboles. La figura, que parecía un hombre, tenía los ojos vacíos, como un eco de los que ya no estaban allí, de los que el bosque había reclamado.

El miedo la impulsó a correr, pero el camino parecía interminable. Cada giro la llevaba de nuevo a la misma escena, a la misma abertura del suelo donde la mujer había estado. Las sombras crecían a su alrededor, y el murmullo se intensificaba. "Te lo advertimos..." decía una voz quebrada, mientras la figura sin rostro se desvanecía en la bruma.

Finalmente, cuando casi se sentía atrapada, algo hizo que el bosque se callara. El silencio se volvió absoluto. Mariana estaba sola, pero no podía moverse. El peso de las presencias del bosque la estaba aplastando, y con un esfuerzo titánico, logró correr hacia la salida, sin saber cómo lo logró. Cuando llegó al borde del bosque, miró atrás, y vio, entre los árboles, los ojos vacíos de los espíritus que nunca dejaron el bosque, esperando por los próximos que caerían en sus redes.

Mariana nunca volvió a hablar del bosque. Nadie la creyó cuando habló de lo que vio, y muchos creyeron que lo había inventado. Pero quienes han tenido el valor de entrar en Aokigahara y no han salido jamás, o aquellos que lo han hecho, siempre hablan del mismo horror: el bosque no solo es un lugar donde los cuerpos quedan atrapados, sino también las almas. Y algunas, como la de Mariana, son demasiado débiles para escapar de su abrazo oscuro.

EL HOMBRE DEL SOMBRERO

Era una noche fría de invierno, de esas en las que la nieve cae con la intensidad de un manto blanco que cubre todo a su paso. La oscuridad era espesa, y las luces de la calle titilaban débilmente, como si la ciudad misma estuviera temblando ante la presencia de algo que no debía estar allí. Ana, que volvía a casa después de una larga jornada de trabajo, caminaba apresurada por la acera, con el abrigo cerrado hasta el cuello y la bufanda ajustada alrededor de su rostro. Era tarde, y la mayoría de las tiendas ya estaban cerradas. Solo el eco de sus propios pasos y el crujir de la nieve bajo sus botas rompían el silencio de la noche.

A lo lejos, al final de la calle, Ana vio una figura. Un hombre. Estaba parado bajo la tenue luz de una farola, inmóvil, como si estuviera esperando a alguien. Al principio no le dio mucha importancia; era común ver a algunas personas fuera de los bares a esas horas, esperando o simplemente caminando. Sin embargo, conforme se iba acercando, algo extraño comenzó a notarse en la figura.

El hombre llevaba un sombrero de ala ancha, un sombrero negro que tapaba parcialmente su rostro. Su ropa era oscura, un abrigo largo que se movía suavemente con el viento. Ana sintió una incomodidad creciente a medida que se acercaba. Había algo raro en la postura del hombre, algo que no podía identificar. No se movía, no hacía ningún gesto. Solo estaba allí, mirando al frente, de pie en medio de la calle desierta.

Cuando estuvo a unos pocos metros, Ana intentó darle un saludo cortés, esperando que él respondiera, pero el hombre no reaccionó. Ni un mínimo movimiento. Solo seguía de pie, inerte, con su sombrero cubriendo la mayor parte de su rostro. Ella, sintiendo que algo no iba bien, aceleró el paso, pero antes de continuar su camino, sintió una extraña necesidad de mirar hacia atrás. Cuando lo hizo, el hombre ya no estaba bajo la farola.

Ana se detuvo en seco, el corazón le dio un vuelco. Había algo en la forma en que desapareció que la perturbaba. El lugar estaba vacío, y no había rastro de él en ninguna dirección. Se dio la vuelta, apretando el paso, sintiendo cómo la paranoia comenzaba a apoderarse de su mente. La calle parecía más silenciosa de lo normal, como si todo alrededor hubiera dejado de respirar. Ella seguía caminando rápido, intentando sacudirse la sensación de incomodidad, pero algo la mantenía tensa. El aire estaba extraño, demasiado pesado.

De repente, escuchó algo. Un crujido a lo lejos, seguido de un susurro casi inaudible. Como si alguien estuviera arrastrando los pies sobre la nieve. Ana no pudo evitar girarse. En la distancia, a lo lejos, cerca de un callejón oscuro, vio al hombre otra vez. Estaba allí, de pie, observándola, inmóvil como antes. Su sombrero negro cubría su rostro, pero esta vez parecía que la luz de la farola iluminaba su figura de manera extraña, como si una sombra se proyectara de él, deformada y alargada.

Ana sintió el terror subir por su espina dorsal. No había duda de que algo estaba mal. El hombre no había caminado hasta allí, no podía ser. Él estaba esperando, pero ¿por qué? ¿Qué quería? El sudor frío comenzó a cubrir su frente, y decidió que lo mejor era correr. Aceleró el paso y comenzó a caminar más rápido, luego a trotar, hasta que, al final, comenzó a correr.

A cada paso, el sonido de la nieve crujía bajo sus pies, pero no podía dejar de escuchar algo más. Algo detrás de ella. El susurro del arrastre, como si el hombre caminara justo detrás, sin apuro, sin prisa, pero cerca. Cada vez más cerca. Miró una vez más por encima de su hombro, y esta vez el hombre ya no estaba en el callejón, sino a unos pocos metros de ella, parado en medio de la calle, exactamente en el mismo lugar donde lo había visto por primera vez. Pero no era posible. Ella había corrido tanto, había girado varias esquinas. ¿Cómo había llegado allí tan rápido?

Ana no pudo más. Comenzó a correr desesperada, con lágrimas en los ojos, sin mirar atrás. Llegó finalmente a la esquina, donde un taxi pasaba en ese preciso momento. Sin pensarlo, levantó la mano y se subió al coche. El taxista, algo desconcertado, la miró mientras ella subía apresuradamente, casi sin aliento. Se dejó caer contra el asiento, aún temblando. "¿Está todo bien, señorita?", preguntó el taxista.

Ana miró por la ventana del auto, esperando ver al hombre seguirla, pero no lo hizo. No lo vio. Solo la nieve caía suavemente, y la calle estaba vacía. A pesar de la tranquilidad exterior, un nudo permaneció en su garganta. "Sí... sí, todo está bien", dijo con voz temblorosa, mientras miraba una vez más al frente.

El resto del trayecto fue silencioso, y cuando finalmente llegó a su casa, agradeció al taxista y corrió dentro. Cerró la puerta rápidamente y apagó las luces. Se dirigió hacia la ventana, abriendo una pequeña rendija para ver la calle. Todo estaba tranquilo. Pero entonces, como si fuera una presencia invisible, algo la obligó a mirar al otro lado de la calle. Allí, a la luz de un farol distante, vio la figura del hombre del sombrero, parado justo en medio de la acera. Esta vez, no había ninguna duda. Estaba observándola. Su rostro seguía cubierto por la sombra de su sombrero, pero los ojos... los ojos parecían brillar con un brillo malévolo. Y, en ese momento, comprendió lo peor de todo: el hombre del sombrero no solo estaba observándola, sino que estaba esperando que ella lo mirara, como si se alimentara de su miedo.

Ana cerró la ventana con rapidez y se alejó, sintiendo el terror recorrer su cuerpo. No volvió a salir esa noche. No volvió a salir durante muchos días. Y, con el tiempo, la figura del hombre del sombrero desapareció, o al menos eso pensó. Sin embargo, cada vez que Ana salía a la calle, algo la hacía voltear a los callejones o a las esquinas, temiendo encontrarlo allí, esperando. Y aunque ya no lo veía, algo en su interior le decía que él siempre estaba cerca, observándola desde las sombras.

El hombre del sombrero nunca se fue del todo.

LA MUÑECA POSEÍDA

Cerca de un pueblo apartado, donde la niebla se deslizaba suavemente entre las casas y las calles parecían nunca tener fin, había una tienda de antigüedades que pocos se atrevían a visitar. Sus ventanas polvorientas y su puerta de madera crujiente daban la sensación de que el tiempo no había pasado por allí. La tienda estaba llena de objetos olvidados por el paso de los años, relicarios de un pasado oscuro que nadie recordaba con claridad. Pero lo que más atraía la atención de quienes se acercaban era una muñeca.

La muñeca estaba en un rincón sombrío, en una vitrina antigua con vidrio rallado. Su rostro pálido, de porcelana, parecía haber sido tallado con un detalle perturbador. Sus ojos, grandes y oscuros, daban la sensación de que podían ver más allá de la propia tienda, y su sonrisa, forzada, desproporcionada, no parecía humana. La muñeca no estaba sola en su vitrina; una pequeña etiqueta, amarillenta por los años, decía lo siguiente: "No se acerque más de lo necesario. 1957."

Lina, una joven curiosa y escéptica, visitó la tienda un día lluvioso. Se encontraba de paso, buscando algo especial, algo que le diera un toque único a su casa. No tenía ninguna creencia en lo sobrenatural, pero la tienda, con su aire envejecido y su atmósfera extraña, la atrajo. Al principio, la tienda le pareció normal, si es que podía llamarse así a un lugar tan cargado de objetos viejos, de ecos de épocas pasadas. Pero cuando vio la muñeca, algo en su interior hizo que una extraña sensación recorriera su columna vertebral.

La muñeca no estaba en la misma vitrina que las otras piezas, ni tampoco en la parte más visible de la tienda. Su posición, casi oculta, hacía que, al mirarla, uno tuviera la sensación de que la muñeca estaba esperando ser encontrada. Lina se acercó, atraída sin quererlo, y al acercarse más, notó la etiqueta que decía "No se acerque más de lo necesario". Pensó que era una broma o una mera advertencia de algún dueño excéntrico, pero algo en el aire, la frialdad de la tienda, la hizo vacilar por un momento.

La muñeca parecía estar esperándola. Sus ojos la miraban fijamente, penetrantes, como si pudieran ver sus pensamientos más profundos. Lina tocó la vitrina, y en ese instante, algo estremecedor sucedió. La muñeca, hasta entonces inmóvil, pareció moverse ligeramente, un pequeño cambio, como si hubiera respirado. Lina retrocedió, sorprendida, pero el hombre detrás del mostrador, un anciano de aspecto apagado, la observó fijamente.

"Esa muñeca," dijo el anciano con voz grave, "no es solo una pieza antigua. Es algo más... algo que no deberías tocar."

Lina rió nerviosamente, pensando que el viejo solo quería mantener la mística de la tienda. Pero el hombre continuó mirándola con una intensidad inquietante.

"La muñeca ha estado en esta tienda por décadas. Nadie que haya tocado esa muñeca ha tenido buena suerte después de hacerlo. Te lo advierto, no te acerques más de lo necesario."

Desestimando sus palabras como una superstición sin sentido, Lina pagó por un par de objetos pequeños y se fue, pero la muñeca no dejaba de rondar en su mente. Al salir, la sensación de inquietud seguía a su lado como una sombra. ¿Qué era eso que la muñeca había transmitido? ¿Por qué sus ojos no dejaban de perseguirla incluso después de abandonar la tienda?

Esa noche, Lina no pudo dormir. Se levantó varias veces, mirando las sombras que se proyectaban en su habitación, pero al final, cayó en un sueño profundo. Sin embargo, en medio de la noche, algo la despertó de golpe. Un ruido sordo, arrastrante, provenía del salón. Lina se levantó de un salto, el corazón acelerado, y salió de su habitación sin hacer ruido.

Lo primero que notó al entrar en el salón fue que la muñeca, que había dejado sobre la mesa de la entrada, ya no estaba allí. En su lugar, una fría brisa recorría la habitación, y un sutil sonido, como un leve crujido, llenaba el aire. Despacio, caminó hacia la mesa, buscando desesperadamente la muñeca, pero no la encontraba. Fue entonces cuando oyó un susurro, suave, casi imperceptible, pero claro: "Lina…"

Se giró bruscamente, mirando hacia todos lados, pero la casa estaba vacía. La muñeca, sin embargo, apareció frente a ella, en la esquina de la habitación, justo frente al espejo grande. Lina no podía comprender cómo había llegado allí, cómo se había desplazado tan rápido sin que ella la viera.

En ese momento, la muñeca parecía diferente. No estaba sonriendo como antes. Sus ojos, grandes y negros, reflejaban algo mucho más perturbador, algo oscuro que no podía ser explicado. Un brillo rojizo, como una chispa de ira, apareció en sus ojos.

"Te advertí…" la voz susurró de nuevo, esta vez más fuerte, como un susurro que venía de muy lejos y al mismo tiempo de muy cerca. "Te advertí que no te acercaras…"

Lina sintió un escalofrío recorrer su cuerpo. ¿Qué estaba sucediendo? ¿Estaba perdiendo la razón? Pero antes de que pudiera reaccionar, la muñeca comenzó a moverse. No caminaba, no se deslizaba sobre el suelo como si fuera un ser humano, pero sus movimientos eran extraños, como si se balanceara, como si quisiera levantarse, romper las barreras de su naturaleza inerte.

El terror se apoderó de Lina. No podía apartar la mirada de la muñeca. Entonces, sin previo aviso, la muñeca soltó un sonido, un grito desgarrador que hizo que el aire en la habitación se volviera denso, como si fuera difícil respirar. En un parpadeo, Lina la vio desaparecer de la habitación, y el sonido del grito se desvaneció. Todo quedó en silencio.

Al día siguiente, Lina encontró la muñeca nuevamente en la vitrina de su tienda. Era como si nunca hubiera salido de allí. Sin embargo, algo había cambiado. El rostro de la muñeca ya no tenía esa sonrisa desconcertante. Ahora, su expresión era más serena, incluso triste, como si estuviera en paz. Pero Lina sabía lo que había vivido. Sabía que aquella muñeca había sido poseída, que no solo era un objeto viejo, sino un ser atrapado en un ciclo de terror que aguardaba a quien fuera lo suficientemente imprudente para acercarse a ella.

Pasaron los días, y Lina trató de olvidarlo. Pero algo siempre la seguía: el recuerdo de los ojos de la muñeca, la sensación de que la estaba observando, que no estaba sola en su propia casa. Cada noche, cuando la oscuridad caía, sentía esa presencia cerca de ella. Y cuando se levantaba para ir al salón, la muñeca siempre aparecía en su lugar, en la vitrina de la tienda, esperando pacientemente a la próxima persona que no pudiera resistir el impulso de acercarse.

Porque, como todos los que habían tocado antes a la muñeca, Lina también había quedado atrapada en su maldición.

LA BRUJA DE LA PARED

La casa estaba situada en el extremo del pueblo, alejada de las otras viviendas, rodeada por un espeso bosque que parecía susurrar secretos al viento. Nadie se atrevía a acercarse después del anochecer, pues los más viejos del lugar contaban historias oscuras sobre la casa, historias que se habían transmitido de generación en generación. A pesar de las advertencias, Marta, una joven audaz, había decidido mudarse allí. Había encontrado la vivienda a buen precio, y después de meses de buscar un lugar tranquilo para comenzar una nueva etapa en su vida, pensó que no podía dejar escapar la oportunidad. Sin importar lo que dijeran los demás, ella había escuchado los rumores, pero los consideraba simples supersticiones.

La casa, aunque antigua, era espaciosa y con un encanto peculiar. Las paredes de ladrillo y las ventanas de madera de estilo antiguo le daban un aire acogedor. Sin embargo, desde que cruzó la puerta por primera vez, algo parecía estar fuera de lugar. No era evidente, pero había una sensación extraña, como si la casa misma la estuviera observando.

La primera noche, Marta no pudo dormir. Se tumbó en su cama, mirando al techo, cuando comenzó a oír unos leves golpeteos. Al principio pensó que eran ruidos comunes en una casa vieja, pero pronto esos golpeteos se convirtieron en algo más. Era como si algo o alguien estuviera moviéndose por las paredes, arrastrándose suavemente, con una cadencia incesante que no cesaba. Marta se levantó para investigar, pero al caminar por el pasillo, se dio cuenta de que los sonidos provenían de la pared de su habitación.

Intrigada, se acercó a la pared donde el sonido parecía más fuerte. Al principio, no vio nada fuera de lo común, pero al tocar la superficie de la pared, sintió una extraña vibración, como si algo estuviera atrapado allí, latiendo detrás de la piedra. Marta no era una persona supersticiosa, por lo que trató de calmarse, pensando que quizás era el crujido de la madera vieja o el viento que se colaba por alguna grieta.

Esa misma noche, mientras dormía, un sueño extraño la perturbó. En el sueño, estaba en el mismo cuarto, pero las paredes no eran como las de su habitación. Estaban cubiertas por un extraño barniz oscuro, como si estuvieran vivas. Entonces, una figura apareció en el fondo de la pared. Era una mujer de rostro arrugado, con los ojos hundidos y las uñas largas y sucias. Llevaba una capa negra que parecía absorber la luz. La mujer comenzó a rasgar la pared, como si intentara salir de ella. Marta intentó gritar, pero no podía. La figura, con una sonrisa torcida, se acercó lentamente hacia ella, y justo cuando estaba a punto de tocarla, Marta despertó sobresaltada.

Al principio, pensó que solo había sido una pesadilla. Pero el sentimiento de incomodidad no la dejó en paz. La vibración en la pared seguía presente, y las noches se volvieron cada vez más inquietantes. Los golpeteos se intensificaron, y comenzaron a suceder cosas extrañas. En más de una ocasión, encontró marcas en sus sábanas, como si alguien las hubiera arrugado mientras dormía. Otras veces, la puerta de su habitación se cerraba sola, con un fuerte golpe, aunque no había viento ni corriente alguna.

Una tarde, mientras exploraba el sótano, Marta encontró algo extraño: un pequeño compartimento oculto en una de las paredes, cubierto por una capa de polvo y telarañas. Al abrirlo, encontró una serie de viejos objetos: frascos con hierbas secas, una muñeca de trapo de aspecto inquietante y, lo más perturbador de todo, un antiguo libro encuadernado en cuero negro. El libro estaba lleno de símbolos extraños y dibujos grotescos. Entre sus páginas, Marta encontró una historia que la dejó helada. Había sido escrito por una mujer llamada Isolda, una bruja que vivió en la casa siglos atrás.

El relato hablaba de rituales oscuros y de cómo la bruja había intentado transferir su alma a las paredes de la casa para poder vivir eternamente. Según el libro, Isolda había tenido éxito en su intento, pero había un precio terrible: su alma quedó atrapada en la pared, condenada a una existencia sin fin, esperando a que alguien lo liberara para poder continuar con su oscura magia. Marta, aterrada, comprendió que los ruidos que había oído, la sensación de que la casa la observaba, no eran meras coincidencias. La bruja aún estaba allí, atrapada en las paredes, y ahora que había tocado el libro, algo se había activado.

Esa noche, los golpeteos se volvieron aún más intensos. Marta, con el corazón acelerado, no pudo resistir la tentación de investigar más. Se acercó nuevamente a la pared de su habitación y, con manos temblorosas, tocó la superficie. En ese momento, la pared vibró con una fuerza tal que casi la hizo caer al suelo. Luego, una voz sibilante, baja y gutural, salió de la grieta que se había formado en la pared. La voz decía su nombre, repitiéndolo una y otra vez, como si le hablara desde las profundidades del infierno.

"Marta… Marta… ¿por qué no me liberas?"

Aterrada, Marta intentó alejarse, pero una fuerza invisible la mantenía cerca de la pared. Los ojos de la figura de la bruja comenzaron a materializarse en la grieta. Eran enormes, llenos de odio, brillando en la oscuridad como carbones ardiendo. El rostro de la bruja apareció lentamente, deformado, su piel arrugada y sus dientes afilados y sucios. La mujer sonrió, una sonrisa torcida que dejaba ver sus dientes podridos.

"No puedes escapar, Marta… ahora eres mía."

Con un grito desgarrador, Marta trató de apartarse, pero la bruja emergió de la pared. Su figura se deslizó lentamente hacia ella, con los ojos fijos, y antes de que pudiera moverse, la bruja la tocó. La frialdad de sus dedos recorrió su piel como un escalofrío mortal. Los ojos de Marta se abrieron desmesuradamente, su cuerpo paralizado por el terror, mientras la bruja le susurraba al oído, su voz tan cercana que sentía el aliento podrido en su cuello.

El miedo la consumió completamente, y en ese momento, la casa pareció cobrar vida. Las paredes temblaron, los muebles se movieron, y el suelo crujió bajo sus pies. Marta intentó gritar, pero su voz se apagó en la nada. La bruja había logrado lo que tanto deseaba: su alma estaba ahora atrapada en la casa, condenada a vivir eternamente en la oscuridad de esas paredes, junto a la mujer que nunca pudo escapar de su propia maldición.

Al día siguiente, el pueblo descubrió que Marta había desaparecido sin dejar rastro. La casa fue abandonada, como todas las demás antes de ella, y nadie volvió a acercarse a ese lugar. La bruja seguía esperando en las paredes, observando desde las sombras, buscando a alguien más a quien atraer hacia su condena eterna. Y así, con el paso de los años, la casa se convirtió en una leyenda, un recordatorio de que hay cosas que nunca deben ser tocadas, secretos que deben permanecer enterrados en las paredes del olvido.

LA VOZ DEL CEMENTERIO

A las afueras de un pequeño pueblo, rodeado de campos de maíz y arboledas que se extendían hasta perderse en el horizonte, se encontraba un viejo cementerio olvidado por el tiempo. Las lápidas, desgastadas por las lluvias y el viento, estaban cubiertas por musgo, y las cruces se inclinaban hacia un lado como si intentaran escapar de la tierra que las retenía. Nadie en el pueblo osaba acercarse a ese lugar. Siempre se hablaba de él en susurros, como si el propio nombre del cementerio fuera una maldición. Los más viejos del pueblo contaban historias espeluznantes sobre lo que ocurría allí por la noche, sobre los ruidos extraños y las voces que se oían entre las tumbas, voces que no pertenecían a los muertos.

En el pueblo vivía Elena, una joven intrépida, conocida por su curiosidad insaciable. A menudo, ignoraba las advertencias de los más mayores y se aventuraba en los rincones más oscuros de la región, buscando respuestas a las leyendas que siempre escuchaba en la taberna. Una tarde, mientras caminaba cerca del cementerio, un hombre viejo la detuvo en el camino, su rostro arrugado por el paso de los años, y le dijo con voz temblorosa: "No te acerques a ese lugar, niña. La voz del cementerio nunca olvida a quienes se acercan."

Elena lo miró con una sonrisa burlona. "¿La voz del cementerio? Es solo una superstición, señor. No voy a caer en esos cuentos de fantasmas."

El hombre, viendo que su advertencia no había hecho efecto, suspiró y se alejó, pero antes de irse, le lanzó una última mirada: "Que tu valentía no te cueste la vida."

Esa misma noche, intrigada por las palabras del anciano, Elena decidió ir al cementerio. "Solo para ver qué hay de cierto en todo esto", pensó, mientras se adentraba en el sendero que llevaba a la entrada del camposanto. El aire estaba pesado, y aunque el viento susurraba entre los árboles, el lugar parecía sumido en un silencio extraño, como si estuviera esperando algo. La luz de la luna iluminaba tenuemente las lápidas, proyectando sombras alargadas y distorsionadas sobre el suelo. El ambiente era denso, casi opresivo.

Elena caminó con paso firme, sin sentir miedo, hasta que llegó a una de las tumbas más antiguas. Allí, se detuvo. La lápida estaba cubierta de musgo y las inscripciones apenas eran legibles, pero algo llamó su atención: un extraño símbolo grabado en el centro. Parecía una especie de círculo rodeado por líneas que se entrelazaban, como si representara algo más, algo que no podía comprender. Mientras lo observaba, un viento frío se levantó repentinamente, agitando las hojas secas y haciendo crujir las ramas de los árboles. Fue entonces cuando la escuchó.

Una voz débil, casi imperceptible, pero clara en el silencio de la noche. Elena se giró rápidamente, buscando el origen del sonido, pero no vio nada. Pensó que había sido su imaginación, así que siguió observando la tumba. De nuevo, la voz se oyó, esta vez más cerca. "Ayúdanos… no olvides…"

Elena retrocedió, el miedo comenzando a apoderarse de ella. La voz venía de todas partes, pero no lograba encontrar a nadie. Un escalofrío recorrió su espalda cuando la voz, más clara ahora, volvió a resonar en sus oídos: "Ayúdanos… nos han olvidado…"

"¿Quién está ahí?" gritó Elena, su voz temblorosa, pero la respuesta fue un eco distante, como si la voz viniera de lo más profundo de la tierra. Un crujido sonó bajo sus pies, y al mirar hacia abajo, vio que el suelo comenzaba a agrietarse.

Con una mezcla de curiosidad y temor, Elena se acercó al lugar donde el suelo se había roto. Al principio no veía nada, pero luego, entre las grietas, comenzó a ver algo más. Unos ojos oscuros, vacíos y sin vida, aparecieron entre las grietas. La visión era espantosa: los ojos, amarillos y llenos de desesperación, pertenecían a algo que no debía estar allí. Elena dio un paso atrás, aterrada, pero algo la impulsó a mirar más de cerca.

Los ojos desaparecieron y, en su lugar, una mano emerge lentamente del suelo, seguida de un brazo que se retuerce de una manera imposible, como si la carne estuviera siendo arrancada de su dueño. Elena se dejó llevar por el pánico y, sin pensarlo, comenzó a correr, pero a medida que se alejaba, la voz seguía siguiéndola, retumbando en su cabeza con una intensidad insoportable: "No nos olvides… ven…"

Al llegar al borde del cementerio, la puerta principal, que antes estaba cerrada, ahora estaba abierta de par en par. Elena, atrapada entre la desesperación y el terror, miró hacia atrás, buscando alguna señal de lo que la perseguía. En ese momento, vio las sombras moviéndose entre las tumbas, figuras que se deslizaban por el suelo sin dejar rastro. Un susurro, bajo y lleno de desesperación, resonó en sus oídos: "Vas a ser parte de nosotros. Nunca más saldrás."

Elena, paralizada por el miedo, no pudo hacer nada más que mirar cómo las sombras se acercaban a ella. Con un grito ahogado, corrió hacia la salida, pero algo la agarró por el tobillo. Un tirón fuerte la hizo caer al suelo, y al mirar hacia abajo, vio que una mano muerta la sostenía con fuerza, saliendo de la tierra misma.

La voz volvió, ahora más fuerte, llena de dolor y sufrimiento: "Ayúdanos… no olvides…"

Con todas sus fuerzas, Elena se soltó y corrió lo más rápido que pudo, atravesando el cementerio y saliendo de allí. Cuando finalmente llegó a su casa, el amanecer comenzaba a asomar por el horizonte. Pero el miedo no la abandonó. La voz seguía resonando en su cabeza, más fuerte cada vez, como un eco imposible de borrar.

Esa misma noche, cuando se tumbó en su cama, agotada por el terror que había vivido, la voz regresó, más cerca que nunca. Esta vez, susurros suaves y penetrantes llegaban desde las paredes de su habitación. Elena intentó taparse los oídos, pero no podía escapar. La voz parecía provenir de todas partes, como si estuviera dentro de su propia cabeza. "Ayúdanos… no olvides…"

A partir de ese momento, Elena nunca volvió a ser la misma. La voz del cementerio nunca la dejó en paz. Cuando preguntó a los ancianos del pueblo sobre lo que había vivido, ellos solo la miraron con lástima. "Te lo advertimos", dijeron. "La voz del cementerio no olvida a quienes se acercan. Y cuando una vez la escuchas, no hay forma de escapar."

La historia de Elena se convirtió en otra de las leyendas del pueblo. Nadie la vio nunca más. Algunos dicen que su alma fue arrastrada a las tumbas, condenada a escuchar la voz del cementerio durante toda la eternidad. Otros, más oscuros, afirman que su cuerpo aún yace allí, entre las lápidas, escuchando la voz de aquellos que nunca descansarán. La única certeza es que, desde entonces, el susurro de la voz del cementerio sigue resonando en las noches más oscuras, esperando a quien se atreva a escucharla.

LA LEYENDA DEL PAYASO ASESINO

El circo había llegado al pueblo como cada año, trayendo consigo una atmósfera de emoción y color. Las luces brillantes, la música alegre y las risas de los niños eran una constante durante las primeras horas del evento. Sin embargo, había algo en ese circo, algo que nadie lograba identificar con certeza, pero que todos sentían: una sombra oculta detrás de la máscara de diversión.

Se rumoraba entre los habitantes del pueblo que el circo no era completamente lo que aparentaba ser. Algunos de los más ancianos susurraban sobre el payaso, el temido "Payaso de la Noche", cuya risa estridente y su extraño maquillaje no eran sólo una parte del espectáculo. Decían que el payaso no era solo un artista más, sino una presencia oscura que acompañaba al circo allá donde fuera. Y con su llegada, siempre se desataban misteriosos incidentes.

La leyenda contaba que el payaso había sido un hombre común, un artista cuyo nombre había sido olvidado por el tiempo. Era un hombre que, en su juventud, había sido un malabarista en el circo, pero un día, en un accidente durante un acto en pleno show, había sufrido una caída. Se decía que su rostro había quedado gravemente desfigurado, destrozado por los golpes. A partir de ahí, había decidido ocultarse tras el maquillaje de payaso, y su rostro, al quedar cubierto por la pintura, se convirtió en un símbolo de su nueva vida, una vida de oscuridad y venganza.

El circo viajaba de pueblo en pueblo, y con cada parada, comenzaban a ocurrir sucesos extraños. Se reportaban desapariciones, rostros aterrados que aparecían en la plaza del pueblo sin explicación alguna, y, sobre todo, el rastro de un ser extraño que se decía rondaba durante las noches. Ese ser era el payaso, que nadie veía en las funciones diurnas, pero que en la oscuridad de la noche se deslizaba entre las sombras. Su risa macabra resonaba en los rincones más oscuros, y aquellos que habían escuchado esa risa nunca volvían a ser los mismos.

Era en las últimas horas de la noche, cuando las luces del circo se apagaban y los últimos rezagados se retiraban, cuando la figura del payaso comenzaba a moverse. Nadie sabía quién había sido la última persona en verlo. Algunos decían que el payaso siempre se llevaba a sus víctimas en silencio, sin que nadie lo notara. Otros, sin embargo, hablaban de los cuerpos encontrados en las afueras del pueblo, siempre encontrados al amanecer, con el rostro distorsionado por el horror y una sonrisa que no era propia de un ser humano.

En una noche oscura, durante la última función del circo en el pueblo, se encontraban un grupo de adolescentes que, movidos por la curiosidad, decidieron desafiar las historias que circulaban. Después de la función, se adentraron en el campamento del circo, buscando al temido payaso, dispuestos a desmentir las leyendas. Nadie los vio entrar. Se deslizaban entre las carpas vacías, riendo en voz baja, hasta que encontraron una pequeña cabaña al final del campamento, apartada de las demás. La puerta estaba entreabierta, y una luz tenue se filtraba desde adentro.

"¿Qué hacemos?" susurró uno de ellos. "Esto es estúpido. Si lo encontramos, será peor para nosotros."

Pero otro, más atrevido, empujó la puerta. "No tengáis miedo. Es solo un payaso, ¿verdad?"

Al entrar, lo que encontraron no fue lo que esperaban. En el centro de la cabaña, sobre una mesa de madera, había una serie de fotografías. Cada una de ellas mostraba a personas del pueblo, algunas conocidas, otras no. Sus rostros, aunque sonreían en las fotos, eran ahora irreconocibles. Estaban marcadas con una sonrisa grotesca, como si alguien las hubiera retocado de manera macabra. En la esquina de la habitación, cerca de un espejo antiguo, estaba el maquillaje del payaso: blanco, rojo y negro, dispuesto de una forma ordenada, casi ritual. La atmósfera se volvió opresiva, pesada, como si la habitación misma estuviera esperando algo.

De repente, una risa llena de maldad resonó por toda la cabaña. Los adolescentes se giraron al instante, buscando el origen del sonido. En el espejo, una figura apareció. Era el payaso. Su rostro estaba deformado, su maquillaje corrido, y sus ojos, de un blanco enfermizo, brillaban con una locura insondable. Pero lo peor de todo fue su sonrisa: era demasiado ancha, casi imposible de lograr para un ser humano. Sus dientes eran amarillos, largos y afilados, como los de un animal salvaje.

"¿Pensaban que podían desafiarme?" dijo la voz del payaso, su risa impregnada de una maldad palpable. "Bienvenidos a mi hogar. Ahora, serán parte de mi show."

Antes de que pudieran reaccionar, las puertas de la cabaña se cerraron violentamente. Los adolescentes intentaron escapar, pero el payaso ya estaba allí, delante de ellos, bloqueando la salida. Con un movimiento rápido y casi espectral, comenzó a acercarse a uno de ellos, su risa cada vez más fuerte, más desgarradora. La habitación parecía encogerse, las paredes se desmoronaban, y una sensación de desesperación invadió a todos.

Aterrados, los jóvenes intentaron defenderse, pero no podían. El payaso no era solo un hombre disfrazado. Había algo mucho más oscuro en él. Su fuerza era sobrenatural, su presencia invadía la sala como una sombra que todo lo consume. Uno a uno, los adolescentes desaparecieron, sin dejar rastro, como si se desvanecieran en el aire.

A la mañana siguiente, el circo abandonó el pueblo, y con él, la paz pareció volver al lugar. Pero la leyenda del payaso asesino no desapareció. Los habitantes del pueblo encontraron, a las afueras de la ciudad, cuerpos sin vida. Sus rostros estaban marcados por una mueca macabra, una sonrisa mortal que no era propia de ellos. Los ojos, vacíos y llenos de terror, estaban mirando al cielo, como si clamaran por ayuda. Todos habían sido víctimas del payaso, y aunque el circo siguió su camino, la figura del payaso asesino permaneció en las pesadillas de quienes aún recordaban la última función.

Desde entonces, cada vez que el circo llega a un nuevo pueblo, siempre se recuerda la leyenda del payaso asesino. Nadie se atreve a ir al campamento después de la función, y siempre se dice que, entre las sombras, se puede escuchar su risa. Y aquellos que se atreven a acercarse, aquellos que desafían la leyenda, nunca vuelven. El payaso sigue viajando, su rostro cubierto por la máscara de la risa, su alma oscura atrapada en un ciclo interminable de terror, buscando nuevas víctimas para su show macabro.

EL HOMBRE SIN ROSTRO

En una pequeña y apartada ciudad, donde las calles se desvanecen en la niebla de la madrugada y las sombras parecen alargarse sin razón, comenzó a circular una historia inquietante. Era un cuento contado en susurros, con ojos nerviosos y voces temblorosas. Nadie sabía cuándo comenzó realmente, pero todos coincidían en una cosa: el hombre sin rostro había estado allí, cerca, durante mucho tiempo.

Se decía que un hombre sin rostro, que caminaba por las calles oscuras de la ciudad, se acercaba sigilosamente a los incautos que vagaban por la noche. Nadie sabía su nombre, su pasado, ni cómo había llegado allí. Lo único que sabían era que, a pesar de no tener un rostro visible, sus ojos —si es que se les podía llamar ojos— eran lo único que destacaba de su figura, y que esos ojos reflejaban un vacío insondable, como si en su lugar solo hubiera oscuridad.

El hombre sin rostro no siempre estaba presente, pero aquellos que lo habían visto nunca olvidaron su apariencia. Algunos decían que lo veían de lejos, al final de una calle o en una esquina oscura, caminando hacia ellos con pasos largos y lentos, como si estuviera esperando a que alguien lo mirara. Otros decían haberlo encontrado en lugares solitarios, como si él siempre supiera cuándo alguien se sentía más vulnerable.

Una de las historias más conocidas sobre el hombre sin rostro la contó una joven llamada Clara, quien una noche decidió quedarse fuera después de la hora en que la ciudad ya se había sumido en el silencio. Había estado visitando a una amiga en su casa, ubicada en el borde del pueblo, y ya era tarde cuando decidió regresar a su casa, que se encontraba a unas pocas calles de distancia. El aire estaba denso, la niebla se había levantado y las farolas parpadeaban débilmente, proyectando sombras distorsionadas sobre el pavimento.

Mientras caminaba, Clara sintió una extraña inquietud. Era como si alguien la estuviera observando desde las sombras. Miró a su alrededor, pero no vio nada. Las calles estaban vacías. Sin embargo, esa sensación de ser seguida persistía. La angustia se apoderó de ella, pero trató de ignorarlo. "Es solo mi imaginación", pensó, apretando el paso.

Al doblar una esquina, un escalofrío recorrió su cuerpo cuando vio algo que no debía estar allí. En la distancia, a unos pocos metros de ella, una figura caminaba lentamente hacia ella. Era un hombre, o al menos parecía serlo, pero lo que lo hacía extraño no era su figura, sino la total ausencia de rasgos en su rostro. No había ojos, ni nariz, ni boca. Solo una superficie lisa, pálida, como una máscara vacía. Clara se detuvo en seco, el miedo helándola hasta los huesos.

El hombre sin rostro continuó avanzando hacia ella, sus pasos resonando en el silencio de la calle. Clara, paralizada por el terror, intentó moverse, pero sus piernas no respondían. Sabía que no debía mirar esos ojos vacíos, esos ojos que no eran ojos, pero no pudo evitarlo. Cuando sus miradas se cruzaron, una sensación indescriptible de vacío y desesperación la invadió. Era como si todo lo que quedaba de ella se estuviera escapando hacia ese hombre.

De repente, el hombre se detuvo frente a ella. No dijo una palabra, no emitió sonido alguno. Su presencia, sin embargo, era insoportable. Clara trató de hablar, de gritar, pero no pudo. La única cosa que pudo hacer fue dar un paso atrás, luego otro, y otro más, hasta tropezar con el bordillo de la acera. Cuando miró nuevamente, el hombre había desaparecido. No había rastro de él. El aire ya no estaba denso, y la niebla se había disipado. Clara, temblando de miedo, no podía entender lo que había sucedido. Había tenido la sensación de estar frente a algo que no era humano, algo que no pertenecía a este mundo.

Al día siguiente, Clara intentó convencer a sus amigos de lo que había vivido, pero nadie le creyó. Algunos pensaron que había sido una alucinación, otros, que la oscuridad y la soledad le habían jugado una mala pasada. Pero Clara sabía lo que había visto, y la sensación de ese vacío en el rostro del hombre la perseguiría durante mucho tiempo.

Pasaron los días, pero algo dentro de ella cambió. Cada vez que salía de noche, la sensación de estar observada regresaba. Las sombras parecían moverse más rápido, y los ruidos que antes no le preocupaban, ahora la inquietaban profundamente. No pasaba mucho tiempo antes de que su mundo se viera envuelto en una constante vigilia. Temía salir de noche, temía encontrarse nuevamente con el hombre sin rostro.

Una noche, semanas después, Clara decidió enfrentarse a su miedo. Sabía que tenía que descubrir la verdad, que debía ver con sus propios ojos si lo que había vivido era real o si solo había sido el producto de su mente alterada. Armándose de valor, salió a la calle en la misma hora en que había encontrado al hombre sin rostro la primera vez. El aire estaba aún más denso que de costumbre, y la niebla se deslizaba por las calles, cubriéndolo todo como una manta. Su respiración era rápida, pero se obligó a caminar, paso a paso, hacia el mismo lugar.

Y ahí estaba, al final de la calle, inmóvil, esperando.

Clara intentó gritar, pero el miedo le heló la garganta. Su cuerpo temblaba incontrolablemente, pero no podía apartar la mirada de esa figura que se erguía en la penumbra. Los pasos que había escuchado aquella primera vez comenzaron a sonar de nuevo, pesados, arrastrándose. El hombre sin rostro no se movía, pero Clara sentía su presencia con una intensidad que la paralizaba.

Cuando finalmente llegó frente a él, la sensación de vacío se apoderó por completo de ella. Podía oír su propia respiración acelerada, podía sentir su corazón latiendo desbocado, pero todo se desvaneció cuando vio la forma de su rostro. Era una superficie completamente lisa, tan pálida que parecía parte del aire mismo. Un rostro que no era rostro, un vacío que no podía ser comprendido por la mente humana. Clara intentó dar un paso atrás, pero ya no podía moverse.

En ese instante, una palabra susurrada se escapó de sus labios, aunque ella no estaba segura de haberla pronunciado. "¿Por qué?"

El hombre sin rostro no respondió, pero Clara sintió que la oscuridad que lo rodeaba se adentraba en ella, como si algo la estuviera arrancando desde el interior. Un grito ahogado se quedó atrapado en su garganta, y cuando intentó apartarse, todo desapareció. La figura ya no estaba, y la niebla se disipó como si nunca hubiera existido. Sin embargo, Clara nunca volvió a ser la misma. Algo se rompió en su interior, algo que no podía comprender.

Nunca más fue vista por la gente de la ciudad. Algunos dicen que aún se la puede escuchar susurrando en la oscuridad, buscando respuestas a lo que vio, buscando una forma de comprender lo incomprensible. Otros, más aterrados, cuentan que la figura del hombre sin rostro sigue rondando las calles, esperando a quienes se atrevan a mirar más allá de las sombras.

Desde entonces, aquellos que cruzan por esas calles por la noche sienten una extraña presencia que los sigue, un peso que los envuelve. Y, a veces, si prestan mucha atención, pueden ver al hombre sin rostro observándolos desde algún rincón oscuro, esperando. Y cuando sus miradas se cruzan, solo queda el vacío, un vacío que consume todo lo que toca.

EL HOTEL EMBRUJADO

El Hotel Espectral era un lugar tan antiguo que su presencia parecía fundirse con la niebla de la ciudad. Ubicado en una esquina olvidada, donde las calles se torcían en sombras profundas, el hotel había sido una parada habitual para viajeros de paso, pero su reputación había cambiado con el tiempo. Pocos se atrevían a hablar de él, y menos aún eran los que se aventuraban a quedarse allí. Los que lo hacían, sin embargo, jamás volvían a ser los mismos.

La historia del hotel comenzó décadas atrás, cuando aún era un próspero refugio para aquellos que viajaban por la región. Durante muchos años, el Hotel Espectral fue el destino de familias, hombres de negocios y turistas que se sentían atraídos por su belleza clásica. La estructura era majestuosa, con una fachada de ladrillos cubiertos por hiedra, ventanas de cristal antiguo que reflejaban la luz de las farolas cercanas, y un gran vestíbulo adornado con un elegante candelabro de cristal. Todo parecía perfecto, pero había algo, una presencia invisible, que no pasaba desapercibida para los más sensibles.

Poco después de su inauguración, comenzaron a circular extrañas historias. Los primeros rumores hablaban de ruidos inexplicables por la noche: pasos, susurros, el sonido de una puerta que se cerraba sin razón aparente. Al principio, se pensó que era solo el crujir natural de la vieja estructura, pero pronto esos ruidos fueron acompañados por sucesos aún más inquietantes. Algunos huéspedes afirmaron haber visto sombras extrañas en los pasillos, figuras que desaparecían al mirar directamente hacia ellas. Otros dijeron haber sentido una presencia fría junto a ellos mientras dormían, como si alguien los observase desde la oscuridad. Y, finalmente, comenzaron las desapariciones.

El primer incidente ocurrió con un joven llamado Samuel, quien llegó al hotel una noche lluviosa en busca de un lugar donde descansar. Samuel era un hombre pragmático, que no creía en supersticiones ni en historias fantasmales, y se alojó sin pensarlo demasiado. Al principio, todo parecía normal. Se instaló en una habitación del tercer piso, una de las más lujosas del hotel, y pidió un poco de comida en su habitación antes de acostarse. Aquella noche, como todas las demás, el hotel se sumió en el silencio de la madrugada. Samuel se despertó a las tres de la mañana, sobresaltado por un fuerte golpe. Despertó de inmediato, mirando a su alrededor, pero no encontró nada fuera de lo común.

El golpe había provenido del pasillo, o eso le pareció. No se levantó a investigar, convencido de que se trataba de algún ruido natural. Pero cuando trató de volver a dormir, la atmósfera en la habitación comenzó a cambiar. El aire se volvió denso, como si una fuerza invisible estuviera presionando sobre él. A lo lejos, pudo escuchar lo que parecían susurros, suaves pero insistentes, como si alguien estuviera conversando en el pasillo. Al principio intentó ignorarlo, pero cuando los murmullos comenzaron a aumentar, se levantó de la cama con desconfianza.

Al salir al pasillo, la sensación de incomodidad lo envolvió por completo. La luz tenue de las lámparas del hotel lanzaba sombras que parecían moverse por sí solas. Se acercó a la fuente del ruido, con el corazón latiendo a toda velocidad. Pero lo que encontró lo dejó helado. No había nadie. El pasillo estaba vacío, pero los susurros persistían, ahora más cercanos. Fue en ese momento cuando lo vio. En la esquina del pasillo, al final, una figura se materializó. Era una mujer, alta, vestida con un elegante vestido blanco, pero su rostro... no podía ver su rostro. Estaba cubierto por una capa de sombras densas, como si algo la despojara de su humanidad.

Samuel retrocedió, horrorizado, pero no pudo mover las piernas. La figura comenzó a acercarse lentamente, con una gracia inquietante, pero cada paso que daba era más pesado, como si la gravedad de ese lugar fuera más fuerte que en el resto del mundo. El murmullo se convirtió en un lamento bajo, casi inaudible, pero tan doloroso que Samuel no pudo soportarlo más. En un intento desesperado, corrió hacia su habitación y cerró la puerta de golpe. Sin embargo, al mirar hacia la ventana, vio algo aún más perturbador: la figura de la mujer estaba en su habitación, de pie frente a él, observándolo con una intensidad que desbordaba la razón. Lo último que recordó antes de desmayarse fue un grito ahogado, que parecía emanar de sus propios labios, pero que no alcanzaba a salir.

Cuando despertó, era de día. El sol entraba tímidamente por las rendijas de la ventana. Samuel se encontraba en su cama, bañado en sudor frío, con la sensación de que había estado a punto de perder la cordura. Sin embargo, lo más aterrador de todo no fue lo que vio, sino lo que había sucedido después. Al salir al pasillo y preguntar a la recepción sobre la mujer del vestido blanco, la respuesta fue escalofriante: "No hay registros de ninguna mujer hospedada anoche."

El hombre, asustado, dejó el hotel al instante y nunca volvió a hablar sobre lo sucedido. Pero las desapariciones continuaron. Varios huéspedes más reportaron haber tenido encuentros similares con la misma figura, y los informes de desapariciones en el hotel se volvieron cada vez más frecuentes. Nadie parecía saber qué sucedía con aquellos que se adentraban demasiado en los pasillos solitarios del Hotel Espectral.

Con el tiempo, el hotel cerró sus puertas. El propietario, un hombre de avanzada edad, se fue sin dar explicaciones, y las ventanas del hotel permanecieron oscuras durante años. Sin embargo, aquellos que pasaban cerca juraban ver luces titilando en las habitaciones del segundo y tercer piso, y muchos afirmaban escuchar los mismos susurros que habían aterrorizado a los primeros huéspedes. No fue hasta años después, cuando un grupo de aventureros decidió investigar el antiguo hotel, que se descubrió la historia detrás de sus muros.

Los registros de la ciudad revelaron que, años antes de la inauguración del hotel, en el mismo terreno, hubo una tragedia. Un incendio devastador arrasó una mansión en donde vivía una familia de aristócratas. La hija de la familia, una joven conocida por su belleza y dulzura, había muerto en el fuego, pero su cuerpo nunca fue encontrado. Después de la tragedia, comenzaron a circular rumores sobre su espíritu, una mujer que vagaba por el lugar, condenada a buscar algo que nunca podría encontrar. Se decía que su alma no descansaba, que no podía dejar ir la tragedia que la había despojado de su vida, y que en su desesperación, su rostro había sido reclamado por las sombras.

El hotel, construido sobre las cenizas de esa mansión, había sido testigo de algo más oscuro que el tiempo podía borrar. La mujer, o lo que quedaba de ella, seguía buscando, esperando a que alguien más se adentrara en su mundo. Los susurros, los lamentos, los murmullos de desesperación... todo formaba parte de una condena que ni siquiera el paso de los años pudo disolver.

Hoy en día, el Hotel Espectral sigue allí, esperando a su próxima víctima. Los pocos que se atreven a acercarse aseguran escuchar el lamento en la distancia, y algunos, los más valientes o los más imprudentes, se adentran en sus pasillos oscuros, solo para desaparecer sin dejar rastro. La leyenda del hotel continúa, creciendo con cada historia que se cuenta, con cada alma que se atreve a cruzar su umbral. Y aquellos que han tenido el valor de hablar de él, aseguran que al entrar al hotel, la sensación de ser observado por algo invisible es tan fuerte, que hasta el aire parece congelarse.

EL EXPERIMENTO RUSO DEL SUEÑO

El Experimento Ruso del Sueño es una de esas leyendas urbanas que, al escucharla, no puedes evitar preguntarte si en realidad se trata de una invención macabra o si, como afirman algunos, es un oscuro fragmento de la historia que se ha mantenido oculto durante décadas. En cualquier caso, la historia que te voy a contar, aunque estremecedora, ha circulado en los rincones más oscuros de internet, en susurros entre aquellos que aseguran haber encontrado pruebas que respaldan la existencia de algo mucho más perturbador que un simple cuento.

La leyenda comienza en los años 40, durante la era soviética, cuando los científicos rusos, bajo el control estricto del gobierno, realizaban todo tipo de experimentos para entender los límites de la condición humana. El experimento que dio origen a esta historia se llevó a cabo en un laboratorio militar secreto, cuya ubicación exacta nunca ha sido confirmada, pero que algunos aseguran se encontraba en lo profundo de Siberia, alejado de cualquier civilización. El objetivo de este macabro experimento era estudiar el sueño humano, pero lo que sucedió en realidad fue mucho más espantoso.

Según los informes filtrados (si es que tales informes existieron), un grupo de cinco prisioneros políticos fueron elegidos para ser parte del experimento. Se les dijo que participarían en una prueba para ver cuánto tiempo podían permanecer despiertos sin sufrir consecuencias fatales, ya que los científicos soviéticos estaban obsesionados con la idea de poder controlar el sueño y, a través de ello, alcanzar un nuevo nivel de rendimiento humano. Para ello, se les administró un gas experimental diseñado para mantenerlos despiertos durante un período prolongado.

En el principio, todo parecía ir bien. Los prisioneros estaban encerrados en una cámara aislada, sin ventanas, sin contacto con el mundo exterior, pero con suficiente comida y agua para sobrevivir. Durante los primeros días, los prisioneros no mostraron signos de fatiga, aunque los científicos pronto comenzaron a notar algo extraño en sus comportamientos. Los hombres se mantenían despiertos, sí, pero empezaron a mostrar síntomas de paranoia. Sus conversaciones se volvieron erráticas, y sus miradas, vacías. Se comenzaban a inquietar con detalles insignificantes y a desconfiar entre ellos, como si algo los estuviera controlando.

En la primera semana, todo parecía estar en orden. Sin embargo, conforme pasaban los días, los efectos del gas comenzaron a ser más pronunciados. Los prisioneros empezaron a mostrar signos de desesperación. Uno de ellos, que se había mantenido relativamente tranquilo, comenzó a gritar sin motivo alguno, afirmando que veía "cosas" en las paredes. Los científicos, desde el otro lado del cristal, observaban como los hombres empezaban a romperse psicológicamente, pero se mantenían firmes en su objetivo de ver hasta dónde podían llegar.

A medida que los días se convirtieron en semanas, la condición de los prisioneros empeoró. Uno de ellos, el más joven, comenzó a mutilarse. Se arrancaba pedazos de piel y carne con las manos desnudas, como si intentara liberarse de algo invisible que lo atormentaba. Otro prisionero, el más alto, comenzó a murmurar en voz baja constantemente, susurros casi inaudibles, como si hablara con alguien que solo él podía ver. Nadie pudo explicar lo que sucedía, pero los científicos observaron en silencio, fascinado por los efectos del gas sobre la mente humana.

El colmo llegó cuando uno de los prisioneros desapareció sin dejar rastro. Una noche, durante el cambio de turno de los científicos, uno de los guardias ingresó a la cámara para verificar que todo estuviera en orden, pero al abrir la puerta, encontró solo a cuatro de los prisioneros. El quinto había desaparecido por completo. No había sangre, no había rastro de lucha, y la única pista fue un extraño susurro que provenía de las paredes. Unos días más tarde, el cadáver del prisionero desaparecido fue encontrado en el conducto de ventilación de la cámara, completamente desfigurado. Lo que los científicos descubrieron fue indescriptible: el hombre había estado arrancándose la carne de su propio rostro, como si estuviera intentando liberarse de una fuerza invisible. A su alrededor, los otros prisioneros comenzaron a volverse cada vez más inestables.

El experimento continuó, pero lo que sucedió a partir de ese momento ya fue más allá de cualquier horror conocido. Los otros tres prisioneros comenzaron a gritar de manera desconcertante, pidiendo ayuda, aunque no había nadie ahí para asistirlos. Su desesperación se volvió más aguda, sus voces se entremezclaban con sonidos horribles, como si de alguna manera pudieran percibir cosas que no existían. Los científicos, al observar desde las cámaras, notaron que los prisioneros se estaban acercando cada vez más al borde de la locura. No obstante, lo más aterrador estaba por llegar.

En la madrugada del día 30, los tres prisioneros restantes finalmente sucumbieron a los efectos del gas. Pero lo que ocurrió después fue lo que dejó a los investigadores completamente aterrados. De repente, los prisioneros comenzaron a moverse. De una forma antinatural, casi como marionetas, se levantaron de sus camas y caminaron hacia la pared de la cámara. Sin previo aviso, comenzaron a golpear sus cabezas contra ella repetidamente, en un acto de autolesión brutal y desquiciado. Los científicos intentaron detenerlos, pero sus sistemas de control fueron saboteados por una falla inexplicable, lo que dejó a los prisioneros completamente a su merced.

Los gritos y los golpes resonaron en los pasillos hasta que el sonido se apagó de repente. Cuando los científicos finalmente pudieron entrar, encontraron que los tres prisioneros estaban muertos, pero no de una forma convencional. Habían sido reducidos a cadáveres mutilados, como si hubieran intentado desgarrarse a sí mismos para escapar del sufrimiento que los había invadido. Lo más aterrador de todo fue que, antes de morir, sus ojos parecían mirar a las cámaras de observación con una intensidad desconcertante, como si quisieran transmitirles algo a los científicos.

En el último día del experimento, antes de que fuera abortado de forma repentina, los registros muestran que uno de los prisioneros supervivientes —el que había gritado más fuerte— dejó una última nota. La frase, escrita con sangre, decía: "No dejen que duerman." Los investigadores no entendieron el significado de estas palabras, pero después de ese día, el proyecto fue sellado bajo la más estricta confidencialidad.

Con el paso de los años, el gobierno ruso desclasificó ciertos archivos que confirmaban la existencia de este experimento, pero siempre hubo vacíos en los detalles. Nadie sabe qué sucedió con los científicos involucrados, ni por qué el proyecto fue detenido con tanta prisa. La historia del Experimento Ruso del Sueño permaneció envuelta en misterio, y muchos aseguran que los mismos investigadores que participaron nunca regresaron a sus casas. Se dice que algunos de ellos murieron de manera extraña, como si el mismo mal que había sido liberado en ese experimento hubiera seguido persiguiéndolos.

El hotel, la ciudad, y los lugares que alguna vez fueron utilizados como campo de experimentación en la antigua Unión Soviética se volvieron sitios evitados por la gente. Nadie se atrevía a acercarse a las zonas cercanas, temiendo que la oscuridad de esa historia regresara para consumir todo lo que quedaba.

Hoy en día, el Experimento Ruso del Sueño sigue siendo una de las leyendas más aterradoras de la historia moderna, y aquellos que la cuentan aseguran que, si prestas atención al silencio, puedes escuchar ecos de los gritos y murmullos de aquellos hombres que, tras permanecer despiertos más tiempo del que la mente humana puede soportar, descubrieron que hay algo mucho más aterrador que el simple acto de soñar.

LA DAMA DE BLANCO

La leyenda de la Dama de Blanco es una de las más conocidas y espeluznantes en todo el mundo. Su historia, contada una y otra vez en diferentes países y culturas, sigue aterrorizando a quienes se atreven a escucharla. Se dice que su espíritu vaga entre la niebla, envuelta en un largo vestido blanco, con una expresión de dolor y desesperación. Pero lo que pocos saben es que hay muchas versiones de esta leyenda, cada una más aterradora que la anterior, pero todas con un denominador común: el encuentro con la Dama de Blanco rara vez termina bien.

La historia comienza en un pueblo apartado, rodeado de bosques oscuros y carreteras solitarias. En este lugar vivió una joven llamada Elena, una mujer hermosa de cabellos oscuros y ojos tan profundos como el océano. Su vida parecía un cuento de hadas; se encontraba prometida con el hombre de sus sueños, un apuesto joven llamado Rafael, con quien planeaba casarse en una fecha próxima. La felicidad de la joven era tan grande que todos en el pueblo hablaban de ella. La familia de Elena era respetada, y su boda era esperada con gran entusiasmo.

Sin embargo, el destino tenía otros planes. Una noche, en la víspera de su boda, Elena recibió una carta. El sobre estaba sellado con cera roja y contenía solo unas pocas palabras: "Rafael ha fallecido en un accidente." Elena, desconsolada y devastada por la noticia, no pudo entender cómo algo tan terrible podía ocurrir justo antes de su felicidad más esperada. Sin embargo, no pudo soportar el dolor de perderlo, y la pena se apoderó de ella, consumiéndola lentamente.

Desesperada y con el corazón roto, Elena decidió ir al lugar donde Rafael había muerto. Un accidente en la carretera, cerca de un acantilado, fue el sitio donde su vida se apagó. En su mente, aún resonaba la idea de que podría haberlo salvado, de que si hubiera llegado a tiempo, tal vez todo hubiera sido diferente. Así que, con una determinación inquietante, se dirigió a la oscura carretera, sola y desolada, sin importarle el peligro que representaba la noche. Vestía el vestido de novia que había sido preparado para su gran día, su rostro pálido, los ojos hinchados de tanto llorar, pero su caminar era firme.

Esa misma noche, la tormenta arremetió con furia. La lluvia caía con fuerza, y el viento aullaba, como si la naturaleza misma lamentara su destino. Cuando Elena llegó al lugar del accidente, miró hacia el abismo y, en medio de su dolor, la desesperación se apoderó de ella. Creyendo que de alguna manera podría reunirse con su amado, se lanzó al vacío sin pensarlo, abrazando la oscuridad y la muerte con la esperanza de encontrarse con Rafael en otro plano.

El pueblo, al día siguiente, descubrió el cuerpo de Elena tendido en el borde del acantilado. La noticia de su trágica muerte se propagó rápidamente, y la tristeza invadió a todos los habitantes. Sin embargo, lo más aterrador comenzó después de su funeral.

Se decía que en las noches de tormenta, cuando la lluvia azotaba con fuerza y el viento aullaba por las colinas, alguien podía ver a una figura solitaria en la carretera cercana al acantilado. Una mujer vestida con un largo vestido blanco, empapado por la lluvia, con el rostro oculto por su cabellera oscura, caminando lentamente hacia el borde. Nadie podía acercarse a ella, pues su presencia llenaba el aire de una sensación de frío indescriptible, como si algo oscuro y malévolo acechara en las sombras.

Los viajeros que transitaban por la carretera empezaron a contar historias sobre haber visto a la Dama de Blanco. La mayoría pensaba que era una visión pasajera, tal vez una ilusión provocada por el cansancio o la niebla. Sin embargo, aquellos que se detuvieron a preguntarle a la figura nunca regresaron. Otros decían haberla visto detenerse frente a sus autos, como si esperara que alguien se acercara. Y si lo hacían, lo que ocurría a continuación era indescriptible.

Uno de los relatos más espeluznantes fue el de un conductor que, una noche, viajaba por la carretera después de la medianoche. Mientras avanzaba por la sinuosa vía, el automóvil comenzó a fallar, y el hombre, frustrado y cansado, se detuvo. De repente, vio la figura de la mujer, a lo lejos, caminando hacia él. A medida que se acercaba, él pudo distinguir su rostro. Aunque su expresión era triste, parecía tener una mirada vacía, como si no estuviera realmente allí. El hombre, aterrorizado, intentó arrancar el coche, pero no pudo. Estaba atrapado.

La mujer se acercó aún más, hasta quedar a escasos metros de él. En ese momento, ella levantó la mano lentamente, señalando hacia el acantilado, y susurró algo que el hombre nunca podría olvidar. "Él no te esperará. Ya no queda tiempo." El hombre, completamente paralizado por el miedo, intentó arrancar el motor una vez más, y esta vez, el coche encendió de inmediato. Sin mirar atrás, aceleró y se alejó lo más rápido que pudo.

Desde esa noche, nunca volvió a contar su historia a nadie. Solo se limitó a decir que la Dama de Blanco le había mostrado algo que nunca podría borrar de su mente. Unos años después, el hombre desapareció misteriosamente, y aunque algunos afirmaron haberlo visto cerca del acantilado, nunca se volvió a saber de él.

Se cree que la Dama de Blanco es el espíritu de todas aquellas mujeres que, por amor o desesperación, tomaron decisiones fatales, buscando una forma de reunirse con sus seres queridos. Pero, como Elena, su alma queda atrapada entre este mundo y el siguiente, condenada a vagar eternamente, repitiendo su dolor y buscando consuelo en la única forma que conoce: a través del sufrimiento de aquellos que tienen la mala suerte de encontrarse con ella.

A lo largo de los años, la leyenda de la Dama de Blanco ha viajado por distintos países y ha tomado muchas formas, pero el patrón es siempre el mismo: una mujer vestida de blanco, con el rostro marcado por el dolor, y la obsesión por la muerte, condenada a caminar por lugares solitarios y carreteras desoladas, en busca de venganza, o tal vez de redención. Si alguna vez te aventuras a viajar por una carretera solitaria, especialmente en una noche lluviosa, te recomiendo que te mantengas alerta. Nunca se sabe cuándo podría aparecer. Y si ves a una figura distante, con un largo vestido blanco que camina hacia ti, no te detengas. Porque, como muchos antes que tú, podrías ser el siguiente en desaparecer sin dejar rastro.

LA CASA DEL ÁRBOL

En el corazón de un pequeño pueblo, rodeado de frondosos bosques y colinas, existía una antigua leyenda que ha sido contada generación tras generación, pero que pocos se atrevían a recordar. Era la historia de La Casa del Árbol, un lugar oscuro y maldito, cuya existencia parecía ser tan real como una sombra que se esconde tras el atardecer. Nadie sabía cuándo se había construido ni quién había vivido allí, pero todos coincidían en algo: el lugar nunca debía ser visitado, especialmente al caer la noche.

La historia comenzó hace más de cien años, en un verano cálido, cuando una familia se mudó al pueblo. Los padres, Luis y Marta, junto con sus dos hijos pequeños, Daniela y Simón, llegaron buscando una vida tranquila, lejos del bullicio de la ciudad. Encontraron una pequeña casa en las afueras, cerca del bosque, un lugar apartado que parecía perfecto para empezar una nueva vida. Sin embargo, no pasaron muchos días antes de que comenzaran a notar cosas extrañas.

La casa estaba situada al pie de una enorme y antigua secuoya, cuyos gigantescos troncos parecían abrazar el cielo. Era un árbol impresionante, tan viejo como el propio pueblo, y se alzaba justo detrás de la vivienda, sus ramas cubriendo parcialmente el tejado. Desde el principio, los habitantes del pueblo les advirtieron sobre el árbol, pero Luis, curioso por naturaleza, pensó que solo se trataban de viejas supersticiones. No creía en esas historias. Después de todo, el árbol parecía ser solo una parte del paisaje natural, como cualquier otro.

Pronto, Daniela y Simón comenzaron a jugar cerca del árbol, fascinados por la altura y las ramas que colgaban a lo largo de su tronco. Fue Daniela quien, un día, mientras trepaba entre las raíces del árbol, encontró una extraña puerta pequeña, cubierta por hojas secas y musgo. Era tan pequeña que casi no se podía ver, y su madera, desgastada por el tiempo, estaba impregnada con un fuerte olor a humedad. Curiosa, la niña la abrió. Dentro, encontró una escalera de madera, angosta y oscura, que descendía hacia lo profundo de la tierra.

Aunque Daniela sintió una extraña sensación al mirar hacia abajo, algo la empujó a bajar. La oscuridad se volvía más densa con cada peldaño que descendía, pero la niña, guiada por un inexplicable impulso, continuó bajando hasta que llegó al final. En la penumbra, descubrió una pequeña habitación, vacía, excepto por un único objeto: una silla antigua, de madera oscura, que estaba colocada en el centro de la sala. La silla parecía estar allí desde hacía siglos, con el tapizado desgastado por el paso del tiempo. Daniela, intrigada, se acercó y tocó la silla. En ese momento, un escalofrío recorrió su cuerpo, pero no pudo explicarlo. Un sonido suave, como un susurro, pareció provenir de la silla misma, una voz que murmuraba en un idioma que no podía comprender.

Asustada, Daniela corrió de vuelta hacia la superficie, pero al salir del pequeño refugio, algo la detuvo. El árbol, aquel al que había jugado durante tanto tiempo, parecía ahora diferente. Las ramas se movían lentamente, como si una brisa invisible las agitará, y la sensación de estar observada la envolvía por completo. Sin decir nada, regresó a la casa y se negó a acercarse al árbol de nuevo.

A los días siguientes, la familia comenzó a experimentar fenómenos extraños. Los niños, antes tan felices, se mostraban inquietos y ansiosos. Simón dejó de dormir, afirmando escuchar susurros provenientes del árbol cada noche. Luis y Marta pensaron que era solo el producto de la imaginación de los niños, pero cuando comenzaron a oír pasos arrastrándose en el suelo de la casa, y las puertas que se cerraban solas en pleno día, la incertidumbre se apoderó de ellos. Las voces no solo provenían del árbol, sino también de la pequeña habitación bajo tierra, a la que Daniela había accedido.

Una noche, después de que Simón desapareciera sin dejar rastro, Marta entró en pánico y comenzó a buscar desesperadamente. Tras horas de búsqueda, la encontró en la pequeña habitación bajo el árbol, sentada en la silla de madera, como si estuviera hipnotizada. Los ojos de Simón estaban completamente en blanco, y sus labios murmuraban en un idioma incomprensible. Marta, horrorizada, intentó acercarse a su hijo, pero una fuerza invisible la empujó hacia atrás. El niño levantó la cabeza lentamente, y en su rostro se reflejaba una expresión que Marta nunca olvidaría: una mueca vacía, como si no fuera él, como si algo o alguien estuviera dentro de él.

Con la ayuda de los vecinos, Luis y Marta intentaron destruir el árbol. Pensaban que si cortaban el tronco, acabarían con la maldición, pero al hacerlo, se dieron cuenta de que el árbol no era como cualquier otro. Sus raíces parecían no terminar nunca, y el árbol respondía a los cortes como si estuviera vivo, sellando la puerta del pequeño refugio. Durante días, los padres trataron de liberar a Simón, pero sin éxito. Fue entonces cuando un anciano del pueblo, uno de los pocos que aún recordaba la historia de la Casa del Árbol, se acercó a ellos y les reveló la verdad.

La casa, al igual que el árbol, había sido construida sobre tierras malditas. En el pasado, un hombre cruel y despiadado había hecho un trato con una entidad oscura, sellando su alma a cambio de riquezas. El árbol, como testigo del pacto, había sido condenado a crecer y crecer, alimentándose de la desesperación y el sufrimiento de aquellos que se atrevían a acercarse. Cada vez que alguien se sentaba en la silla del árbol, el alma de esa persona quedaba atrapada, su mente consumida por la oscuridad.

Aterrados, Luis y Marta tomaron la decisión de abandonar la casa, dejando atrás el árbol y todo lo que había ocurrido. Sin embargo, antes de irse, el anciano les advirtió que el mal nunca se iría del todo. La Casa del Árbol seguiría esperando a nuevas víctimas, alimentándose de su dolor y su miedo. La gente que vivió allí después de ellos nunca volvió a ser vista. En las noches más oscuras, cuando la niebla se cierne sobre el pueblo, aún se dice que, si te acercas al árbol, puedes escuchar susurros apagados, como si las almas atrapadas estuvieran clamando por ayuda, pero la única respuesta que obtendrás será el eco de tu propia desesperación.

Hoy en día, la Casa del Árbol está abandonada, cubierta por la maleza, pero su presencia sigue siendo una sombra en el pueblo. Y aquellos que se atreven a caminar cerca del bosque, especialmente de noche, juran haber visto una figura entre las ramas, observando en silencio. Algunos dicen que, si te acercas demasiado, puedes escuchar susurros que te invitan a entrar, pero el precio que pagarás por curiosidad es más alto de lo que jamás podrás imaginar.

EL ASESINO DEL TELÉFONO MÓVIL

Era una noche lluviosa de otoño cuando Carolina, una joven estudiante universitaria, decidió quedarse en su apartamento para estudiar para los exámenes finales. A pesar de que la tormenta rugía afuera y las ráfagas de viento golpeaban las ventanas con fuerza, Carolina no prestaba mucha atención a los sonidos de la tormenta. Se encontraba completamente concentrada en sus libros y notas, la luz de su escritorio parpadeando intermitentemente a medida que los relámpagos iluminaban la oscuridad. Sin embargo, algo extraño comenzó a suceder esa noche, algo que cambiaría su vida para siempre.

A eso de las 11 de la noche, mientras tomaba un descanso y revisaba su teléfono móvil, Carolina recibió un mensaje. En la pantalla aparecía un número desconocido, uno que no había visto jamás. Al principio, pensó que podría ser algún tipo de spam, pero al leer el contenido del mensaje, una extraña sensación recorrió su cuerpo. El mensaje decía solo una línea: "Te estoy mirando."

Carolina, sintiendo una incomodidad inexplicable, miró alrededor de la habitación. No había nada fuera de lo normal, pero algo en su interior le decía que debía prestar atención. Decidió ignorarlo, pensando que podría ser una broma o un error. Sin embargo, el mensaje la había dejado inquieta. Tras unos minutos de ansiedad, volvió a su estudio, tratando de apartar los pensamientos extraños que rondaban por su mente.

Pero el teléfono vibró de nuevo. Esta vez, el mensaje era diferente. Esta vez decía: "No sigas buscando, ya sé lo que estás haciendo." Carolina, confundida, miró la pantalla. ¿Quién podría saber que estaba leyendo un libro sobre historia medieval? ¿Quién, en este momento, podría estar espiándola?

Pensó que debía ser alguien de su clase, tal vez una broma pesada, y decidió llamar al número para confrontarlo, pero en cuanto intentó marcar, el teléfono se apagó de repente. La pantalla se volvió negra y el teléfono no respondía. Intentó reiniciarlo, pero nada sucedió. Preocupada, miró por la ventana, donde las sombras de la tormenta daban una sensación de inquietud. Lo único que la tranquilizaba era que vivía en un edificio de apartamentos con seguridad, rodeada de otras personas. No estaba sola.

Al intentar encender su teléfono nuevamente, Carolina vio una notificación que la dejó helada: "Te he visto. Ahora estás en mi radar." Era de nuevo el mismo número. Esta vez, la angustia se apoderó de ella. Decidió llamar a la policía, pero antes de que pudiera hacerlo, vio que la pantalla de su teléfono comenzó a parpadear de nuevo. Su teléfono, ahora encendido, mostraba una foto de ella en su escritorio, tomada desde una perspectiva extraña. Se sentó de golpe, sintiendo un sudor frío recorrer su espalda.

Era imposible, pensó. Había cerrado las cortinas y las ventanas. Nadie podría estar en el apartamento sin que ella lo notara. Entonces, vio el siguiente mensaje: "Estoy justo detrás de ti. Míralo."

Carolina giró rápidamente la cabeza hacia el pasillo que daba a su dormitorio, pero no había nada. Sin embargo, la sensación de ser observada era innegable. El miedo la paralizaba. Decidió salir del apartamento y dirigirse al vestíbulo del edificio, donde siempre había seguridad. Al acercarse a la puerta, su teléfono volvió a sonar, esta vez con una llamada entrante. El número era el mismo, y aunque su instinto le decía que no contestara, el pánico la hizo responder.

Al otro lado de la línea, una voz suave, casi susurrante, dijo: "Te vi salir. ¿A dónde vas? Ya no estás segura. No te acerques a la puerta. Estás en mis manos."

La llamada se cortó abruptamente, pero Carolina no necesitaba más confirmación. El terror la invadió por completo. Sin pensarlo, corrió hacia la ventana para ver si podía encontrar alguna pista, pero lo único que vio fue la oscuridad de la tormenta. El edificio estaba vacío, y la sensación de estar sola en el mundo era aterradora.

Fue entonces cuando escuchó un golpe en la puerta. Un golpeteo suave, casi imperceptible, como si alguien intentara no ser escuchado. Estaba completamente sola en el apartamento, o al menos eso pensaba. El golpe se repitió, esta vez con más fuerza. Carolina, con el corazón en la garganta, fue hasta la puerta, lentamente, y miró a través de la mirilla. Lo que vio la dejó paralizada.

A través de la pequeña abertura, vio un par de ojos brillantes, pero lo más aterrador era lo que los acompañaba: una sonrisa macabra, torcida y desfigurada. Aquel rostro no parecía humano. No podía entender cómo era posible. Nadie en su edificio tenía ese aspecto. De repente, el teléfono volvió a vibrar. "Sé lo que estás pensando. No te atrevas a abrir."

Desesperada, Carolina trató de llamar a la policía, pero ya no podía usar el teléfono. Cada vez que intentaba hacer una llamada, la pantalla se oscurecía. Fue entonces cuando la puerta comenzó a crujir, como si algo la estuviera empujando desde el otro lado. Como si alguien estuviera tratando de forzarla. El miedo la paralizó por completo.

De repente, las luces del apartamento se apagaron. La oscuridad total la envolvió. Intentó gritar, pero su voz se ahogó en el silencio. El teléfono volvió a sonar una vez más, y al mirarlo vio algo que la hizo casi caer al suelo. Era una foto, una foto tomada desde su cama. Ella no se había movido de allí en toda la noche. La fotografía mostraba su rostro, dormido, con los ojos abiertos, mirando fijamente hacia la cámara. En el fondo, se podía distinguir una sombra difusa, como si algo o alguien estuviera de pie al lado de su cama, observándola.

Carolina no podía entender cómo había llegado hasta allí, quién era el responsable de esos mensajes, ni cómo había logrado estar en su apartamento sin que ella lo notara. Lo único que sabía era que estaba atrapada, sola, con la sensación de que alguien estaba acechando cada uno de sus movimientos. Con un impulso desesperado, corrió hacia la puerta, pero cuando la abrió, no había nadie.

La policía nunca encontró a nadie que pudiera haber sido el autor de esos mensajes. El número desde el cual llegaron las llamadas nunca apareció en las bases de datos. Carolina nunca volvió a ser la misma, y la historia del asesino del teléfono móvil se convirtió en una leyenda. Dicen que aquellos que reciben un mensaje de ese tipo, o aquellos que reciben una foto en su teléfono tomada mientras duermen, son las siguientes víctimas de un asesino que acecha a través de la tecnología, capaz de entrar en tu casa sin que lo sepas, sin que lo veas.

Hoy en día, muchos temen dejar su teléfono móvil cerca de la cama o de la ventana, pues el asesino del teléfono móvil podría estar observándote en cualquier momento, esperando el momento perfecto para atrapar a su siguiente víctima. No se sabe si es una leyenda o una terrible verdad, pero si alguna vez recibes un mensaje extraño de un número desconocido, es mejor no ignorarlo. Podría ser el último mensaje que recibas.

EL OJO QUE TODO LO VE

En un pequeño pueblo, apartado de las grandes ciudades y rodeado por montañas y bosques oscuros, existía una leyenda que recorría las calles en susurros, contada en las reuniones nocturnas o entre las risas nerviosas de los niños que, al oírla, se apresuraban a volver a sus casas antes del anochecer. Era la historia del Ojo que Todo lo Ve, un símbolo antiguo que, según los más ancianos, estaba relacionado con fuerzas oscuras que observaban el alma humana desde las sombras.

La historia comenzó hace más de cien años, en tiempos en los que el pueblo aún era joven y se encontraba en expansión. En el centro del pueblo se encontraba una vieja iglesia, cuyo campanario siempre había atraído la atención de los curiosos. Sin embargo, lo que pocos sabían era que bajo la iglesia se encontraba una cámara secreta, oculta y sellada con la más profunda de las trampas. Nadie había visto jamás el interior de esa cámara, hasta que un grupo de jóvenes aventureros, con el ímpetu de la juventud y la arrogancia propia de su edad, decidieron explorar los rincones más oscuros de la iglesia, desafiando las advertencias de los mayores.

Uno de esos jóvenes, un muchacho llamado Álvaro, había oído hablar de la cámara oculta y, junto a sus amigos, decidió adentrarse en ella una noche, aprovechando la oscuridad de la madrugada. Después de horas de búsqueda, finalmente encontraron una antigua trampilla en el suelo, oculta bajo una alfombra desgastada. Con esfuerzo, la abrieron, dejando escapar una nube de polvo que parecía haberse acumulado durante generaciones. Bajaron por unas escaleras estrechas y empinadas que conducían a un sótano sombrío, tan profundo que la luz de sus linternas apenas iluminaba el primer tramo de la escalera.

En el fondo de la cámara, los jóvenes descubrieron un altar de piedra, rodeado de extrañas inscripciones en un idioma desconocido. En el centro de ese altar, reposaba un objeto que brillaba débilmente: un ojo de cristal, perfectamente esférico y colocado en una base de obsidiana. Su superficie reflejaba la luz de manera extraña, como si el ojo tuviera vida propia, absorbiendo y reflejando todo lo que tocaba. Estaba rodeado de símbolos inquietantes, como si fuera una especie de ídolo. Intrigados y excitados por el hallazgo, los jóvenes no dudaron en tomar el ojo, llevándoselo con la idea de que se trataba de un objeto místico, un trofeo que muchos codiciarían.

Lo que no sabían era que, al tomar el ojo, habían desatado algo mucho más siniestro que simplemente haber encontrado un artefacto antiguo. En cuanto lo levantaron, una sensación extraña se apoderó de ellos. Un susurro comenzó a retumbar en sus oídos, una voz tenue que parecía provenir de las paredes mismas del sótano. No entendían las palabras, pero sentían un profundo malestar. Era como si algo los estuviera observando.

Al principio, no le dieron mucha importancia. La excitación del descubrimiento hizo que, durante días, hablaran de ello sin cesar. Sin embargo, pronto comenzaron a ocurrir cosas extrañas. Primero fue Álvaro, quien, al mirar el ojo en su casa una noche, juró que vio algo moverse dentro de él. Al principio pensó que era solo su imaginación, pero luego lo vio de nuevo: un par de ojos oscuros, como sombras, que lo observaban desde el interior del cristal. Desconcertado, intentó alejarse del objeto, pero siempre parecía estar a su alrededor, como si lo siguiera. La sensación de ser observado no lo abandonaba.

La misma sensación comenzó a invadir a los demás. A medida que pasaban los días, las sombras parecían alargarse en la periferia de su visión, y las luces comenzaban a parpadear cuando el ojo estaba cerca. La pesadilla tomó un giro más oscuro cuando comenzaron a tener sueños extraños. En esos sueños, veían el ojo flotando, observándolos sin piedad, siempre en silencio, pero con una presencia tan aplastante que no podían escapar. Cuando despertaban, sentían como si algo hubiera estado con ellos durante la noche, como si una mirada invisible los estuviera acechando.

Fue entonces cuando las desapariciones comenzaron.

Primero, uno de los amigos de Álvaro, Felipe, desapareció sin dejar rastro. Nadie lo vio salir de su casa, y las puertas y ventanas estaban cerradas por dentro. Lo buscaron por días, pero nunca apareció. La policía, desconcertada, no pudo hallar ninguna pista. Después, fue Carmen, la amiga más cercana de Álvaro. Nadie entendía cómo ni por qué, pero desapareció de la misma manera extraña, como si hubiera caído en una oscuridad profunda de la cual no pudo salir.

Los jóvenes comenzaron a temer por sus vidas, pero no sabían cómo deshacerse del ojo. Álvaro, sintiendo que algo maligno se había apoderado de él, decidió devolver el ojo a la iglesia y sellar de nuevo la cámara secreta. Sin embargo, cuando trató de hacerlo, descubrió algo aún más aterrador: el ojo ya no estaba donde lo habían dejado. En su lugar, había una ranura vacía y una inscripción nueva, que apareció como por arte de magia: "Te estoy observando. No puedes escapar de mí."

Aterrados, los sobrevivientes intentaron quemar el ojo, destruirlo, romperlo, pero sin éxito. Cada vez que intentaban deshacerse de él, algo peor sucedía: los perseguían extrañas figuras sombrías, las puertas se cerraban solas, y las luces nunca permanecían encendidas por mucho tiempo. Las voces susurrantes que solo ellos podían oír se volvían cada vez más fuertes, como si el ojo hubiera cobrado vida propia y estuviera consumiendo sus mentes.

Con el paso de las semanas, el pueblo entero comenzó a notar el cambio. Algo oscuro se cernía sobre ellos, algo que los vigilaba constantemente. Nadie estaba a salvo, ya que parecía que el ojo podía atravesar las paredes, las puertas, y entrar en los hogares de todos. La gente comenzó a desaparecer una tras otra. Nadie se atrevía a mirar por las ventanas por miedo a encontrarse con la mirada fija del ojo, sabiendo que esa mirada no los dejaría en paz.

Los sobrevivientes, aterrados, intentaron alejarse del pueblo, pero incluso fuera de él, el ojo los seguía. Nadie pudo escapar. Se decía que el ojo, con su poder sobrenatural, no era solo un objeto, sino una entidad oscura que vivía para observar, para acechar, para devorar a aquellos que lo poseían. Era como si fuera una especie de maldición viviente, un observador eterno que nunca se cansaba, que nunca dejaba de mirar.

Hoy en día, en ese pueblo olvidado, las casas están vacías, y las calles son solo ecos de un tiempo pasado. La iglesia permanece en pie, desmoronada por el paso de los años, pero nadie se atreve a acercarse. La leyenda del Ojo que Todo lo Ve persiste, y aquellos que han escuchado hablar de él, ya sea en sueños o por historias de generaciones pasadas, jamás se atreven a mirarlo, por miedo a ser consumidos por su mirada eterna. La gente susurra que aún, en las noches más oscuras, el ojo sigue observando, esperando que alguien se acerque, esperando para reclamar a su siguiente víctima.

EL HOTEL DE LOS ESPÍRITUS

La niebla cubría el paisaje con una espesa capa de misterio aquella noche. El aire fresco se colaba por las rendijas del coche, mientras Claudia y su amigo Javier avanzaban por la carretera desierta, rodeada de árboles y montañas. Había sido un largo viaje desde la ciudad, y ambos estaban agotados, con las luces del coche reflejando sombras extrañas en los árboles. Lo que debía ser un simple fin de semana de descanso en un hotel apartado, lejos de la rutina, se convirtió en algo mucho más siniestro.

Claudia había encontrado el hotel en una página web de turismo, y aunque las reseñas eran un tanto escasas, las fotos del lugar eran impresionantes: un antiguo edificio de época con vistas a un valle lleno de naturaleza. Parecía el lugar perfecto para escapar del estrés de la vida diaria. Pero había algo en el aire, algo inexplicable, que hizo que los dos sintieran un ligero escalofrío al acercarse.

Al llegar, notaron que el hotel estaba apartado de todo, casi oculto entre los árboles. No había luces brillantes ni señales de otros huéspedes, solo la imponente fachada del edificio, con su arquitectura gótica y desgastada. La entrada estaba iluminada por una tenue lámpara que lanzaba una luz amarillenta sobre el portal. Un escalofrío recorrió la espalda de Claudia, pero lo desestimó, pensando que era solo la fatiga del viaje.

Al entrar, el ambiente dentro del hotel era frío y oscuro. El vestíbulo estaba decorado con muebles antiguos y cubiertos de polvo, y las paredes, de un gris apagado, parecían absorber la poca luz que había. En la recepción, una mujer mayor, de rostro arrugado y ojos fijos, los miraba sin decir palabra. Su presencia era extraña, como si estuviera esperando a alguien. El reloj en la pared marcaba las 11:15 p.m., pero Claudia y Javier no se dieron cuenta de lo tarde que era hasta que la mujer les entregó una llave sin decir palabra y les indicó la habitación.

Subieron al segundo piso, donde el aire era aún más frío y la iluminación era escasa, con luces parpadeantes en los pasillos. El hotel parecía deshabitado, como si el tiempo se hubiera detenido allí. Las puertas de las habitaciones estaban cerradas con llave, pero todas parecían igual: viejas, de madera oscura, con el mismo estilo anticuado que dominaba el lugar. Al llegar a su habitación, Javier intentó encender la luz, pero la bombilla parpadeó y se apagó. Ambos se miraron, confundidos, y optaron por dejar la luz apagada.

La habitación tenía una gran cama con sábanas blancas, pero el aire estaba cargado de humedad, y un ligero olor a moho flotaba en el ambiente. La ventana daba a un oscuro jardín, donde no se distinguían los detalles. Un viejo espejo, colocado en una pared opuesta a la cama, reflejaba la habitación con una claridad inquietante. Claudia intentó descansar, pero no podía dejar de sentir que algo no estaba bien. El silencio era absoluto, como si el hotel estuviera completamente vacío, pero no podían deshacerse de la sensación de que algo o alguien los observaba.

Fue entonces cuando Claudia escuchó un susurro. Al principio pensó que venía de la calle, tal vez del viento entre las ramas de los árboles, pero luego comenzó a escuchar más claramente. Un susurro bajo, ininteligible, que parecía provenir de alguna parte de la habitación. Giró rápidamente hacia Javier, que ya estaba acostado en la cama, pero él no había oído nada.

"¿Lo escuchaste?", preguntó Claudia, visiblemente inquieta.

Javier frunció el ceño y negó con la cabeza, pero al mismo tiempo, ambos sintieron la presión de un silencio insoportable. Un aire frío recorrió el cuarto, como si la temperatura hubiera bajado bruscamente en cuestión de segundos. Claudia miró hacia el espejo. Por un momento, vio una figura reflejada en él, una sombra que no estaba allí cuando miró directamente a la habitación. Se levantó rápidamente de la cama y, al acercarse al espejo, la sombra desapareció. La sensación de malestar aumentó, pero nuevamente trató de racionalizarlo.

Decidieron salir de la habitación para calmar los nervios, pero al pasar por el pasillo, notaron algo extraño. Las puertas de las habitaciones se abrían y cerraban lentamente, como si hubiera una corriente de aire. Sin embargo, no había viento, y el hotel estaba completamente inmóvil. De repente, una puerta se abrió con un sonido chirriante, revelando una habitación completamente vacía. O eso parecía.

Claudia sintió la necesidad de investigar, y sin pensarlo, entró en la habitación. Al principio, no vio nada fuera de lo común, solo muebles cubiertos con sábanas blancas, pero luego algo llamó su atención: una mesa, en el centro de la habitación, estaba cubierta de fotografías. Fotos de diferentes personas, algunas viejas, otras más recientes, pero todas tenían algo en común: todos los rostros estaban tachados, como si alguien los hubiera eliminado deliberadamente. Claudia se acercó a una de las fotos y, al observarla más de cerca, sintió un nudo en el estómago. Era una foto de la mujer de la recepción, pero su rostro estaba distorsionado, como si hubiera sido tomada a la fuerza.

De repente, una mano fría tocó su hombro. Claudia se giró rápidamente, pero no había nadie. Solo el eco de sus propios pasos llenaba el silencio.

Salió corriendo de la habitación y regresó a su habitación, donde Javier aún dormía. Intentó despertarlo, pero no pudo. Estaba profundamente dormido, como si estuviera completamente ajeno a lo que sucedía a su alrededor. La luz de la lámpara parpadeó nuevamente, y cuando

Claudia miró hacia el espejo, vio a la mujer de la recepción reflejada detrás de ella, con la mirada fija y vacía. Fue un instante breve, pero lo suficiente para que un escalofrío recorriera su espalda.

Al día siguiente, Claudia y Javier decidieron irse del hotel lo más rápido posible. Ya no podían soportar el aire pesado que llenaba cada rincón del edificio, ni la sensación de que no estaban solos. Al llegar a la recepción para hacer el check-out, la mujer los observó sin decir palabra. Cuando Claudia intentó pagar, la mujer negó con la cabeza, señalando hacia la puerta con un gesto que parecía una advertencia.

"Nosotros no aceptamos dinero aquí", dijo con voz baja. "Este es un lugar donde el tiempo no avanza. Las almas de aquellos que aquí se hospedaron siguen viviendo entre estas paredes."

Aterrados, Claudia y Javier abandonaron el hotel, pero no pudieron quitarse la sensación de que algo los seguía. Cada vez que cerraban los ojos, podían ver el reflejo de la mujer en los espejos, como si su espíritu hubiera quedado atrapado en aquel lugar. Nadie sabe realmente qué ocurrió en ese hotel, pero aquellos que se atreven a hablar de él cuentan que las almas de los muertos nunca abandonan ese lugar. Nadie se atreve a quedarse allí por más de una noche, y el hotel, como muchos otros lugares olvidados por el tiempo, permanece cerrado y en ruinas. Pero hay quienes aseguran que, en noches oscuras, si pasas por ese camino, puedes ver una figura en la ventana, mirando hacia fuera, esperando... siempre esperando a los próximos huéspedes.

LA CARRETERA MALDITA

La lluvia caía con fuerza aquella noche. Las gotas golpeaban el parabrisas con tal intensidad que el ruido apenas dejaba escuchar el motor del coche. Carla y su amigo Javier estaban de regreso de un viaje a la ciudad. Decidieron tomar una ruta alternativa, evitando el tráfico habitual, pero lo que no sabían era que esa decisión los conduciría hacia algo que nunca olvidarían.

Habían oído hablar de la Carretera Maldita en algunas historias locales, pero nunca le prestaron mucha atención. Era una vía secundaria, desierta y antigua, que cruzaba los límites del bosque. La gente del pueblo siempre la evitaba, especialmente en las noches de tormenta. Nadie podía explicar exactamente por qué, pero había algo en esa carretera que parecía perturbar a quienes se atrevían a transitarla.

A pesar de las advertencias, Carla y Javier decidieron tomarla. La idea de evitar el tráfico y ahorrar tiempo les parecía tentadora, y aunque el aire estaba denso y la tormenta arreciaba, continuaron. Los faros del coche iluminaban la carretera empapada, creando sombras alargadas que se movían extrañamente, como si algo los estuviera siguiendo.

Pasaron los primeros minutos sin incidentes, pero pronto la atmósfera comenzó a cambiar. El paisaje a su alrededor se volvió cada vez más oscuro. A medida que avanzaban, los árboles a ambos lados de la carretera se cerraban, como si intentaran engullir la vía. La visibilidad era casi nula, y a pesar de que Javier mantenía la velocidad constante, algo en el aire lo inquietaba.

"Esto no me gusta", dijo Carla, mirando hacia la ventana, donde las sombras de los árboles se movían al ritmo del viento. "¿No sientes que algo está raro?"

Javier frunció el ceño y asintió, aunque intentó calmarla. "Es solo la tormenta. Pronto saldremos de este tramo."

Pero no salieron.

La carretera comenzó a estrecharse y a retorcerse en un camino sinuoso que parecía no tener fin. Las curvas eran cada vez más pronunciadas, y la tormenta no cesaba. Carla miró por el retrovisor, buscando un rastro de luz, algo que indicara que estaban cerca de otra ciudad o pueblo, pero lo único que veía era la oscura espesura de la noche.

Fue entonces cuando lo escucharon: un extraño crujido, como si algo o alguien estuviera caminando por el techo del coche.

"¿Lo oíste?" susurró Carla, tensa, agarrando el asiento. Javier aceleró ligeramente, pero el sonido persistió, ahora más claro y cercano. Carla miró hacia arriba, temerosa de lo que pudiera encontrar. Los árboles parecían moverse de manera extraña, como si sus ramas estuvieran estirándose hacia el coche.

"Es solo el viento, seguro," dijo Javier, aunque su tono no era tan confiado como antes. Pero el sonido se intensificó, ahora un golpeteo constante, como si algo estuviera caminando sobre ellos.

En ese momento, los dos vieron una figura a lo lejos. Al principio, pensaron que era una ilusión producto de la tormenta, pero a medida que se acercaban, la figura se hacía más clara. Era una mujer, parada en el medio de la carretera, mirando hacia ellos. Su silueta estaba difusa por la lluvia, pero aún así era inconfundible: una figura alta, vestida con un largo abrigo oscuro, con el cabello recogido y los ojos ocultos bajo la sombra de su capucha.

Javier frenó bruscamente, casi derrapando, y ambos se quedaron paralizados por un instante. La mujer no se movía, pero sus ojos, brillando débilmente a través de la oscuridad, parecían clavarse en los dos con una intensidad indescriptible. Era como si estuviera esperando que algo sucediera.

"¿Qué hacemos?" preguntó Carla, temblando. Javier, aún nervioso, bajó la ventanilla ligeramente, y con voz vacilante, le gritó:

"¡Hey! ¿Estás bien?"

La mujer no respondió. Se mantuvo inmóvil, sin decir palabra, pero algo en su postura era inquietante. Entonces, de repente, la figura comenzó a moverse lentamente hacia el coche, dando pasos largos, casi flotando, como si no tocara el suelo. Los dos amigos se miraron aterrados, incapaces de moverse o decir algo. La mujer estaba a tan solo unos metros de ellos, y algo en su rostro... algo en sus ojos les heló la sangre.

Era una mirada vacía, una mirada que no parecía humana, como si estuviera poseída por algo mucho más oscuro.

De repente, la figura se desvaneció ante ellos, como si se desintegrara en la niebla. Un suspiro helado recorrió el interior del coche. Carla gritó y cerró la ventanilla de golpe, su respiración agitada. Javier, pálido, comenzó a acelerar nuevamente, pero el coche no respondió bien, como si algo estuviera obstruyendo su marcha. Las luces comenzaron a parpadear, y el motor falló brevemente antes de que pudiera retomar la velocidad.

"¡Vamos, vamos!", gritó Javier, apretando el volante. Pero cuando miraron hacia el retrovisor, algo más los esperaba. Un reflejo. Unas figuras que caminaban a lo lejos, emergiendo de la niebla. Eran varias, caminando lentamente hacia ellos, con la misma expresión vacía y sin rostro. Eran como sombras, una tras otra, y no parecían tener fin.

El corazón de ambos latía con fuerza, y mientras Javier intentaba acelerar aún más, algo en la carretera los detuvo. El coche comenzó a dar tirones, como si algo invisible lo estuviera frenando, y luego, las luces se apagaron por completo. El coche quedó sumido en la oscuridad total, solo iluminado por la tenue luz de los relámpagos. El aire, cargado de humedad, se sentía espeso, irrespirable.

"¡Prende el coche, rápido!" gritó Carla, completamente aterrada.

Pero Javier no podía. No podía hacer que el motor arrancara. Los dos miraron a su alrededor, y vieron que las figuras se estaban acercando más y más. Cada paso era más cercano, y sus rostros, aunque indefinidos, reflejaban una horrible sensación de sufrimiento.

En ese momento, el coche se apagó por completo, y todo quedó en silencio. La tormenta cesó, y la niebla se disipó. Todo lo que quedaba era la carretera vacía y la sensación de que algo horrible había ocurrido allí, algo más allá de su comprensión.

Cuando por fin el coche arrancó, ambos sintieron un alivio momentáneo, pero al mirar atrás, ya no había figuras ni mujer. Solo la quietud de la carretera vacía.

Al llegar a la siguiente ciudad, ambos estaban exhaustos y completamente aterrados. Decidieron no hablar con nadie sobre lo sucedido, pero nunca pudieron olvidar lo que vieron aquella noche. El hotel donde se hospedaron esa madrugada les dio un sueño interrumpido por extrañas pesadillas, y al día siguiente, decidieron regresar a su casa por una ruta completamente distinta.

Años después, Carla y Javier se encontraron de nuevo, y aunque el recuerdo de la carretera maldita seguía vívido en sus mentes, nunca volvieron a hablar de ello. Nadie lo hacía. La gente del pueblo aún susurraba sobre la Carretera Maldita, la misma ruta que nadie tomaba después del anochecer, donde las almas de los que la cruzaron jamás regresaron. Y cuando alguien intentaba hacerlo, siempre había algo extraño, algo siniestro que los detenía… algo que nunca dejaría que salieran.

EL ESPÍRITU DE LA HABITACIÓN 1408

El hotel Dolphin había sido una de las construcciones más emblemáticas de la ciudad. Desde su inauguración en los años 30, se había mantenido como un destino de lujo para los turistas más distinguidos y las celebridades que querían escapar del bullicio. Sin embargo, detrás de su fachada majestuosa y sus habitaciones decoradas con elegancia, existía un secreto oscuro, uno que muchos preferían olvidar: la habitación 1408.

Al principio, los huéspedes que se alojaban allí no se daban cuenta de lo que estaba sucediendo. Solo unos pocos valientes, que después de haber permanecido una noche en esa habitación, comenzaron a contar historias extrañas. Relatos de visiones aterradoras, voces susurrando en la oscuridad y objetos que se movían por sí mismos. Pero fue un escritor famoso, Mike Enslin, quien reveló al mundo el terrible misterio que envolvía esa habitación.

Mike Enslin era un escritor de novelas de terror que se ganaba la vida escribiendo libros sobre lo paranormal, pero siempre con un enfoque escéptico. Había pasado años investigando casas embrujadas, cementerios abandonados y lugares malditos, pero nunca había creído en las historias que contaba. Para él, todo era solo una cuestión de psicología humana y el poder de la sugestión. Por eso, cuando llegó al Dolphin Hotel para investigar una habitación que, según rumores, estaba embrujada, no esperaba encontrar más que un par de historias inventadas para atraer turistas.

Pero algo en la habitación 1408 cambió su forma de ver el mundo.

Cuando Mike llegó al hotel, se encontró con una recepción peculiar. La recepcionista, una mujer mayor con el cabello recogido en un moño, lo miró fijamente cuando mencionó la habitación 1408. Ella lo advirtió de inmediato:

"Señor Enslin, no le recomiendo que se quede allí. Ningún huésped ha sobrevivido más de una noche. Es... mejor evitarla."

Mike sonrió, creyendo que la mujer estaba simplemente siguiendo una tradición del hotel, pero al mismo tiempo, sentía una extraña sensación de incomodidad. Sin darle mayor importancia, le pidió las llaves y subió hacia la habitación.

Cuando abrió la puerta de la habitación 1408, un aire helado lo recibió. La habitación era normal en apariencia, pero la atmósfera estaba cargada de algo intangible. El aire parecía más denso, y la luz proveniente de la lámpara titilaba tenuemente, como si la electricidad misma estuviera inestable. Mike puso su maletín sobre la mesa y empezó a revisar la habitación, pero pronto se dio cuenta de que no todo estaba bien.

A lo lejos, en la esquina de la habitación, pudo ver una figura borrosa reflejada en el espejo. Pensó que tal vez era una ilusión, producto de la mala iluminación, pero cuando se acercó, la figura desapareció. La sensación de que alguien lo observaba se intensificó, y fue en ese momento cuando comenzó a escuchar algo: susurros apagados, como si vinieran de las paredes mismas.

Con el corazón acelerado, Mike comenzó a explorar más a fondo, creyendo que lo que sentía era producto de su propia mente, saturada por la atmósfera cargada del lugar. Sin embargo, algo lo detuvo: sobre la mesa, había una carta. No estaba allí cuando llegó, lo sabía. Era una carta amarillenta, desgastada por el tiempo, con letras escritas a mano:

"No intentes quedarte. Si lo haces, nunca saldrás. No es un lugar para los vivos."

Un escalofrío recorrió su espalda. Decidió ignorar la advertencia, convencido de que todo era parte de un truco, de alguna estrategia del hotel para darle morbo a su estancia. Pero a medida que pasaba la noche, las cosas se volvían cada vez más extrañas.

La luz parpadeó violentamente, y el aire se volvió aún más frío. Mike encendió el televisor para distraerse, pero la pantalla mostraba solo estática. En ese momento, un grito desgarrador, como el lamento de un alma perdida, resonó por toda la habitación. Mike se levantó de golpe, su respiración entrecortada. Miró hacia la ventana, pero no había nada fuera de lo común. Sin embargo, cuando se giró hacia el espejo, pudo ver algo que no debería haber estado allí.

Una figura alta y delgada, de rostro pálido y ojos oscuros, estaba de pie detrás de él. La figura no se movía, pero su presencia era inconfundible. Mike se giró rápidamente, pero no había nadie. Su mente estaba ahora completamente alerta, y el escepticismo que lo había guiado durante tantos años comenzó a desmoronarse.

En ese momento, la puerta de la habitación se cerró de golpe, y un pesado ruido se oyó desde el pasillo. El sonido se asemejaba a pasos arrastrándose, lentos y pesados, como si algo o alguien estuviera caminando, arrastrando los pies, justo fuera de su vista. Mike trató de abrir la puerta, pero estaba cerrada con llave. Se giró hacia el espejo una vez más, y fue entonces cuando la figura apareció de nuevo. Esta vez, más cerca.

Los ojos de la figura brillaban con una intensidad extraña, como si estuvieran vacíos, pero a la vez llenos de un dolor infinito. Mike sintió una presión en el pecho, como si la habitación misma lo estuviera asfixiando. Los susurros se convirtieron en gritos. Los gritos de personas desesperadas, de aquellos que, como él, habían entrado en la habitación y nunca habían vuelto. De repente, el rostro de la figura se distorsionó en una mueca horrenda de sufrimiento, y la visión de la habitación comenzó a desvanecerse, como si las paredes mismas se derritieran.

Desesperado, Mike intentó luchar contra la sensación de horror que lo envolvía, pero la presión en su pecho era insoportable. Se desplomó en el suelo, su mente comenzando a ceder. En un último intento por escapar, se arrastró hacia la puerta, golpeando con fuerza, pero no podía salir. En ese momento, la figura se acercó aún más, sus ojos llenos de desesperación y odio. "No puedes irte", susurró una voz rasposa, y Mike sintió como si su cuerpo fuera atravesado por una corriente helada.

Finalmente, las luces se apagaron por completo, y cuando despertó, estaba de nuevo en su cama, con el sol brillando en el exterior. ¿Había sido todo un sueño? No lo sabía, pero la sensación de maldad persistía en su mente. El escritor salió rápidamente del hotel, decidido a nunca volver a hablar de la habitación 1408.

Los empleados del Dolphin Hotel nunca volvieron a alquilar la habitación 1408 a ningún huésped. Nadie se atrevía a entrar, y con el paso del tiempo, la historia del espíritu que habitaba allí se convirtió en una leyenda urbana que algunos decían haber escuchado, pero pocos se atrevían a creer. Sin embargo, cada vez que alguien se acercaba al hotel, podían ver las cortinas de la habitación 1408 moverse, como si alguien estuviera observando desde dentro.

El espíritu de la habitación 1408 nunca descansó.

LA NIÑA QUE NO PODÍA SALIR DEL ESPEJO

Había una casa antigua al final de la calle, una que siempre despertaba susurros entre los niños del vecindario. La casa parecía vacía, su fachada cubierta de hiedra y las ventanas siempre cerradas con cortinas opacas. Nadie sabía exactamente quién vivía allí, o si alguna vez alguien había vivido, pero todos los que se acercaban contaban historias extrañas. Sin embargo, lo que más aterraba a los niños era la leyenda de la niña del espejo.

La historia comenzó muchos años antes, cuando la familia Alvarez se mudó a la casa. Era una familia común, una madre, un padre y una pequeña niña llamada Laura. La familia estaba encantada con la casa, a pesar de su antigüedad. Era espaciosa y llena de rincones secretos, perfectos para que Laura jugara a explorar. Fue en una de esas exploraciones donde descubrió algo peculiar en una de las habitaciones del segundo piso: un viejo espejo, grande, con un marco dorado y ornamentado. La niña se acercó lentamente, admirando los detalles del marco, pero al mirarse en él, algo extraño ocurrió.

Al principio, no vio nada más que su reflejo. Pero cuando su madre la llamó para cenar, Laura intentó apartarse, y entonces lo vio: en el espejo, justo detrás de su propio reflejo, había una sombra. Era delgada, alta, casi como la figura de una niña, pero sus facciones eran extrañas, distorsionadas, como si no pudieran encajar bien en el cristal. Laura, curiosa y asustada al mismo tiempo, extendió la mano hacia el espejo, pero cuando tocó la superficie fría, la figura desapareció.

La niña, asustada, corrió hacia su madre, pero cuando regresó al día siguiente para mirar de nuevo, el espejo ya no estaba en su lugar. No dijo nada más al respecto, pensando que tal vez había sido su imaginación. Sin embargo, la niña no podía dejar de pensar en aquel reflejo extraño.

Los días pasaron, y la familia Alvarez comenzó a notar pequeños cambios en la casa. Laura, que antes era alegre y llena de vida, empezó a volverse más callada, más retraída. Pasaba largas horas en su habitación, mirando fijamente el espejo, como si estuviera esperando algo o alguien. Una noche, después de cenar, su madre decidió ir a ver cómo estaba. Abrió la puerta con suavidad y la encontró frente al espejo, inmóvil. Cuando la llamó, Laura no respondió. Su madre la tocó en el hombro, y fue entonces cuando vio algo que la hizo estremecer: en el reflejo del espejo, Laura estaba sonriendo, pero no era una sonrisa humana. Era una mueca torcida, sin ojos ni boca, como si algo dentro del espejo estuviera controlando su cuerpo.

Asustada, la madre de Laura intentó arrancarla de allí, pero la niña la miró con una expresión vacía, como si no la reconociera. En ese momento, Laura se levantó lentamente, sin apartar la vista del espejo, y dijo, con una voz que no era la suya: "No puedo salir de aquí, mamá. Ella no me deja."

La madre, horrorizada, intentó gritar, pero una extraña fuerza la detuvo. No podía moverse, como si el aire mismo la estuviera apresando. Cuando finalmente logró liberarse de esa sensación opresiva, miró al espejo y vio lo peor: una figura oscura y sombría estaba de pie detrás de Laura, una niña con ojos vacíos que la observaba fijamente. La figura sonrió, y el reflejo de Laura comenzó a moverse de manera independiente, como si la niña ya no estuviera al control de su propio cuerpo.

En ese momento, la madre de Laura corrió hacia el espejo para intentar romperlo, pero algo la detuvo. El reflejo de Laura la miró, y en sus ojos vacíos, vio algo que le heló la sangre: la niña del espejo no estaba sola. Había más sombras detrás de ella, muchas más, todas observándola fijamente.

La madre de Laura trató de arrastrarla de la habitación, pero era inútil. Cada vez que intentaba tocar a Laura, el reflejo en el espejo hacía lo mismo, repitiendo sus movimientos. La madre, desesperada, logró finalmente salir corriendo de la habitación con su hija, pero la figura del espejo parecía seguirla. De alguna forma, ese reflejo, esa niña extraña, había tomado el control de la habitación, de la casa. Ya no se sentía como un hogar.

Esa noche, la familia Alvarez decidió abandonar la casa, dejando todo atrás. Nadie quiso volver, y la casa fue vendida a otra familia. Sin embargo, algo había quedado allí, algo que no podía ser quitado ni por el tiempo ni por las nuevas paredes. Los nuevos inquilinos nunca notaron nada raro, al principio.

Pero poco a poco, extraños incidentes comenzaron a ocurrir. Los niños que vivían allí comenzaban a hablar de una "niña del espejo", de cómo la veían mirándolos desde el cristal, pidiéndoles que la dejaran salir. Los espejos en la casa empezaron a empañarse sin razón, y la figura de la niña se reflejaba, con sus ojos vacíos, siempre mirando fijamente a aquellos que osaban mirarla demasiado tiempo.

Una noche, la familia escuchó gritos provenientes de una de las habitaciones. Al correr hacia allí, encontraron a su hija pequeña, mirando fijamente el espejo. Sus ojos estaban vacíos, y una sonrisa torcida se reflejaba en su rostro. El espejo brillaba con una luz oscura, y el reflejo parecía moverse, como si la niña ya no estuviera atrapada en él, sino que estuviera siendo sustituida por algo más.

Cuando los padres intentaron apartar a la niña del espejo, vieron, horrorizados, que la figura de la niña atrapada en el cristal comenzaba a hablar, repitiendo las palabras que habían sido pronunciadas años antes: "No puedo salir de aquí... ella no me deja."

El espejo había reclamado su presa, y ahora, cada nuevo reflejo, cada nuevo niño que se acercaba, era una oportunidad para que la niña del espejo tomara su lugar.

Y así, la leyenda de la niña que no podía salir del espejo continuó. Nadie sabe con certeza qué ocurrió con Laura, o qué es lo que realmente quedó atrapado en ese espejo. Pero aquellos que han vivido cerca de esa casa aseguran que si te acercas demasiado, si miras fijamente el cristal, puedes ver, entre la niebla, a la niña observándote. Y, como en su tiempo lo hizo con Laura, podría pedirte que te acerques… solo un paso más cerca, antes de que ya no puedas regresar.

EL AUTOBÚS FANTASMA

En la ciudad, siempre hubo rumores sobre un autobús especial que circulaba en las horas más oscuras de la noche. Algunos decían que era un fenómeno urbano, otros juraban haberlo visto con sus propios ojos, y un pequeño grupo hablaba de él con miedo, como si sus vidas estuvieran marcadas por el encuentro con algo que no debía existir.

El autobús fantasma, como lo llamaban, nunca aparecía en los horarios establecidos ni en las rutas conocidas. No estaba en los mapas de transporte público ni en las estaciones. Pero de vez en cuando, cuando la ciudad caía en un profundo silencio y las sombras se alargaban por las calles desiertas, alguien escuchaba su inconfundible sonido: el crujir de las ruedas sobre el asfalto, seguido por el zumbido metálico de las puertas al abrirse.

Carlos, un joven periodista escéptico y amante del misterio, había escuchado muchas historias sobre el autobús, pero nunca le prestó demasiada atención. Creía que se trataba solo de leyendas, exageraciones de personas asustadas o de aquellas que simplemente deseaban creer en algo más allá de lo ordinario. Sin embargo, su curiosidad fue creciendo hasta que un día decidió investigar por su cuenta. Quería encontrar una explicación lógica para el fenómeno, aunque, en el fondo, algo le decía que algo extraño estaba ocurriendo.

Una noche fría y sin luna, Carlos decidió tomar el autobús nocturno en la parada más cercana a su departamento. A pesar de que el transporte estaba casi vacío, se sentó en un asiento al fondo, mirando hacia la ventana, sin esperar nada fuera de lo común. Sin embargo, la parada siguiente fue diferente. Cuando el autobús llegó a su destino, notó que una figura encapuchada subió al vehículo, sin hacer ruido, y se sentó en el asiento más cercano a él. No dijo una palabra. Su presencia era inquietante, como si algo estuviera mal, pero Carlos se obligó a ignorarlo.

El autobús continuó su camino. La ciudad, normalmente bulliciosa durante el día, se veía extrañamente vacía en esa hora. Las calles eran un desierto de neón apagado y edificios oscuros, y la gente que viajaba parecía provenir de otro tiempo, como si todo estuviera envuelto en una capa de niebla etérea. Fue entonces cuando las luces del autobús parpadearon y, en ese preciso instante, el crujir de las ruedas se hizo más fuerte. Las puertas se abrieron con un sonido metálico y, por un segundo, Carlos vio algo que no podía explicarse.

A través de las puertas abiertas, pudo ver una figura en la acera, pero no era una persona común. Era un hombre de rostro pálido, con los ojos vacíos y la piel enrojecida como si estuviera quemada.

Sus ropas estaban rotas, y su presencia emanaba una sensación de frío absoluto. Antes de que pudiera reaccionar, el hombre subió rápidamente al autobús, sin decir una palabra, y se sentó en el asiento justo enfrente de Carlos. El aire dentro del autobús se volvió más denso, y una sensación de incomodidad se apoderó de él.

Carlos intentó mirarlo disimuladamente, pero no podía apartar la mirada. El hombre parecía irreal, como una sombra que había tomado forma en ese espacio cerrado. Lo observaba con una fijación que le hacía el estómago nudo. Los otros pasajeros, que no se movían ni hablaban, seguían sentados en sus lugares, inmóviles como estatuas. De repente, el autobús dio un giro brusco, y las luces parpadearon una vez más.

En ese instante, Carlos sintió un escalofrío recorrer su espina dorsal. El hombre del asiento de enfrente giró lentamente la cabeza hacia él, y sus ojos vacíos se clavaron en los suyos, como si pudieran ver a través de él. La boca del hombre se curvó en una sonrisa macabra, mostrando unos dientes afilados y de aspecto antinatural. "Este autobús nunca llega a su destino", dijo con voz rasposa, un susurro que se coló en los oídos de Carlos como un eco lejano.

Antes de que pudiera responder o siquiera reaccionar, el autobús se desvió, tomando un camino que Carlos no reconoció. Las luces internas del vehículo parpadearon una vez más, y los rostros de los pasajeros empezaron a transformarse. Los ojos de todos ellos se volvían vacíos, y sus rostros se alargaban de manera grotesca. Carlos intentó levantarse, pero sus piernas no respondían. Estaba paralizado, atrapado en esa pesadilla de silencio y oscuridad.

El autobús avanzaba a través de calles desiertas y sombrías, pasando por edificios que parecían derrumbados, en ruinas, como si la ciudad misma estuviera olvidada en el tiempo. La sensación de que algo no estaba bien se hacía más palpable, hasta que, de repente, el autobús se detuvo en medio de un campo abierto, rodeado por árboles muertos. Ningún sonido rompía el silencio.

La puerta del autobús se abrió lentamente, y la figura del hombre quemado se levantó, caminando hacia la salida con paso firme. Sin embargo, antes de que pudiera salir, se giró nuevamente hacia Carlos y le dijo en un susurro helado: "Nadie que suba a este autobús puede irse. Todos estamos atrapados aquí, perdidos en la oscuridad. Y tú serás uno de nosotros."

Carlos, temblando de miedo, intentó gritar, pero su voz se ahogaba en su garganta. La puerta se cerró de golpe, y el autobús arrancó nuevamente, esta vez en dirección contraria. La ciudad que había conocido ya no existía. Solo quedaba una niebla espesa, y el autobús seguía adelante, sin rumbo fijo.

La última vez que Carlos fue visto, estaba sentado en una estación de autobuses, como si hubiera estado esperando durante horas. Cuando un conductor se acercó para preguntarle si necesitaba ayuda, Carlos lo miró con los ojos vacíos, como si estuviera mirando a través de él. "El autobús nunca llega a su destino", murmuró, antes de caer en un profundo sueño del que nadie pudo despertarlo.

A partir de esa noche, nadie más volvió a ver a Carlos. Pero aquellos que pasaron por la misma estación de autobuses en las horas más oscuras comenzaron a escuchar el crujir de las ruedas del autobús fantasma. Y algunas personas dicen que, en ciertas noches, puedes ver a un hombre con los ojos vacíos, esperando en una esquina, mirando fijamente el horizonte, esperando el regreso de un autobús del que nunca podrá escapar.

Desde entonces, las historias del autobús fantasma se han extendido por toda la ciudad. Nadie sabe de dónde viene ni hacia dónde va. Lo único que se sabe con certeza es que, si alguna vez escuchas el crujir de las ruedas en la oscuridad, si ves el reflejo de las luces del autobús en el vidrio de tu ventana, es mejor que no subas. Porque una vez que lo haces, el autobús nunca te dejará ir.

EL LLANTO DEL BEBÉ EN LA CUNA VACÍA

En un tranquilo vecindario, donde las casas de dos pisos se alineaban una tras otra como si fueran copias exactas de un mismo sueño, había una casa en particular que nadie se atrevía a mirar por mucho tiempo. La casa de los Romero, un matrimonio joven que se mudó allí hacía unos meses, parecía de lo más común al principio. Tenían un bebé recién nacido, y la gente del vecindario los veía entrar y salir con regularidad, sonrientes, como cualquier otra familia.

Sin embargo, con el paso del tiempo, algo cambió. La casa, antes llena de risas y de los sonidos alegres de un bebé, se fue tornando más y más silenciosa. Las visitas de amigos y familiares se hicieron más escasas, y lo que parecía ser una vida normal comenzó a envolver la casa en una atmósfera extraña. Los vecinos comentaban entre ellos que, aunque siempre veían a los padres salir, nunca escuchaban el llanto del bebé. Ni siquiera un suspiro. Era como si el niño hubiera dejado de existir. Pero lo peor estaba por venir.

Una tarde, cerca de la medianoche, Marta, la vecina de la casa adyacente, estaba leyendo en su habitación cuando escuchó algo extraño. Un llanto. No era un llanto común. Era un llanto de bebé, débil, lleno de desesperación. En un principio pensó que se trataba del hijo de los Romero, y se convenció de que el niño probablemente se había despertado y lloraba desde su cuna. Pero algo no cuadraba: el sonido provenía de la casa vacía. No de la casa de los Romero, sino de la suya. Es decir, el llanto se escuchaba desde la cuna vacía.

Confusa y algo intranquila, Marta decidió investigar. Salió al pasillo, mirando con cautela a través de la ventana de su casa. En la oscuridad, apenas se distinguía nada, pero el sonido del llanto persistía, cada vez más claro. No era un llanto de un bebé cualquiera, era un llanto lleno de angustia, como si el pequeño estuviera pidiendo ayuda. Con el corazón acelerado, Marta se asomó un poco más, y fue entonces cuando vio lo que nunca habría querido ver.

Desde la ventana de la casa de los Romero, podía ver el contorno de la habitación del bebé. A través de la ventana, en la penumbra, vio la cuna vacía mecerse lentamente, como si alguien estuviera empujándola con cuidado. Pero lo más aterrador era el sonido del llanto, que parecía salir directamente de la cuna vacía. Marta se sintió como si la piel se le helara al ver cómo la cuna oscilaba, sin ningún motivo aparente. El bebé ya no estaba en la casa. Entonces, ¿de dónde venía ese llanto?

Horrorizada, Marta dio un paso atrás y cerró la ventana de golpe, el sonido del llanto aún retumbando en sus oídos. No podía dejar de pensar en lo que había visto. Decidió que al día siguiente iría a preguntar a los Romero, pero cuando la mañana llegó, la sensación de inquietud seguía rondando en su mente.

Decidió entonces llamar a la policía. Los oficiales llegaron poco después, con una calma profesional, y se dirigieron a la casa de los Romero. Marta se quedó observando desde su ventana, viendo cómo los agentes se acercaban a la puerta. Tocaron varias veces, pero nadie respondía. Tras unos minutos, uno de los oficiales rompió el silencio.

"¡No puede ser!" gritó. La voz del policía era grave y llena de asombro. Marta vio cómo el oficial retrocedía, paleando su rostro. Los otros oficiales entraron rápidamente y, tras lo que pareció una eternidad, salieron de la casa con una expresión perturbada. Nadie dijo una palabra, pero la policía comenzó a acordonar la casa. Había algo que no podían explicar.

Más tarde, Marta escuchó por los altavoces del vecindario que la casa de los Romero estaba siendo investigada por una desaparición. Los padres del bebé, que nunca habían sido vistos de nuevo, habían desaparecido misteriosamente sin dejar rastro. En la casa, todo estaba en su lugar, excepto por un detalle que aterró a los investigadores: la cuna, que estaba vacía, parecía haber sido mecida por alguien, y en el aire, el leve eco de un llanto se mantenía presente, aunque nadie podía identificar su origen.

Con el tiempo, la casa fue abandonada y el vecindario olvidó a la familia Romero. Pero el llanto del bebé nunca dejó de resonar en la memoria de los que vivieron cerca. Durante años, varios testigos afirmaron haber escuchado un llanto, débil, a veces en la medianoche, proveniente de la vieja casa vacía. Los más valientes se acercaban a investigar, pero nadie nunca osó entrar de noche. Se decía que quienes intentaban hacerlo sentían una presión inexplicable en el pecho y la sensación de estar siendo observados, como si una presencia invisible los estuviera acechando.

La casa, aún vacía, seguía meciéndose en el viento, y cada tanto, un débil llanto de bebé se dejaba escuchar por el vecindario. Un sonido inconfundible, que recorría el aire frío de la noche y que hacía temblar a quienes lo oían. Nadie sabía lo que realmente había sucedido allí, pero algo permanecía atrapado en ese lugar: una presencia, un llanto que no pertenecía a este mundo, que aún buscaba algo o a alguien. Y los pocos que se atrevían a acercarse decían que, cuando lo hacían, podían ver la sombra de un bebé en la ventana de la casa vacía, su rostro iluminado por la luna, pero sus ojos vacíos, fijados en ellos, como si esperaran a ser liberados de un lugar que no podían dejar atrás.

Nadie sabe por qué ese llanto sigue sonando en la oscuridad, pero la leyenda perdura. Y cada vez que alguien menciona la casa de los Romero, el vecindario se queda en silencio, porque todos saben que, si te quedas demasiado tiempo escuchando, podrías oírlo también: el llanto de un bebé en una cuna vacía, que jamás será olvidado.

EL ESPEJO DE LA MUERTE

En una ciudad antigua, rodeada de estrechas calles empedradas y edificios que parecían susurrar historias del pasado, existía una tienda que todos evitaban, aunque rara vez se hablaba de ella. El dueño, un hombre de rostro inmutable y ojos oscuros como la noche, había llegado a la ciudad hacía muchos años. Su tienda de antigüedades estaba oculta en una calle secundaria, y rara vez alguien se atrevía a entrar. Aquella tienda, aparentemente común, albergaba en su interior objetos que provenían de otros tiempos: relojes rotos, joyas enmohecidas, muebles cubiertos por el polvo de décadas. Pero lo que realmente destacaba era un objeto en particular, el que nadie quería acercarse, el que solo era mencionado en susurros: el espejo de la muerte.

El espejo, de marco dorado y ornamentado con símbolos extraños, no parecía diferente a cualquier otro. Tenía el tamaño de un espejo de cuerpo entero, y su superficie era perfectamente lisa, sin ninguna imperfección. Sin embargo, algo en su reflejo era inquietante. Los que se atrevían a mirarlo decían que, aunque en un principio veían su propio reflejo, algo comenzaba a cambiar, como si las sombras dentro del espejo cobraran vida propia.

La historia del espejo de la muerte se había transmitido de generación en generación, pero no fue hasta que un joven llamado Andrés, lleno de curiosidad y escepticismo, decidió adentrarse en la tienda del misterioso hombre que el misterio comenzó a desvelarse. Andrés había oído rumores sobre el espejo, sobre cómo muchos habían entrado en la tienda y, al mirarse en él, jamás volvieron a ser los mismos. Decían que el espejo no solo reflejaba tu imagen, sino que te mostraba tu destino final, tu muerte, de una manera horrible e inminente.

Con una mezcla de escepticismo y una extraña fascinación, Andrés decidió visitar la tienda, buscando una explicación racional a las historias que lo habían dejado tan intrigado. Al cruzar la puerta, fue recibido por el hombre, que lo observó con una calma inquietante. Sin pronunciar una sola palabra, el dueño lo condujo hasta el fondo de la tienda, donde se encontraba el espejo. Un escalofrío recorrió la espalda de Andrés cuando lo vio: el espejo, aunque hermoso en su estructura, emanaba una energía extraña, una vibración que le helaba la piel. El dueño le hizo un gesto para que se acercara.

"Este espejo," dijo el hombre con voz grave, "no refleja solo lo que eres, sino lo que serás. Si eres lo suficientemente valiente para mirar dentro de él, verás tu destino... pero no todos pueden soportar lo que descubren."

Andrés, aunque dudando, aceptó el desafío. Se acercó al espejo, y en el reflejo de su rostro, vio su propio semblante, tal y como lo había imaginado. Sin embargo, a medida que miraba más fijamente, comenzó a notar algo extraño. Una sombra se movió detrás de él, una forma oscura que parecía emanar del espejo. Al principio, pensó que era solo un juego de luces, pero luego la sombra empezó a acercarse. En su reflejo, Andrés vio que la figura se materializaba más claramente, y su corazón comenzó a acelerarse. La figura era alta, vestida con un abrigo negro y un sombrero, su rostro oculto por la oscuridad. No podía ver sus ojos, pero sentía una presencia aterradora, como si el tiempo mismo se hubiera detenido.

El reflejo comenzó a moverse de forma antinatural, y Andrés sintió un peso en el aire, como si la gravedad misma cambiara. La figura se acercó cada vez más a él, y de repente, la imagen en el espejo cambió drásticamente. Ya no estaba mirando su rostro. Ahora veía una versión de sí mismo, pero envejecida, pálida y sin vida, tendida en el suelo con los ojos vacíos, como si hubiera muerto en el mismo instante en que miraba el espejo.

Un escalofrío recorrió su cuerpo entero. Intentó apartarse, pero sus pies parecían pegados al suelo. La figura en el espejo comenzó a reír, una risa profunda y vacía que resonaba en su cabeza, retumbando en su mente como un eco interminable. Entonces, la figura levantó una mano, y Andrés, paralizado, sintió una presión sobre su pecho, como si la mano de la muerte estuviera sobre él. Un susurro helado le llegó al oído: "Tu destino está sellado."

De repente, el reflejo volvió a ser el de su rostro normal, y la sombra desapareció. Pero el miedo seguía latente en su corazón. Andrés, temblando, se apartó del espejo y miró al dueño de la tienda, que lo observaba con una expresión indiferente.

"Lo has visto," dijo el hombre, sin emoción en su voz. "Lo que el espejo muestra no es solo un destino posible, es lo que sucederá, si no haces algo para cambiarlo."

Andrés salió de la tienda sin decir palabra, pero no podía deshacerse de la sensación de que algo había cambiado en él. La imagen del hombre en el espejo lo perseguiría por el resto de sus días. Desde esa noche, su vida estuvo marcada por una serie de extraños sucesos. Cada vez que cerraba los ojos, veía la figura en la oscuridad. Y cada vez que miraba al espejo, sentía que ya no solo veía su reflejo, sino que la sombra detrás de él estaba más cerca, más real.

Los días pasaron, y Andrés comenzó a sentirse acosado, como si todo estuviera encaminado hacia un destino que ya no podía evitar. El miedo se convirtió en su compañero constante, y sus noches eran una lucha por escapar de las visiones que lo atormentaban. Entonces, una noche, mientras se encontraba solo en su apartamento, escuchó el sonido de pasos acercándose, aunque no había nadie más en la casa. La puerta de su habitación se abrió lentamente, y en el umbral, vio la figura con el sombrero, su rostro aún oculto en la oscuridad.

Andrés intentó gritar, pero su voz se ahogó en su garganta. La figura levantó la mano hacia él, y en ese momento, comprendió lo que el espejo había querido decirle: no podía escapar. Su destino estaba sellado, y no había forma de evitar lo inevitable.

Al día siguiente, los vecinos encontraron su apartamento vacío. Nadie sabía lo que había pasado con Andrés, pero algunos afirmaron haber escuchado un grito aterrador proveniente de su casa en la madrugada. Los pocos que se atrevieron a entrar, encontraron el espejo de la muerte, ahora en su habitación, reflejando solo vacío y silencio.

Desde entonces, nadie se atreve a mirar el espejo. Quienes lo han hecho, han desaparecido sin dejar rastro, como si la muerte misma los hubiera reclamado. La tienda sigue allí, oculta en la penumbra, esperando a aquellos lo suficientemente valientes o curiosos para mirar dentro y descubrir lo que les espera en el reflejo. Pero una cosa es cierta: el espejo de la muerte no perdona. Y una vez que te mira, ya no hay forma de escapar.

LA LEYENDA DEL HOMBRE DE LA CAPA

En un pueblo apartado, donde la niebla parecía abrazar las calles cada mañana y los árboles se alzaban como siluetas espectrales, la leyenda del hombre de la capa era conocida por todos, aunque pocos se atrevían a hablar de él en voz alta. La historia se había transmitido de generación en generación, y aunque algunos lo tomaban como un simple mito, otros sabían que había algo mucho más oscuro detrás de las palabras.

La leyenda comenzaba hace muchos años, cuando el pueblo vivía en relativa paz, sin grandes sobresaltos. Todo cambió con la llegada de un extraño. Nadie sabía de dónde venía, ni quién era realmente. Un hombre de aspecto inquietante, con una capa negra que arrastraba por el suelo, cubriéndolo casi por completo. Su rostro siempre estaba oculto por la capucha, y sus ojos, cuando se dejaban ver, brillaban con una intensidad inquietante. Nadie se atrevió a acercarse, pero su presencia no pasó desapercibida.

Se decía que el hombre llegaba siempre a la misma hora, al caer la tarde, cuando el sol comenzaba a ocultarse detrás de las montañas y la oscuridad se cernía sobre el pueblo. Nadie sabía cómo llegaba, ni desde dónde venía. Aparecía como una sombra, caminando por las calles empedradas, siempre en silencio, siempre solo, siempre con su capa arrastrando detrás de él. Los pocos que se cruzaban con él decían que su mirada estaba vacía, como si estuviera mirando más allá de lo que el ojo humano podía ver, como si estuviera observando algo que no pertenecía a este mundo.

Los aldeanos comenzaron a murmurar sobre el hombre de la capa. Algunos decían que era un espectro, un alma condenada que había sido enviada a vagar entre los vivos. Otros lo describían como un hechicero, un hombre que había hecho un pacto con las sombras para obtener poder a cambio de su alma. Nadie sabía la verdad, pero todos coincidían en algo: el hombre de la capa estaba vinculado a una serie de extraños sucesos.

Las desapariciones comenzaron poco después de su llegada. Personas que simplemente se esfumaban de la noche a la mañana, sin dejar rastro, sin dejar señales de lucha ni resistencia. Algunos aseguraban haber visto al hombre de la capa cerca de la última casa en la que alguien desaparecía, pero cuando los vecinos llegaban a investigar, el hombre ya no estaba. El viento era lo único que quedaba en su lugar, un viento gélido que parecía susurrar en los oídos de quienes se acercaban demasiado.

Una noche, cuando el miedo ya había invadido a todos, un grupo de valientes decidió enfrentarse al hombre de la capa. Querían desentrañar la verdad, descubrir qué o quién estaba detrás de las desapariciones. Armados con linternas y machetes, se adentraron en el bosque cercano, el último lugar donde se había visto al hombre. La oscuridad era espesa, y el aire estaba impregnado de una extraña sensación de desolación.

Avanzaron con cautela, sabiendo que algo acechaba en las sombras. De repente, uno de ellos, Pedro, se adelantó un poco más, siguiendo una figura que se deslizaba entre los árboles, apenas visible. "¡Lo tenemos!" gritó. Pero, al volverse, vio algo que nunca habría podido imaginar.

El hombre de la capa estaba allí, parado a pocos metros, con la capucha levantada. Pero lo más aterrador no era su presencia. Era la forma en que se mantenía inmóvil, como si no fuera un ser humano, como si fuera una entidad creada por la misma oscuridad. Pedro sintió un escalofrío recorrer su espina dorsal cuando el hombre levantó lentamente su brazo. Entonces, sin decir una palabra, un viento helado surgió de la nada, arremolinándose a su alrededor, como si el mismo aire quisiera devorar la vida de aquellos que se atrevían a desafiarlo.

Pedro intentó gritar, pero las palabras se le quedaron atascadas en la garganta. La figura del hombre de la capa se desvaneció en la niebla, como una sombra que se disuelve en la oscuridad, y con ella, todos los demás hombres que lo acompañaban. Solo Pedro quedó allí, inmóvil, con los ojos llenos de terror y la sensación de que algo lo observaba desde lo más profundo de la oscuridad.

Esa misma noche, Pedro regresó al pueblo, sin aliento y con la piel tan pálida como la luna llena. Nadie entendió lo que había visto, pero su relato de lo sucedido, aunque incoherente, convenció a muchos de que algo terrible estaba ocurriendo. El hombre de la capa no solo se llevaba a las personas. Parecía que se alimentaba de sus miedos, de su angustia, y de algo mucho más oscuro.

Con el tiempo, las desapariciones cesaron, pero no porque el hombre de la capa se hubiera ido. Nadie osaba hablar de él. Algunos decían que simplemente se había retirado a las montañas, donde la niebla era aún más espesa. Otros creían que había quedado atrapado en algún rincón del bosque, esperando a que alguien lo desafiara nuevamente.

Pero la leyenda persiste. Los ancianos del pueblo aún advierten a los jóvenes que nunca se aventuren demasiado lejos cuando la oscuridad cae sobre las calles. Nadie sabe realmente qué es el hombre de la capa. Algunos afirman que es un espíritu que vaga buscando almas perdidas, mientras que otros aseguran que es una manifestación de la muerte misma, esperando en las sombras para reclamar a aquellos que se atreven a desafiar la noche.

Lo único cierto es que, en las noches más oscuras, cuando el viento sopla con fuerza y la niebla cubre las calles, muchos aseguran escuchar sus pasos en la distancia. Un susurro, tan suave que parece el eco de un sueño olvidado, pero tan penetrante que eriza la piel. Los pasos del hombre de la capa, acercándose lentamente, como una sombra que no perdona, siempre recordándonos que hay cosas que es mejor no ver, cosas que es mejor no saber. Porque, si alguna vez lo miras, es probable que nunca vuelvas a despertar.

LA SOMBRA EN EL RETROVISOR

Era una noche oscura y lluviosa cuando Marta salió de su casa. Había tenido un día agotador en la oficina y, aunque ya era tarde, decidió ir a la tienda de comestibles a comprar algunos víveres que le hacían falta. La lluvia golpeaba con fuerza el parabrisas de su coche, y las luces de los faros de los autos contrarios dibujaban reflejos fantasmas sobre la carretera desierta. Nada fuera de lo común, pero algo en la atmósfera parecía diferente esa noche, algo que Marta no podía identificar con precisión.

Conducía por una calle secundaria, un camino estrecho bordeado por árboles altos, cuyas ramas se balanceaban peligrosamente como si quisieran devorar el vehículo. La sensación de estar completamente sola en la carretera la hizo sentirse inquieta, pero atribuyó el nerviosismo a la lluvia, la fatiga y el silencio de la noche. No había otros coches a la vista, y el sonido del motor era lo único que la acompañaba mientras avanzaba.

Marta encendió la radio, intentando distraerse. Pero justo cuando sintonizaba una estación, un grito lejano la hizo saltar en su asiento. No era el grito de una persona, sino un sonido extraño, como un chillido descontrolado que se desvanecía en el aire, sin origen aparente. Dejó la radio apagada y aceleró un poco, pero a medida que lo hacía, la sensación de incomodidad crecía.

De repente, algo en el retrovisor la hizo fruncir el ceño. Era solo un destello, una sombra fugaz, pero por un momento creyó haber visto una figura. La imagen desapareció en un abrir y cerrar de ojos, y Marta pensó que había sido su imaginación, que la lluvia y la oscuridad le estaban jugando una mala pasada. Pero cuando volvió a mirar, la sombra estaba allí de nuevo, esta vez más definida.

Era una figura humanoide, delgada, que parecía moverse con rapidez en el borde de su campo de visión. Marta aceleró, buscando ignorar lo que veía, pero la figura parecía seguirla, siempre en el retrovisor, cada vez más cercana. Su corazón comenzó a latir con fuerza, y un frío helado la invadió. No podía dejar de mirar al espejo, aunque sabía que eso solo la ponía más nerviosa. La figura era más visible ahora: una silueta que se alzaba junto a su coche, como si alguien estuviera caminando a su lado, pero fuera de su alcance.

Con el pulso acelerado, Marta giró la vista hacia el espejo lateral para asegurarse de que no había otro coche a su lado. Pero no había nada. Solo la carretera vacía. La sombra en el retrovisor seguía allí, quieta, como una amenaza latente.

Con el miedo apoderándose de su cuerpo, Marta aceleró aún más, como si la velocidad pudiera alejarla de aquello que no entendía. Sin embargo, la sombra se mantenía a la par, implacable, siempre en el espejo, sin importar lo rápido que conducía. Entonces, la figura comenzó a acercarse aún más. Unos segundos después, lo vio con claridad: un rostro desfigurado, palidísimo, con ojos oscuros y vacíos, y una sonrisa torcida que no era humana. La figura estaba ahora tan cerca que parecía estar justo detrás de ella, respirando sobre su hombro.

En ese instante, el miedo paralizó su cuerpo. Quiso voltear la cabeza y mirar por el espejo lateral, pero no se atrevió. Sabía que si lo hacía, vería algo que no podría olvidar. Así que, en un impulso desesperado, Marta decidió frenar de golpe, esperando que la figura desapareciera por fin. Pero en cuanto lo hizo, el coche patinó sobre el agua acumulada en la carretera y casi se fue de lado. Sostuvo el volante con todas sus fuerzas, rogando que no perdiera el control del coche.

Cuando finalmente se estabilizó y dejó de frenar, todo parecía en calma. La sombra ya no estaba allí. Marta respiró profundamente, aliviada, aunque todavía sentía el latido de su corazón en sus oídos. Miró nerviosa por el retrovisor, pero la carretera estaba vacía. Sin embargo, algo no estaba bien. De repente, en un parpadeo, la figura apareció otra vez. Esta vez, con la cara aún más cerca del cristal del retrovisor, los ojos vacíos clavados en los suyos, como si lo estuviera observando con una intensidad insoportable. La sonrisa en el rostro de la figura era ahora aún más grotesca, un agujero vacío, como si la sonrisa se hubiera dibujado de forma retorcida y cruel.

Marta dio un grito ahogado y, con el miedo inundando cada rincón de su cuerpo, giró violentamente el volante hacia un lado. En su desesperación, no vio la curva a tiempo. El coche derrapó y volcó, cayendo en la cuneta de la carretera con un fuerte impacto.

Todo se volvió oscuro.

Cuando Marta despertó, estaba tendida en el suelo, con el coche volcado a unos metros de ella. No podía mover su cuerpo y, por un momento, pensó que todo había sido una pesadilla. Miró alrededor, tratando de orientarse, pero la niebla lo cubría todo, y la única luz que existía era la de la luna, que parecía más distante que nunca.

De repente, escuchó algo. Un leve sonido detrás de ella, como si alguien estuviera caminando en la oscuridad. Giró la cabeza con dificultad y, cuando lo hizo, vio lo que más temía. La figura estaba allí, justo frente a ella, sin moverse. La sombra en el retrovisor ahora estaba frente a ella, con su rostro desfigurado y sus ojos vacíos.

Era la misma presencia que había estado persiguiéndola todo el tiempo, y ya no podía escapar. La sonrisa del ser comenzó a alargarse, cada vez más, hasta convertirse en una mueca espantosa, como si la propia oscuridad hubiera tomado forma.

Marta intentó gritar, pero su garganta estaba sellada. La figura comenzó a acercarse lentamente, y antes de que pudiera comprender lo que sucedía, la oscuridad la envolvió por completo.

Desde aquella noche, el coche de Marta fue encontrado abandonado en la cuneta, con las puertas abiertas y el motor apagado. Nadie supo qué le sucedió. Los rumores sobre la figura en el retrovisor comenzaron a tomar fuerza, y algunos dicen que, si conduces por esa carretera en la misma noche lluviosa, puedes ver su sombra acechando en el espejo, siempre más cerca, siempre esperándote.

EL HOMBRE QUE NO EXISTÍA

Alicia siempre fue una mujer práctica, racional, apegada a la lógica y a la ciencia. No creía en historias extrañas, ni en fenómenos inexplicables. Creía que todo tenía una explicación, por muy difícil que fuera de encontrar. Vivía sola en un pequeño apartamento en el centro de la ciudad, un lugar tranquilo y seguro. Sus días transcurrían sin grandes sobresaltos, entre su trabajo como periodista y sus noches tranquilas de lectura y café.

Una tarde, Alicia regresaba a su casa después de un largo día en la oficina. La lluvia caía con fuerza, empapando las calles, y la ciudad estaba sumida en un manto gris. Cuando llegó a su edificio, notó algo extraño. Una figura oscura estaba de pie frente a la puerta del edificio, un hombre con una chaqueta oscura y un sombrero que cubría parcialmente su rostro. La figura no se movía, pero Alicia no le dio demasiada importancia; era común ver a desconocidos en los alrededores. Pensó que quizá era un vendedor o alguien esperando para entrar al edificio.

Sin embargo, a medida que se acercaba, notó que algo no estaba bien. El hombre no parecía moverse, ni reaccionar a su presencia, y su postura era demasiado rígida, como si estuviera esperando algo o a alguien. Alicia pasó a su lado, dándole un rápido vistazo, pero no lo miró directamente, como si fuera un personaje más en la ciudad, irrelevante.

Esa noche, mientras se preparaba para dormir, Alicia no pudo quitarse la sensación de que algo extraño estaba sucediendo. No podía dejar de pensar en el hombre, en su mirada vacía y en cómo parecía estar esperando algo que nunca llegaba. Decidió no darle más vueltas al asunto, pero no pudo evitar sentir un escalofrío al recordar cómo aquel hombre había estado tan inmóvil, como una figura de cera.

Al día siguiente, Alicia salió temprano para ir al trabajo. Cuando llegó al edificio, algo la hizo detenerse en seco. El hombre estaba allí otra vez, exactamente en el mismo lugar, con la misma postura, la misma chaqueta oscura y el mismo sombrero. Aquel detalle la hizo sentirse incómoda, y su mente comenzó a darle vueltas a la situación. No podía ser coincidencia que estuviera ahí, exactamente en el mismo lugar, a la misma hora, sin moverse ni un ápice.

Alicia no dijo nada, pero su inquietud crecía. Se dio cuenta de que no recordaba haberlo visto en ningún otro momento, y eso le provocó una extraña sensación. ¿Cómo es posible que alguien estuviera ahí cada día y nunca antes lo hubiera notado? El hombre parecía no existir para ella antes de ese momento, pero ahora, cada vez que salía, lo veía. Su presencia era constante, casi insoportable, como una sombra invisible que la acechaba.

Esa noche, cuando volvió a casa, Alicia ya no pudo soportarlo más. Decidió enfrentar al hombre. Bajó de su apartamento con el corazón acelerado y, al salir al vestíbulo, lo vio allí, exactamente igual que siempre. Pero esta vez, se acercó más, decidido a preguntarle qué hacía allí. De cerca, pudo ver que el rostro del hombre no se mostraba completamente, su sombrero lo cubría en gran parte, pero sus ojos... esos ojos. Aunque los miraba directamente, no podía decir si los veía o si simplemente no había ojos en su rostro. Era como si la figura estuviera vacía, un espacio donde no había nada. La incomodidad aumentó cuando la figura no reaccionó ante su presencia, como si no la hubiera notado, como si ella no fuera más que una sombra en el aire.

Fue entonces cuando Alicia decidió tomar una acción más directa. Le habló, con voz firme, pero el hombre no la escuchaba. Repitió su pregunta varias veces, pero no hubo respuesta. Sólo el silencio, un silencio inquietante que parecía engullir todo a su alrededor. Frustrada, Alicia dio un paso atrás y, en ese instante, el hombre levantó lentamente su mano, señalando hacia algo en la distancia. Sin embargo, no era un gesto natural. Su brazo se movió de manera extraña, como si la muñeca estuviera rota o desarticulada. Alicia no pudo evitar sentir una sensación de horror al ver esa mano apuntando hacia ella, como si fuera una invitación a algo que no quería entender.

Al darse la vuelta, el hombre desapareció de su vista tan repentinamente como había aparecido. No hubo pasos, no hubo rastro, solo la vacuidad de la noche. Alicia se quedó paralizada en su lugar, con la piel erizada. ¿Había sido una ilusión? ¿Un sueño? O, lo peor de todo, ¿había algo más detrás de esa figura que no lograba comprender?

Con el paso de los días, el hombre seguía apareciendo, siempre en el mismo lugar, a la misma hora. Alicia intentó ignorarlo, pero su presencia era cada vez más insoportable. Había algo terriblemente perturbador en él, como si no fuera real, como si no existiera en el verdadero sentido de la palabra. De hecho, comenzó a preguntarse si realmente estaba viendo a alguien o si su mente le jugaba una mala pasada. ¿Y si no había nadie allí en absoluto?

Una noche, agotada por la constante presencia del hombre, Alicia decidió tomar una drástica decisión: iría directamente a la policía para informar sobre el extraño individuo. Pero cuando llegó al vestíbulo del edificio, lo vio nuevamente, justo como siempre. Su respiración se detuvo en ese instante. Miró a su alrededor, en busca de una solución, algo que pudiera confirmar que estaba en lo cierto. Fue entonces cuando vio algo aún más aterrador: no había nadie más en la calle. Ningún vecino, ningún transeúnte, nadie más, salvo él.

Pero eso no era lo peor. Al intentar salir del edificio, se dio cuenta de algo aún más inquietante: los residentes del lugar no la reconocían. Nadie le saludaba, nadie la miraba. Los empleados de la tienda local la trataban como a un extraño. Alicia sintió que el aire se le escapaba del pecho. Decidió volver a su apartamento, pero cuando subió al ascensor, la realidad se desmoronó. Frente a ella, en el espejo del ascensor, vio el rostro del hombre.

Este ya no era solo un desconocido en la calle. En el reflejo del vidrio, su rostro estaba claro. Alicia no podía entender lo que veía. El hombre la miraba fijamente con ojos vacíos, y a su lado, en el reflejo, se mostró algo mucho más perturbador. La sombra de la figura ya no estaba solo detrás de ella. Había algo más: una silueta difusa, tan borrosa como una niebla densa, que parecía estar tomando forma en el reflejo.

En ese momento, comprendió lo peor: el hombre no existía. Ningún registro, ni en su memoria, ni en los registros oficiales, ni en la conciencia colectiva del lugar. Él no estaba realmente allí. Pero, lo más aterrador de todo, es que no era solo la figura de un hombre. Era la sombra de alguien que nunca había existido.

Y la última vez que Alicia fue vista, fue frente a ese espejo. Desde entonces, nadie la ha vuelto a ver, ni en la ciudad, ni en el vecindario. Los vecinos afirman que, en la madrugada, cuando las luces del vestíbulo se apagan, el hombre sigue allí, esperando… mirando desde la nada.

LA MUJER SIN ROSTRO

Todo comenzó en una tranquila ciudad del norte, donde las historias de lo sobrenatural rara vez encontraban eco. Claudia, una joven maestra recién llegada, buscaba adaptarse a su nueva vida lejos del bullicio de la capital. Había conseguido un apartamento modesto en un edificio antiguo, de esos que conservan el crujido de las escaleras de madera y el aroma a humedad en las paredes. Aunque el lugar tenía cierto encanto, desde el primer momento algo le resultó inquietante: un cuadro en el pasillo principal. En él, una mujer vestida de negro, con un velo que cubría su cabeza, miraba al espectador. Bueno, no exactamente miraba… porque no tenía rostro.

Claudia intentó ignorarlo, convenciéndose de que era simplemente un mal gusto decorativo de los propietarios. Sin embargo, cada vez que pasaba frente al cuadro, sentía un frío inexplicable, una corriente que le erizaba la piel. Era como si algo en la figura estuviera vivo, observándola desde detrás de la tela.

La primera noche en el apartamento transcurrió con relativa normalidad. Claudia desempacó sus cosas, cenó algo ligero y se acostó temprano. Pero al apagar las luces, una sensación de incomodidad se apoderó de ella. Podía jurar que alguien la estaba mirando. Miró hacia la ventana, hacia el rincón de la habitación, y finalmente hacia la puerta entreabierta que daba al pasillo. La oscuridad parecía más densa allí, como si ocultara algo. Pero al encender la luz, no había nada.

Esa noche, tuvo un sueño perturbador. Soñó que caminaba por el pasillo del edificio y el cuadro de la mujer sin rostro la llamaba, susurrándole cosas incomprensibles. Se acercaba lentamente, y a medida que lo hacía, el velo que cubría el rostro de la figura comenzaba a levantarse. Cuando estaba a punto de ver lo que había debajo, despertó de golpe, sudando y con el corazón latiéndole como un tambor.

Durante los días siguientes, Claudia intentó concentrarse en su rutina. La escuela, los alumnos, las lecciones; todo debería haber sido suficiente para mantener su mente ocupada. Pero cada vez que regresaba a casa, el cuadro estaba allí, esperándola, como si su sola presencia la desafiara. Había algo en él que parecía diferente cada día, aunque no sabía exactamente qué era. A veces el velo parecía más ligero, otras veces el cuerpo de la figura más definido. Pero lo más perturbador era que comenzaba a sentir un eco de su sueño en la vida real: el cuadro parecía susurrar. No eran palabras claras, sino un murmullo bajo y constante, como una brisa que acariciaba su mente.

Una noche, mientras corregía algunos trabajos en su escritorio, el sonido de pasos en el pasillo la sacó de su concentración. Eran pasos lentos, rítmicos, y resonaban como si alguien estuviera descalzo. Miró el reloj: era casi la medianoche. El edificio solía estar completamente silencioso a esas horas, y los vecinos, en su mayoría ancianos, rara vez salían de sus apartamentos. Intrigada y con una creciente sensación de temor, Claudia se levantó y abrió la puerta. No había nadie, pero el pasillo estaba extrañamente oscuro. La luz que siempre parpadeaba frente al cuadro estaba apagada.

El cuadro. Allí estaba, como siempre. Pero esta vez, algo era diferente. El velo que cubría el rostro de la mujer había desaparecido por completo. Claudia sintió que el aire abandonaba sus pulmones. La figura seguía sin rostro, pero la ausencia del velo hacía que aquella carencia fuera aún más perturbadora. La superficie donde debería estar su cara era completamente lisa, una piel pálida y vacía que parecía absorber la luz. Era como si la nada misma habitara en ese espacio.

Claudia retrocedió hacia su apartamento y cerró la puerta de golpe, temblando. Esa noche no pudo dormir. Cada vez que cerraba los ojos, veía aquella cara inexistente. Pero no era solo eso. En su mente, podía escuchar una voz, una que no era suya, que repetía una frase una y otra vez: "Déjame entrar."

A la mañana siguiente, decidió hablar con el portero del edificio, un hombre anciano que había trabajado allí durante décadas. Cuando mencionó el cuadro, el hombre palideció visiblemente. Al principio, se negó a hablar, pero ante la insistencia de Claudia, accedió a contarle la historia. Según él, el cuadro había estado en el edificio desde antes de que él comenzara a trabajar allí. Se decía que representaba a una mujer que había muerto en circunstancias misteriosas, una residente que había desaparecido sin dejar rastro. Algunas personas afirmaban que su espíritu había quedado atrapado en el cuadro, buscando una manera de escapar.

"¿Por qué nadie lo quita?", preguntó Claudia, sintiendo cómo el miedo crecía dentro de ella. El anciano solo negó con la cabeza. "No se puede. Cada vez que alguien lo intenta, algo malo sucede."

Esa noche, Claudia decidió que había tenido suficiente. No podía vivir con esa presencia acechándola. Tomó una sábana vieja y cubrió el cuadro por completo. Durante un momento, se sintió aliviada. Pero cuando regresó a su apartamento, la sensación de ser observada se intensificó. Parecía que algo estaba en la puerta, esperando entrar. Cerró todas las cerraduras y apagó las luces, pero el miedo no la dejaba.

A medianoche, los golpes comenzaron. Al principio eran suaves, como si alguien tocara ligeramente la puerta. Luego, se hicieron más fuertes, hasta convertirse en un golpe ensordecedor que retumbaba en todo el apartamento. Claudia se acercó lentamente a la puerta, mirando a través de la mirilla. No había nadie. Pero cuando retrocedió, escuchó la voz. Era un susurro que venía desde el pasillo. "Déjame entrar."

En un ataque de desesperación, Claudia abrió la puerta. El pasillo estaba vacío, pero el cuadro ya no estaba cubierto. El velo había vuelto a su lugar, pero esta vez, la mujer tenía un rostro. Era el de Claudia.

Al día siguiente, el portero encontró el apartamento vacío. No había señales de lucha, pero las luces seguían encendidas y la puerta estaba abierta de par en par. Nadie volvió a ver a Claudia, pero los vecinos comenzaron a reportar algo extraño: en el cuadro del pasillo, la mujer sin rostro ahora tenía un rostro claro y definido. El rostro de una joven maestra.

EL CALLEJÓN OSCURO

Había un lugar en la ciudad del que todos preferían mantenerse alejados: un callejón estrecho y sombrío que se escondía entre dos edificios antiguos, descuidados y casi olvidados. No aparecía en los mapas, y los pocos que lo conocían hablaban de él con miedo y reticencia. Decían que, una vez cruzabas su entrada, algo cambiaba. Las luces parecían apagarse aunque fuera pleno día, el aire se volvía más frío y denso, y los sonidos de la ciudad desaparecían, reemplazados por un silencio antinatural. Nadie que hubiera entrado al callejón alguna vez lo había olvidado; algunos decían que nunca volvieron a ser los mismos.

Lucía no creía en esas historias. Era periodista, acostumbrada a buscar la verdad detrás de los rumores y las supersticiones. Cuando escuchó por primera vez sobre el callejón oscuro, pensó que era el tema perfecto para su próxima investigación. Una leyenda urbana más que podría desmontar con hechos y racionalidad. Así que una tarde, después de varias entrevistas con vecinos del área, decidió comprobarlo por sí misma.

Llegó al lugar al atardecer, cuando el cielo comenzaba a teñirse de naranja y la ciudad se sumía en una calma expectante. La entrada al callejón era como una boca oscura, flanqueada por muros de ladrillo cubiertos de grafitis y musgo. Lucía respiró hondo y se adentró, sintiendo cómo una extraña inquietud comenzaba a crecer en su pecho.

El callejón era más largo de lo que parecía desde fuera. Los edificios a ambos lados se alzaban como paredes impenetrables, bloqueando casi toda la luz del sol. A medida que avanzaba, el aire se volvía más frío, como si estuviera descendiendo a un sótano profundo. Los sonidos de la ciudad se desvanecieron por completo. Ni un coche, ni un paso, ni siquiera el canto lejano de un pájaro. Todo era silencio, roto solo por el eco de sus propios pasos.

A la mitad del callejón, Lucía notó algo extraño. Había un charco de agua negra que no reflejaba la luz. Era como si absorbiera su mirada, hipnótico e inquietante. Por un momento, creyó ver algo moverse en su interior, pero cuando parpadeó, la superficie estaba quieta. Siguió caminando, diciéndose a sí misma que eran imaginaciones suyas.

El callejón parecía alargarse más de lo que la lógica permitía. Lucía miró hacia atrás y se dio cuenta de que ya no podía ver la entrada. Todo era oscuridad detrás de ella. Aceleró el paso, tratando de llegar al final, pero cuanto más caminaba, más lejos parecía estar. Fue entonces cuando lo escuchó por primera vez: un susurro.

Era un sonido leve, apenas un murmullo, pero suficientemente claro como para helarle la sangre. No entendía lo que decía, pero era persistente, como si alguien estuviera a centímetros de su oído. Giró la cabeza rápidamente, pero no había nadie. El callejón seguía vacío, oscuro y opresivo.

Lucía trató de ignorarlo y siguió caminando, pero los susurros no cesaban. De hecho, parecían multiplicarse. Ahora eran varias voces, hablando en un tono bajo, indistinguible, como si discutieran entre ellas. Cada vez que giraba para buscar el origen, las voces parecían moverse, rodeándola, jugando con su mente.

La desesperación comenzó a apoderarse de ella. Sacó su teléfono para usar la linterna, pero la pantalla estaba completamente negra. Intentó llamar a alguien, pero no había señal. El dispositivo no reaccionaba, como si hubiera sido absorbido por la misma oscuridad que llenaba el callejón.

Fue entonces cuando vio la sombra. Al principio pensó que era la suya, proyectada de alguna forma extraña por una luz inexistente, pero no tardó en darse cuenta de que se movía de forma independiente. Era alta y delgada, con extremidades alargadas que parecían torcerse en ángulos imposibles. Estaba al final del callejón, inmóvil, pero claramente visible. Lucía sintió que el corazón le martilleaba en el pecho mientras la figura comenzaba a moverse, acercándose lentamente.

Retrocedió un par de pasos, tratando de mantener la calma, pero sus pies tropezaron con algo en el suelo. Cayó de espaldas y al mirar hacia abajo, vio que había pisado una muñeca de trapo. Estaba vieja y sucia, con los ojos cosidos al revés y una sonrisa torcida que parecía burlarse de ella. Había más muñecas esparcidas por el suelo, algunas apenas visibles en la penumbra. Era como si alguien las hubiera dejado allí a propósito, como una advertencia.

La sombra seguía acercándose, más rápido ahora. Lucía se levantó de un salto y corrió hacia el otro extremo del callejón, o al menos hacia donde pensaba que estaba. Pero no importaba cuánto corriera, no parecía avanzar. El callejón se estiraba infinitamente frente a ella, mientras la oscuridad crecía a su alrededor.

Las voces eran más fuertes ahora, casi gritando, pero seguían siendo incomprensibles. Lucía sintió que su mente estaba al borde de romperse. Fue entonces cuando escuchó algo diferente: una risa, profunda y gutural, que resonó en el aire como un trueno.

La figura estaba cada vez más cerca. Podía ver detalles ahora: una silueta humana, pero con proporciones imposibles. Sus ojos brillaban en la penumbra, dos puntos rojos que la miraban fijamente. Y aunque no tenía boca visible, la risa parecía provenir de ella, como si la oscuridad misma estuviera riéndose de su miedo.

En un último acto de desesperación, Lucía cerró los ojos y corrió con todas sus fuerzas. Sintió que el aire se volvía más pesado, como si estuviera empujando contra un muro invisible. Las voces y la risa se mezclaban en un caos ensordecedor, pero no se detuvo. Corrió hasta que sus piernas no pudieron más y cayó al suelo, jadeando y temblando.

Cuando abrió los ojos, estaba fuera del callejón. La luz del atardecer bañaba la calle, y los sonidos de la ciudad habían vuelto. Se levantó lentamente, mirando hacia atrás, pero el callejón ya no estaba. Solo había una pared sólida, como si nunca hubiera existido.

Lucía volvió a su apartamento esa noche, pero nunca fue la misma. No podía dormir, atormentada por pesadillas de sombras y susurros. Cada vez que estaba sola, sentía que alguien la observaba. Y aunque nunca volvió al callejón, a veces, cuando pasaba cerca de esa calle, podía escuchar, muy a lo lejos, una risa que parecía estar esperándola.

EL ESPÍRITU DEL BOSQUE DE LOS MUERTOS

En un rincón olvidado del mundo, donde el sol apenas se atrevía a penetrar entre la espesura de los árboles, existía un bosque envuelto en historias que los habitantes de los alrededores contaban en susurros. El Bosque de los Muertos, lo llamaban, y su reputación era tan oscura como el propio lugar. Se decía que nadie que hubiera entrado allí después del atardecer había regresado para contarlo, y aquellos que lograron salir de día hablaban de una presencia que habitaba entre los árboles, un espíritu antiguo que se alimentaba del miedo y la vida de quienes se atrevían a invadir su dominio.

A pesar de las advertencias, Rodrigo, un joven fotógrafo ávido de aventuras, decidió explorar el lugar. Había oído hablar del bosque en una taberna del pueblo cercano, donde un anciano borracho había contado que entre los árboles había enterrados innumerables cadáveres de épocas pasadas: víctimas de guerras, asesinatos y rituales oscuros. Según la leyenda, las almas de los muertos no descansaban, atrapadas bajo las raíces retorcidas, vigiladas por un espíritu que había nacido de su sufrimiento colectivo. Para Rodrigo, aquello era una oportunidad única. Si lograba capturar la atmósfera del bosque en sus fotografías, podría hacerse un nombre en el mundo del arte.

Una fría mañana de otoño, Rodrigo se internó en el bosque. El aire estaba cargado de humedad y el suelo crujía bajo sus botas. Aunque el sol aún brillaba débilmente sobre las copas de los árboles, la luz parecía desvanecerse a medida que avanzaba. Las sombras se alargaban y retorcían, creando formas que parecían seguirlo con la mirada. Pero él no se dejó intimidar. Enfocó su cámara y comenzó a tomar fotos de las raíces, las hojas y los troncos, buscando esa imagen perfecta que capturara la esencia del lugar.

Conforme el día avanzaba, el silencio se volvía más pesado. No había pájaros, ni insectos, ni el sonido del viento. Solo el ruido de sus propios pasos y el clic de su cámara. Fue entonces cuando notó algo extraño. En el visor de la cámara, entre las sombras de un árbol, apareció una figura borrosa. Rodrigo bajó la cámara rápidamente, pero no había nada allí. Pensó que podría ser un truco de la luz o su imaginación, pero cuando revisó las fotos, la figura seguía allí: alta, delgada y deforme, con lo que parecía ser un rostro carente de ojos y una boca demasiado grande.

El aire a su alrededor comenzó a enfriarse. Un escalofrío le recorrió la espalda, pero se obligó a seguir adelante. Se recordó a sí mismo que era un profesional, que no podía dejarse vencer por supersticiones. Sin embargo, conforme avanzaba, la sensación de ser observado se hacía más intensa. No era solo paranoia; había algo allí, algo que se movía entre los árboles, siempre fuera de su campo de visión. Rodrigo empezó a sentir un nudo en el estómago, una presión que lo hacía dudar de su decisión de entrar en aquel lugar.

A medida que el sol descendía, el bosque se transformaba. Las sombras se volvían más densas, casi líquidas, y parecían extenderse hacia él como dedos alargados. Fue entonces cuando lo escuchó: un susurro. Era apenas un murmullo, pero lo suficiente para que el miedo le hiciera girar sobre sus talones. "Vete", decía la voz, grave y arrastrada, como si proviniera de las entrañas de la tierra. Rodrigo quiso creer que se trataba del viento, pero en el fondo sabía que no era así.

Decidió que ya era suficiente. Había capturado suficientes fotos y no tenía intención de quedarse hasta que anocheciera. Pero cuando intentó regresar por el mismo camino que había tomado, se dio cuenta de que algo estaba mal. Los árboles parecían haber cambiado de posición. El sendero que había usado para entrar había desaparecido, reemplazado por un laberinto de raíces y maleza que no reconocía. El pánico comenzó a apoderarse de él, pero trató de mantenerse racional. Sacó su brújula, pero la aguja giraba sin control, como si estuviera atrapada en un campo magnético.

Mientras intentaba orientarse, la voz volvió, esta vez más clara y más cercana. "No debiste venir." Rodrigo miró a su alrededor frenéticamente, buscando el origen, pero no había nadie. Entonces lo vio. Entre los árboles, a unos metros de distancia, estaba la figura que había aparecido en su cámara. Era alta, más de dos metros, con una silueta humanoide pero grotescamente desproporcionada. Sus brazos eran largos, terminados en dedos afilados, y su cabeza estaba ladeada, como si le faltara fuerza para sostenerla. No tenía ojos, pero Rodrigo sintió que lo miraba, que lo atravesaba con una intensidad que casi podía tocarse.

El espíritu dio un paso hacia él, y el sonido de sus movimientos era como el crujir de huesos secos. Rodrigo retrocedió, tropezando con una raíz y cayendo al suelo. La cámara se le escapó de las manos, pero no le importó. Se levantó de un salto y corrió, sin rumbo, solo con la intención de alejarse. Mientras corría, las voces se multiplicaban a su alrededor, gritos y lamentos que llenaban el aire como un coro infernal. Podía sentir algo detrás de él, persiguiéndolo, cada vez más cerca.

Finalmente, llegó a un claro. En el centro, había un círculo de piedras cubiertas de musgo, claramente colocadas por manos humanas. Parecía un altar antiguo, y en el suelo, entre las piedras, había huesos. No eran huesos de animales; eran humanos. Rodrigo sintió que la bilis le subía a la garganta. Antes de que pudiera reaccionar, una fuerza invisible lo empujó al suelo. El espíritu estaba allí, frente a él, su rostro sin ojos inclinado hacia el suyo. Y entonces habló, con una voz que parecía provenir de todos los rincones del bosque: "Ahora eres mío."

Rodrigo despertó al día siguiente en la entrada del bosque, con la cámara rota a su lado. No recordaba cómo había salido, pero su ropa estaba sucia y rasgada, y tenía marcas en el cuerpo, como si algo lo hubiera sujetado con fuerza. Cuando revisó las fotos en la tarjeta de memoria, encontró imágenes que no recordaba haber tomado: primeros planos del espíritu, su rostro vacío y su boca abierta en un grito mudo.

Nunca volvió a entrar en un bosque. Pero lo más aterrador fue lo que ocurrió meses después. En cada lugar al que iba, cada sombra que veía, sentía que algo lo seguía. Y cada vez que tomaba una foto, allí estaba, en el fondo, observándolo. El espíritu nunca lo dejó ir.

EL HOMBRE QUE NUNCA SE DETUVO

Había una carretera que serpenteaba entre colinas cubiertas de niebla en las afueras de una ciudad olvidada por el tiempo. Los lugareños la evitaban, no solo porque estaba mal señalizada y en malas condiciones, sino porque decían que en ella rondaba una presencia que no pertenecía a este mundo. Era conocida como la carretera del hombre que nunca se detuvo, un alma en pena que vagaba sin descanso, buscando algo o alguien. Aquellos que lo habían visto contaban que no era un encuentro normal; era como si la realidad misma se torciera a su alrededor, dejando cicatrices en la mente de los testigos.

Marcos, un camionero experimentado, había escuchado las historias en varias estaciones de servicio. Aunque se reía de ellas, en el fondo siempre sintió una incomodidad latente cuando le tocaba pasar por esa carretera. Aquella noche, el trabajo no le dejó opción. Transportaba una carga urgente y no podía permitirse rodeos. La carretera del hombre que nunca se detuvo era la ruta más corta.

La luna llena iluminaba débilmente el asfalto agrietado mientras Marcos avanzaba a buen ritmo. El motor del camión rugía en la quietud de la noche, y los faros cortaban la oscuridad como dos cuchillas. La primera hora transcurrió sin incidentes, aunque el paisaje era desolador. No había más que árboles desnudos y colinas que parecían observarlo con indiferencia. Sin embargo, conforme pasaba el tiempo, una sensación extraña comenzó a apoderarse de él. Era como si el aire se volviera más denso, más pesado, dificultando incluso la respiración.

A lo lejos, en la distancia iluminada por los faros, Marcos vio algo. Una figura caminando por el borde de la carretera. Era extraño porque no había casas ni pueblos cercanos, y mucho menos a esa hora. Pensó que podía ser alguien con problemas o perdido, así que disminuyó la velocidad. A medida que se acercaba, el detalle de la figura se hacía más claro: era un hombre alto, vestido con ropa oscura, desgastada y algo fuera de época, como si perteneciera a otra era.

El hombre caminaba con un paso firme, la mirada fija hacia adelante, como si el camión no existiera. Marcos bajó la ventanilla para llamarle la atención, pero en el momento en que su voz rompió el silencio, el hombre giró la cabeza hacia él. El rostro que vio lo dejó helado. No había expresión, ni vida. Los ojos eran pozos vacíos, y la piel parecía estar tensada sobre un cráneo marchito, como una máscara que apenas cubría algo peor.

Sobresaltado, Marcos pisó el acelerador y dejó atrás al hombre. Trató de convencerse de que solo era su mente jugando trucos debido al cansancio. Pero unos minutos después, el camión dio un pequeño tirón, como si algo hubiera pasado por debajo de las ruedas. Miró por el retrovisor, pero la carretera estaba vacía.

Cuando levantó la vista, casi pierde el control del volante. Allí estaba el hombre, en medio de la carretera, avanzando hacia él, pero no caminaba. Flotaba, su cuerpo rígido y su mirada clavada en los faros del camión. Marcos viró bruscamente, pasando a centímetros de la figura, y aceleró como nunca antes había acelerado. Su corazón latía con fuerza, y el sudor le corría por la frente.

Conforme continuaba por la carretera, algo aún más perturbador comenzó a ocurrir. La figura aparecía una y otra vez, siempre adelante, siempre caminando hacia él. No importaba cuánto acelerara o cuánto tiempo condujera, el hombre seguía allí. Marcos incluso intentó detener el camión, pero el motor no respondía; era como si algo lo obligara a seguir moviéndose.

La radio, que había estado apagada, se encendió de repente. Primero fue estática, pero luego se escuchó una voz grave, distorsionada, que repetía una sola palabra: "Detente". La voz se mezclaba con un llanto lejano y un ruido que parecía ser el rechinar de neumáticos. Marcos trató de apagar la radio, pero los controles no funcionaban.

De pronto, el camión comenzó a llenarse de un olor nauseabundo, como de carne podrida. Algo en el asiento del copiloto llamó su atención. Giró la cabeza y vio al hombre sentado allí, mirándolo con esos ojos vacíos y una sonrisa torcida que le heló la sangre. Soltó un grito y viró el volante con todas sus fuerzas, haciendo que el camión se deslizara peligrosamente cerca del borde de un barranco. Cuando volvió a mirar, el asiento estaba vacío, pero la sensación de que alguien estaba allí no desaparecía.

Las luces del tablero comenzaron a parpadear, y el paisaje exterior parecía cambiar. Los árboles y colinas se desvanecieron, reemplazados por un vacío oscuro salpicado de sombras que se movían en silencio. Marcos intentó frenar, pero el camión no respondía. Era como si estuviera atrapado en un bucle interminable.

Fue entonces cuando recordó las historias. Decían que el hombre que nunca se detuvo no era un espíritu cualquiera. Había sido un conductor en vida, como él, que había perdido el control de su vehículo en esta misma carretera y había caído al barranco, muriendo en soledad y agonía. Desde entonces, su espíritu rondaba, buscando a otros viajeros para arrastrarlos a su mismo destino.

Marcos sabía que debía salir de allí antes de que fuera demasiado tarde. Cerró los ojos y comenzó a rezar, algo que no había hecho en años. Cuando los abrió, la carretera parecía haber vuelto a la normalidad. El motor volvió a responder, y el paisaje familiar de árboles y colinas reapareció.

Pensó que lo peor había pasado, pero entonces vio algo en el parabrisas. Una mano, marcada con cicatrices y huesos visibles, se estampó contra el cristal desde el exterior, dejando una huella ennegrecida antes de desaparecer. Marcos soltó un grito y aceleró hasta que las luces de un pueblo aparecieron a lo lejos.

Finalmente llegó a su destino, pero nunca volvió a ser el mismo. En las noches, cuando conducía, siempre sentía que algo lo seguía, una sombra que se reflejaba en los espejos, esperando el momento justo para hacerlo detenerse. Y aunque jamás volvió a tomar la carretera del hombre que nunca se detuvo, sabía que algún día, en algún lugar, ese espíritu lo encontraría.

LA ENFERMERA DE LA MUERTE

En la ciudad de Monterrey, México, se encuentra un hospital que ha operado durante décadas, un lugar donde la vida y la muerte se cruzan a diario. Aunque en apariencia no es diferente de otros hospitales, entre el personal médico y los pacientes circula una leyenda que ha resistido el paso del tiempo. Hablan de una figura que aparece en los momentos más oscuros: la enfermera de la muerte, una mujer que se dice trae consigo el final inevitable para quienes la ven.

La historia más conocida sobre esta misteriosa aparición le ocurrió a un hombre llamado Julián. Era un trabajador de la construcción, robusto y enérgico, que había ingresado al hospital después de sufrir un accidente laboral. Se había caído de un andamio, y aunque las heridas no parecían graves, los médicos decidieron mantenerlo en observación. Julián estaba optimista; confiaba en que pronto regresaría a casa con su familia. Pero entonces, la noche cambió todo.

Era casi la medianoche cuando Julián se despertó de golpe, sintiendo un frío antinatural que le calaba los huesos. La habitación estaba en completa penumbra, salvo por la tenue luz que entraba desde el pasillo a través de la puerta entreabierta. Fue entonces cuando la vio: una enfermera alta, delgada, con un uniforme blanco impecable que parecía brillar bajo la luz mortecina. Llevaba una cofia antigua y un rostro casi pálido, enmarcado por un cabello oscuro recogido en un moño apretado.

La enfermera entró en silencio, sus pasos no producían ningún ruido sobre el suelo de baldosas. Aunque Julián intentó saludarla, algo en su interior le paralizó las palabras. Había algo inquietante en su presencia, algo que no podía explicar. Ella lo miró con unos ojos oscuros e insondables, cargados con una tristeza tan profunda que parecía atravesar el alma.

—Todo estará bien —dijo la enfermera con una voz suave y monótona, mientras colocaba una mano fría como el hielo sobre su frente.

Antes de que pudiera responder, sintió un cansancio abrumador que lo arrastró nuevamente al sueño. A la mañana siguiente, al despertar, Julián relató el extraño encuentro a una de las enfermeras que estaba revisando sus signos vitales. La mujer lo miró confundida.

—Aquí nadie lleva ese tipo de uniforme desde hace años —dijo.

Intrigado, Julián preguntó por la enfermera que lo había visitado, pero todos negaron haber estado en su habitación durante la noche. Una inquietud creciente se apoderó de él, pero intentó convencerse de que solo había sido un sueño causado por los medicamentos.

Esa noche, sin embargo, volvió a ocurrir. La misma enfermera apareció, siempre con el rostro inmutable y una calma inquietante. Esta vez, ella llevaba una bandeja con una jeringa y un frasco que contenía un líquido oscuro. Julián intentó protestar, pero su cuerpo no le respondía. La mujer se inclinó hacia él y susurró:

—Este será tu último tratamiento. No tengas miedo.

La sensación de frío se hizo más intensa mientras ella inyectaba el líquido en su brazo. Luego, la oscuridad lo envolvió de nuevo. Pero esta vez, al despertar, no estaba solo en la habitación. Un sacerdote estaba de pie junto a su cama, murmurando oraciones apresuradas mientras colocaba agua bendita sobre la frente de Julián. La habitación se sentía pesada, cargada de una energía opresiva que parecía casi palpable.

El sacerdote explicó que había sido llamado por la familia de Julián después de que los médicos notaran un empeoramiento inexplicable en su condición. Aunque sus heridas físicas estaban sanando, su cuerpo parecía debilitado por algo que no podían identificar. Mientras el sacerdote continuaba rezando, Julián sintió que algo invisible lo sujetaba, como si tratara de impedirle escapar.

Tras esa noche, Julián mejoró súbitamente. Aunque el recuerdo de la enfermera seguía fresco en su mente, no volvió a verla durante su estadía en el hospital. Cuando finalmente fue dado de alta, un enfermero mayor lo detuvo antes de que saliera por la puerta principal.

—¿La viste, verdad? —preguntó en voz baja, mirando a su alrededor como si temiera ser escuchado.

Julián, sorprendido, asintió. El hombre suspiró y comenzó a contarle la historia de la enfermera de la muerte. Décadas atrás, durante una epidemia que devastó la región, una enfermera llamada Lucía había trabajado incansablemente en el hospital. Se decía que era compasiva, pero su obsesión por aliviar el sufrimiento la llevó a tomar decisiones extremas. Administraba dosis letales a pacientes que consideraba incurables, convenciéndose de que les estaba ahorrando más dolor.

Cuando finalmente fue descubierta, Lucía se quitó la vida en una de las habitaciones del hospital. Desde entonces, su espíritu había sido visto por pacientes al borde de la muerte. Algunos decían que ella les ofrecía consuelo, mientras que otros aseguraban que su presencia era un presagio del final.

Julián dejó el hospital con una mezcla de alivio y terror. Aunque sobrevivió, nunca olvidó los ojos de la enfermera, ni el frío que emanaba de su toque. Y cada vez que pasaba por el hospital, no podía evitar mirar hacia las ventanas, esperando no volver a ver aquella figura blanca y fantasmal que se movía en los pasillos oscuros.

LA SILLA MALDITA

En un pequeño pueblo olvidado por el tiempo, existía una taberna que, aunque acogedora durante el día, al caer la noche parecía transformarse en un lugar de inquietud. Su fama no se debía a su comida ni a sus bebidas, sino a un objeto que había permanecido allí durante generaciones: una silla vieja y aparentemente insignificante que se encontraba en un rincón oscuro del lugar. La llamaban "la silla maldita".

Los lugareños evitaban sentarse en ella, y quienes la señalaban lo hacían siempre con una mezcla de miedo y reverencia. Según la leyenda, cualquiera que ocupara ese asiento no solo sufriría una desgracia, sino que inevitablemente encontraría la muerte en circunstancias aterradoras. Los más viejos del pueblo contaban que la silla perteneció, siglos atrás, a un hombre llamado Gregor, un carpintero cuya vida había estado marcada por la tragedia.

Gregor era un hombre conocido por su carácter violento y reservado. Su esposa lo había abandonado tras años de maltratos, y su hijo único murió en un misterioso incendio que consumió su taller. Devastado, Gregor se obsesionó con construir una silla perfecta, un objeto que, según él, sería su legado. Pasó semanas tallando la madera, dejando escapar su ira y su dolor con cada golpe de cincel. Pero cuando finalmente terminó la silla, algo había cambiado en él. Los vecinos aseguraban que nunca volvió a ser el mismo. Murió solo, sentado en aquella silla, con una expresión de terror indescriptible congelada en su rostro.

Décadas después, la silla fue comprada junto con la taberna, que entonces era solo una casa. Desde entonces, comenzaron a circular historias sobre extrañas muertes de quienes se atrevían a sentarse en ella.

Una de las historias más inquietantes es la de Santiago, un joven viajero que llegó al pueblo en una fría noche de invierno. Entró en la taberna buscando refugio, ajeno a las advertencias de los clientes habituales. Era un hombre escéptico, poco inclinado a creer en supersticiones. Se burló abiertamente de los murmullos de los aldeanos sobre la silla maldita y, en un acto de desafío, se dejó caer pesadamente en ella, declarando entre risas que no temía a "un mueble viejo".

El ambiente de la taberna cambió al instante. Las risas se apagaron y una tensión palpable llenó el aire. El tabernero, un hombre de rostro arrugado y manos temblorosas, intentó convencer a Santiago de levantarse, pero él se negó. Mientras permanecía sentado, algo extraño comenzó a suceder. Un frío intenso pareció emanar de la madera, y Santiago sintió que algo invisible lo atrapaba. Aunque no quiso demostrarlo, el sudor perló su frente, y una extraña presión se asentó en su pecho.

Esa noche, Santiago se retiró a una habitación del segundo piso. Pero, según cuentan los empleados, no pudo descansar. Gritos ahogados y golpes contra las paredes se escucharon desde su habitación. Nadie tuvo el valor de entrar hasta la mañana siguiente. Cuando finalmente abrieron la puerta, encontraron a Santiago muerto, sus ojos abiertos de par en par, como si hubiera visto algo demasiado horrible para describir. Las marcas en su cuello sugerían que se había estrangulado con sus propias manos.

La noticia recorrió el pueblo como un reguero de pólvora. Aunque algunos se atrevieron a desafiar la maldición después de él, ninguno vivió para contar su experiencia. Un cazador que se burló de la leyenda murió al día siguiente cuando un árbol cayó sobre él de manera inexplicable. Un vendedor ambulante que ignoró las advertencias fue hallado en el río, con una expresión idéntica a la de Santiago.

El tabernero, temiendo que las muertes continuaran, intentó deshacerse de la silla. Contrató a unos leñadores para que la quemaran en el bosque. Sin embargo, a la mañana siguiente, la silla estaba de vuelta en su rincón, intacta. Desesperado, el hombre contrató a un sacerdote para que bendijera el lugar y exorcizara el mueble. Pero, mientras el sacerdote rezaba, la silla pareció temblar, y el crucifijo que llevaba el cura se rompió en dos. El hombre salió corriendo, murmurando oraciones y asegurando que lo que habitaba esa silla no era algo que pudiera ser expulsado.

Con los años, la taberna comenzó a decaer. Menos personas se atrevían a visitarla, y quienes lo hacían no podían evitar fijar la vista en la silla, como si esperaran que algo se moviera. Los nuevos dueños intentaron cerrar el lugar y venderlo, pero siempre algo los obligaba a dejar la silla en su rincón, como si fuera parte esencial del edificio.

En tiempos más recientes, un grupo de investigadores de lo paranormal escuchó la historia y decidió visitar la taberna. Con cámaras y equipos, buscaron pruebas de actividad sobrenatural. Uno de ellos, ignorando las advertencias, se sentó en la silla durante unos minutos mientras sus compañeros documentaban. Nada sucedió en el momento, y todos pensaron que la leyenda era solo un mito exagerado. Sin embargo, al día siguiente, el investigador fue encontrado muerto en su casa, con señales de haber sufrido un ataque cardíaco masivo. Extrañamente, la silla había desaparecido del lugar donde la habían dejado.

Desde entonces, nadie sabe con certeza dónde se encuentra la silla maldita. Algunos creen que aún está en algún rincón oscuro de la taberna, esperando a su próxima víctima. Otros aseguran que alguien la llevó lejos, pero que la maldición la seguirá donde quiera que esté. Lo único que todos tienen claro es que, si alguna vez te encuentras con una vieja silla de madera, desgastada y con un aire extraño, piénsalo dos veces antes de sentarte en ella. Nunca sabes si podrías estar ocupando el último asiento de tu vida.

LA NOVIA DEL CEMENTERIO

En un pequeño pueblo rodeado de colinas y bosques oscuros, había una iglesia antigua con un cementerio a sus espaldas. La iglesia era un edificio imponente, con su campanario alto y sus vitrales que reflejaban la luz del sol en días brillantes, pero que por las noches parecían ojos oscuros que vigilaban el silencio. Este lugar, a pesar de su belleza, cargaba con una leyenda que hacía temblar a cualquiera que se atreviera a acercarse al cementerio al anochecer. Era la historia de la novia del cementerio, una mujer cuya tragedia había trascendido el tiempo, manifestándose con una furia que helaba la sangre.

Se decía que hacía muchos años, una joven llamada Isabel, conocida por su inusual belleza y carácter bondadoso, vivía en el pueblo. Estaba comprometida con Tomás, un hombre trabajador que la adoraba con devoción. Su boda, programada para un fresco día de otoño, era el evento más esperado del año. Isabel había pasado meses planeándola, soñando con el momento en que caminaría por el pasillo hacia el altar, vistiendo el vestido blanco que ella misma había bordado con esmero.

El día de la boda, el pueblo se llenó de flores y risas, pero el destino tenía otros planes. Mientras Tomás se dirigía a la iglesia, un jinete llegó a toda velocidad al pueblo con noticias terribles: el carruaje que transportaba al novio había caído por un desfiladero. No hubo sobrevivientes. Isabel, vestida de novia, corrió al lugar del accidente, ignorando las súplicas de sus familiares. Cuando vio el cuerpo destrozado de Tomás, cayó de rodillas y lanzó un grito desgarrador que, según dicen, resonó en todo el valle. Esa misma noche, sumida en el dolor y la desesperación, Isabel se quitó la vida en el cementerio detrás de la iglesia, aferrando el ramo que nunca pudo llevar al altar.

Desde entonces, comenzaron a circular rumores de que Isabel no había encontrado paz. Algunos afirmaban que habían visto una figura vestida de blanco vagando entre las tumbas, con el rostro oculto por un velo que dejaba entrever unos ojos llenos de tristeza y rabia. Otros decían que, en noches de luna llena, podían escuchar un llanto desgarrador que parecía venir del cementerio. Los más valientes que se atrevían a acercarse a la iglesia después del anochecer afirmaban haber visto a la novia parada junto a una tumba, inmóvil, como si esperara algo o a alguien.

Una noche, un grupo de jóvenes del pueblo decidió desafiar la leyenda. Habían estado escuchando las historias desde niños y querían probar que no eran más que cuentos para asustar. Armados con linternas y un par de botellas de licor para animarse, se adentraron en el cementerio. El aire estaba helado, y un extraño silencio parecía envolver el lugar, como si incluso los insectos y los animales evitaran acercarse.

Caminaban entre las lápidas, riendo y burlándose de los rumores, cuando uno de ellos, Carlos, señaló algo en la distancia. Una figura blanca parecía estar de pie junto a un viejo mausoleo. Los demás se quedaron petrificados mientras Carlos, desafiando al miedo, avanzó hacia la figura. Cuando estaba a unos pasos, la figura se giró lentamente hacia él. Bajo el velo, pudo ver un rostro cadavérico, con ojos hundidos y labios que se movían como si intentaran formar palabras.

Antes de que pudiera reaccionar, un viento helado atravesó el cementerio, apagando las linternas y dejando a los jóvenes en completa oscuridad. Fue entonces cuando escucharon el llanto: un sonido gutural y profundo que parecía provenir de todas partes a la vez. Desesperados, comenzaron a correr en direcciones opuestas, tropezando con tumbas y ramas, mientras el llanto se transformaba en una risa histérica que los perseguía.

Cuando finalmente salieron del cementerio, se dieron cuenta de que Carlos no estaba con ellos. Regresaron al pueblo, aterrados, y alertaron a las autoridades. Al día siguiente, encontraron su cuerpo junto al mausoleo donde habían visto a la novia. Su rostro estaba congelado en una mueca de horror, y en sus manos sostenía un ramo de flores marchitas.

Después de ese incidente, nadie volvió a entrar al cementerio por la noche. La iglesia fue cerrada y quedó abandonada, rodeada por leyendas y advertencias de los habitantes. Pero la historia no terminó ahí. Se dice que en la carretera que bordea el cementerio, los conductores a menudo ven a una mujer vestida de blanco, de pie junto al camino, levantando un brazo como si pidiera ayuda. Algunos, compadecidos, se detienen, pero cuando abren la puerta, la mujer desaparece, dejando en el asiento trasero el ramo de flores marchitas.

Otros han contado que, si pasas por esa carretera a medianoche, puedes escuchar un suave susurro que pide: "¿Has visto a mi Tomás?" Si tienes la mala suerte de responder, aseguran que esa misma noche soñarás con la novia, y al despertar encontrarás un velo blanco sobre tu cama.

La leyenda de la novia del cementerio continúa asustando a los habitantes del pueblo, un recordatorio de que el dolor y la desesperación pueden trascender la muerte. Y aunque el cementerio permanece cerrado, muchos aseguran que, en las noches más frías, se puede ver una figura blanca vagando entre las tumbas, todavía buscando al amor que nunca pudo encontrar.

EL AUTOBÚS DE MEDIANOCHE

En una ciudad envuelta en un constante ajetreo, donde el ruido de los coches y el murmullo de las personas rara vez se detenía, existía una ruta de autobús que pocos conocían. Era la Ruta 93, un trayecto nocturno que, según se decía, recorría la ciudad cuando la mayoría de sus habitantes ya estaban dormidos. El autobús partía exactamente a la medianoche desde una parada en las afueras, pero no estaba en los horarios oficiales, ni los conductores de otros autobuses hablaban de él.

La leyenda contaba que aquellos que subían al Autobús de Medianoche nunca volvían a ser los mismos. Algunos desaparecían para siempre, y quienes lograban regresar lo hacían profundamente alterados, incapaces de explicar lo que habían vivido. Era una historia que circulaba en bares y reuniones de madrugada, algo que pocos tomaban en serio, hasta que un joven llamado Lucas decidió investigarla.

Lucas era un periodista en busca de historias impactantes. Había escuchado la leyenda por primera vez de un conductor de autobús ya retirado, un hombre mayor que, entre sorbos de café, le contó cómo un colega suyo había desaparecido tras conducir esa ruta. Movido tanto por el escepticismo como por la curiosidad, Lucas decidió comprobar la verdad por sí mismo. Con su grabadora y una pequeña cámara, se dirigió una noche a la parada de la que hablaban los rumores.

El lugar estaba desierto. Apenas había un par de farolas que titilaban débilmente, proyectando sombras largas y distorsionadas. Lucas esperó pacientemente mientras el reloj se acercaba a la medianoche. Cuando las manecillas marcaron las 12, un sonido distante comenzó a hacerse más fuerte: el inconfundible ruido de un motor antiguo acercándose. Un autobús apareció de la nada, emergiendo de la niebla que cubría la calle. Era un vehículo viejo, con pintura desgastada y el número "93" iluminado en letras rojas sobre el parabrisas.

Lucas subió, decidido a no dejarse llevar por el miedo. El conductor era un hombre de mediana edad, de rostro inexpresivo, que no respondió cuando Lucas intentó entablar conversación. Pagó su boleto y avanzó por el pasillo del autobús, eligiendo un asiento cerca del medio. Solo había tres pasajeros más: una mujer de cabello largo que miraba fijamente por la ventana, un anciano con un abrigo raído y un joven con una gorra que mantenía la cabeza agachada. Ninguno le dirigió la mirada.

Al principio, todo parecía normal. El autobús avanzaba lentamente por calles que Lucas reconocía, aunque la sensación de extrañeza era innegable. La ciudad, normalmente vibrante incluso a altas horas de la noche, estaba desierta. Las luces de las tiendas parecían más tenues, y las sombras en los callejones eran más profundas de lo habitual. Sin embargo, lo que realmente le inquietó fue que el tiempo parecía haber perdido su significado. El reloj en su muñeca marcaba la 1:15 a.m., pero no recordaba haber pasado tanto tiempo en el autobús.

Los otros pasajeros permanecían inmóviles, como si estuvieran atrapados en un trance. Intentó hablar con el joven de la gorra, pero este no reaccionó. Al mirar más de cerca, se dio cuenta de algo escalofriante: los pasajeros no respiraban. Sus pechos no se movían, y sus ojos, aunque abiertos, estaban vacíos.

El autobús comenzó a cambiar de ruta, adentrándose en zonas que Lucas no reconocía. Las calles se volvían cada vez más oscuras, y las edificaciones parecían deteriorarse a cada momento. Fue entonces cuando se dio cuenta de que el paisaje exterior no era real. Los edificios parecían derretirse, y las sombras comenzaban a moverse como si tuvieran vida propia. Un miedo frío se apoderó de él, pero decidió mantener la calma y grabar todo.

De repente, el autobús se detuvo. La puerta se abrió, y una figura subió. Era una mujer vestida completamente de negro, con un velo que cubría su rostro. Su presencia llenó el ambiente de una tensión insoportable. Avanzó lentamente por el pasillo y se sentó justo frente a Lucas. Aunque su rostro estaba oculto, él podía sentir su mirada fija, perforándole el alma.

El conductor, que hasta entonces había permanecido impasible, se giró hacia la mujer y murmuró algo que Lucas no pudo entender. Fue entonces cuando comenzó a escuchar susurros, voces que parecían venir de todas partes. Decían su nombre, repetían fragmentos de sus pensamientos más oscuros, secretos que nunca había compartido con nadie.

Preso del pánico, Lucas se levantó y trató de bajar del autobús, pero las puertas estaban cerradas. Corrió hacia el conductor, exigiendo que lo dejara salir, pero el hombre no respondió. Fue entonces cuando miró por el espejo retrovisor y vio algo que lo dejó sin aliento. Los pasajeros, que antes parecían inmóviles, ahora lo miraban fijamente, con ojos que se habían vuelto completamente negros.

La mujer de negro se levantó y comenzó a acercarse. Lucas retrocedió, tropezando con los asientos, mientras el autobús seguía avanzando hacia un paisaje que ya no era humano. Afuera, todo era un caos de sombras y figuras que parecían gritar sin emitir sonido. La mujer extendió una mano hacia él, y en ese momento, Lucas sintió un frío paralizante que lo envolvió por completo.

Cuando despertó, estaba tirado en la parada de autobús, con la grabadora rota en su mano. El autobús había desaparecido, y la calle estaba desierta. Pensó que todo había sido un sueño, una alucinación provocada por el cansancio. Sin embargo, al revisar las grabaciones en su cámara, descubrió algo aterrador. Aunque el video estaba borroso y lleno de interferencias, en el último fragmento podía distinguirse claramente la figura de la mujer de negro, mirándolo fijamente antes de que la imagen se desvaneciera.

Desde entonces, Lucas nunca volvió a hablar públicamente sobre la Ruta 93. Renunció a su trabajo y dejó la ciudad, pero en las noches más oscuras, todavía despierta sobresaltado, convencido de que algo lo observa desde las sombras, esperando el momento adecuado para llevárselo de vuelta al autobús de medianoche.

LA SEÑORA DE LOS GATOS

En un vecindario olvidado por el tiempo, donde las casas viejas se alineaban como testigos de un pasado mejor, había una en particular que destacaba por su abandono. La casa número 13, una estructura gótica con ventanas rotas y paredes cubiertas de enredaderas, tenía una presencia inquietante que repelía a los curiosos. Era conocida como la casa de la Señora de los Gatos.

Los rumores sobre la propietaria eran abundantes y contradictorios. Algunos decían que era una anciana excéntrica que nunca salía y vivía rodeada de docenas de gatos. Otros afirmaban que había muerto hacía años, pero que su espíritu seguía cuidando de los felinos que habitaban la casa. Sin embargo, todos estaban de acuerdo en algo: acercarse a ese lugar después del atardecer era una invitación al desastre.

El origen de la leyenda se remontaba décadas atrás, cuando la señora Eloísa aún era una figura conocida en el vecindario. Era una mujer de mediana edad, siempre vestida de negro, con un porte elegante pero una mirada que helaba la sangre. Vivía sola en la enorme casa con sus gatos, que parecían multiplicarse sin control. Los niños la evitaban, convencidos de que era una bruja, y los adultos, aunque más discretos, tampoco querían cruzarse con ella. Había algo en su presencia que generaba un temor inexplicable.

La historia tomó un giro macabro cuando, un día, un cartero fue enviado a entregar un paquete a la casa. Según se cuenta, el hombre tocó varias veces la puerta sin obtener respuesta. Justo cuando iba a marcharse, un maullido profundo, casi humano, resonó desde el interior. Al mirar por una de las ventanas rotas, el cartero juró haber visto decenas de ojos brillando en la penumbra. Pocos días después, desapareció sin dejar rastro. Su bicicleta fue encontrada abandonada frente a la casa.

Con el tiempo, los rumores sobre Eloísa crecieron. Se decía que no solo era una bruja, sino que practicaba rituales oscuros con sus gatos, ofreciéndolos como sacrificios para prolongar su vida. Otros afirmaban que alimentaba a los animales con carne humana, lo que explicaba las desapariciones esporádicas en el vecindario. Nadie se atrevía a confirmar estas historias, pero tampoco las negaban.

Una noche, un grupo de adolescentes decidió desafiar la leyenda. Armados con linternas y una cámara, planearon entrar a la casa para demostrar que todo era una farsa. Entre ellos estaba Adrián, un joven escéptico que siempre desafiaba las supersticiones. Convenció a sus amigos de que no había nada que temer y que, con suerte, podrían capturar imágenes interesantes para sus redes sociales.

Cuando llegaron a la casa, la atmósfera era pesada, como si el aire estuviera cargado de electricidad. Las linternas apenas penetraban la oscuridad que parecía envolver el lugar como una manta. Al empujar la puerta, esta se abrió con un chirrido, revelando un interior en ruinas. Las paredes estaban cubiertas de marcas profundas, como si algo con garras las hubiera arañado durante años. Un olor nauseabundo impregnaba el ambiente, una mezcla de moho y algo más, algo metálico y dulce que hizo que varios de ellos se cubrieran la nariz.

A medida que avanzaban, empezaron a escuchar maullidos. No eran los sonidos normales de gatos; eran más profundos, más guturales, casi como gruñidos. Adrián, tratando de mantener la calma, se dirigió hacia lo que parecía ser la sala principal. Allí encontraron un altar improvisado, cubierto de velas derretidas y fotografías antiguas. En el centro, había un retrato de Eloísa, su rostro severo enmarcado por un halo de gatos que parecían mirarlos fijamente desde la imagen.

De repente, una de las linternas se apagó. Los maullidos se intensificaron, y uno de los chicos gritó al sentir algo pasar rozándole las piernas. Adrián intentó calmar al grupo, pero en ese momento, las sombras comenzaron a moverse. Los gatos salieron de la oscuridad, docenas de ellos, con los ojos brillando como antorchas en la penumbra. No eran gatos normales; sus cuerpos parecían alargados y torcidos, como si algo los hubiera deformado.

Fue entonces cuando escucharon una risa. Venía desde las escaleras, un sonido seco y entrecortado que hizo que el corazón de todos se detuviera. En lo alto de las escaleras, una figura apareció. Era Eloísa, o algo que parecía ella. Su piel estaba pálida y tirante, y sus ojos eran dos pozos oscuros que parecían absorber la luz. Estaba rodeada por los gatos, que se movían como si fueran una extensión de su cuerpo.

"¿Vinieron a conocerme?", dijo con una voz que parecía salir de varios lugares a la vez. Los chicos gritaron y corrieron hacia la puerta, pero esta se cerró de golpe antes de que pudieran alcanzarla. Adrián, desesperado, levantó su cámara para grabar, pero la figura de Eloísa apareció justo frente a él en un parpadeo.

"No debiste venir", susurró.

Lo último que Adrián recuerda es el rostro de Eloísa acercándose al suyo, y los gatos lanzándose sobre ellos. Cuando despertó, estaba tirado en la calle frente a la casa, con rasguños profundos en los brazos y un maullido constante resonando en sus oídos. Sus amigos no estaban. La casa, que antes parecía sólida, ahora era un montón de escombros, como si hubiera sido abandonada por décadas.

Adrián nunca pudo explicar lo que sucedió esa noche. Fue interrogado por la policía, pero su historia era demasiado incoherente para ser creída. Se mudó del vecindario poco después, pero nunca dejó de escuchar maullidos por las noches, incluso cuando no había gatos cerca.

La leyenda de la Señora de los Gatos persiste hasta hoy. Algunos dicen que los gatos del vecindario, especialmente los negros, son descendientes de los que habitaban la casa de Eloísa, y que vigilan a quienes se acercan demasiado. Otros aseguran que, si pasas cerca del terreno vacío donde estaba la casa, puedes escuchar un maullido que se transforma en una risa, recordándote que no debes entrometerte en los secretos de los muertos.

EL SILBÓN

En los vastos llanos de los Andes, donde las montañas se alzan como gigantes dormidos y el viento gime a través de los árboles, existe una leyenda que ha perdurado a lo largo de los siglos, una historia que ha aterrorizado a generaciones enteras: la historia de El Silbón. Es una figura oscura y sombría, que algunos creen es un espíritu vengativo, mientras que otros lo describen como una maldición encarnada. Sin importar cómo se le llame, su presencia es suficiente para helar la sangre de cualquiera que escuche su silbido, especialmente cuando el viento lo trae con la oscuridad de la noche.

Según los relatos, El Silbón no siempre fue un ser espectral. En vida, fue un joven llamado Juan, hijo de un hombre cruel y abusivo. Su padre, conocido por su mal carácter y su brutalidad, hacía de la vida de Juan un infierno, golpeándolo constantemente y sometiéndolo a humillaciones. La madre de Juan, temerosa de su esposo, callaba y vivía bajo su sombra, lo que solo empeoraba la situación para el joven. Sin embargo, un día, algo en su corazón se quebró. La violencia acumulada lo llevó a un acto impensable: mató a su madre.

En un arrebato de furia, Juan le quitó la vida a su madre, y aunque sabía que lo que había hecho era imperdonable, se dejó llevar por su enojo y sus traumas sin pensar en las consecuencias. Tras cometer el asesinato, huyó de su casa, cargando con el peso de su crimen. Pero su padre, furioso al saber lo que su hijo había hecho, decidió vengarse de él de una manera aún más cruel. Lo encontró y, en un acto de justicia retorcida, lo castigó a caminar por los campos desolados, dejando que la desolación y el hambre lo devoraran. Lo maldijo, diciendo que él sería perseguido por el espíritu de su madre, quien le reclamaría su alma hasta el final de sus días.

Juan, perdido en el dolor y el arrepentimiento, comenzó a vagar por las montañas y los llanos, mientras su cuerpo se desintegraba por la inanición y el sufrimiento. En su caminar, se encontraba solo en la oscuridad, con el eco de sus propios gritos de desesperación resonando en sus oídos. Fue entonces cuando comenzó a escuchar un silbido extraño, un sonido suave al principio, pero que pronto se convirtió en un lamento penetrante. Cada noche, el silbido se volvía más cercano, hasta que finalmente dejó de ser solo un sonido lejano y comenzó a resonar en sus oídos con un tono mortal.

Lo que Juan no sabía era que el silbido no provenía de algún ser humano ni animal. Era el alma de su madre, la misma que había matado, condenándolo a un destino eterno de sufrimiento. El espíritu de su madre lo seguía, silbando su condena con un tono escalofriante que lo acosaba sin descanso.

Finalmente, cuando el hambre y el cansancio lo llevaron al límite, Juan cayó muerto en medio de la llanura, pero su alma no encontró descanso. La maldición de su padre se cumplió: se convirtió en El Silbón. Desde entonces, su espíritu condenado vaga por las montañas y valles, arrastrando con él un silbido escalofriante que anuncia su llegada.

Hoy en día, aquellos que viven en las regiones cercanas a los Andes o en zonas rurales de América Latina, aseguran escuchar este silbido en las noches más oscuras, cuando el viento sopla con fuerza. Pero lo que hace que el Silbón sea aún más aterrador es que su silbido no es constante. Se oye primero muy lejos, casi como si estuviera en el horizonte. La gente, al escuchar el sonido, cree que está lejos y se sienten tranquilos por un momento. Sin embargo, el silbido se acerca cada vez más, y el terror se apodera de ellos cuando se dan cuenta de que está cada vez más cerca. El Silbón nunca se detiene; su silbido es un presagio de muerte, y su presencia indica que alguien va a morir esa noche.

Los más viejos de los pueblos cuentan que cuando El Silbón está cerca, hay que no mirar atrás. Si ves su figura, o peor aún, si lo escuchas silbando demasiado cerca, te llevará contigo. Algunos aseguran haber sentido su presencia en la quietud de la noche, cuando el aire es pesado y el silencio es abrumador, y de repente, sienten como si alguien estuviera caminando justo detrás de ellos. Es el momento exacto en que el silbido se torna más fuerte, el viento agita las hojas y un frío inexplicable recorre el cuerpo, como si todo en el ambiente supiera que lo peor está por llegar.

Los más atrevidos, o los que han tenido la mala suerte de cruzarse con su camino, relatan que El Silbón no se aparece como un espectro común. No tiene rostro. Lo que se ve es una figura alta, encapuchada, cuyo cuerpo es solo una sombra que se mueve entre las rocas y los árboles. Su silbido nunca cesa, y cuando se le encuentra, la sensación de que el fin está cerca es insoportable. Se dice que El Silbón lleva consigo un saco de huesos, el cual arrastra detrás de sí. Es un recordatorio de todas las almas que ha reclamado a lo largo de los siglos.

Pero lo más espantoso de todo, lo que realmente pone los pelos de punta a quienes han oído hablar de él, es la leyenda que dice que El Silbón nunca olvida a sus víctimas. Aquellos que se atreven a enfrentarse a él, los que intentan desafiar su presencia o burlarse de su silbido, son consumidos por su furia y llevados al abismo. Nadie ha logrado escapar de él una vez que lo ha marcado, y su silbido es la última cosa que escuchan antes de ser tragados por la oscuridad eterna.

La leyenda del Silbón sigue viva en las noches oscuras de las montañas, donde su silbido puede ser oído por aquellos valientes, o desafortunados, que osen cruzarse en su camino. Cada silbido es un recordatorio de la justicia y la venganza, y de la maldición eterna que acompaña al alma de Juan.

EL APARTAMENTO MALDITO

En una ciudad bulliciosa, llena de luces y ruido, había un edificio de apartamentos que, a simple vista, parecía tan común como cualquier otro. De hecho, la mayoría de las personas que pasaban por allí no prestaban mucha atención a la vieja edificación, cuyos ladrillos estaban cubiertos por la capa del tiempo y el desgaste. Sin embargo, aquellos que alguna vez habían vivido en el apartamento 407 sabían que había algo profundamente inquietante en ese lugar, algo que no se podía ver a simple vista, pero que se sentía con cada paso, con cada respiración.

La historia de este apartamento maldito comenzó con una joven llamada Sofía, que se mudó al edificio en busca de un nuevo comienzo. Había sufrido mucho en su vida personal y, tras una serie de fracasos, decidió mudarse a esta ciudad para encontrar algo de paz. Al principio, el apartamento parecía el lugar perfecto: pequeño, pero acogedor, y con el precio justo para su presupuesto. Cuando la puerta se cerró tras ella por primera vez, Sofía sintió que finalmente podía dejar atrás los fantasmas de su pasado. Pero no sabía que, al entrar en ese lugar, había invadido un espacio donde los mismos fantasmas la esperaban.

La primera noche en el apartamento fue tranquila. Sin embargo, a medida que pasaban los días, Sofía comenzó a notar cosas extrañas. El primer incidente ocurrió cuando, al levantarse por la mañana, descubrió que las luces de la cocina estaban apagadas, aunque la noche anterior las había dejado encendidas. Pensó que tal vez lo había hecho sin darse cuenta, o que tal vez algo había fallado en el interruptor. Pero pronto, los incidentes se hicieron más perturbadores.

Comenzaron a oírse ruidos extraños en las paredes, como si algo estuviera raspando desde el interior. Al principio pensó que era un ratón, o alguna clase de plaga, y se deshizo de la idea rápidamente, pero a medida que los ruidos se intensificaban, no pudo evitar sentirse incómoda. Como si algo estuviera buscando salir, algo atrapado en las paredes de ese lugar. Pero no fue hasta una noche, mientras dormía, cuando Sofía experimentó algo que la dejó completamente aterrada.

Despertó de golpe en medio de la noche, sudorosa y con el corazón acelerado. Pensó que había sido una pesadilla, pero algo en el aire estaba... diferente. El aire estaba denso, pesado, como si la misma atmósfera del apartamento estuviera a punto de aplastarla. La oscuridad que la rodeaba parecía más espesa de lo normal, casi como si las sombras tomaran forma. Fue entonces cuando lo oyó. Un susurro bajo, apenas audible, provenía del otro lado de la habitación. Era una voz suave, casi una respiración, que susurraba palabras incomprensibles.

Sofía, paralizada, trató de encender la luz de la lámpara de noche junto a su cama, pero la bombilla se apagó al instante, sumiéndola nuevamente en la oscuridad. El susurro se intensificó, y Sofía pudo jurar que algo en la habitación se movía, deslizándose hacia ella. Con un esfuerzo sobrehumano, saltó de la cama y corrió hacia la puerta, abriéndola de golpe, solo para encontrar el pasillo completamente vacío.

Las noches siguientes fueron aún peores. Cada vez que intentaba dormir, sentía que algo la observaba. Sus sueños se volvían cada vez más inquietantes, poblados por sombras que se deslizaban a través de las paredes, murmurando su nombre, llamándola en un tono tan bajo y extraño que parecía provenir de todas direcciones. En uno de esos sueños, una figura oscura se materializó a su lado, una figura de aspecto sombrío, con los ojos vacíos, que la miraba fijamente. Despertó con un grito ahogado, solo para descubrir que en la pared junto a su cama había una mancha negra, como si algo hubiera sido arrastrado por allí.

Con el paso de los días, Sofía intentó investigar la historia del apartamento. Lo que descubrió fue aún más aterrador de lo que podía haber imaginado. El apartamento 407 había tenido varios inquilinos en los últimos años, pero todos ellos se habían marchado de manera misteriosa. Algunos se mudaron sin dejar rastro, otros simplemente nunca regresaron después de ciertas horas. Los pocos que habían quedado por más tiempo, informaron de sucesos extraños: ruidos inexplicables, puertas que se cerraban solas, luces que parpadeaban sin razón aparente. Nadie se quedaba allí mucho tiempo.

La historia más macabra, sin embargo, fue la de la antigua inquilina, María, una mujer que se había mudado al apartamento hacía más de 20 años. María había desaparecido sin dejar rastro, pero la leyenda decía que la última vez que la vieron, estaba completamente desquiciada, hablando de una presencia oscura que la acosaba cada noche. La policía nunca pudo encontrar ninguna evidencia de lo que le había sucedido, pero algunos decían que María había sido víctima de la maldición del apartamento, una maldición que, según los rumores, había comenzado cuando un hombre había muerto violentamente en ese mismo lugar.

Una noche, Sofía no pudo soportarlo más. Decidió abandonar el apartamento, recoger sus cosas y marcharse para siempre. Mientras empacaba, escuchó el familiar susurro a sus espaldas, esta vez más fuerte y claro, como si alguien estuviera justo allí, a su lado. Con el corazón palpitando, giró rápidamente, pero no vio a nadie. Sin embargo, cuando miró hacia el espejo, algo la hizo gritar. Su reflejo no estaba del todo alineado con su cuerpo. Una figura sombría, con una cara distorsionada y ojos vacíos, la observaba desde el cristal. Sofía salió corriendo, sin mirar atrás, y nunca más volvió al apartamento.

Se dice que desde esa noche, el apartamento 407 quedó deshabitado por un tiempo, pero las leyendas siguieron creciendo. Nadie quería vivir en ese lugar, y el edificio empezó a deteriorarse. Los que aún pasaban cerca decían que se podía ver una luz débil en la ventana del apartamento, y que, a veces, el eco de un susurro bajo y arrastrado recorría el edificio en las noches más oscuras. Algunos aseguraban que podían sentir una presencia extraña, algo que observaba desde la penumbra. Otros simplemente afirmaban que el apartamento estaba maldito, un lugar en el que la muerte había dejado su huella para siempre.

Hoy en día, el apartamento sigue allí, deshabitado, esperando a su próxima víctima. Quienes han oído hablar de él dicen que la puerta nunca se cierra del todo. Y si alguna vez tienes la mala suerte de caminar cerca del edificio durante la noche, asegúrate de no mirar hacia la ventana del apartamento 407. Porque si lo haces, es posible que veas una figura observándote desde dentro, esperando el momento adecuado para arrastrarte a las sombras junto a ella.

LA BAÑERA SANGRIENTA

En una ciudad antigua, donde las calles de piedra parecían susurrar historias olvidadas por el tiempo, se encontraba una mansión que atraía las miradas de todos, pero sin ser vista realmente. El número 13 de la Calle del Olvido era un edificio majestuoso, con su arquitectura de épocas pasadas, pero su fachada ahora estaba cubierta por una capa de polvo y abandono. A pesar de su aire decadente, aún conservaba una belleza inquietante, como si el tiempo mismo hubiera decidido dejar de avanzar en ese lugar.

La historia de esa mansión estaba envuelta en misterio y tragedia. Nadie sabía con certeza quién había sido su dueño, pero los rumores decían que la familia que vivió allí había desaparecido en circunstancias extrañas, dejando atrás una serie de incidentes aterradores. La casa había estado vacía durante décadas, hasta que una joven llamada Carla se mudó a ella, buscando un cambio de vida. Carla, que recientemente había sufrido una ruptura dolorosa, quería escapar del ruido de la ciudad y encontrar paz en el silencio de una casa aislada.

El primer día que llegó, la mansión parecía una joya escondida. Los altos techos, las antiguas molduras y la hermosa escalera de madera hacían que todo el lugar tuviera un aire de nobleza. Decidió instalarse en la planta superior, en un amplio dormitorio con una ventana que ofrecía una vista impresionante del jardín trasero. No parecía haber nada que sugiriera que esa casa tenía un pasado oscuro. Sin embargo, lo que Carla no sabía era que en el baño, justo al final del pasillo, esperaba algo que haría que su vida jamás volviera a ser la misma.

La primera noche en la mansión fue tranquila. Pero a medida que pasaban los días, Carla comenzó a percibir pequeños detalles extraños: luces que parpadeaban sin razón, ruidos inexplicables en las paredes y puertas que se cerraban solas. Sin embargo, lo que más le inquietó fue lo que encontró en el baño: una antigua bañera de hierro fundido, cubierta con una capa de óxido, pero aún en estado funcional. Estaba situada en el centro de la habitación, y a su alrededor, todo parecía estar en silencio. Sin embargo, algo en esa bañera le resultaba perturbador. La bañera parecía... demasiado perfecta para estar tan descuidada.

Una noche, después de una jornada larga, Carla decidió llenar la bañera y sumergirse en ella, buscando relajarse después de los días tensos. La agua caliente llenó el espacio, creando vapor que llenaba el baño de una sensación extraña y onírica. Sin embargo, mientras se acomodaba en el agua, comenzó a escuchar lo que parecía un leve susurro. Al principio, pensó que era solo el sonido del agua moviéndose, pero luego el susurro se volvió más claro, más pronunciado, hasta que comenzó a resonar en sus oídos. Era una voz... llorosa, como si alguien estuviera pidiendo ayuda desde lo más profundo de la bañera.

Sintiéndose incómoda, Carla intentó ignorarlo y cerró los ojos, pero el murmullo persistió. Su corazón comenzó a latir más rápido, y de pronto, el sonido de agua goteando hizo eco en la habitación, como si algo estuviera drenándose. Un escalofrío recorrió su cuerpo. Miró hacia la base de la bañera y vio, horrorizada, que el agua se estaba volviendo roja, como si la sangre se estuviera filtrando lentamente desde las tuberías. Aterrada, saltó fuera del agua, pero la bañera no dejó de llenar la habitación con una sensación de terror palpable.

Al principio, pensó que era una alucinación, un producto de su mente cansada. Pero cuando intentó vaciar la bañera, el agua sangrienta no se iba. Simplemente volvía a llenarse. Con la piel cubierta de sudor frío, Carla salió corriendo del baño, cerrando la puerta tras ella, y la visión de la bañera sangrienta quedó grabada en su mente.

Esa noche, mientras intentaba dormir, el llanto volvió. Esta vez, no era solo un murmullo. El sonido era fuerte, desgarrador, como el lamento de alguien atrapado en el mismo espacio, condenada a una existencia interminable. En medio de la oscuridad de su habitación, escuchó pasos arrastrándose en el pasillo, acercándose cada vez más. Carla se tapó los oídos, tratando de bloquear esos sonidos, pero no podía. La puerta de su cuarto se abrió lentamente, y en la penumbra, vio una figura fantasmagórica. Era una mujer, con el rostro oculto por el cabello, vestida con lo que parecía una bata de baño empapada en sangre.

La figura se acercó, avanzando con lentitud. Carla, paralizada por el miedo, no podía moverse. La mujer se detuvo a su lado, y en un susurro apagado, le dijo:

— "Te he estado esperando..."

Desesperada, Carla intentó huir, pero en cuanto puso un pie fuera de la cama, la figura desapareció. El miedo que había sentido, sin embargo, no desapareció. Esa noche, con los ojos bien abiertos y el corazón acelerado, Carla entendió lo que ocurría en su hogar: no estaba sola.

Al día siguiente, decidió investigar sobre la historia de la casa. Lo que descubrió fue aún más aterrador. La mansión, años atrás, había sido propiedad de una mujer llamada Amelia, una joven que, según los relatos, había desaparecido misteriosamente después de un trágico suceso. La leyenda decía que la mujer había sido asesinada en su bañera durante una noche tormentosa, y su cuerpo nunca fue encontrado. Después de su muerte, extraños incidentes comenzaron a ocurrir en la casa, y se rumoreaba que su espíritu había quedado atrapado, buscando venganza.

Al darse cuenta de la gravedad de la situación, Carla intentó huir de la mansión, pero antes de que pudiera hacerlo, la bañera la atrapó. Cuando intentó salir corriendo, se dio cuenta de que las paredes del baño se cerraban, la puerta ya no podía abrirse, y el agua volvía a subir. La mujer del rostro cubierto por el cabello apareció una vez más, esta vez con los ojos vacíos, como si no hubiera alma en ella.

Con cada intento de escapar, el agua seguía creciendo, cubriendo cada rincón del baño, hasta que, finalmente, las paredes se llenaron con un grito sordo que resonó por toda la mansión. Desde esa noche, nadie volvió a ver a Carla, y la mansión fue abandonada una vez más. La historia de la bañera sangrienta permaneció como una leyenda, contada en susurros entre aquellos que se atreven a caminar por la Calle del Olvido, mientras en las noches más oscuras, el eco de un llanto lejano se oye desde lo más profundo de esa casa, como una advertencia para los desprevenidos.

EL DOCTOR FANTASMA

En una pequeña y aislada ciudad, rodeada de colinas y árboles densos, se encontraba un hospital que había sido olvidado por el tiempo. A lo largo de los años, los edificios habían comenzado a desmoronarse, pero entre ellos había uno que todavía parecía mantenerse en pie, pese a la decadencia que lo rodeaba. Este hospital había sido construido a principios del siglo XX, cuando la ciudad aún florecía, pero con el paso de los años, la actividad había disminuido hasta desaparecer por completo. Los habitantes del lugar se referían a él como el hospital abandonado o, en ocasiones, el hospital del terror, y pocos se atrevían a acercarse a ese lugar. Las leyendas de lo que sucedió allí, y lo que aún ocurría en sus sombras, eran muchas.

La historia de el Doctor Fantasma comenzó hace más de cincuenta años, cuando el hospital estaba en su apogeo. Su médico más conocido era el Dr. Francisco García, un cirujano reconocido por su habilidad y dedicación. Era un hombre de carácter fuerte y respetado por sus colegas, pero también se decía que tenía una obsesión insana por salvar vidas a cualquier costo. La gente acudía de todas partes para ser atendida por él, pues se rumoraba que su técnica quirúrgica era casi infalible. Sin embargo, nadie sabía el precio que su obsesión estaba a punto de costarle.

Una noche, un joven llamado Víctor, residente de la ciudad, fue ingresado de emergencia al hospital tras sufrir un accidente en la carretera. Estaba gravemente herido, pero el Dr. García, que había estado de guardia esa noche, decidió operarlo a pesar de los riesgos. La operación era extremadamente compleja, y aunque el joven parecía tener pocas posibilidades de sobrevivir, García insistió en hacer todo lo posible para salvarlo. Aquel sería el último paciente de su carrera, y su obsesión por la perfección lo llevaba a tomar decisiones cada vez más arriesgadas.

La cirugía duró horas, y mientras tanto, la ciudad dormía ajena al drama que se desarrollaba en el hospital. Cuando finalmente la operación terminó, los médicos y enfermeras que estaban presentes en la sala se dieron cuenta de algo extraño: el Dr. García había desaparecido. No hubo señales de él en ninguna parte del hospital, y sus pertenencias, que normalmente dejaba a un lado, también estaban desaparecidas. Lo que sucedió esa noche quedó envuelto en misterio. Los informes oficiales decían que el Dr. García había tenido un colapso nervioso y había abandonado su puesto, pero nadie lo había visto salir, ni siquiera los pacientes que, a pesar de estar gravemente heridos, lo habían estado observando durante la operación.

La leyenda comenzó a crecer cuando los primeros testimonios de pacientes que habían sido atendidos por el Dr. García en los últimos días de su carrera emergieron. Decían que, en la madrugada de la operación de Víctor, algunos de los enfermos más graves comenzaron a escuchar pasos en los pasillos, como si alguien estuviera deambulando entre las camas. La sensación de una presencia extraña era tan fuerte que muchos de ellos afirmaron haber visto una figura en el pasillo: un hombre con bata blanca, de rostro inexpresivo, que pasaba frente a sus habitaciones sin detenerse. El Doctor Fantasma, como lo llamaron, no parecía hablar ni interactuar con ellos, pero todos lo reconocían como el médico que había desaparecido. Nadie se atrevió a hablar de ello por miedo a perder su trabajo, y el hospital siguió operando, pero desde ese momento, un aire de tensión y miedo se cernió sobre los pasillos.

Pero el verdadero horror no comenzó hasta que el joven Víctor, que se había recuperado de la operación, fue dado de alta. Al regresar a su hogar, las pesadillas comenzaron a atormentarlo. En sus sueños, veía siempre al Dr. García de pie junto a su cama, mirándolo fijamente con ojos vacíos y oscuros. En sus sueños, el médico lo llamaba por su nombre y le susurraba palabras incomprensibles. Aunque al principio pensó que solo era una secuela del trauma por el accidente, pronto comenzó a notar algo extraño: el Dr. García estaba apareciendo en el hospital, pero no era como los demás médicos. Nadie más parecía verlo, y lo que es aún más extraño, él no hablaba con los otros pacientes.

Un día, después de una semana de insomnio y terror, Víctor decidió regresar al hospital, decidido a descubrir qué estaba pasando. Cuando llegó, el edificio parecía desierto. No había nadie en la recepción, y las luces parpadeaban como si la electricidad estuviera fallando. Se dirigió hacia la sala de cirugía, donde había sido operado. Al abrir la puerta, un viento helado lo golpeó de lleno, y al fondo, en la penumbra, vio una figura familiar: el Dr. García estaba allí, de pie, con la bata blanca completamente empapada de sangre. El médico no tenía rostro, o más bien, su rostro estaba tan desfigurado que no podía distinguirse. Solo sus ojos, profundamente oscuros, brillaban con una luz fría y sin vida.

"¿Por qué no me dejaste morir?" le susurró el doctor, su voz grave resonando en la oscuridad. El joven, paralizado por el miedo, intentó dar un paso atrás, pero en el momento en que lo hizo, las luces del hospital comenzaron a apagarse una a una, dejando solo la silueta espectral del médico flotando en la oscuridad. Víctor sintió una presión en su pecho, como si una fuerza invisible lo estuviera apretando, y en un último intento por escapar, cayó al suelo.

Despertó en su cama, sudoroso, con la sensación de que todo había sido solo un sueño. Sin embargo, a la mañana siguiente, los colegas del Dr. García lo encontraron muerto en su habitación del hospital, sin una sola herida visible. El informe decía que había muerto de un paro cardíaco, pero los rumores comenzaron a extenderse: la presencia del Dr. Fantasma había vuelto, y parecía no tener intención de abandonar nunca más el hospital.

Los residentes cercanos dejaron de hablar del hospital por completo, e incluso las autoridades locales abandonaron el lugar. La gente comenzó a evitar el área, y quienes se acercaban por curiosidad jamás regresaban. Hoy, el hospital sigue en pie, pero cerrado y sellado. No se sabe si realmente hay algún espíritu que vaga por sus pasillos, pero lo que sí se sabe es que, en noches particularmente oscuras, los más valientes aseguran haber escuchado pasos firmes y pesados recorriendo las salas vacías. Nadie ha vuelto a ver al Dr. García, pero los murmullos de su nombre todavía se oyen en el viento. El Doctor Fantasma, dicen, aún sigue buscando almas para salvar, y su obsesión con la muerte nunca lo ha dejado descansar.

LA CASA DE LOS RUIDOS

En una tranquila aldea, alejada de la ciudad, se encontraba una vieja casa que, con el paso de los años, había ganado fama por ser un lugar aterrador. En los días soleados, su fachada de madera pintada de blanco parecía tan normal como cualquier otra casa, pero al caer la noche, algo cambiaba. El viento parecía susurrar entre las rendijas de las ventanas y los árboles cercanos se mecían de una forma extraña, como si intentaran alejarse de aquel lugar. Los habitantes del pueblo sabían que había algo oscuro en aquella casa, pero no se atrevían a hablar de ello, hasta que la historia de la Casa de los Ruidos se fue tejiendo en susurros.

La casa había estado deshabitada durante años, pero los más viejos del lugar contaban que, en tiempos antiguos, una familia había vivido allí. Era una familia humilde, sin historia destacada, y no había razón alguna para pensar que aquella casa estuviera maldita. Sin embargo, un día, la familia desapareció sin dejar rastro. Los vecinos, al principio, pensaron que se habían mudado sin avisar, pero pronto comenzaron a escuchar extraños ruidos provenientes de la casa vacía. Ruidos que nunca parecían tener explicación. Pasaron semanas, luego meses, y los ruidos no cesaban. Algunos decían que eran simplemente los crujidos naturales de la vieja estructura, otros afirmaban que la casa estaba encantada. La realidad, sin embargo, era mucho más escalofriante.

El primer sonido que se escuchó fue un golpe sordo. Al principio, los aldeanos pensaron que podría ser la caída de una rama o alguna construcción cercana. Pero pronto, las personas empezaron a escuchar más: un ruido arrastrándose por el suelo, como si alguien estuviera arrastrando algo pesado por los pasillos oscuros. A veces, en la quietud de la noche, se oía como si alguien caminará por las escaleras del segundo piso, pero cuando los valientes que se acercaban a investigar se asomaban, la casa estaba vacía, sin nadie visible.

La leyenda se fue tejiendo lentamente. Se decía que los miembros de la familia que vivieron allí no se habían ido por voluntad propia. Algunos afirmaban que habían sido víctimas de un extraño ritual que había salido mal, y sus almas quedaron atrapadas dentro de las paredes de la casa. Otros decían que la casa era la morada de un espíritu vengativo, una presencia maligna que atormentaba a aquellos que se acercaban demasiado. Lo que sí estaba claro es que algo en ese lugar no estaba bien.

En una fría noche de otoño, un joven llamado Carlos, un forastero curioso que se había mudado al pueblo, escuchó por primera vez hablar de la Casa de los Ruidos. No creyendo en supersticiones, se sintió intrigado por la historia, y decidió, sin pensarlo demasiado, investigar por su cuenta. El pueblo intentó disuadirlo, pero su determinación fue más fuerte que el miedo de los ancianos.

Armado solo con su linterna y un par de víveres, Carlos se adentró en la casa.

Al principio, todo parecía tranquilo. El aire dentro de la casa estaba denso, cargado de polvo, y la madera crujía con cada paso que daba. La casa parecía intacta, aunque con una sensación de abandono palpable. La linterna de Carlos iluminaba las paredes desgastadas y las cortinas rotas, y el suelo, cubierto de polvo, apenas mostraba huellas. Se aventuró en la planta baja, recorriendo las habitaciones vacías y las antiguas salas de estar. No había nada que le causara gran temor, salvo una extraña sensación de frío que lo envolvía, como si alguien estuviera observándolo en todo momento.

Cuando subió al segundo piso, la atmósfera cambió completamente. La temperatura descendió drásticamente y, al girar la esquina de un largo pasillo, lo escuchó por primera vez: un ruido suave, arrastrante, como si algo estuviera siendo arrastrado lentamente por el suelo. Carlos se detuvo en seco, la linterna temblaba en sus manos. Pensó que podría ser un animal o alguna otra explicación lógica, pero el sonido era demasiado perfecto, demasiado sincronizado, como si estuviera siendo hecho por una mano invisible.

El ruido se intensificó, y pronto se convirtió en un golpe seco, seguido por lo que parecía un susurro, algo incomprensible, como si alguien estuviera susurrando palabras en una lengua desconocida. Carlos intentó avanzar, pero sus pasos eran más lentos ahora, como si la casa misma lo estuviera reteniendo. A cada paso, los ruidos se multiplicaban, y con cada ruido, el aire se volvía más denso, más pesado.

Al llegar al final del pasillo, se encontró con una puerta cerrada, una puerta que nunca había notado antes. Con el corazón acelerado, la empujó, y al abrirla, se encontró con lo que parecía una habitación completamente vacía, pero al centro de ella, había un espejo antiguo. La superficie del espejo estaba empañada y su reflejo era borroso, pero lo que Carlos vio le heló la sangre.

El reflejo de la habitación no coincidía con la realidad.

En el espejo, la habitación estaba perfectamente iluminada, los muebles intactos, y lo que era aún más aterrador: en la esquina, una figura oscura estaba de pie, observándolo. Carlos dio un paso atrás, pero la figura en el espejo hizo lo mismo. Al principio pensó que era su propio reflejo, pero los movimientos de la figura eran erráticos, desincronizados con los suyos. De repente, la figura levantó una mano y, con un gesto lento y perturbador, señaló hacia él.

Un fuerte golpe en la pared detrás de él lo hizo girar. En un instante, el aire se llenó de risas macabras que resonaban por toda la casa, como si millones de voces estuvieran riendo a la vez. Carlos salió corriendo, tropezando en las escaleras y cayendo de bruces sobre el suelo, pero a medida que avanzaba hacia la puerta de salida, los ruidos se intensificaron aún más, como si algo lo estuviera persiguiendo.

Cuando finalmente logró salir y llegó al pueblo, su rostro estaba pálido, los ojos desorbitados, y su respiración entrecortada. Nadie le creyó su historia, pero, desde esa noche, él nunca volvió a ser el mismo. De hecho, no pasó mucho tiempo hasta que Carlos desapareció por completo. Nadie volvió a verlo, y los más viejos aseguraron que la casa había reclamado su alma, como había hecho con tantas otras antes de él.

La Casa de los Ruidos sigue allí, en pie, olvidada por los que temen acercarse, pero las historias sobre lo que realmente sucedió en su interior continúan vivas en las sombras. El eco de los golpes, susurros y risas se escuchan en las noches más silenciosas, y aquellos que se atreven a acercarse, bien saben que, al igual que Carlos, no siempre logran salir. A veces, los ruidos pueden ser tan fuertes que ahogan cualquier intento de escape. Y tal vez, lo más aterrador de todo, es que algunos dicen que los ruidos... son los de quienes nunca logran irse.

EL BEBÉ EN EL BAÚL

Una tarde lluviosa, cuando las sombras se alargaban y la niebla comenzaba a envolver la pequeña aldea, una joven llamada Laura se mudó a una antigua casa en las afueras del pueblo. Había sido una compra impulsiva, un capricho que le permitió huir del bullicio de la ciudad y encontrar la paz que tanto anhelaba. La casa, aunque deteriorada por los años, tenía un encanto misterioso que la cautivó de inmediato. Era una construcción de dos plantas, con una fachada desgastada por el paso del tiempo y un jardín silenciado por la maleza.

Al principio, los vecinos la saludaron con cordialidad, pero algo en sus ojos reflejaba una especie de advertencia no expresada. Algunos murmullos acerca de la casa circulaban en el pueblo, pero Laura no prestó atención a las supersticiones. Estaba feliz de estar sola, de no tener que lidiar con las prisas ni con el ruido constante. A medida que se instalaba, comenzó a explorar cada rincón de la casa, restaurando con cariño los muebles y dándole nueva vida a cada habitación.

Una tarde, mientras exploraba el desván, Laura descubrió un antiguo baúl de madera escondido en una esquina oscura, cubierto por una capa de polvo grueso. Al principio pensó que era solo una vieja reliquia, una pieza olvidada que pertenecía a generaciones pasadas, pero cuando intentó abrirlo, la tapa resistió. Había algo extraño en ese baúl, algo que no la dejaba ignorarlo. Finalmente, tras hacer un esfuerzo, la tapa cedió, emitiendo un chirrido que resonó en el desván vacío.

Dentro del baúl, encontró una manta sucia, arrugada y vieja. Cuando la apartó, su rostro palideció al descubrir lo que había debajo. Era un pequeño bebé, envuelto en esa manta, con una expresión tranquila, casi serena, como si estuviera durmiendo plácidamente. Sin embargo, algo en la escena la dejó helada. El bebé estaba completamente muerto, su piel pálida y fría al tacto. Pero lo más inquietante de todo era la mirada fija de sus ojos, que parecían seguirla con una intensidad sobrenatural.

Laura retrocedió, sintiendo un escalofrío recorrer su espalda. El bebé no tenía señales evidentes de trauma, pero su presencia en ese baúl era imposible de ignorar. ¿Por qué había sido dejado allí, en ese estado tan macabro? ¿Quién habría hecho tal cosa? La casa había estado vacía durante muchos años, y Laura se preguntaba si la presencia del bebé tenía algo que ver con el misterio que rodeaba la vivienda.

Esa noche, mientras se preparaba para dormir, no pudo quitarse de la cabeza la imagen del bebé en el baúl. Pensaba en las leyendas oscuras que había escuchado en el pueblo, historias de espíritus y maldiciones que acechaban a aquellos que osaban habitar la vieja casa. Pero Laura era escéptica, y se convenció de que la situación tenía una explicación lógica. Quizás el bebé había sido abandonado en la casa por alguna razón desconocida, tal vez una tragedia olvidada por el tiempo.

Sin embargo, al caer la noche, los ruidos comenzaron. Al principio fueron suaves, casi imperceptibles: un golpeteo en las paredes, una ligera vibración en el suelo. Laura intentó ignorarlo, atribuyéndolo a las viejas tuberías de la casa. Pero a medida que la noche avanzaba, los ruidos se intensificaron. Un llanto bajo comenzó a llenar la casa, un llanto tenue pero constante, que parecía provenir del mismo desván donde había encontrado al bebé. Laura intentó bloquear el sonido, tapándose los oídos y diciendo para sí misma que era solo su imaginación, pero el llanto se intensificó, como si estuviera más cerca, como si alguien estuviera suplicando.

El corazón de Laura comenzó a latir con fuerza en su pecho. Se levantó de la cama y, temblando, se dirigió hacia el desván. La puerta estaba entreabierta, y el aire frío que salía de allí la envolvió. Cuando entró, la escena era aún más perturbadora. El baúl estaba allí, en el centro de la habitación, pero esta vez, algo había cambiado.

El bebé, que antes había estado perfectamente quieto, estaba ahora moviendo sus dedos, como si intentara aferrarse a algo invisible. El llanto se hizo más fuerte, más desesperado, y Laura vio que los ojos del bebé ya no estaban vacíos ni tranquilos. Estaban vivos, fijos en ella, y algo en su expresión parecía decirle que no debía haberlo tocado.

Desesperada, Laura intentó cerrar el baúl, pero antes de que pudiera hacerlo, una mano fría la detuvo. La tocó en el brazo, de una manera sutil, casi como un susurro de la muerte. La piel del bebé había quedado inhumana: fría, rígida, pero también peligrosa, como si algo estuviera aguardando en su interior. Laura intentó soltarse, pero la presión aumentó, y las paredes de la casa parecían encogerse, como si la estuvieran apretando para que no pudiera escapar.

El llanto del bebé se convirtió en un grito desgarrador, tan profundo que parecía provenir de los rincones más oscuros de la casa. Laura, paralizada por el terror, se dio cuenta de que no estaba sola. Algo más estaba en ese desván con ella, algo que había estado esperando que ella desvelara el terrible secreto del baúl.

Aterrada, Laura intentó correr hacia la puerta, pero cuando la tocó, la cerradura hizo un sonido seco, como si la puerta hubiera sido bloqueada por algo invisible. Cuando se giró, vio al bebé, ahora de pie, sonriendo grotescamente, una sonrisa que no pertenecía a un niño, una sonrisa que no era humana.

Y entonces, en medio de la oscuridad, la voz de la madre resonó en sus oídos, una voz lejana, como un eco de otro tiempo, pero llena de dolor y desesperación.

"¡Déjalo salir! ¡Déjalo salir!"

Laura no entendió al principio, pero al mirar la escena, comprendió. El bebé no estaba solo en ese baúl. Algo más lo había estado esperando, algo que nunca debía haber sido liberado.

Con un último esfuerzo, Laura corrió hacia la ventana del desván, rompiéndola con la silla más cercana, y saltó hacia el jardín. Corrió hacia el pueblo sin mirar atrás, su corazón palpitando con fuerza, mientras el eco del llanto seguía persiguiéndola, como si la casa misma hubiera quedado marcada por lo que había liberado.

Nunca volvió a acercarse a la casa. Nadie lo hizo. La Casa del Baúl quedó vacía nuevamente, pero los aldeanos dicen que, cuando la niebla se levanta y la luna está llena, pueden oírse en el viento los gritos del bebé, pidiendo que alguien lo libere de su prisión eterna. Y la historia de El Bebé en el Baúl sigue siendo contada en susurros, en el rincón más oscuro de la aldea, advirtiendo a los desprevenidos sobre lo que no debe ser desvelado.

Y aún hoy, si te acercas a la vieja casa, puede que escuches el llanto, suave pero persistente, llamando desde dentro.

EL ESPEJO DEL AHORCADO

En una pequeña ciudad olvidada por el tiempo, se encontraba una casa de aspecto sombrío, una construcción antigua de ladrillos desgastados y ventanas opacas, que parecía ocultar más secretos de los que el viento estaba dispuesto a contar. Nadie en el pueblo sabía de quién era originalmente la casa, ya que había permanecido vacía por más de cuarenta años. En su interior, bajo capas de polvo y telarañas, reposaban muebles cubiertos con sábanas blancas, y en cada esquina se podía sentir una presencia extraña, casi palpable.

En el pueblo, las leyendas nunca faltaban, y la casa tenía su propia historia. Se hablaba de una tragedia ocurrida allí, sobre un hombre que, en su desesperación, había terminado con su vida en el ático. La gente susurraba que, antes de hacerlo, el hombre había colgado un espejo en la pared de esa habitación, justo frente a la soga que usaría para ahorcarse. Se decía que el hombre, en sus últimos momentos, miró fijamente su reflejo hasta que la vida se desvaneció de sus ojos. Pero lo que nadie sabía con certeza era que algo había quedado atrapado en el espejo, algo que aún aguardaba a que alguien lo despertara.

Muchos años después, un joven llamado Tomás, conocido por su afán por coleccionar antigüedades, escuchó hablar de la casa. Nadie en el pueblo se atrevía a acercarse, pero las historias le intrigaban. Decidió que aquella vieja mansión sería su próxima aventura. El mismo día que llegó, el viento soplaba con fuerza, trayendo consigo la sensación de que la tarde estaba envuelta en una neblina densa, una niebla que no parecía natural. Pero, aún así, Tomás se adentró en la casa.

El interior de la vivienda estaba cubierto de una oscuridad tenue, interrumpida solo por la luz que se filtraba por las ventanas rotas. Cada habitación parecía tener una atmósfera densa, impregnada de años de abandono, pero lo que realmente le llamó la atención fue el ático. Una puerta desvencijada al fondo de un largo pasillo se encontraba cerrada, y la sensación de frío que emanaba de allí lo hizo sentir incómodo. Sin embargo, su curiosidad fue más fuerte. Subió las escaleras, las tablas crujieron bajo su peso, y al llegar al ático, vio el espejo.

El espejo era enorme, de un marco dorado con detalles ornamentales que ya se habían desvanecido por el paso del tiempo. Estaba colocado justo frente a una soga colgante, y por un instante, Tomás se sintió extraño, como si algo lo observara desde dentro del cristal. La atmósfera en el ático era pesada, el aire denso, y algo en el espejo parecía llamarlo. Sin pensarlo demasiado, decidió llevárselo. ¿Por qué no? Parecía una pieza valiosa.

Al bajar las escaleras, el espejo comenzó a vibrar ligeramente, un sonido bajo y casi imperceptible que llenaba la casa vacía. Tomás, sintiendo una extraña mezcla de emoción y desconfianza, lo colocó en su departamento esa misma noche. Fue un hermoso espejo, sin duda, pero algo en él no estaba bien. A medida que la noche avanzaba, Tomás notó que la imagen reflejada en el cristal no era la misma que el entorno real. Había una sombra oscura en el reflejo, un contorno distorsionado que parecía moverse lentamente, pero que no correspondía a nada en la habitación. Al principio pensó que era producto de la luz tenue o de su cansancio, pero pronto se dio cuenta de que había algo más.

Esa noche, mientras descansaba en su cama, el espejo comenzó a emitir un ligero crujido. La sombra en el cristal se hacía más nítida, como si algo intentara salir de él. Tomás se levantó y se acercó al espejo, pero antes de tocarlo, algo lo detuvo. En el reflejo, vio una figura. Era un hombre, con la cabeza inclinada hacia abajo y el rostro parcialmente visible, como si mirara hacia el suelo. Pero lo que realmente lo aterrorizó fueron los ojos. Vacíos, oscuros, y profundamente penetrantes. Un sudor frío recorrió su espalda, y un escalofrío le recorrió todo el cuerpo. Sin embargo, la figura no parecía moverse. Tomás retrocedió, el aire frío de la habitación lo envolvía, y el sonido de su respiración era lo único que podía oír.

Decidió abandonar el espejo, pero al intentar apartarse de él, algo extraño ocurrió. La figura del reflejo levantó la cabeza, y en un segundo, Tomás pudo ver su rostro. Estaba desfigurado, las mejillas hundidas, la piel grisácea, pero lo peor de todo fue la expresión. Una sonrisa torcida, macabra, se formó en sus labios, y una voz susurrante comenzó a emanar del espejo.

"¿Por qué me dejaste salir?"

Tomás, paralizado de terror, no pudo mover ni un músculo. Su mente estaba atrapada en una mezcla de miedo y fascinación. La figura comenzó a sonreír más ampliamente, pero entonces la sonrisa se transformó en algo mucho más horrendo, y una soga apareció en su cuello, como si estuviera ahorcándose nuevamente. La figura se balanceaba, su cuello se alargaba, y la imagen de su reflejo comenzó a doblarse y retorcerse, como si el hombre estuviera siendo arrastrado hacia el interior del espejo, como si el cristal mismo estuviera tragando su alma.

En un intento desesperado por huir, Tomás trató de girarse y escapar, pero la voz lo alcanzó. "No podrás irte. El pacto está hecho." Cuando se volvió para mirar el espejo una última vez, vio que la figura ya no estaba en el cristal, pero el reflejo de la habitación mostraba algo que no estaba en la realidad: el mismo hombre colgado en el espejo, su cuerpo balanceándose lentamente como si estuviera suspendido en el aire.

Tomás no logró salir de la habitación esa noche. La gente del vecindario escuchó los gritos, pero cuando llegaron a su apartamento, todo estaba en silencio. El espejo, ahora en el centro de la habitación, reflejaba su rostro distorsionado y vacío, pero no había rastro de Tomás. Nadie volvió a ver al joven después de esa noche. Lo único que quedó fue el espejo, que permaneció allí, esperando a que alguien más osara mirarlo, a que alguien más despertara al ahorcado que nunca había dejado de observar desde su trágica muerte.

Se dice que, desde esa noche, el espejo sigue buscando nuevos reflejos. Si alguna vez te encuentras con un antiguo espejo, y si por un momento el reflejo no es el tuyo, si algo en tu interior te dice que no lo mires, entonces recuerda la leyenda del Espejo del Ahorcado, porque lo que está dentro no es algo que puedas simplemente dejar atrás.

LA NIÑA DE LAS TRENZAS

En un pequeño y apartado pueblo, rodeado por un denso bosque y colinas que parecían abrazarlo, se rumoraba sobre una niña de aspecto extraño, que caminaba por las aldeas cercanas, visitando casas y haciéndose amiga de los niños que jugaban en las calles. No era una niña común. Sus ojos oscuros y profundos, su piel pálida como la luna y el cabello largo y negro que caía en dos gruesas trenzas, daban una sensación inquietante. Pero lo más aterrador no era su aspecto, sino la historia que la acompañaba: la niña de las trenzas nunca hablaba.

Era un verano caluroso cuando Marta, una joven que recién se había mudado al pueblo, escuchó hablar de ella por primera vez. Durante una visita al mercado, la anciana del puesto de flores le habló en voz baja, como si estuviera compartiendo un secreto muy oscuro. "Cuidado con la niña de las trenzas", le dijo, mirando a su alrededor con cautela, "no te acerques a ella, nunca. Nadie lo hace, no desde lo que ocurrió en la vieja casa."

La curiosidad de Marta creció con esas palabras, pero no pensó mucho en ellas. Después de todo, en la vida del pueblo, siempre había historias que daban miedo a los recién llegados. Esa misma noche, cuando regresaba de la tienda, Marta vio a la niña por primera vez. Estaba parada en medio del sendero que cruzaba el campo detrás de su casa. Aunque el sol ya se había ocultado y la oscuridad comenzaba a envolverse sobre todo, la niña estaba allí, quieta, mirando al frente. No había nadie más alrededor. Marta sintió una extraña sensación, pero, como era de esperar, pensó que podría ser solo otra historia inventada para asustar a los más jóvenes.

Al día siguiente, un grupo de niños del pueblo estaba jugando cerca de los árboles cuando Marta se acercó para saludarlos. Entre ellos estaba la niña de las trenzas. Pero algo no estaba bien: nadie parecía hablarle. Los demás niños jugaban sin mirarla, sin interactuar con ella, como si la niña no estuviera allí. Marta, al principio incrédula, se acercó para saludarla. "Hola, ¿cómo te llamas?", preguntó, pero la niña no respondió, ni siquiera la miró. Sus ojos se mantenían fijos al frente, y sus trenzas caían perfectamente sobre sus hombros. Marta intentó hablar más, pero la niña simplemente la ignoró, como si estuviera atrapada en un mundo distinto.

Esa noche, Marta no podía dejar de pensar en la niña. Decidió investigar más sobre la historia que le había contado la anciana, y pronto descubrió que, muchos años atrás, una tragedia había ocurrido en ese mismo pueblo. Se decía que la niña había sido una niña normal, hija de una familia que vivía en una antigua casa al borde del pueblo. Era muy querida, siempre sonriendo y jugando con los otros niños. Pero un día, por razones que nadie nunca entendió, desapareció.

La historia relataba que su madre la había estado buscando desesperadamente durante semanas, recorriendo cada rincón del pueblo, hasta que un día, finalmente, fue encontrada en el bosque, frente a la vieja casa. El lugar donde la madre encontró el cuerpo de su hija fue el mismo sitio en el que la niña siempre jugaba, cerca del río. Pero la niña no estaba muerta. No completamente. Su cuerpo estaba suspendido en el aire, atrapado entre las ramas de un árbol, como si algo invisible la hubiera dejado allí, colgando, con las trenzas perfectamente atadas, como si fuera una marioneta sin vida.

La madre intentó liberarla, pero la niña no respondía. Cuando la tocó, se cuenta que una horrible risa comenzó a emanar de la niña, una risa de terror, una risa que no era humana. La madre gritó, pero antes de que pudiera hacer algo, una sombra la arrastró hacia el interior de la casa. Nadie la volvió a ver. La niña, en su extraña y macabra quietud, desapareció de la vista de todos.

Desde entonces, la leyenda creció en torno a la niña de las trenzas. Se decía que su alma no descansaba, que estaba atrapada en el mundo de los vivos, condenada a caminar eternamente por el pueblo, buscando a aquellos que pudieran escucharla. Muchos afirmaban haber visto su figura de pie entre los árboles, su cabello negro y sus trenzas que brillaban bajo la luz de la luna, pero siempre en silencio, nunca emitiendo palabra alguna.

Esa misma noche, mientras Marta miraba por la ventana, creyó ver algo que la heló por completo. Allí estaba de nuevo, la niña de las trenzas, pero esta vez no estaba en el sendero, ni en el campo. Estaba frente a su casa, parada en el mismo lugar, observando el edificio en silencio, sin moverse, como si estuviera esperando algo. Marta, llena de curiosidad pero también de terror, decidió acercarse. La niña no se movió ni un centímetro cuando Marta estuvo cerca, pero cuando la miró a los ojos, lo que vio la heló de pánico: en sus ojos negros y vacíos había una profunda tristeza, como si estuviera llamando a alguien, pidiendo ayuda, esperando que alguien le hablara, que alguien la liberara de su tormento.

Marta retrocedió, pero antes de que pudiera dar un paso más, la niña dio media vuelta, comenzando a caminar lentamente hacia el bosque. La siguió con la vista, hasta que la figura de la niña desapareció entre las sombras del bosque, como si la oscuridad la hubiera tragado.

A la mañana siguiente, Marta decidió preguntar a los ancianos del pueblo sobre lo que había visto. Cuando les contó lo que sucedió, la respuesta fue un susurro colectivo. "Nunca sigas a la niña", le dijeron. "Si la sigues, ella te llevará con ella". Nadie había vuelto a verla caminar después de que fuera vista por última vez. Nadie, excepto aquellos que, por alguna razón, se acercaban demasiado. Aquellos que se atrevieron a seguirla, aquellos que no comprendían la gravedad del misterio detrás de sus trenzas.

Marta nunca volvió a ver a la niña después de esa noche, pero la historia quedó grabada en su mente para siempre. Y con el tiempo, comprendió lo que la anciana le había advertido: la niña de las trenzas estaba condenada a caminar, atrapada en un ciclo sin fin, buscando a aquellos dispuestos a acompañarla en su eterna espera. Nadie en el pueblo sabía si era un espíritu atrapado o algo mucho más oscuro, pero una cosa era clara: no había vuelta atrás para aquellos que la seguían.

EL EDIFICIO DE LOS LAMENTOS

En una ciudad antigua, donde las calles empedradas parecían contar historias de siglos pasados y los edificios se alzaban como fantasmas de un tiempo olvidado, había un lugar que nadie se atrevía a mencionar. En el centro de la ciudad, a un lado de una plaza silenciosa, se encontraba un edificio de aspecto decrepito y desolado. Su estructura era imponente, de varios pisos, con ventanales rotos y puertas oxidadas. Nadie se acercaba a él, pues una sombra oscura lo envolvía siempre, y un aire de misterio e incomodidad lo rodeaba. Se le conocía entre los pocos que aún recordaban su existencia como El Edificio de los Lamentos.

La historia de este lugar era tan vieja como la ciudad misma, y como todas las leyendas, se había distorsionado con el paso del tiempo. Sin embargo, las personas mayores del pueblo aún susurraban sobre lo que realmente había sucedido allí, pero con miedo en sus ojos y voz temblorosa.

Se decía que, muchos años atrás, el edificio fue construido como un elegante hospital de lujo, diseñado para acoger a los pacientes más ricos y adinerados. Las paredes fueron decoradas con madera fina y mármol, y las habitaciones estaban equipadas con la última tecnología de la época. Pero todo cambió cuando un famoso doctor, conocido por su extravagante obsesión con la muerte, asumió la dirección del hospital.

El doctor, que había ganado renombre por su habilidad para sanar, en realidad, estaba obsesionado con el concepto de la vida y la muerte. Algunos incluso decían que sus experimentos trascendían los límites de la ética médica, y que había algo siniestro en sus prácticas. Nadie estaba seguro de lo que ocurría dentro de ese hospital, pero había rumores oscuros sobre pacientes desaparecidos, extraños experimentos realizados en la oscuridad de la noche, y secretos tan terribles que muchos juraban que el doctor nunca salió vivo de su propia obra.

Una noche, el hospital fue escenario de una tragedia inexplicable. Un grupo de pacientes que habían sido ingresados por razones desconocidas comenzaron a gritar y a correr por los pasillos, sumidos en un pánico profundo. Algunos testigos dijeron que escucharon extraños murmullos, lamentos que provenían de las paredes mismas. El caos se desató y, antes de que se pudiera comprender lo que sucedía, el edificio fue cerrado y abandonado. El doctor desapareció sin dejar rastro, y el hospital nunca volvió a operar.

Con el paso de los años, el edificio quedó vacío, pero los rumores nunca desaparecieron.

Cada noche, los que se atrevían a acercarse al edificio decían escuchar extraños sonidos provenientes de su interior: susurros, gritos lejanos, lamentos de sufrimiento y dolor. Los niños, siempre curiosos, contaban que cuando se asomaban a las ventanas rotas, podían ver sombras moviéndose detrás de las cortinas, como si estuvieran atrapadas dentro, pidiendo ayuda.

Un joven llamado Martín, impulsado por la curiosidad y la incredulidad de las historias, decidió investigar por sí mismo. Había escuchado las leyendas sobre el edificio, pero siempre las consideró supersticiones de pueblo. Un viernes por la noche, armado con una linterna y su cámara para capturar lo que, según él, serían pruebas de que todo era un simple mito, decidió entrar al edificio. La puerta, aunque cubierta de polvo y telarañas, se abrió con facilidad. El aire dentro era denso, como si la atmósfera misma estuviera atrapada en el tiempo.

Al principio, el edificio parecía en completo silencio, pero a medida que avanzaba por los pasillos, una sensación de incomodidad lo invadió. Las paredes, cubiertas de moho y grietas, parecían estar respirando. Un extraño sonido de arrastre comenzó a escucharse, como si algo estuviera moviéndose en la oscuridad. Martín, al principio escéptico, comenzó a sentirse incómodo. Decidió seguir adelante, pensando que tal vez era el viento o algún animal, pero cuando entró en una de las habitaciones, el aire cambió.

La habitación estaba vacía, pero en las paredes, escritas con lo que parecía sangre, estaban palabras que no podía comprender. De repente, un susurro suave comenzó a oírse desde el fondo de la habitación, y Martín sintió cómo su corazón latía desbocado. "Ayúdanos", decía la voz. "No te vayas". Era un susurro bajo, casi inaudible, pero suficientemente claro para ponerle los pelos de punta.

La linterna de Martín comenzó a parpadear y, antes de que pudiera reaccionar, la luz se apagó por completo. En la oscuridad total, los susurros se intensificaron. "Ayúdanos... te necesitamos...". Martín, paralizado por el miedo, intentó encender la linterna, pero esta no respondía. Fue entonces cuando escuchó los gritos. Gritos desgarradores, provenientes de las paredes, como si el edificio mismo estuviera vivo. De repente, una sombra se deslizó frente a él, moviéndose con una velocidad inhumana, y Martín, aterrorizado, dio un paso atrás.

Una presencia se acercó, y el aire a su alrededor se volvió espeso, casi pesado, como si la misma vida se estuviera drenando de él. Los gritos aumentaron en volumen, y con cada uno, la sensación de angustia lo envolvía más y más. "¿Qué quieres?" murmuró, casi en un suspiro, su voz temblorosa.

En ese momento, la linterna volvió a encenderse, iluminando brevemente la figura que se encontraba frente a él: una figura espectral, desfigurada, con el rostro lleno de dolor y desesperación. Su rostro estaba cubierto de cicatrices, y sus ojos, vacíos y oscuros, lo miraban fijamente. Era como si no fuera una persona, sino un eco de sufrimiento perpetuo, atrapado en un ciclo sin fin.

Martín intentó gritar, pero las palabras se ahogaron en su garganta. La sombra avanzó hacia él con un paso pesado, y justo cuando estuvo a su alcance, todo se oscureció. Los susurros cesaron. El aire se calmó. Y cuando la luz volvió, Martín ya no estaba allí.

El edificio fue cerrado definitivamente poco después de ese incidente. Nadie más se atrevió a acercarse a él, pero los testimonios de los pocos valientes que pasaron cerca aseguran que, en las noches más oscuras, se pueden escuchar los lamentos de aquellos que alguna vez habitaron el hospital. Voces perdidas, pidiendo liberación, atrapadas en la eternidad. Y aquellos que se acercan demasiado a las ruinas de El Edificio de los Lamentos a veces se van, pero nunca vuelven a ser los mismos.

LA ESCUELA DE LOS GRITOS

En un pequeño pueblo apartado de la civilización, donde la niebla cubría las calles a primeras horas de la mañana y el aire parecía siempre cargado de una extraña quietud, se encontraba un edificio imponente que muchos temían. Se trataba de la vieja escuela del pueblo, conocida por todos como La Escuela de los Gritos. La escuela había estado cerrada durante décadas, pero sus paredes, desgastadas por el paso del tiempo, aún conservaban una historia oscura y escalofriante que se había ido transmitiendo de generación en generación.

Originalmente, la escuela fue construida a finales del siglo XIX para acoger a los niños del pueblo, pero pronto comenzaron a ocurrir extraños sucesos que hicieron que los aldeanos comenzaran a murmurar sobre lo que realmente sucedía entre sus paredes. Al principio, eran solo rumores aislados: algunos hablaban de ruidos extraños durante la noche, otros de luces que parpadeaban sin razón aparente. Pero pronto, la historia de la escuela se convirtió en una leyenda de terror.

El desencadenante fue un evento trágico que sucedió a mediados de los años 20. Una fría mañana de otoño, una joven maestra llamada Clara, conocida por su severidad y disciplina, desapareció misteriosamente mientras enseñaba en el aula. Nadie la vio salir, y no se encontraron rastros de ella. Los niños que estaban en la escuela ese día afirmaron que vieron sombras extrañas en las paredes del aula y que, durante la clase, comenzaron a escuchar susurros en el aire. Algunos dijeron que vieron a la maestra, con una expresión de horror en su rostro, desaparecer entre las sombras que invadían el aula.

Al principio, las autoridades creyeron que la joven maestra había huido, pero con el tiempo, empezaron a llegar más y más testimonios de sucesos extraños dentro de la escuela. En la noche, los aldeanos aseguraban escuchar gritos desgarradores provenientes del interior del edificio cerrado, aunque nadie se atrevía a acercarse a investigar. Era como si las paredes mismas de la escuela guardaran el eco de un sufrimiento eterno.

Los rumores sobre Clara se hicieron más espeluznantes con el paso de los años. Algunos decían que su alma había quedado atrapada en la escuela, condenada a vagar entre sus pasillos, mientras que otros creían que algo mucho más oscuro y malvado había poseído el lugar. Se hablaba de un pacto con fuerzas sobrenaturales, algo que había corrompido la esencia misma del edificio, transformándolo en un lugar maldito.

Con el tiempo, el pueblo olvidó la escuela y sus habitantes cambiaron de rumbo, pero los que vivían cerca del antiguo edificio aún podían escuchar, especialmente durante las noches frías y sin luna, el inconfundible sonido de gritos lejanos que provenían del interior de la escuela. Algunos aseguraban que las voces eran de los niños que una vez habitaron sus aulas, mientras que otros decían que eran los lamentos de la maestra, atrapada para siempre.

Un joven llamado Andrés, escéptico de las historias que había escuchado durante su infancia, decidió una tarde explorar la escuela y desmentir las leyendas. Armado con su linterna y una cámara, se aventuró a entrar en el edificio, dispuesto a grabar todo lo que pudiera encontrar. El aire estaba denso, y la madera crujía bajo sus pies a medida que caminaba por los pasillos oscuros, iluminados solo por el débil resplandor de su linterna.

Al principio, no parecía haber nada fuera de lo común. Las aulas estaban vacías, llenas de polvo, con pupitres rotos y paredes cubiertas de grafitis. Sin embargo, a medida que avanzaba más adentro, el ambiente se volvía cada vez más opresivo, como si algo lo estuviera observando. Un escalofrío recorrió su cuerpo cuando, al pasar frente a una vieja aula, escuchó lo primero de lo que sería una noche aterradora. Un susurro. Muy bajo, casi imperceptible, pero claro y directo: "Ayúdame…"

Andrés se detuvo en seco, mirando a su alrededor, pero no vio nada. Sin embargo, la sensación de ser observado se intensificó. Decidió seguir adelante, convencido de que podría encontrar alguna explicación lógica para esos sonidos. Al pasar por el corredor, notó que las puertas de las aulas estaban cerradas, pero algo extraño ocurrió: de repente, una puerta se abrió por sí sola, de par en par, dejando escapar una ráfaga de aire frío.

Con el corazón acelerado, Andrés entró en la habitación. La luz de su linterna temblaba, y al iluminar la pared, vio algo que lo hizo casi caer al suelo: en la superficie blanca del aula, estaban escritas palabras con una tinta oscura, como si alguien las hubiera garabateado con desesperación. La frase, en letras grandes y torcidas, decía: "Nos quedamos atrapados. Ayúdanos a salir."

Un escalofrío recorrió su espalda. Andrés intentó dar un paso atrás, pero al hacerlo, el sonido de los gritos lo detuvo. No eran susurros esta vez. Eran gritos desgarradores, provenientes de algún lugar profundo dentro del edificio, como si todo el lugar estuviera vivo, retorciéndose en agonía. La linterna parpadeó violentamente y luego se apagó por completo, dejándolo en completa oscuridad.

En la penumbra, Andrés escuchó cómo el sonido de los gritos se acercaba, como si estuvieran justo detrás de él. Los pasos, un murmullo de ecos, llenaron el aire. Podía sentir la presencia de algo, o alguien, cerca de él. Un susurro más cercano que el anterior, ahora en sus oídos, decía: "Te lo advertimos. No debiste haber venido…"

Intentó encender su linterna una vez más, pero no funcionaba. El frío se volvió insoportable, y antes de que pudiera reaccionar, una figura borrosa apareció frente a él. Era una mujer, vestida con ropa antigua, su rostro desfigurado por una sombra inhumana, con los ojos vacíos de todo. El grito que salió de su boca fue tan intenso y tan desgarrador que Andrés no pudo más que cubrirse los oídos, sintiendo cómo sus rodillas cedían bajo el terror que lo envolvía.

En ese momento, la linterna se encendió de nuevo, y cuando la luz iluminó la figura, esta desapareció, dejando solo un eco lejano de los gritos. Andrés corrió hacia la salida, sin atreverse a mirar atrás, hasta que finalmente llegó a la puerta principal y salió al aire libre. Pero algo extraño había sucedido: cuando miró hacia el edificio, la vieja escuela ya no parecía la misma. Las paredes estaban casi vivas, como si respiraran con la fuerza de miles de almas atrapadas en su interior.

Esa misma noche, Andrés dejó el pueblo. Nadie volvió a saber de él, pero los aldeanos aseguraban que, cuando pasaban cerca de la escuela, podían oír, aún en la distancia, los gritos de los niños y la maestra, atrapados para siempre en la oscuridad de la escuela maldita. Y cada vez que alguien intentaba acercarse, las voces se intensificaban, como si el lugar exigiera más almas para unirse a su condena. La Escuela de los Gritos nunca dejó de ser un lugar maldito, y su historia, como las voces en la oscuridad, sigue resonando en el pueblo hasta el día de hoy.

EL VIAJERO ETERNO

A lo largo de los siglos, los pueblos y ciudades han sido testigos de incontables historias de misterio, pero una de las más perturbadoras y aterradoras es la del Viajero Eterno, una figura que aparece y desaparece sin explicación alguna, dejando a su paso una estela de incertidumbre y miedo. Esta leyenda ha viajado de generación en generación, entre susurros y ojos curiosos, pero pocas veces alguien se atreve a hablar de él. Los que lo han hecho aseguran que no hay escapatoria, que no hay forma de huir de su mirada, porque él no está destinado a morir.

La historia comenzó en una pequeña localidad de Europa central, a finales del siglo XIX, en un pueblo aislado por densos bosques y montañas. Era un lugar al que casi nadie se aventuraba a visitar, no solo por su lejanía, sino también por su atmósfera sombría. Los aldeanos vivían vidas simples y rutinarias, pero siempre había una sensación extraña en el aire, como si el tiempo mismo tuviera miedo de detenerse en ese lugar.

Una tarde, un hombre apareció en el pueblo. Nadie sabía de dónde venía, ni su nombre, ni de qué hablaba, pero todos coincidían en una cosa: su rostro era indescriptible. No era ni joven ni viejo, su mirada parecía vacía, como si estuviera atrapado en algún otro lugar, como si no perteneciera a este mundo. Vestía un largo abrigo oscuro, desgastado por el tiempo, y un sombrero que cubría parcialmente su rostro. Era la imagen misma del misterio, pero lo más inquietante era su historia.

El Viajero Eterno, como pronto sería conocido, comenzó a caminar por las plazas y calles del pueblo, siempre en silencio, observando a los habitantes sin hacer ruido, sin pedir nada. Su presencia parecía de alguna manera fascinante, pero también extrañamente aterradora. Nadie sabía mucho de él, salvo que parecía ser inmune a las estaciones. En invierno, cuando las temperaturas eran bajo cero, él caminaba por las plazas como si fuera un día cálido; en verano, nunca sudaba ni se veía afectado por el calor abrasador. Parecía vivir en su propio tiempo, sin importar las estaciones ni los años.

Un día, un joven llamado Henrik, curioso por la extraña figura, decidió acercarse al hombre. Aunque sentía una mezcla de miedo y fascinación, decidió hablarle, preguntar de dónde venía, por qué estaba allí. Sin embargo, lo que escuchó en esa conversación lo marcaría para siempre.

El hombre habló con voz baja, casi susurrante, y cuando abrió la boca, Henrik sintió como si el aire mismo se volviera pesado, como si algo oscuro y antiguo estuviera tomando forma en ese instante. El Viajero Eterno le dijo que había recorrido muchos lugares, muchas ciudades, muchos países, pero nunca había podido quedarse en un solo lugar. Él estaba condenado a vagar eternamente, nunca encontraría paz, nunca encontraría su final. Su historia, explicó, era una que se remontaba a cientos de años atrás.

Al parecer, el Viajero Eterno era un hombre que había hecho un trato con un ser oscuro, buscando poder y sabiduría que ningún ser humano debía conocer. A cambio de lo que pidió, el ser lo maldijo con una vida sin fin, obligándolo a caminar por el mundo sin descanso. Su alma estaba condenada a vagar sin hallar reposo, atrapada en el tiempo, sin ser capaz de encontrar un hogar. Cada ciudad que visitaba, cada pueblo que recorría, él permanecía inmutable, mientras todo a su alrededor cambiaba, las personas envejecían, morían y luego desaparecían, pero él nunca cambiaba, nunca envejecía. Su vida era una eterna repetición, un ciclo sin fin.

Henrik escuchó con horror cómo el hombre le relató sus más oscuros secretos: cómo en cada lugar que había estado, había dejado una marca, una huella de su paso, pero nunca se quedaba el tiempo suficiente para que alguien pudiera entender su sufrimiento. Cuando Henrik le preguntó si alguna vez había encontrado una forma de escapar, el Viajero Eterno solo le sonrió con una tristeza infinita en los ojos. "No hay escapatoria", dijo. "El tiempo me pertenece, pero nunca podré descansar".

Esa misma noche, Henrik fue a dormir, perturbado por las palabras del extraño hombre. No podía dejar de pensar en su historia, en su condena eterna, y en cómo alguien podría estar atrapado de tal manera. Pero lo más aterrador ocurrió cuando despertó. En el momento en que salió de su cama, sintió una presencia en su habitación. Al principio pensó que era solo una pesadilla, pero al abrir los ojos, lo vio: el Viajero Eterno estaba en la esquina de su habitación, mirando hacia él con esos ojos vacíos, esos ojos que no pertenecían a ningún ser humano.

Henrik intentó gritar, pero no salió sonido alguno de su garganta. La figura permaneció allí, inmóvil, observando. Y antes de que pudiera reaccionar, el Viajero Eterno dio un paso hacia él. Cada movimiento era lento, pero imparable, como si el tiempo mismo hubiera decidido moverse a su propio ritmo. Henrik no podía moverse, como si una fuerza invisible lo hubiera paralizado.

"El tiempo no te pertenece, Henrik", murmuró el Viajero Eterno, y su voz resonó en la mente de Henrik como una tormenta. "Tu destino está sellado, igual que el mío. Cada uno de nosotros tiene que seguir su camino, pero ninguno de los dos puede escapar."

Cuando el joven finalmente logró mover su cuerpo y parpadeó, la figura había desaparecido, dejándolo solo con el eco de sus palabras resonando en su mente. Pero algo había cambiado dentro de él. En ese instante, Henrik supo que nunca estaría a salvo. El Viajero Eterno, como una sombra del destino, había dejado una marca en su alma, algo que lo seguiría por el resto de su vida.

Desde esa noche, nadie volvió a ver al Viajero Eterno en el pueblo, pero las leyendas decían que seguía su camino, atravesando otras ciudades, otros lugares. Y aunque nunca se lo veía directamente, muchos aseguraban que había algo en el aire, un susurro en las noches solitarias, que decía su nombre. La figura de aquel hombre sin fin siempre estaría presente, recordándonos que, sin importar lo que hagamos, hay destinos que nunca se pueden evitar, y que algunos viajes no tienen regreso.

EL POZO DE LAS ALMAS

En una remota región, rodeada por espesos bosques y montañas imponentes, existe un lugar que ha sido el origen de miles de relatos aterradores: el Pozo de las Almas. Una grieta en la tierra, profunda y antigua, que ha guardado secretos oscuros desde tiempos inmemoriales. La leyenda cuenta que quien se acerque demasiado al pozo, escuchará susurros provenientes de las profundidades, voces que no pertenecen a este mundo, y una sensación de opresión que lo consume todo. Algunos aseguran que las almas de los que cayeron en él nunca descansan, atrapadas en un tormento eterno.

La historia comenzó hace siglos, en una aldea olvidada por el tiempo, donde vivían humildes campesinos que nunca se atrevieron a acercarse al pozo, pues sabían que nada bueno venía de él. Aquella grieta en la tierra no era un simple accidente geográfico, sino el centro de un culto ancestral, un lugar de sacrificios oscuros, donde las almas de los muertos se desvanecían en un abismo sin fin. Se decía que el pozo era una puerta hacia otra dimensión, una que estaba conectada con los oscuros rincones del más allá.

El Pozo de las Almas era temido por generaciones, y durante siglos, ninguna persona se había atrevido a acercarse lo suficiente para examinarlo. Sin embargo, hubo quienes, movidos por la curiosidad o la desesperación, decidieron desentrañar sus secretos. Nadie regresó de esas expediciones.

Una de las historias más escalofriantes que se ha contado sobre el pozo involucra a una joven llamada Clara, una chica que vivía en la aldea cercana. Clara, quien había perdido a su madre cuando era muy pequeña, fue criada por su padre, un hombre sombrío y reservado, que rara vez hablaba de su difunta esposa. Sin embargo, Clara siempre tuvo la sensación de que había algo más detrás de esa tragedia, algo que su padre nunca le había contado. Con el paso de los años, comenzó a escuchar de sus amigos historias sobre el Pozo de las Almas, leyendas que hablaban de una maldición que acechaba a todos aquellos que se acercaban a su borde.

Una noche, Clara, impulsada por una extraña mezcla de desesperación y curiosidad, decidió visitar el pozo, con la esperanza de encontrar respuestas sobre el destino de su madre. Había escuchado que el pozo tenía el poder de revelar la verdad, aunque el precio de ese conocimiento podría ser terrible. Dejó una nota a su padre y, al caer la tarde, se adentró en el bosque. El aire se volvió denso y pesado, como si el propio bosque estuviera vivo, observándola, esperando.

Cuando Clara llegó al borde del Pozo de las Almas, una sensación indescriptible la invadió. El pozo era profundo, mucho más de lo que había imaginado. Al asomarse, vio que las paredes de la grieta estaban cubiertas de musgo y líquenes, pero lo que realmente la estremeció fueron los murmullos. No eran ecos del viento ni sonidos animales, sino voces humanas. Voces que suplicaban, lloraban, gritaban, y pedían ayuda. La piel de Clara se erizó al escuchar aquellos lamentos desgarradores. Eran voces familiares. Sintió como si su corazón se detuviera.

"Madre...", susurró Clara, mirando las sombras que parecían moverse en las profundidades.

Fue entonces cuando vio algo que la paralizó de terror. Entre las sombras del pozo, se dibujó la figura de una mujer, alguien que caminaba lentamente hacia el borde. Sus rasgos eran borrosos, como si estuviera hecha de niebla, pero Clara reconoció esos ojos. Los mismos ojos que había visto en viejas fotos de su madre. Clara dio un paso atrás, con la respiración entrecortada, pero no podía apartar la vista de la figura que la miraba fijamente desde las profundidades.

De repente, una mano emergió del fondo, arrastrándose hacia la superficie como si fuera un ser espectral, sus dedos alargados y pálidos extendiéndose hacia Clara. La chica retrocedió, aterrada, pero no pudo evitar escuchar la voz de su madre, que susurraba su nombre desde el fondo.

"Clara... ven... ven a mí..."

La voz era inconfundible, y aunque Clara sabía que algo estaba terriblemente mal, no pudo resistir la tentación de acercarse. Dio un paso hacia el pozo, sus pies avanzando sin que pudiera controlarlos. Un parpadeo y, en un abrir y cerrar de ojos, Clara se encontró inclinada sobre el borde, mirando las profundidades oscuras, las voces llamándola.

Antes de que pudiera retroceder, una fuerza invisible la tiró hacia adentro. Clara cayó en la oscuridad, y al hacerlo, sus propios gritos se unieron a los demás, al ecos de aquellos que habían caído en el pozo antes que ella. La caída fue interminable, y a medida que descendía, vio rostros, figuras que la observaban con ojos vacíos, con bocas que susurraban palabras incomprensibles. Cada grito era absorbido por la oscuridad, y su alma fue arrastrada por las corrientes invisibles que habitaban el pozo. El eco de sus lamentos se unió a los de aquellos que habían perecido en ese mismo lugar.

Se dice que en las noches más oscuras, si te acercas al Pozo de las Almas, puedes escuchar la voz de Clara, y a todos los que cayeron antes que ella, atrapados en ese abismo sin fin. Los ecos de sus almas perdidas resuenan en las profundidades, esperando a que alguien más se acerque, esperando que alguien más escuche su llamado. Nadie ha regresado del Pozo de las Almas, y las leyendas aseguran que las voces nunca cesan. Aquellos que se acercan demasiado al borde sienten una presión invisible, como si una mano fría y espectral les tocara el corazón, empujándolos hacia el abismo.

El Pozo de las Almas sigue siendo un lugar maldito, un lugar al que nadie debe acercarse, pues el precio de conocer la verdad es perderse en la oscuridad, convirtiéndose en una de las voces atrapadas en su profundidad.

EL MANICOMIO ABANDONADO

En lo profundo de un pequeño pueblo olvidado por el tiempo, se encontraba una edificación oscura y macabra que durante años había permanecido cerrada y alejada del mundo. Un antiguo manicomio, cuyo nombre se desvaneció con el paso de los años, pero cuya historia perdura como una de las más aterradoras leyendas urbanas de la región. Decían que el manicomio estaba maldito, que las almas de los pacientes que allí habían sido recluidos nunca encontraron paz. Las paredes de ese lugar guardaban secretos oscuros y, según muchos, aún susurraban en las noches más silenciosas.

En sus días de funcionamiento, el manicomio era conocido por su crueldad. A los pacientes, en su mayoría gente con enfermedades mentales, se les sometía a tratamientos brutales y experimentos que no solo les arrancaban la cordura, sino también la humanidad. Los médicos, algunos perturbados por sus propias obsesiones, realizaron prácticas inhumanas, como lobotomías, electroshock en niveles letales, y aislamiento extremo, en su afán por "curar" lo que no comprendían. Para ellos, la vida humana valía poco, y los pacientes no eran más que cobayas para sus pruebas.

Después de décadas de atrocidades, el manicomio fue cerrado abruptamente. Nadie sabe a ciencia cierta por qué, pero algunos susurran que fue debido a un brote incontrolable de locura entre los pacientes o a una serie de extrañas desapariciones. Lo cierto es que, desde su clausura, el edificio quedó olvidado, cubierto de hiedra y rodeado por un paisaje desolado. Nadie se atrevía a acercarse, ya que las historias sobre lo que ocurría dentro eran demasiado aterradoras para ignorarlas.

Una noche oscura, un grupo de amigos, sedientos de adrenalina y curiosos por descubrir la verdad detrás del manicomio, decidió adentrarse en el lugar. Habían oído los rumores: luces que parpadeaban en las ventanas, extraños ruidos provenientes de las habitaciones vacías, y figuras sombrías que se asomaban por las grietas de las paredes. Sin embargo, como suele ocurrir en este tipo de leyendas, su escepticismo fue más fuerte que el miedo.

Al llegar al manicomio, la atmósfera era inquietante. El edificio parecía observarlos, y la niebla se arrastraba lentamente sobre el suelo, como si la misma tierra estuviera reclamando su derecho sobre el lugar. El viento susurraba entre las ventanas rotas, como si intentara advertirles que no debían entrar. Pero, a pesar de todo, continuaron avanzando.

La puerta principal estaba cerrada, pero no era un obstáculo para ellos. Con facilidad, encontraron una entrada lateral que, a pesar de estar parcialmente bloqueada por escombros, se abrió con un sonido metálico, como si el manicomio mismo les estuviera invitando a entrar. El aire dentro estaba denso, impregnado con el olor a moho y decadencia. El frío se colaba por cada rendija, y las sombras parecían moverse por sí solas.

Con linternas en mano, comenzaron a explorar los pasillos. Los ladrillos cubiertos de musgo y las puertas de madera carcomida les daban una sensación de claustrofobia inmediata. Pero lo más inquietante era el silencio. Era como si el lugar estuviera muerto, como si todo lo que había ocurrido en sus muros hubiera sido olvidado, pero los ecos de esas vidas rotas aún permanecían.

Cuando llegaron al primer ala del manicomio, comenzaron a escuchar susurros. No eran voces claras, pero el sonido era inconfundible, como si alguien estuviera hablando en otro cuarto. Decidieron investigar, empujando la puerta de una de las habitaciones. Lo que encontraron fue aún más perturbador. Las paredes estaban cubiertas de extrañas marcas, como si alguien hubiera intentado arañarlas para salir, y sobre el suelo había restos de lo que parecía ser polvo de tiza, dispuestos en patrones extraños. Sin embargo, lo más espeluznante de todo fueron los ojos. En las paredes, en el techo, en el suelo, había dibujos de ojos. Miles de ojos, que parecían observarlos, seguirlos con su mirada vacía.

Uno de los amigos, completamente aterrorizado, intentó salir, pero cuando tocó la puerta, se dio cuenta de que estaba cerrada con llave. Intentaron abrirla, pero el cerrojo no cedía. Los murmullos se hicieron más intensos, y una sensación de opresión los invadió. Parecía que alguien o algo estaba atrapado dentro de esa habitación, clamando por ser liberado.

Entonces, en medio del pánico, comenzaron a escuchar pasos. Pesados, arrastrados, como si alguien caminara lentamente hacia ellos. No había nada visible, pero los pasos eran inconfundibles. El miedo se apoderó del grupo, y comenzaron a gritar, tratando de forzar la puerta, pero el sonido de esos pasos seguía acercándose. Fue entonces cuando uno de ellos, mirando por una rendija en la puerta, vio una sombra. Era alta, delgada, y su cuerpo parecía distorsionarse en la penumbra, como si estuviera hecho de humo. Su rostro era una máscara de terror, con ojos profundos y vacíos que reflejaban el dolor de años de sufrimiento.

Los amigos intentaron huir, pero la puerta no cedía. La sombra comenzó a golpear la madera con fuerza, y el sonido del impacto era ensordecedor. De repente, una risa bajó del techo, una risa profunda y macabra, como si se burlara de su desesperación. Los murmullos aumentaron, y de las grietas en las paredes comenzaron a surgir manos, manos de aspecto cadavérico, que intentaban alcanzar a los jóvenes.

Finalmente, la puerta cedió. Los amigos salieron corriendo, aterrados, sin mirar atrás. Cuando llegaron al exterior, el aire fresco les quemó los pulmones, pero el miedo que sentían era tan grande que ni siquiera podían respirar con normalidad. Miraron hacia atrás, pero no vieron nada. El manicomio estaba en silencio, como si nunca hubiera sucedido nada.

Esa misma noche, uno de los amigos desapareció. Nadie volvió a verlo. Los demás, aterrados, juraron nunca más hablar del manicomio. Sin embargo, los rumores persisten. La gente asegura que, si te acercas demasiado al edificio abandonado, puedes escuchar risas apagadas, susurros, y los pasos que siguen al visitante. Y lo más aterrador de todo, algunos aseguran que las sombras que habitan en el manicomio no dejan a nadie salir. Las almas que sufrieron allí, atrapadas entre los muros, siguen esperando su próxima víctima.

LA CRIATURA DEL LAGO

En un pequeño pueblo rodeado por frondosos bosques y montañas cubiertas de niebla, existía un lago profundo y misterioso. Su agua era tan negra como el azabache, y siempre parecía ocultar algo en sus profundidades. Nadie se atrevía a acercarse mucho a él, especialmente durante la noche, cuando el ambiente se volvía aún más sombrío y la niebla se alzaba desde sus aguas, envolviendo todo a su paso. El pueblo vivía en paz, pero entre sus habitantes circulaba una antigua leyenda, que había sido contada de generación en generación, y que hablaba de una criatura que habitaba en el fondo del lago, esperando su momento para emerger.

La leyenda contaba que hace muchos años, un grupo de pescadores había ido al lago en busca de una gran captura. Nadie les había advertido sobre el peligro que acechaba en esas aguas, y ellos, confiados, se adentraron en la oscuridad del lugar sin imaginar lo que les esperaba. Aquella noche, un extraño silencio se apoderó del pueblo, y los animales dejaron de emitir sus sonidos. La gente, acostumbrada al bullicio natural, sintió una inquietud extraña, pero lo que no sabían era que, mientras todo se sumía en el misterio, los pescadores no volverían a casa.

Al amanecer, los cuerpos de los hombres fueron encontrados a orillas del lago, retorcidos y desfigurados, como si algo los hubiera atacado con una furia inhumana. Sus ojos, vacíos y llenos de terror, no contaban la historia, pero su expresión era suficiente para los aldeanos: algo había salido del agua. Nadie pudo explicar lo sucedido, pero la gente empezó a susurrar que la criatura, que vivía en las profundidades del lago, había reclamado sus almas.

Los años pasaron, y el lago se convirtió en un lugar temido por todos. Nadie se atrevió a acercarse más de lo necesario. Los niños aprendieron a evitarlo, y los adultos evitaban las rutas cercanas al agua al caer la noche. Sin embargo, como suele suceder, hubo quienes no creyeron en las viejas historias, y pensaron que el miedo era solo una exageración. Un grupo de jóvenes decidió ir al lago una noche, desafiando las advertencias de los ancianos.

Armados con linternas, ellos se acercaron al borde del lago, riendo y burlándose de lo que consideraban una superstición. Se sentaron junto al agua, bromeando sobre las historias que los mayores les contaban cuando eran niños. La niebla comenzó a levantarse, como si respondiera a sus palabras, pero los jóvenes no prestaron atención. Estaban decididos a demostrar que el miedo a la criatura del lago era solo eso: miedo sin fundamento.

Una de las chicas, con un reto en la mirada, se levantó y dijo: "Si realmente existe algo aquí, que se muestre". Nadie la tomó en serio, pero al instante, una extraña sensación de frío recorrió sus cuerpos, y una quietud se apoderó del lugar. De repente, una de las linternas parpadeó y se apagó, y un sonido profundo, bajo, como el retumbar de algo grande bajo el agua, hizo eco en la noche. El grupo se detuvo, mirando a su alrededor, pero no vieron nada. Sin embargo, el aire se volvió denso, como si algo invisible los estuviera observando.

Fue entonces cuando la superficie del agua comenzó a moverse, no por el viento, sino por una fuerza desconocida. Como si una gran masa subiera lentamente desde las profundidades, el agua comenzó a burbujear. La criatura, tal como la leyenda describía, había despertado.

En medio de la oscuridad, apareció algo monstruoso. Un par de ojos brillaron desde las profundidades del lago, enormes, de un rojo intenso, observando a los jóvenes con una mirada penetrante. El agua comenzó a agitarse violentamente, y una figura gigantesca se elevó lentamente, desplazando el agua con su enorme cuerpo. La criatura no tenía una forma definida, su cuerpo era una masa de escamas viscosas, tentáculos que se movían como serpientes, y una boca llena de dientes afilados que brillaban en la penumbra. Su respiración era un susurro arrastrado, y sus ojos, llenos de furia, nunca se apartaban de ellos.

El grupo intentó huir, pero el miedo los paralizó. La criatura, que parecía surgir de las mismas entrañas del lago, se movió con una velocidad imposible. Con un rápido movimiento, un tentáculo se alzó del agua y agarró a uno de los jóvenes, tirándolo con fuerza hacia la oscuridad del lago. Los demás gritaron y corrieron sin mirar atrás, pero la criatura no se detuvo. Con una facilidad aterradora, comenzó a sacar más y más partes de su cuerpo del agua, atrapando a quienes se acercaban demasiado.

Uno de los chicos, al tratar de escapar, resbaló en las rocas mojadas y cayó al agua. Lo último que vio fue el brillo de los ojos rojos, y la enorme sombra que lo cubría por completo, tragándose su grito antes de que pudiera pedir ayuda.

La niebla se espesó, el viento cesó, y la noche pareció tragarse todo lo que había sucedido. Al amanecer, cuando las primeras luces del sol tocaron la superficie del lago, el agua volvió a la calma, como si nunca hubiera sucedido nada. Los pocos sobrevivientes, aterrados, juraron nunca contar lo que habían visto, pero todos sabían que algo oscuro y antiguo habitaba en las profundidades del lago.

Con el tiempo, los cuerpos nunca fueron encontrados. Solo quedaron los recuerdos de aquellos que se atrevieron a desafiar la leyenda, y las aguas del lago, más oscuras que nunca, guardaron su secreto. Nadie más se acercó al lugar. Las historias sobre la criatura del lago continuaron, y cada vez que alguien se acercaba demasiado al borde del agua, los ancianos decían en voz baja, con la mirada fija en las aguas profundas: "La criatura del lago no olvida a quienes se atreven a despertar su furia".

EL SECRETO DE LA LIBRERÍA ANTIGUA

En el corazón de la ciudad, donde las calles estrechas y empedradas se retorcían como viejos pasadizos olvidados, existía una librería que pocos recordaban, pero que era conocida por aquellos que se atrevieron a explorarlas. "La Antigualla", como la llamaban los habitantes más viejos del lugar, era un establecimiento que no aparecía en ningún mapa, y cuya entrada estaba oculta tras una pesada cortina de terciopelo gris que apenas se movía, incluso con la brisa más fuerte.

Era un lugar extraño, apartado del bullicio de la ciudad, que parecía haberse detenido en el tiempo. Las paredes estaban cubiertas de estanterías de madera envejecida, repletas de libros en tonos marrones y dorados, que parecían murmurar secretos en sus cubiertas. El aire estaba cargado de un aroma a papel antiguo, como si los libros hubieran estado allí durante siglos, esperando ser leídos nuevamente. Pero lo que hacía especial a "La Antigualla" no era solo su aspecto, sino la leyenda que la envolvía.

Según los rumores, aquellos que se aventuraban en sus pasillos no siempre volvían con las manos vacías, ni mucho menos con una simple compra. Los visitantes más valientes, o los menos precavidos, a menudo se encontraban con un extraño libro, uno que no parecía encajar con los demás. Este libro, de tapas negras y sin título, siempre aparecía en las estanterías de manera misteriosa, en diferentes lugares de la tienda. Nadie sabía de dónde provenía, ni cómo llegaba allí, pero todos coincidían en lo mismo: una vez que alguien lo tomaba, su destino cambiaba para siempre.

Todo comenzó cuando una joven llamada Laura, apasionada por los libros antiguos, decidió pasar una tarde de invierno en la librería. Había escuchado historias sobre "La Antigualla", pero pensó que eran solo leyendas inventadas por los lugareños. Al entrar, fue recibida por el crujido de la puerta al abrirse, el cual resonó de forma extraña, como si algo dentro de la librería estuviera observando su llegada. El dependiente, un hombre de mirada profunda y ojos cansados, la saludó con un asentimiento sin decir una palabra. Laura, que sentía una extraña fascinación por el lugar, comenzó a recorrer los pasillos con cuidado, admirando los libros en las estanterías.

Era una tarde lluviosa, y la luz que entraba por las ventanas apenas iluminaba el ambiente. Mientras hojeaba un viejo tomo sobre historia medieval, algo extraño llamó su atención. En una de las estanterías más oscuras, casi perdida entre el polvo y las telarañas, se encontraba un libro negro, de aspecto tan antiguo como el mismo edificio. Laura, sintiendo una inexplicable necesidad de tomarlo, lo sacó de su lugar y lo abrió con delicadeza. Las páginas, amarillentas por el paso del tiempo, no mostraban ningún título ni autor. Solo había un texto escrito a mano, en una caligrafía elegante, pero incomprensible.

Al principio, Laura pensó que era un simple cuaderno antiguo de alguien que había dejado sus recuerdos en forma de escritura personal. Pero a medida que hojeaba las páginas, comenzó a leer palabras que parecían resonar en su mente, como si las frases cobraran vida y la sumergieran en una especie de trance. Las palabras hablaban de puertas ocultas, de pactos olvidados y de almas atrapadas entre los mundos. Sintió un escalofrío recorriendo su espalda, pero, al mismo tiempo, una curiosidad creciente. Decidió seguir leyendo.

Fue entonces cuando notó que la librería a su alrededor comenzó a desvanecerse. Las estanterías parecían desmaterializarse poco a poco, y el sonido de la lluvia que golpeaba las ventanas se tornó cada vez más lejano, hasta desaparecer por completo. Un extraño vacío la rodeó, y, cuando levantó la vista, ya no estaba en "La Antigualla". Estaba en un pasillo oscuro, sin ventanas, con una puerta al final que se abría lentamente. En ese instante, el miedo comenzó a invadirla, pero sus piernas no respondían. Algo la estaba atrayendo hacia esa puerta.

Al acercarse, el aire se volvía más denso, como si algo invisible estuviera empujándola a entrar. La puerta crujió al abrirse, revelando una habitación llena de espejos rotos. En cada uno de esos espejos, Laura podía ver reflejos distorsionados de sí misma, pero había algo más. En algunos de los reflejos, su rostro se transformaba en una máscara de terror, en otros, su figura desaparecía por completo, dejando solo la sombra de su presencia. Sintió que no estaba sola, y en ese momento escuchó un susurro, bajo, como el viento en la noche: "Ahora eres parte de la historia".

Desesperada, intentó volver al pasillo, pero la puerta se cerró de golpe detrás de ella. Al mirar a su alrededor, pudo ver que los espejos comenzaban a moverse, reflejando escenas que no pertenecían a este mundo. En uno de ellos, vio el rostro del hombre que la había atendido en la librería. Él no estaba sonriendo, sino que la miraba fijamente con ojos vacíos, como si estuviera atrapado en ese mismo lugar, esperando. "No te vayas", susurró una voz, esta vez claramente proveniente del espejo.

Aterrada, Laura intentó salir, pero no pudo. De repente, una sombra oscura emergió de uno de los espejos, una figura de aspecto humano pero con una presencia espectral. La sombra comenzó a caminar hacia ella con pasos lentos, arrastrando un sonido sordo que helaba la sangre. "Te has llevado el libro", dijo la sombra con voz ronca. "Ahora estás condenada a quedarte aquí, atrapada entre los mundos. Como todos los que lo toman".

Despertó en la librería, con el libro negro cerrado sobre sus manos, como si nada hubiera sucedido. Sin embargo, algo había cambiado en ella. Los recuerdos del pasillo, los espejos, la sombra, todo seguía vivo en su mente. Al mirar a su alrededor, vio al hombre del mostrador, que la observaba con una mirada vacía, como si supiera lo que había ocurrido. "Bienvenida al club", dijo, y Laura entendió que no era la primera, ni sería la última en caer en la trampa del libro maldito.

Desde esa noche, Laura desapareció de la vida de sus amigos y familiares. Nadie volvió a verla, aunque algunos juraban haberla visto vagando en las sombras de la librería en noches muy oscuras. Nadie más tocó el libro negro, y la librería, como siempre, siguió existiendo en su rincón apartado de la ciudad, esperando a los próximos curiosos que se atrevieran a descubrir su secreto.

EL POZO MALDITO

En un pequeño pueblo enclavado en lo profundo de un espeso bosque, existía una vieja leyenda sobre un pozo que nadie se atrevía a acercarse. Se encontraba en las afueras del pueblo, escondido entre los árboles, cubierto por una maraña de plantas y raíces. El pozo no tenía más de un par de metros de diámetro, pero su oscuridad era tan profunda que parecía engullir la luz misma. Nadie sabía a ciencia cierta cuándo o cómo había sido construido, pero lo que sí sabían todos los habitantes del lugar era que estaba maldito. Nadie que se hubiera acercado a él había vuelto para contar su historia.

Se decía que hace siglos, un hombre conocido por su maldad había llegado al pueblo. Nadie sabía su nombre ni de dónde venía, pero su presencia era inquietante. Durante años, la gente lo vio merodear por las calles, observando con mirada penetrante a aquellos que cruzaban su camino. Las historias sobre él eran terribles: se rumoraba que practicaba magia oscura, que hablaba con las sombras y que, en la quietud de la noche, podía escuchar las voces de aquellos que ya no estaban entre los vivos. Pero lo más aterrador era lo que hizo en su último acto de crueldad.

El hombre, obsesionado con el poder y la inmortalidad, había encontrado un antiguo libro de hechizos que hablaba de un ritual capaz de abrir un portal al más allá, un portal a un mundo donde los muertos vagaban y donde las almas podrían ser dominadas. Según la leyenda, el hechizo debía llevarse a cabo en un pozo antiguo, un pozo con una historia de dolor y sufrimiento, un lugar donde las almas perdidas ya habían sido enterradas sin esperanza de descanso.

El hombre construyó su ritual cerca del pozo que había encontrado en el borde del bosque, el mismo pozo que nadie se atrevía a tocar. Nadie conocía su historia, pero las voces del pueblo susurraban que en tiempos antiguos, se había utilizado para arrojar allí los restos de personas que murieron en circunstancias misteriosas, o las víctimas de tragedias que nunca se resolvieron.

Una noche, mientras el pueblo dormía, el hombre se dirigió al pozo, recitando palabras en un idioma extraño, sus manos moviéndose con rapidez mientras arrojaba objetos y líquidos en el pozo. Durante horas, la tierra tembló y el aire se cargó de un frío helado, como si el propio pozo estuviera despertando. De repente, un grito desgarrador resonó desde lo más profundo de la oscuridad del pozo. Un eco que heló la sangre de los más cercanos. Y entonces, algo ocurrió.

Las luces comenzaron a parpadear en el pueblo y el viento se alzó con furia, como si una tormenta invisible hubiera invadido el lugar. El hombre, con una sonrisa macabra, observó el pozo y creyó haber logrado lo que tanto deseaba: la puerta hacia otro mundo, la puerta que le daría poder sobre los muertos. Pero en ese preciso momento, el pozo cobró vida. No era sólo agua lo que caía en él, sino algo mucho más oscuro, algo que tomaba forma, que se alimentaba del miedo. Y, de alguna manera, aquello lo absorbió.

Al día siguiente, el pueblo se despertó con una quietud extraña. Nadie vio al hombre nunca más. Pero lo peor estaba por suceder. Desde aquel momento, las personas que se acercaban al pozo nunca volvían. Algunos decían haber oído risas, otros gritos. Los más osados aseguraban haber visto sombras moverse en su interior, sombras que se arrastraban y salían del pozo para vagar por el bosque. Aquellos que intentaron acercarse a examinarlo nunca regresaron, y los pocos que lo hicieron contaron historias tan horribles que preferían el olvido.

Los más valientes que se acercaron al borde del pozo juraban que, si escuchaban con atención, podían oír susurros provenientes de su interior, voces pidiendo ayuda, voces que pedían ser liberadas. Nadie entendió cómo, pero se rumoreaba que el hombre había abierto la puerta al infierno, liberando algo mucho más grande que él. Algo que nunca debería haber sido despertado.

La leyenda del pozo maldito se transmitió de generación en generación, y el lugar fue evitado por todos. Aún hoy, los habitantes del pueblo cuentan la historia en voz baja, mirando con temor el bosque que rodea el pozo. Se dice que en las noches más oscuras, aquellos que se acercan demasiado pueden escuchar, entre los árboles, risas suaves y pasos lentos, como si algo estuviera acechando desde la penumbra, esperando a atraer a su próxima víctima.

El pozo sigue allí, olvidado por el tiempo, pero no por las almas que aún rondan su abismo. Y aquellos que se atreven a acercarse, lo hacen con una advertencia en mente: nunca mires demasiado tiempo hacia abajo, porque una mirada fija en la oscuridad del pozo podría ser todo lo que necesites para caer en él, y desaparecer para siempre.

LA CASA DE LOS MUERTOS

En un rincón apartado de la ciudad, alejada de las rutas transitadas y ocultada por la densa niebla, se encontraba una casa que todos los habitantes evitaban mencionar. Con sus muros cubiertos de hiedra y las ventanas rotas que parecían mirar con una extraña frialdad, la Casa de los Muertos tenía una reputación temida por generaciones. Su aspecto sombrío y desolado era solo el reflejo de las aterradoras historias que circulaban a su alrededor, historias que pocas veces se contaban en voz alta, pero que todos conocían.

Se decía que hacía más de un siglo, la casa había sido habitada por una familia de la alta sociedad. El patriarca, un hombre enigmático y calculador llamado Richard Blackwood, había adquirido la mansión a un precio elevado y, desde su llegada, comenzó a organizar extravagantes fiestas para la élite de la ciudad. Sin embargo, con el paso de los años, las celebraciones se tornaron cada vez más extrañas. Nadie entendía el propósito de los silenciosos sirvientes, ni el comportamiento inquietante de los miembros de la familia. Las risas y el bullicio de los primeros días dieron paso a susurros y gritos ahogados en la oscuridad.

Una noche, una fiesta aparentemente común se convirtió en el último evento que marcó el fin de esa familia. En el amanecer siguiente, la mansión se encontró vacía. No había rastros de los Blackwood ni de sus sirvientes. La mesa de banquete, con las copas aún sobre ella, quedó intacta, pero algo estaba profundamente errado en la atmósfera de la casa. Nadie en la ciudad jamás volvió a ver a los Blackwood, ni siquiera los sirvientes, y pronto se esparcieron rumores escalofriantes. Se decía que Richard Blackwood, en su desesperación por encontrar la inmortalidad, había realizado un pacto oscuro con fuerzas que no deberían haberse invocado. Un pacto que salió horriblemente mal.

Desde entonces, la casa fue considerada maldita. Los pocos que se atrevieron a acercarse, por curiosidad o por azar, nunca regresaron. Los más valientes que entraron a investigar, algunos incluso armados con cámaras y equipos para demostrar que todo era solo un mito, relataron experiencias tan espantosas que pocos les creyeron. Decían que, al entrar en la mansión, la sensación de frío se apoderaba de sus cuerpos, como si el aire mismo estuviera impregnado con la presencia de algo eterno. Los pasillos, aunque vacíos, resonaban con murmullos, como si las paredes susurraran secretos que nunca debían ser escuchados.

Uno de los relatos más aterradores fue el de un joven llamado Thomas, quien, impulsado por la necesidad de desmentir la leyenda, decidió entrar en la casa una tarde sin más compañía que su fiel perro. Cuando cruzó el umbral, la puerta, que normalmente permanecía cerrada por el tiempo y la descomposición, se abrió con un crujido que resonó por toda la vecindad. Dentro, el silencio era absoluto, excepto por el sonido de sus propios pasos, que parecían ahogarse en la oscuridad.

A medida que avanzaba, una sensación de estar siendo observado comenzó a invadirlo. Las sombras, al principio inofensivas, parecían moverse a su alrededor. Pero lo más inquietante fue lo que vio al final de un largo corredor. Desde una de las habitaciones abiertas, una figura apareció en el umbral, una figura completamente cubierta por una capa negra, con el rostro oculto en la penumbra. Thomas intentó llamar, pero antes de que pudiera reaccionar, el ser levantó la mano y señaló hacia él. En ese preciso instante, la casa pareció cobrar vida. Las paredes se estremecieron, los muebles crujieron, y un viento gélido recorrió el lugar.

Desesperado, Thomas intentó huir, pero en su prisa, tropezó y cayó sobre una alfombra polvorienta. Fue entonces cuando vio algo que lo hizo desmoronarse de terror: en el espejo roto frente a él, reflejaba no solo su rostro, sino el de muchas otras personas, personas que no estaban allí. Siluetas de hombres, mujeres y niños, con rostros distorsionados por el dolor y la desesperación, aparecían reflejadas, mirando fijamente al joven, como si supieran algo que él aún no entendía.

El perro de Thomas comenzó a ladrar furiosamente, pero su voz pronto se apagó en el aire pesado de la mansión. En un estado de pánico total, Thomas intentó correr hacia la salida, pero el pasillo parecía haberse alargado, y las puertas se cerraban solas a su paso, como si la casa no quisiera dejarlo ir. Finalmente, logró salir, pero no sin antes ver a la figura de la capa negra por última vez, esta vez más cerca de lo que habría imaginado, observándolo con unos ojos vacíos que brillaban con una luz antinatural.

Aterrorizado y completamente destrozado por lo que había presenciado, Thomas nunca volvió a acercarse a la Casa de los Muertos. Nadie lo vio después de esa noche. Su desaparición se sumó a la creciente lista de personas que habían intentado desentrañar los oscuros secretos de esa mansión.

Los años pasaron, pero la leyenda no hizo más que crecer. La Casa de los Muertos se mantenía intacta, su oscuridad devorando la luz del día, esperando pacientemente a su próxima víctima. Los pocos que se atreven a hablar de ella, lo hacen en susurros, sabiendo que la mansión, con sus muros cubiertos de sombras, sigue esperando a aquellos lo suficientemente imprudentes como para cruzar su umbral.

Y si algún día alguien se atreve a adentrarse, tal vez encontrará una respuesta a la pregunta que nadie ha podido responder: ¿qué ocurrió realmente con la familia Blackwood? ¿Qué pactaron, y qué fuerzas oscuras habitaron en su hogar, condenando a todos los que cruzaron su puerta? Nadie lo sabe con certeza. Pero hay quienes aseguran que los gritos de los que no sobrevivieron todavía se oyen, entre susurros, al caer la noche.

LA DAMA DE BLANCO

En los rincones más oscuros de las carreteras solitarias, entre bosques profundos y caminos desiertos, corre una leyenda que ha pasado de generación en generación, aterrorizando a quienes la escuchan. Se trata de una figura fantasmal conocida como La Dama de Blanco, cuyo rostro se ha convertido en un símbolo de tragedia y desesperación. Su historia es tan antigua como la propia oscuridad, pero sigue viva en los susurros y las miradas nerviosas de aquellos que cruzan su camino.

La leyenda comienza hace muchos años, en un pequeño pueblo rodeado de bosques y montañas. Una joven de belleza inigualable, conocida como Isabella, vivía allí. Su vida, a pesar de las dificultades de la época, era tranquila y llena de esperanza. Isabella estaba comprometida con un hombre que amaba profundamente, un joven militar que, tras recibir una carta de su superior, debía marchar a la guerra. La separación fue dolorosa, pero Isabella confiaba en el regreso de su amado. Lo esperaba con ansias, como cualquier joven enamorada lo haría.

Día tras día, Isabella recorría el mismo camino a la orilla del río, donde se encontraba con una antigua roca, un lugar donde solían sentarse a charlar y hacer planes de futuro. Ahí pasaba horas esperando que su prometido regresara. En ocasiones, se decía que podía oír el crujir de las ruedas del carruaje acercándose, pero nunca llegaba nadie. La angustia se fue apoderando de ella poco a poco. Con el paso del tiempo, los mensajes de su prometido se fueron haciendo más escasos, hasta que un día, ya no hubo noticias de él.

Desesperada, Isabella se negó a creer que algo le hubiera sucedido. Ella continuó esperando, día tras día, ignorando los rumores y la preocupación de los aldeanos. A medida que los meses pasaban, su rostro se fue empalideciendo, sus ojos perdieron la luz de la esperanza y su cuerpo se fue consumiendo por la tristeza. La guerra había cambiado todo, pero ella seguía aferrándose a la idea de que su amor regresaría.

Una tarde, después de años de espera, cuando las hojas de los árboles comenzaban a caer y el viento del otoño a soplar más fuerte, Isabella recibió la noticia que nunca imaginó: su prometido había muerto en combate. La noticia fue devastadora. Su alma, ya marcada por la pena de la ausencia, se quebró en mil pedazos. Durante días, no salió de su casa, sumida en un dolor tan profundo que nada podía aliviar. La joven, quebrada por el dolor, decidió que no podía vivir en un mundo sin él. La vida ya no tenía sentido, y decidió que la única forma de reunirse con su amado era a través de la muerte.

Una noche oscura y fría, mientras la lluvia azotaba el pueblo, Isabella se dirigió al acantilado que se alzaba sobre el río. En el silencio de la noche, subió hasta el borde y miró hacia las aguas oscuras, sintiendo cómo la tormenta rodeaba su cuerpo como una capa de desesperación. Con una última mirada hacia el cielo, cerró los ojos y dio el paso final hacia la oscuridad.

Desde ese día, la gente del pueblo comenzó a escuchar extraños rumores. Aquellos que se atrevían a cruzar el mismo sendero por donde Isabella solía esperar, afirmaban haber visto una figura que recorría el camino en las noches más oscuras. Una figura femenina vestida con un largo vestido blanco, que caminaba lentamente, con el rostro oculto bajo el velo de su cabello oscuro. Algunos decían que la veían cerca del río, otros cerca del acantilado donde Isabella había encontrado su final. Siempre, la figura parecía estar esperando a alguien.

Se decía que la Dama de Blanco aparecía a los viajeros solitarios, especialmente a aquellos que viajaban durante la noche. La leyenda contaba que, si alguien veía a la dama y la seguía, ésta los conduciría a su propia perdición, guiándolos hacia lugares peligrosos, hacia las aguas del río o hacia el acantilado desde donde ella misma se había arrojado. Aquellos que caían en su trampa decían que, al acercarse, podían escuchar sus sollozos, una mezcla de dolor y angustia, que helaba la sangre en las venas.

Algunos sobrevivientes de estos encuentros afirmaron que, al hablarle a la figura, ella los miraba con unos ojos vacíos, como si no pudiera verlos, pero sus palabras eran siempre las mismas: "¿Por qué me dejaste? ¿Por qué me abandonaste?". Las voces decían que la Dama de Blanco buscaba constantemente a su prometido, y que cualquier alma solitaria que se cruzara en su camino era la que ella intentaba atraer para unirse a él en la muerte. Se hablaba de que aquellos que la seguían no podían resistirse a su llamado, y su destino estaba sellado. Muchos de los que desaparecieron a lo largo de los años nunca fueron encontrados.

Los aldeanos, aterrados por estos relatos, comenzaron a evitar la zona del río y el acantilado, especialmente durante la temporada de tormentas, cuando la figura aparecía con mayor frecuencia. Sin embargo, las historias de la Dama de Blanco continuaron circulando en las noches oscuras, y a pesar de los intentos de mantenerla en el olvido, siempre había alguien que, en su curiosidad o imprudencia, se aventuraba en la zona, solo para descubrir que la leyenda era más que un simple cuento.

Hoy en día, la Dama de Blanco sigue siendo un misterio sin resolver. Muchos creen que su alma jamás encontró la paz, y que ella sigue vagando, buscando a su amor perdido en la eternidad. Algunos afirman que la vieron, pero pocos sobreviven para contar la historia. Se dice que si alguna vez te encuentras con ella, el mejor consejo es no seguirla, no escuchar su llamada. Porque una vez que lo haces, la Dama de Blanco te llevará con ella, al igual que llevó a su propio amor... hacia la muerte.

Y si alguna vez viajas por caminos solitarios, sobre todo cuando la niebla cubra todo a tu alrededor, recuerda que la Dama de Blanco podría estar esperándote, esperando a aquellos que aún creen en los sueños rotos y el amor eterno, atrapados en una tragedia que ni la muerte ha logrado deshacer.

EL FANTASMA DEL HOTEL

En las afueras de una ciudad pequeña y olvidada por el tiempo, se erige un edificio antiguo que muchos prefieren evitar. El Hotel Victoria ha sido testigo de incontables historias a lo largo de los años, pero ninguna tan aterradora como la que comenzó en una fría noche de invierno, cuando un huésped desprevenido se alojó en su habitación más famosa: la Habitación 13. La leyenda de este lugar tiene muchos matices, pero siempre gira en torno a la misma figura fantasmal, que, aunque invisible, es la más real de todas.

Hace décadas, el Hotel Victoria fue un lugar lujoso y de renombre. Aquellos que visitaban la ciudad lo hacían con la esperanza de hospedarse en sus cómodas habitaciones, disfrutar de su famoso servicio y descansar bajo el brillo dorado de sus candelabros. La Habitación 13, en particular, se destacó por su elegancia, con muebles antiguos, cortinas pesadas de terciopelo rojo y una vista panorámica del campo que rodeaba la ciudad. Nadie imaginaba que esta misma habitación escondería un terrible secreto.

Una noche, un hombre de negocios llamado Eduardo Sánchez, que había viajado desde una ciudad lejana, se registró en el hotel. Había llegado tarde, cansado de su jornada, y con solo un par de horas para descansar antes de continuar su viaje al día siguiente. Al no quedar habitaciones disponibles, el recepcionista, un hombre algo nervioso, le ofreció la Habitación 13, sin embargo, le advirtió que había rumores extraños sobre esa habitación, aunque él mismo restó importancia a ello. Sin mucho interés, Eduardo aceptó y subió al piso superior.

A medida que entraba en la habitación, una sensación extraña lo envolvía. Algo en el aire le parecía denso, como si el tiempo mismo se hubiera detenido. Cerró la puerta tras de sí, preparándose para dormir, pero algo no estaba bien. Un frío inusual calaba en sus huesos, y una leve corriente parecía mover las cortinas, aunque no había ninguna ventana abierta. Pensó que tal vez era su imaginación, pero no podía deshacerse de la sensación de que algo o alguien lo observaba.

A las tres de la mañana, Eduardo fue despertado por un sonido suave pero inquietante, como si alguien estuviera caminando lentamente por el pasillo. Se levantó y, al asomarse por la puerta, no vio nada. Sin embargo, cuando volvió a la cama, vio algo que lo heló por completo: una sombra delgada, que parecía una figura humana, se desplazaba por las paredes de la habitación. Eduardo sintió cómo el aire se volvía denso, como si la temperatura hubiera caído varios grados de golpe. Estaba paralizado, sin saber si debía huir o quedarse.

Esa misma noche, un par de horas después, comenzó a oírse un llanto débil, que parecía provenir de algún rincón de la habitación. Eduardo no podía identificar de dónde venía, pero el sonido era inconfundible: era el llanto de una mujer. Al principio, pensó que tal vez alguien estaba en una habitación cercana, pero el llanto comenzó a intensificarse, convirtiéndose en un susurro desgarrador. El hombre encendió las luces, pero no encontró nada, aunque la sensación de miedo lo rodeaba como una neblina espesa.

De repente, las luces parpadearon y se apagaron por completo. La oscuridad era absoluta. Eduardo, sintiendo que algo sobrenatural ocurría, intentó prender su linterna, pero fue inútil. El silencio fue interrumpido solo por el sonido de pasos suaves y lentos acercándose. La puerta de la habitación se cerró con un fuerte estruendo, y la figura de una mujer apareció frente a él. Tenía los ojos oscuros como la noche, y su rostro estaba demacrado, como si hubiera estado en la penumbra durante años.

Ella no dijo nada, pero su presencia lo dejó inmóvil. Era el fantasma de la habitación. La mujer vestía un antiguo vestido de novia, desgarrado y sucio. Sus manos temblaban, y su cuerpo parecía estar en un estado de descomposición, pero su mirada era fija y profunda, como si pudiera leer cada pensamiento de Eduardo. Lo miró fijamente, y entonces, con una voz que parecía provenir de lo más profundo del abismo, dijo: "¿Por qué me dejaste aquí? ¿Por qué me abandonaste?"

Eduardo, temblando, trató de hablar, pero sus palabras no salían. La mujer, con una sonrisa macabra, comenzó a acercarse más y más, sus pasos sonando como ecos del más allá. En ese momento, algo pasó en su mente. Recordó lo que el recepcionista le había dicho: "La habitación está maldita. Hace años, una novia se suicidó aquí. Se cree que su alma sigue atrapada, esperando a que alguien la libere…"

Pero nada de lo que Eduardo hiciera podría liberarla. La mujer se acercó hasta estar a su lado, y él la sintió fría como un cadáver. Sintió cómo su alma era absorbida por la desesperación de esa presencia, cómo una fuerza invisible lo empujaba a la locura. Cuando finalmente consiguió abrir la puerta y escapar, el hotel estaba sumido en un silencio espeso. Los gritos de la mujer ya no se oían. Sin embargo, Eduardo nunca volvió a ser el mismo.

Cuando los empleados del hotel, alarmados por la desaparición del huésped, revisaron la habitación, la encontraron vacía. No había señales de lucha, ni de que algo hubiera sido robado. Solo encontraron una nota escrita a mano, que decía: "Ella sigue aquí. Nadie sale con vida." En el espejo de la habitación, justo donde la mujer se había quedado, se reflejaba una figura fantasmal, como si la escena se repitiera cada noche, sin fin.

Años después, el Hotel Victoria fue cerrado, pero la leyenda perduró. Los pocos que se atrevieron a acercarse decían que, en las noches más oscuras, podían ver una sombra moviéndose en la ventana de la habitación 13. Y si alguien osaba pasar por allí, el aire se volvía frío, el llanto de una mujer se escuchaba a lo lejos, y los ecos de un alma perdida recorrían los pasillos vacíos del antiguo hotel.

Y así, la historia del Fantasma del Hotel continúa viva, atrapando a los desprevenidos que, en su ignorancia o valentía, se atreven a cruzar sus puertas, como un recordatorio de que algunas almas nunca encuentran paz.

LA LLUVIA DE CUCHILLOS

La historia de la Lluvia de Cuchillos se remonta a un pequeño pueblo en las montañas, apartado de las rutas más transitadas y rodeado por densos bosques. En este lugar, la gente vivía una vida tranquila, dedicada a la agricultura y el comercio, sin grandes sorpresas ni eventos que alteraran la calma de su cotidianidad. Sin embargo, bajo la aparente paz del pueblo, existía una leyenda oscura que se susurraba entre los más ancianos, un cuento tan aterrador que pocos se atrevían a mencionarlo en voz alta.

Hace más de 50 años, en una noche oscura de tormenta, los habitantes de este pueblo fueron testigos de un fenómeno inexplicable y aterrador, un evento que cambiaría sus vidas para siempre. La historia comenzó con la desaparición de una joven llamada Isabel, una mujer conocida por su belleza y dulzura, pero también por su carácter introvertido. Nadie sabía mucho sobre su vida, solo que se había mudado al pueblo años atrás y que vivía sola en una pequeña casa a las afueras, cerca de un espeso bosque. Con el tiempo, se rumoreaba que Isabel mantenía una relación con un hombre misterioso, del que nunca se decía su nombre. Nadie lo había visto, pero sus presencias inexplicables en los alrededores de la casa de Isabel mantenían viva la intriga entre los vecinos.

Una tarde, la joven desapareció sin dejar rastro. Los habitantes del pueblo se organizaron para buscarla, pero no había ni una pista que indicara su paradero. Los días pasaron, y con ellos la desesperación de los habitantes creció. ¿Dónde estaba Isabel? Nadie tenía respuestas. Pero lo que sucedió una semana después cambiaría para siempre la percepción de los habitantes sobre su hogar.

Era una noche tormentosa, el cielo se cubrió de nubes negras y el viento soplaba con tal fuerza que parecía que el mundo entero temblaba bajo su furia. La lluvia comenzó a caer a cántaros, pero no era una tormenta común. Los rayos iluminaban el cielo con un brillo espantoso y, en medio de ese caos, algo extraño ocurrió. Cuchillos comenzaron a caer del cielo, como si fueran gotas de lluvia.

Al principio, la gente pensó que era una alucinación, una visión provocada por el estrés y el miedo. Pero pronto se dieron cuenta de que no era una ilusión. Los cuchillos, de todo tipo y tamaño, caían sin cesar, estrellándose contra los tejados, las ventanas, las paredes de las casas. No importaba dónde se refugiaban; los cuchillos seguían cayendo, atravesando el aire con un sonido sordo y mortal.

La lluvia no solo estaba llena de acero afilado, sino que la intensidad aumentaba con cada minuto. El metal brillaba a la luz de los rayos, cayendo como una lluvia mortal sobre todo lo que tocaba. Aquellos que intentaban huir no encontraban refugio. Las calles se llenaban de personas desesperadas, corriendo sin rumbo, gritando de terror mientras los cuchillos les rozaban la piel o se clavaban en el suelo a sus pies. Muchos fueron heridos, pero lo peor de todo era que algunos jamás fueron encontrados. El pueblo entero estaba sumido en el caos, y la lluvia de cuchillos parecía no tener fin.

A lo largo de la tormenta, algo extraño ocurrió. Los cuchillos no solo caían del cielo, sino que también parecían buscar algo, algo que se encontraba en el centro del pueblo. Cuando los habitantes observaban con temor, podían ver que en el centro de la plaza, donde antes se encontraba la fuente, había una figura. Era una mujer, vestida con un largo vestido blanco, que caminaba lentamente por las calles inundadas. Su cabello, largo y oscuro, parecía flotar en el aire mientras la lluvia de cuchillos seguía cayendo alrededor de ella sin tocarla. La mujer caminaba hacia el centro, donde la plaza ya no tenía nada que la pudiera detener. Cuando llegó a la fuente, se detuvo, levantó la cabeza al cielo y, con una voz grave y dolorosa, susurró: "¿Por qué me abandonaste?"

En ese momento, el viento se detuvo por completo, y la lluvia de cuchillos cesó. La mujer se giró hacia la multitud, con los ojos vacíos, como si mirara a través de ellos, y en ese instante, la ciudad quedó en silencio absoluto. La figura de Isabel comenzó a desvanecerse, como si fuera parte de la niebla, y su cuerpo se disolvió en el aire. Los cuchillos cayeron al suelo en una lluvia sorda y, finalmente, todo quedó en silencio.

La tormenta desapareció tan repentinamente como había llegado, pero los daños fueron irreparables. Las casas estaban destruidas, los cultivos arrasados y, lo peor de todo, muchas personas habían desaparecido sin dejar rastro. Nadie volvió a ver la figura de Isabel, y las lluvias de cuchillos nunca volvieron a caer. Sin embargo, la gente del pueblo nunca olvidó lo ocurrido esa noche. Las cicatrices de la tormenta eran visibles en sus cuerpos y en sus almas.

Con el paso de los años, la leyenda de la Lluvia de Cuchillos se convirtió en parte de la tradición local. Algunos dicen que la tormenta fue una manifestación de la ira de Isabel, que no pudo encontrar la paz debido a un amor perdido. Otros aseguran que fue una advertencia de algo mucho más oscuro, una señal de que los muertos que nunca fueron escuchados siempre regresan con una furia incontrolable. Sea como sea, la historia se mantiene viva entre los habitantes del pueblo, como un recordatorio de que algunas almas no descansan, y que la lluvia de cuchillos, aunque nunca volvió, aún persiste en los recuerdos de quienes sobrevivieron a aquella noche.

EL LADRÓN DE ALMAS

En una ciudad vieja, oscura y olvidada por el tiempo, existía una leyenda que susurraban las abuelas, una historia que los jóvenes apenas se atrevían a contar por miedo, y que los ancianos recordaban con un escalofrío que jamás lograban olvidar. Hablaban de un ser extraño y temido, conocido como El Ladrón de Almas. La historia comenzó hace más de cien años, en un barrio empobrecido de la ciudad, donde los sueños eran tan escasos como las esperanzas.

En esa época, había una joven llamada Elena, que vivía en una casa solitaria al borde del barrio. Elena había sido huérfana desde que era pequeña y había aprendido a valerse por sí misma, sin familia ni amigos cercanos. Su vida transcurría de forma rutinaria, trabajando durante el día y regresando sola a su hogar por la noche. Nadie sabía mucho de ella, salvo que parecía vivir una existencia tranquila, aunque marcada por una melancolía inquebrantable.

Una noche, mientras Elena regresaba a casa después de un largo día de trabajo, comenzó a notar algo extraño. Era un frío peculiar en el aire, como si la ciudad estuviera reteniendo la respiración. Las luces de las farolas parpadeaban débilmente, y un silencio espeso había reemplazado el bullicio habitual de la noche. Mientras caminaba por la calle desierta, sintió una sensación de ser observada, como si alguien estuviera siguiéndola a cada paso, aunque al voltear no veía nada.

Esa noche, Elena sintió una extraña pesadilla tomar forma en la realidad. Mientras avanzaba por el angosto callejón que la llevaba hacia su casa, escuchó un suave susurro proveniente de las sombras, una voz distante pero clara que pronunciaba su nombre: "Elena… Elena…". Su corazón se aceleró y apretó el paso, pero el eco de esa voz parecía rodearla, multiplicándose en cada rincón oscuro.

Sin embargo, no fue hasta que llegó a su puerta cuando vio algo que jamás olvidaría: una figura alta y delgada, con una capa oscura que parecía absorber la luz de la noche, se encontraba de pie en el umbral de su casa. Su rostro estaba oculto bajo una capucha, pero Elena pudo ver unos ojos brillantes y penetrantes que la observaban fijamente. No podía ver la expresión de su rostro, pero lo que vio en esos ojos la dejó paralizada: una mirada vacía, oscura, como si careciera de alma.

El extraño ser habló con una voz grave, casi imperceptible, pero que se clavó en la mente de Elena: "Tu alma es mía."

Confusa y aterrada, Elena intentó retroceder, pero en el momento en que lo hizo, el hombre levantó la mano lentamente, y una fuerza invisible la detuvo en seco, como si una cuerda invisible la atara. No podía moverse, ni gritar. Sus ojos estaban fijos en aquellos ojos vacíos, que comenzaron a brillar con más intensidad. Fue entonces cuando Elena comprendió la verdad.

Este ser no era un hombre común. Era el Ladrón de Almas, una entidad oscura que, según las leyendas, viajaba de ciudad en ciudad, de pueblo en pueblo, buscando a aquellos que, por alguna razón, sentían una tristeza profunda o una soledad insoportable. Aquellos cuya alma estaba vacía de esperanza, incapaces de encontrar un propósito o paz. El Ladrón de Almas venía a ellos y les ofrecía algo que nunca podían rechazar: la promesa de llenar ese vacío, de sanar ese dolor. Pero a un costo terrible: sus almas.

Con una risa silenciosa, el hombre se acercó más a Elena, y en ese momento ella sintió una presión en su pecho, como si su alma misma estuviera siendo extraída. Sus pensamientos comenzaron a nublarse, y el miedo se convirtió en desesperación. Era como si estuviera perdiendo su propia esencia, su ser.

Pero Elena, en un último esfuerzo desesperado por salvarse, recordó algo que su abuela le había dicho una vez: "Nunca aceptes lo que no puedas ver. No dejes que te roben lo más valioso". Con las pocas fuerzas que le quedaban, Elena gritó, no con la boca, sino con el alma, pidiendo auxilio, pidiendo que alguien, algo, la ayudara.

El Ladrón de Almas, al escuchar su grito, retrocedió un paso, como si algo lo hubiera tocado. Los ojos brillaron intensamente, pero luego comenzó a desvanecerse en las sombras, como si el mismo aire lo absorbiera. Elena cayó al suelo, agotada, con la sensación de haber estado al borde de la muerte, pero aún aferrada a su alma.

La mañana siguiente, el Ladrón de Almas desapareció, dejando solo la oscuridad de su paso. Elena, por su parte, se despertó en su cama, como si todo hubiera sido un sueño. Sin embargo, algo dentro de ella había cambiado. Ya no era la misma. Sentía que la oscuridad que había tocado su alma seguía persiguiéndola. Algo en su interior había quedado marcado, y por mucho que tratara de huir de su recuerdo, sentía la presencia del Ladrón acechando en cada rincón, esperando la oportunidad de robarle lo que aún quedaba de ella.

Los días pasaron, pero la sensación de ser observada nunca desapareció. Las personas del pueblo comenzaron a notar que Elena ya no era la misma. Había una frialdad en su mirada, una ausencia en su voz. Decía vivir, pero en realidad ya no lo hacía. Algunos aseguraban que en sus sueños, Elena veía aquella misma figura, siempre a lo lejos, observándola, esperando.

Y así, la leyenda del Ladrón de Almas continuó, de boca en boca, aterrando a aquellos que, como Elena, alguna vez sintieron la llamada de la oscuridad. Nadie sabía si el Ladrón había dejado algo en ella o si, de alguna manera, seguía acechando desde las sombras, esperando a que alguien más cayera en su trampa. Pero lo que sí sabían era esto: si alguna vez alguien sentía esa presencia, esa frialdad en el aire, era porque el Ladrón de Almas ya estaba cerca, y nunca dejaba a sus víctimas marchar sin haber tomado lo que vino a buscar.

EL HOMBRE DE LA CAPA NEGRA

En un pueblo lejano, oculto entre colinas y bosques densos, donde el viento parecía susurrar secretos olvidados, vivía una figura de la que nadie hablaba abiertamente. Un hombre cuyos pasos eran casi inaudibles, y cuya presencia no era bienvenida, pero cuya sombra se alargaba hasta los rincones más oscuros del pueblo. Se decía que El Hombre de la Capa Negra había estado allí durante generaciones, pero pocos se atrevían a hablar de él, y menos aún a enfrentarse a su mirada.

Los ancianos del pueblo recordaban historias de su infancia, cuando se contaba en susurros, con los ojos bien abiertos, que un hombre de rostro pálido y ojos oscuros como la noche recorría las calles en busca de víctimas. Siempre vestía con una capa negra, larga y arrugada por el paso del tiempo, que arrastraba por el suelo, como si estuviera en constante movimiento, más allá de lo humano. Nadie sabía cómo se veía su rostro, pues nadie había logrado verlo sin sucumbir a la oscuridad que lo rodeaba. Los pocos que habían intentado acercarse a él nunca regresaron, o lo hacían tan cambiados que ya no eran reconocibles.

La historia de El Hombre de la Capa Negra se hizo especialmente popular durante los meses de invierno. En esas noches largas y frías, cuando la niebla cubría el pueblo como un manto denso, él se paseaba por las plazas desiertas, por los oscuros pasajes entre las casas, siempre en silencio, como un espectro. Algunos decían haberlo visto en los bordes del bosque, observando a los cazadores o a los viajeros que osaban acercarse demasiado. Otros afirmaban que su presencia provocaba un aire frío y espeso, un mal presagio.

Fue una noche, en particular, cuando el temor alcanzó su punto álgido. Una joven llamada Alicia, que acababa de mudarse al pueblo, no conocía las historias que rodeaban a El Hombre de la Capa Negra. Intrigada por las miradas furtivas de los habitantes del lugar y los susurros en las tabernas, comenzó a investigar por su cuenta. Le dijeron que nunca debía salir después del anochecer, que debía mantener las puertas y ventanas cerradas, pero Alicia, decidida a no ser influenciada por supersticiones, no les hizo caso.

Una tarde de invierno, mientras la niebla cubría el pueblo y las calles parecían vacías, Alicia salió a caminar por el campo, buscando despejar su mente. La fría brisa le acariciaba la cara, pero su curiosidad la impulsó a seguir avanzando hacia el bosque que bordeaba el pueblo. Mientras caminaba, no pudo evitar sentir que algo la observaba. Un escalofrío recorrió su espalda, pero decidió ignorarlo, pensando que era solo el viento.

Fue entonces cuando, al dar la vuelta a un árbol, lo vio: El Hombre de la Capa Negra. Estaba parado entre los árboles, como si estuviera esperando. Su figura era alta y delgada, casi espectral, y su capa se movía como si tuviera vida propia. Alicia se detuvo en seco, el corazón se le aceleró y sus piernas temblaron, pero no podía apartar la mirada de aquella figura. Aunque la niebla dificultaba ver con claridad, no pudo evitar notar que la figura no tenía rostro. Sólo unos ojos vacíos, profundamente oscuros, que brillaban con una intensidad inexplicable.

El aire a su alrededor comenzó a enfriarse de manera alarmante, un frío penetrante que le hacía doler los huesos. El Hombre de la Capa Negra levantó lentamente la cabeza y sus ojos parecieron fijarse en Alicia, como si pudiera ver a través de ella, leer sus pensamientos más oscuros. El silencio que lo rodeaba era absoluto, como si el mundo hubiera dejado de existir por un momento. Sin embargo, a pesar de su parálisis, Alicia sintió un impulso inexplicable de dar un paso hacia él. Un miedo visceral la invadió, pero algo la mantenía quieta, hipnotizada por esos ojos vacíos.

Entonces, con un movimiento casi imperceptible, la figura comenzó a acercarse. Cada paso que daba resonaba en la mente de Alicia, como un golpe de tambor lejano. El viento comenzó a levantar la niebla, revelando un rostro que, aunque estaba cubierto por la sombra de la capa, parecía desprender una energía palpable de maldad pura. Los ojos, aquellos ojos oscuros como el abismo, nunca dejaban de mirarla. No necesitaba decir palabra alguna, porque Alicia ya sabía lo que iba a suceder. El hombre no iba a hablar, pero ella podía sentir cómo la oscuridad la envolvía.

En un acto desesperado, Alicia dio media vuelta y comenzó a correr, pero cada paso que daba parecía hacer que el aire se hiciera más denso, más pesado. La niebla la cegaba, y el sonido de sus propios pasos aumentaba en intensidad, como si la estuviera persiguiendo. El viento aullaba alrededor de ella, y cuando miró por encima de su hombro, vio al Hombre de la Capa Negra más cerca, caminando a un ritmo lento pero constante, sin esfuerzo, mientras la niebla seguía arremolinándose a su alrededor.

Alicia corrió con todas sus fuerzas hasta llegar a su casa, pero cuando abrió la puerta y se precipitó al interior, algo extraño ocurrió. El sonido de la puerta cerrándose con fuerza fue ensordecedor, pero entonces, cuando miró hacia atrás, vio que el hombre estaba dentro. Estaba parado en el umbral de la puerta, con su capa moviéndose lentamente como si estuviera hecha de sombras. Alicia sintió un escalofrío profundo, uno que recorría su columna vertebral con tal fuerza que casi le impedía respirar.

Los ojos vacíos del Hombre de la Capa Negra brillaban intensamente, y en ese momento, Alicia entendió que no era simplemente un ser de carne y hueso. Él era la personificación del miedo, de la muerte que acecha sin descanso. No importaba cuán rápido corriera o cuán lejos fuera, el Hombre de la Capa Negra siempre la encontraría.

Esa noche, Alicia desapareció, como tantas otras personas antes que ella. Nadie vio su cuerpo, nadie encontró rastros. Algunos decían que había sido arrastrada por la oscuridad misma, mientras que otros afirmaban que el Hombre de la Capa Negra la había reclamado para siempre, llevándola a un lugar donde ni la luz ni el tiempo podían alcanzarla.

Desde ese entonces, el hombre de la capa sigue vagando por los oscuros rincones del pueblo. Nadie se atreve a salir después de la caída de la noche. Y si alguna vez ves una figura sombría entre la niebla, con ojos vacíos que te observan desde la distancia, es mejor que huyas lo más rápido que puedas, porque el Hombre de la Capa Negra siempre está cerca, esperando a reclamar a su próxima víctima.

LA NIÑA DE LA LLUVIA

Cuentan que en un pequeño pueblo, rodeado de montañas y campos encharcados por las constantes lluvias, vivió una niña que nunca debía haber existido. Su nombre era Clara, pero nadie recordaba cuándo había llegado ni quién era realmente. Desde que tenía memoria, vivía sola, sin padres ni familiares, sin la más mínima conexión con el mundo exterior. La gente decía que la niña había llegado en una tormenta particularmente fuerte, una tormenta que nunca había cesado desde ese día.

Aquel pueblo, aunque pequeño, había vivido siempre bajo la sombra de esa tormenta interminable. Las lluvias no parecían tener fin. Durante años, las nubes oscuras colapsaban sobre ellos, bañando cada rincón con un agua fría que parecía helar hasta los huesos. Los habitantes del pueblo se acostumbraron a la lluvia constante, pero nunca lograron acostumbrarse a la presencia de Clara.

La niña vivía cerca del bosque, en una pequeña casa que, aunque siempre estaba vacía por dentro, parecía estar en buen estado. Nadie la veía salir, y sus pasos nunca se oían en las calles, pero todos sabían que ella estaba allí, en el corazón del pueblo, en las esquinas oscuras, siempre observando. De vez en cuando, alguien la veía parada a la orilla del río, su pequeña figura de cabello largo y oscuro, su rostro pálido y su vestido gris, todo empapado por la lluvia.

El pueblo estaba acostumbrado a vivir en silencio, pero cada vez que alguien se acercaba al río, sentían esa extraña sensación de ser observados. Algunos dijeron haberla visto mirándolos desde las sombras, pero al dar vuelta, ya no estaba allí. La niña siempre parecía estar más cerca de lo que uno podía imaginar, y sus ojos, siempre vacíos, parecían reflejar la tormenta misma.

Una noche, en particular, una tormenta aún más feroz se desató sobre el pueblo. Los truenos resonaban como gritos lejanos y los rayos iluminaban el cielo como si quisieran arrancar las tinieblas del mundo. Los habitantes se habían reunido en las tabernas, buscando refugio, cuando un hombre llamado Andrés, que regresaba de una visita a la ciudad, pasó por el río.

Al principio no vio nada extraño. La lluvia lo empapaba rápidamente, y el viento se llevaba las gotas con tal fuerza que apenas podía ver lo que tenía frente a él. Sin embargo, cuando sus pasos lo llevaron cerca de un viejo puente, algo le llamó la atención. En el borde, casi al final, estaba ella: La niña de la lluvia, como una sombra entre la niebla. De pie, inmóvil, mirando el agua que corría furiosa bajo el puente.

El hombre, sin pensarlo, se acercó lentamente. La figura de la niña parecía tan inofensiva que no pensó en los rumores del pueblo. Sin embargo, algo en sus ojos, o tal vez en su quietud, hizo que su piel se erizara. Clara no estaba empapada por la lluvia; su vestido, aunque mojado, no parecía moverse. Era como si la tormenta la evitara.

—¿Niña? —dijo Andrés, acercándose aún más, con la voz temblorosa.

No hubo respuesta, solo un leve estremecimiento en el aire, como si el viento mismo lo desafiara. La niña no giró su rostro, pero Andrés podía sentir que algo no estaba bien. Un profundo malestar se apoderó de él, pero algo dentro de él, una curiosidad inexplicable, lo impulsó a seguir adelante.

En ese momento, la niña, sin mover un músculo, comenzó a hablar, su voz un susurro que parecía mezclarse con el rugir de la tormenta.

—"Hace muchos años, me caí al agua...".

La frase heló la sangre de Andrés. La niña comenzó a hablar en fragmentos, casi sin aliento, como si estuviera reviviendo una historia que ni ella misma entendía completamente. "Hace muchos años, me caí al agua, y la tormenta me arrastró. No pude gritar...".

El hombre sintió una presión en el pecho. La sensación de estar observado se intensificó. El aire, antes frío, comenzó a sentirse pesado, como si la tormenta estuviera misma aumentando su furia. Andrés dio un paso atrás, pero antes de poder reaccionar, Clara dio un giro brusco. Su rostro, que hasta entonces permanecía inexpresivo, ahora mostraba una expresión vacía, aterradora. Sus ojos, grandes y sin pupilas, reflejaban la tormenta misma, como dos pozos de oscuridad infinita.

"Ahora vengo por ti...", susurró la niña, sus labios apenas moviéndose.

El hombre intentó dar un paso atrás, pero algo lo detenía. No podía moverse. La niña avanzó lentamente, caminando sobre el agua, que ya no parecía mojarla. La tormenta se intensificó, con el viento como un rugido salvaje. Andrés no sabía qué estaba ocurriendo, solo que la niña se estaba acercando y sus ojos no dejaban de mirarlo, como si ya hubiera quedado atrapado en una red invisible.

De repente, un rayo iluminó el cielo, y cuando la luz desapareció, la niña ya no estaba allí. El silencio fue absoluto. La tormenta se desvaneció tan rápidamente como había llegado, y el aire parecía menos denso. Sin embargo, Andrés sentía algo frío y húmedo sobre su hombro. Giró la cabeza, y al mirar en la dirección del río, vio la figura de la niña. Ahora estaba a su lado, mirándolo con esos ojos vacíos, que parecían atravesarlo.

"Nunca saldrás de aquí...", susurró, antes de que todo se sumiera en la oscuridad.

El pueblo nunca volvió a ver a Andrés. Nadie oyó sus gritos, ni encontró su cuerpo. Sólo se vio, al día siguiente, un rastro de agua y barro que conducía hasta la orilla del río, donde las olas parecían llevarse todo a su paso, como si la tormenta nunca hubiera cesado. Los más viejos del pueblo afirmaron que Andrés había sido reclamado por la niña de la lluvia, y que, ahora, cada vez que llueve fuertemente, su alma se suma a la tormenta, vagando junto a Clara, buscando a la próxima víctima.

Desde entonces, la leyenda de la niña de la lluvia ha sido contada de generación en generación. Se dice que si alguna vez te encuentras cerca del río en una noche lluviosa, debes huir sin mirar atrás, porque la niña sigue esperando, con los ojos vacíos, para reclamar a los desprevenidos que se atrevan a acercarse demasiado.

EL ÚLTIMO TREN

En una pequeña ciudad olvidada por el tiempo, entre colinas y oscuridad, había una estación de tren que había quedado en desuso durante décadas. La estación, conocida por todos como "Estación del Olvido", había sido construida en el siglo XIX y, aunque en sus primeros años fue testigo de la vida y el bullicio, había quedado cerrada después de la llegada de una nueva línea de tren más moderna. Pocos se aventuraban cerca de la vieja estación, y menos aún, de los viejos raíles que yacían oxidados y cubiertos por las hierbas. Nadie quería recordar aquel lugar, salvo una historia que susurraban los más ancianos.

La leyenda hablaba de El Último Tren, un tren que solo aparecía en noches muy oscuras, cuando la niebla se levantaba sobre el valle y el viento susurraba a través de los árboles. Decían que aquel tren no era normal. Nadie sabía de dónde venía ni adónde iba. Solo aparecía a la medianoche, en una hora que ya no era parte del día, y desaparecía al primer rayo de sol. Algunos decían que era un tren de sombras, una construcción fantasmagórica que transportaba no a los vivos, sino a las almas perdidas.

Carlos, un joven curioso y amante de las historias oscuras, había escuchado hablar del Último Tren muchas veces. No creía en supersticiones, pero algo dentro de él le susurraba que había algo misterioso en aquella leyenda. Así que, una fría noche de invierno, armado con una linterna y su determinación, decidió aventurarse hasta la estación olvidada para investigar por sí mismo.

Esa noche, la niebla era espesa, casi tangible, y la estación estaba más desolada que nunca. Carlos caminó por el andén, sus pasos resonando en el silencio absoluto. El aire estaba pesado, y el crujir de las viejas estructuras de madera le daban un aire inquietante. Avanzó lentamente, con la linterna iluminando solo una fracción de la oscuridad, cuando de repente escuchó un ruido distante: el silbido bajo y grave de un tren. Al principio pensó que era su imaginación, pero entonces el sonido se hizo más fuerte, más cercano, y el suelo empezó a temblar.

El sonido de las ruedas chirriantes se escuchaba a lo lejos, acercándose rápidamente. En el aire, una especie de electricidad parecía cargar la atmósfera, y las sombras parecían moverse al compás del tren que venía hacia él. Carlos, paralizado, no pudo evitar girar la cabeza hacia las vías. Lo que vio lo dejó sin aliento.

A través de la niebla, emergió un tren oscuro, como de otro tiempo. Sus vagones eran antiguos, con ventanas manchadas y opacas. Las luces de la estación parpadearon antes de apagarse por completo, dejando solo la luz de la linterna de Carlos y las vacilantes luces del tren, que parecía no tener fin. El sonido de las ruedas de hierro resonaba como un lamento, y una fría brisa soplaba desde el tren hacia la estación, helando el aire alrededor de Carlos. La niebla se espesó aún más.

Al principio, Carlos pensó que debía ser una broma. Tal vez un grupo de personas estaba jugando con él, recreando alguna historia antigua. Pero no veía a nadie. No había ningún sonido humano, ni voces, solo el fuerte y grave ruido de aquel tren fantasmagórico. Al acercarse, vio algo aún más perturbador: el tren no se detenía en la estación. Pasaba de largo, sin disminuir la velocidad, pero en su interior, entre las ventanas empañadas, Carlos alcanzó a distinguir figuras oscuras y sombrías que se asomaban, mirando fijamente hacia él.

El tren siguió su marcha sin freno, pero antes de que pudiera desaparecer completamente en la niebla, Carlos sintió una extraña necesidad de subir a bordo. Como si algo lo llamara, como si algo dentro de él supiera que debía entrar. Con el corazón acelerado, sin entender por qué, se apresuró hacia la puerta del tren, que, contra todo sentido, parecía estar abierta, invitándolo a abordar.

Subió, sin dudar, y tan pronto como puso un pie dentro, la puerta se cerró de golpe tras él, como si algo invisible lo hubiera empujado hacia dentro. El aire se volvió más denso y frío, y las luces, de un tono enfermizo, iluminaban el interior de los vagones. El tren avanzaba rápidamente, pero no parecía moverse de verdad. Las ventanas mostraban solo una oscuridad absoluta, como si nunca fuera a llegar a ningún lugar.

Carlos se dio cuenta de que no estaba solo. Al fondo del vagón, unas figuras sombrías se movían lentamente, pero no parecían humanas. No tenían forma definida, solo una presencia inquietante, como sombras que se alargaban y se retorcían, de una manera antinatural. Intentó hablarles, pero no podía emitir sonido alguno. Era como si la voz le hubiera sido arrebatada.

De repente, una risa macabra se escuchó en el vagón. No una risa de alegría, sino una risa horrible, vacía, como si viniera del mismo tren. Era una risa que no pertenecía a ninguna persona viva, sino a algo más oscuro, algo que había sido arrastrado por las ruedas de aquel tren infernal. Carlos sintió cómo la presión en su pecho aumentaba, como si el aire se hiciera cada vez más pesado.

Cuando miró hacia el frente del vagón, pudo ver una figura al final, una figura humana, vestida con ropas oscuras y su rostro cubierto por una capucha. La figura no hacía nada, solo lo observaba, y cada vez que sus ojos se encontraban, Carlos sentía cómo el miedo lo paralizaba. El rostro bajo la capucha no mostraba emociones, solo una quietud inquietante.

Finalmente, el tren se detuvo. El vagón quedó sumido en un silencio absoluto, y las figuras en el interior desaparecieron. Carlos, aliviado, intentó salir, pero la puerta no se abría. De repente, una voz, grave y distorsionada, se escuchó en sus oídos:

—"Este tren nunca termina. Solo aquellos que se suben a él pueden escapar."

Carlos intentó gritar, pero su voz se ahogó en el aire, y las sombras lo rodearon una vez más. Sintió cómo algo frío y lejano lo arrastraba, alejándolo de la realidad. El tren comenzó a moverse de nuevo, adentrándose en la oscuridad, hacia un destino que no podía comprender.

A la mañana siguiente, los habitantes de la ciudad encontraron la estación desierta, como siempre. Pero alguien más se encontraba allí: Carlos, pálido, tembloroso, con los ojos completamente vacíos. Nadie jamás volvió a escuchar su voz, y su historia se sumó al misterio del Último Tren. Desde ese día, aquellos que se aventuran cerca de la estación dicen que, en las noches de niebla, pueden oír el lejano silbido del tren, acompañado de una risa que no pertenece a este mundo.

EL ESPECTRO DEL BOSQUE

En las profundidades de un denso y oscuro bosque, alejado de la civilización, existía un lugar conocido por todos los lugareños como El Bosque de la Sombra. No era un lugar al que se fuera por diversión, ni siquiera para cazar o pescar. Las leyendas que rondaban el pueblo eran tan aterradoras que los más valientes preferían rodearlo, tomando caminos más largos y evitando cualquier acercamiento. Nadie se atrevía a entrar, especialmente después del anochecer, cuando la bruma se levantaba de entre los árboles, cubriendo todo con una capa de misterio y terror.

Decían que en el centro de ese bosque vivía El Espectro del Bosque, una presencia oscura que cazaba a aquellos que se adentraban demasiado en su dominio. Los pocos que habían tenido la osadía de cruzar los límites del bosque en busca de aventuras nunca regresaron. Los relatos variaban, pero todos coincidían en un mismo punto: quien encontraba al espectro, encontraba una muerte horrible y lenta, marcada por el miedo, la desesperación y la sensación de estar siendo observado por unos ojos invisibles.

Un día, un grupo de jóvenes, animados por las historias que tanto intrigaban a los más osados, decidieron adentrarse en el Bosque de la Sombra. Entre ellos se encontraba Sofía, una joven que había crecido escuchando esas historias, pero que siempre había considerado que eran solo leyendas. Había oído hablar de aquellos que habían desaparecido, pero pensaba que todo era fruto de la superstición. Estaba decidida a demostrar a sus amigos que nada de eso era real.

La mañana en que decidieron adentrarse en el bosque, el cielo estaba gris y las nubes se acumulaban lentamente, como si la naturaleza misma supiera lo que estaba por ocurrir. Sofía y su grupo caminaron durante horas entre los árboles, rodeados de un silencio inquietante. No era un silencio común, era un silencio opresivo, denso, como si el propio bosque estuviera conteniendo la respiración. A medida que avanzaban, la luz del sol se hacía cada vez más débil, y la niebla comenzaba a ascender desde el suelo, envolviendo todo a su alrededor.

Pronto, la atmósfera comenzó a cambiar. Los árboles, aunque cubiertos de musgo y líquenes, parecían tener una forma extraña, como si estuvieran mirando a los jóvenes con ojos que se perdían en la oscuridad. Los sonidos de la naturaleza, que normalmente llenaban el aire, comenzaron a desvanecerse, y un escalofrío recorrió sus cuerpos. Cada paso que daban parecía resonar en el vacío, como si el propio suelo no quisiera permitirles avanzar.

Cuando llegaron al corazón del bosque, la niebla se había vuelto tan densa que apenas podían verse los unos a los otros. Fue entonces cuando Sofía escuchó algo. Al principio, pensó que era el viento, o tal vez algún animal, pero luego lo escuchó de nuevo. Un susurro bajo, un murmullo casi imperceptible, pero claramente dirigido hacia ella. La voz parecía provenir de todas partes, y al mismo tiempo, de ninguna.

"Vuelvan..."

Era una advertencia. Sofía miró a sus amigos, pero ellos no parecían haberlo oído. "¿Lo escucharon?" preguntó, su voz temblorosa, pero ninguno respondió. El grupo comenzó a caminar con más rapidez, aunque una sensación extraña se apoderó de ellos. La niebla aumentó en espesor, y pronto, las sombras de los árboles parecían alargarse hacia ellos, como si los rodearan. Cada crujido en la madera, cada ramita quebrándose bajo sus pies, parecía provenir de algo más grande que simplemente el bosque.

Fue en ese momento que la figura apareció.

Primero, fue solo un movimiento en la niebla, un susurro de movimiento, algo que no encajaba con la quietud del lugar. Luego, lo vieron: una figura humana, alta y delgada, con una capa que se arrastraba por el suelo como si fuera parte de la oscuridad misma. Su rostro estaba cubierto por una máscara blanca, pero no era una máscara normal. No tenía rasgos, solo una superficie suave, pálida, casi viscosa. Los ojos, si es que los había, estaban ocultos bajo la sombra de la capucha que llevaba. La figura estaba quieta, observándolos.

El aire se volvió denso y frío, y Sofía sintió un nudo en el estómago. Algo no estaba bien. El grupo comenzó a retroceder lentamente, pero la figura no se movió. El susurro volvió, esta vez más fuerte, más claro.

"¿Por qué vinieron?..."

La voz era más que un sonido. Era un peso, una presión sobre sus mentes. Sofía sintió cómo su corazón se aceleraba, cómo sus piernas se volvían pesadas, como si algo invisible intentara atraparlas. Sin embargo, su curiosidad la empujó a dar un paso hacia adelante. Quería ver quién o qué era esa figura, y a pesar del miedo, no podía apartar la vista de ella.

De repente, la figura se movió. No caminó, sino que se deslizó por el aire, desplazándose como si fuera una sombra fluida. En un parpadeo, apareció delante de ellos, bloqueándoles el camino. "No deben estar aquí", susurró, y aunque su boca no se movió, las palabras resonaron en sus mentes. Sofía sintió que la tierra bajo sus pies temblaba. Una presión invisible comenzó a apoderarse de su pecho, y la niebla a su alrededor se tornó espesa como una niebla de otro mundo.

La figura levantó un brazo, y en un movimiento lento, deshizo la niebla a su alrededor, revelando lo que parecía ser una puerta oscura en el aire, una abertura que no pertenecía a ese mundo. Una grieta en la realidad misma.

Sofía intentó gritar, pero su voz se apagó en su garganta. Al igual que sus amigos, comenzó a retroceder, sin poder moverse, como si algo invisible la estuviera atrapando. Fue entonces cuando vio algo aún más horrible. Las sombras de los árboles se movían, estirándose hacia ellos, tomando formas humanoides, como si el propio bosque estuviera cobrando vida para apresarlos.

Los jóvenes intentaron huir, pero la figura del espectro los siguió, deslizándose detrás de ellos, cada vez más cerca, como una sombra que no podía ser vencida. La puerta oscura comenzó a tragarse la niebla, y con ella, los árboles y el suelo bajo sus pies, hasta que todo se convirtió en un vacío infinito.

Sofía fue la última en ver la luz del día, antes de que la oscuridad del bosque la envolviera por completo.

Cuando la policía llegó al bosque días después, no encontraron rastro alguno del grupo. Solo hallaron sus pertenencias dispersas por el suelo, sin explicación. Nadie se atrevió a entrar de nuevo en el Bosque de la Sombra. Y aquellos que pasaban cerca de él, en las noches más oscuras, decían que podían escuchar susurros entre los árboles, y ver una figura encapuchada que observaba desde la niebla, esperando a los próximos incautos que osaran desafiar el Espectro del Bosque.

EL VAGABUNDO DE LA CALLE OSCURA

En una ciudad que nunca dormía, donde las luces de los edificios iluminaban la noche, y los coches pasaban a toda velocidad por las avenidas principales, existía una calle que estaba completamente olvidada por todos. Era una calle estrecha, desierta, sin más que edificios antiguos que parecían a punto de caer. Nadie quería caminar por allí, ni de día ni de noche, pues los rumores sobre esa zona eran más que suficientes para mantener alejados a los curiosos. La llamaban La Calle Oscura. Un lugar tan sombrío que hasta la luz del sol parecía evitarlo, como si algún poder maligno lo envolviera.

Los habitantes del vecindario aseguraban que esa calle estaba maldita, y aunque nadie podía explicar con certeza por qué, había historias de extraños sucesos que ocurrían allí. Decían que el aire en esa calle era diferente, que se sentía más denso, pesado, y que, si uno no tenía cuidado, las sombras parecían moverse por sí solas. Pero lo más aterrador de todo era El Vagabundo de la Calle Oscura.

Este hombre, al que algunos llamaban El Hombre del Sombrero o simplemente El Vagabundo, no tenía un nombre conocido. Nadie sabía quién era ni de dónde venía. Lo único que se sabía era que aparecía en esa calle a todas horas, sin importar el clima ni la hora del día. Algunos decían que había sido un hombre que había perdido la razón tras vivir en las calles durante muchos años, otros afirmaban que era una presencia más oscura, un ser condenado a caminar eternamente por ese lugar. Sin embargo, todos coincidían en algo: nadie debía acercarse a él.

El vagabundo se presentaba como una figura encorvada, con una capa raída y sucia que arrastraba por el suelo. Su rostro, cubierto en gran parte por el ala de un sombrero negro de ala ancha, apenas era visible, pero aquellos que lograban ver algo de su rostro decían que sus ojos eran profundamente oscuros, vacíos, como pozos sin fondo. Y había algo en su mirada que hacía que el corazón de cualquiera se detuviera por un instante. No era sólo la frialdad en sus ojos, sino la sensación de que él te veía. Te veía como si pudiera penetrar tu alma, como si supiera tus más oscuros secretos.

Aunque la mayoría evitaba la calle, algunos desprevenidos que se atrevían a cruzarla, ya fuera por accidente o por la necesidad de llegar a algún destino, aseguraban haberlo visto de lejos. Pero al acercarse, el vagabundo nunca estaba exactamente en el mismo lugar. Cuando alguien intentaba hablarle, el vagabundo solo se limitaba a mirar, sin mover un músculo. Algunos valientes intentaron preguntarle por direcciones o pedirle ayuda, pero el vagabundo nunca respondía. Simplemente los observaba con esa mirada que helaba la sangre, como si los estuviera evaluando, esperando algo.

Había una historia que circulaba entre los pocos que se atrevían a contarla. Un hombre, nuevo en la ciudad, caminaba por la calle a altas horas de la noche, después de un largo día de trabajo. La ciudad estaba extrañamente vacía esa noche, y el frío era más penetrante que de costumbre. Como era de esperar, se encontró con la calle oscura. No vio razón para evitarla, ya que pensó que solo era una calle más. Sin embargo, en el momento en que puso un pie en ella, el aire a su alrededor pareció volverse más pesado, más frío. Sintió un escalofrío recorriéndole la espalda. A lo lejos, vio una figura que se movía lentamente. El vagabundo. Estaba allí, de pie, en la esquina de la calle, su sombrero cubriendo gran parte de su rostro.

El hombre intentó ignorarlo y siguió caminando, apurando el paso. Pero conforme se acercaba al vagabundo, algo extraño ocurrió. El ambiente parecía volverse más oscuro, como si la calle misma estuviera absorbiendo la luz que emanaba de los faroles cercanos. Un murmullo, como un susurro lejano, comenzó a llenar el aire, pero no venía de ninguna parte. Era la voz del vagabundo, o al menos eso parecía. El hombre intentó girarse, pero las piernas le pesaban. Sintió que algo invisible lo estaba atrapando. Cuando logró volverse, se encontró con los ojos vacíos del vagabundo mirándolo fijamente. En ese momento, algo en su interior cambió.

Los ojos del vagabundo parecían no solo observarlo, sino penetrarlo. Era como si pudiera ver lo más profundo de su ser, como si le estuviera arrancando sus recuerdos, sus miedos más oscuros. El hombre intentó gritar, pero su voz no salía. Algo lo estaba asfixiando. De repente, el vagabundo levantó una mano, señalando al frente, hacia la oscuridad de la calle. El hombre, como poseído, dio un paso hacia adelante, sin poder evitarlo. No importaba cuántos intentos hacía por detenerse, su cuerpo lo arrastraba.

Lo último que vio el hombre antes de sucumbir fue una figura que surgió de la misma oscuridad que lo rodeaba. Un ser, con una sonrisa macabra y ojos rojos brillando en la penumbra, que parecía moverse como las sombras mismas. El hombre cayó al suelo, pero en el momento en que sus ojos se cerraron, vio una última cosa: la figura del vagabundo sonreía.

A la mañana siguiente, cuando la policía recorrió la calle, encontraron una sombra extraña que se proyectaba en la pared de un edificio cercano, una sombra que parecía humana, pero a la vez no lo era. Nadie más vio al vagabundo, pero aquellos que pasaron por la calle esa mañana juraron haber escuchado un susurro en el aire, como una risa lejanas que no era humana. Desde entonces, la calle quedó más desierta que nunca. Nadie se atreve a caminar por allí, pues el miedo de encontrarse con El Vagabundo de la Calle Oscura es más real que nunca.

Y, aún hoy, algunos aseguran que en las noches sin luna, si te atreves a pasar por esa calle, puedes verlo de pie, esperando a los próximos que se atrevan a cruzar su camino. Y cuando te miras al espejo, puede que te encuentres a ti mismo reflejado en sus ojos.

LA VOZ DEL CEMENTERIO

En un pequeño pueblo rodeado por colinas y bosques frondosos, existía un viejo cementerio que había estado allí durante generaciones. Nadie recordaba con certeza quién lo había fundado, ni siquiera los más ancianos del pueblo podían dar una respuesta clara. Lo que sí sabían todos, sin embargo, era que ese cementerio, en particular, tenía una extraña y siniestra reputación. No era un lugar como los demás. Desde que se erigió en tiempos remotos, se decía que algo oscuro y malévolo se escondía en su interior, y cada uno de los habitantes del pueblo tenía alguna historia espeluznante que contar al respecto.

Los más osados se aventuraban a ir al cementerio en las noches de luna llena, creyendo que los rumores sobre ruidos extraños, luces inexplicables y sombras fugaces eran simplemente supersticiones sin fundamento. Pero había una leyenda que todos conocían, una leyenda que hacía que incluso los más valientes se estremecieran al hablar de ella: la Voz del Cementerio.

La historia comenzó hace muchos años, cuando una joven llamada Amelia, conocida por su curiosidad y su afán por explorar lo desconocido, se vio intrigada por el misterio que envolvía al cementerio. Todos en el pueblo decían que de noche se escuchaba una voz proveniente de las tumbas, una voz que susurraba en el viento y que se acercaba más y más cada vez que alguien osaba permanecer allí después del anochecer. La leyenda aseguraba que esa voz no pertenecía a ningún ser humano, sino a un espíritu atrapado entre los vivos y los muertos, esperando ser liberado.

Amelia, escéptica y deseosa de demostrar que esas historias no eran más que invenciones, decidió pasar la noche en el cementerio. Se armó de valor, se despidió de su familia y, al caer la noche, se adentró en el antiguo campo santo. Con una linterna en mano, caminó entre las tumbas cubiertas de musgo y las lápidas desgastadas, sus pasos resonando en el silencio de la madrugada.

La atmósfera en el cementerio era opresiva, el aire denso y frío, como si la tierra misma estuviera viva, respirando. Amelia, sin embargo, continuó su camino, riendo para sí misma de los temores infundados de los aldeanos. Se sentó en una de las viejas tumbas, esperando que el paso de las horas le diera la oportunidad de descubrir la verdad detrás de las leyendas. Estaba decidida a demostrar que nada sobrenatural ocurría allí, que todo lo que decían los demás era solo producto de la imaginación.

Pero mientras la noche avanzaba, una sensación extraña comenzó a envolverla. A medida que el reloj marcaba la medianoche, un frío aún más intenso comenzó a calar sus huesos. La linterna parpadeó y luego se apagó. Amelia, algo nerviosa, intentó encenderla nuevamente, pero la llama no volvía a encenderse. En la oscuridad absoluta, el silencio del cementerio se volvió aún más pesado. Fue entonces cuando lo escuchó.

Primero, un susurro lejano, casi inaudible. Amelia, pensó que tal vez era el viento, o algún animal nocturno. Pero luego, el susurro se hizo más claro. "Ayúdame..." La voz era suave, casi como un suspiro, pero también llena de desesperación, como si la persona que hablaba estuviera atrapada en algún lugar, pidiendo ayuda. El sonido parecía provenir de las tumbas cercanas, y cada vez se acercaba más.

Amelia, aterrada, se levantó de un salto, buscando alguna explicación lógica. Miró alrededor, pero no había nada visible. Sin embargo, el sonido persistía, y en un parpadeo, se dio cuenta de que ya no estaba sola. La voz, ahora más fuerte y clara, la llamaba por su nombre.

"Amelia... Amelia..."

Con el corazón latiendo desbocado, intentó correr, pero sus piernas parecían no responder. La voz estaba cerca, muy cerca, resonando en su mente. Se tapó los oídos, pero no sirvió de nada. La voz seguía allí, como una presencia constante, como si la estuviera rodeando. En su desesperación, Amelia miró hacia una tumba cercana, y allí, entre las sombras, vio una figura sombría.

Una silueta oscura, imprecisa, pero con una forma humana. "Ayúdame... libera mi alma..." La voz susurró nuevamente, pero esta vez con una intensidad tal que Amelia sintió como si las palabras atravesaran su cuerpo.

Con el miedo apoderándose de ella, corrió hacia la salida, tropezando entre las tumbas, pero la voz la seguía, más fuerte, como si estuviera justo detrás de ella. El sonido la perseguía, la acosaba, como si no pudiera escapar de él.

Finalmente, al borde de la desesperación, Amelia logró alcanzar la puerta del cementerio, con el aire denso y pesado sobre su pecho. Apenas podía respirar. Miró hacia atrás, y en el último segundo, vio la figura sombría acercándose, como una sombra que no se disipa. La voz, ahora un grito desesperado, llenó sus oídos con una fuerza sobrenatural: "¡No te vayas! ¡No me dejes aquí!"

Con un último esfuerzo, Amelia cruzó el umbral del cementerio, y en ese preciso momento, la voz cesó. El aire volvió a ser más liviano, y la figura desapareció entre las sombras. Exhausta, con el cuerpo tembloroso por el terror vivido, Amelia se dio cuenta de que algo había cambiado en ella. Sabía que nunca podría olvidar la voz, ni la sombra que la había perseguido aquella noche.

A la mañana siguiente, el pueblo entero se enteró de lo sucedido. Nadie volvió a ver a Amelia como antes. Nadie volvió a verla entrar al cementerio, ni a acercarse siquiera a su entrada. Las leyendas sobre la Voz del Cementerio cobraron aún más fuerza después de aquella noche, pues aquellos que se aventuraron a entrar en el campo santo a partir de ese momento afirmaban haber escuchado la misma voz, la misma súplica.

"Ayúdame... Ayúdame..."

Años más tarde, cuando las generaciones del pueblo seguían contando historias de la Voz del Cementerio, alguien más intentó desafiar la leyenda. Pero nunca regresó. El viento seguía susurrando entre las tumbas, y algunos juraban que aún se podía escuchar aquella voz, llamando a aquellos valientes que se atrevieran a cruzar el umbral, buscando liberar un alma que, por algún motivo, permanecía atrapada en las sombras del cementerio.

LA SOMBRA EN EL CUARTO

Desde pequeña, Carolina había vivido en la misma casa antigua, una casa grande y de techos altos que siempre parecía estar llena de murmullos, como si las paredes guardaran secretos que nunca se atrevían a contar. La casa era un legado familiar, una herencia que había pasado de generación en generación. Aunque siempre había habido historias extrañas entre sus paredes, nadie las tomaba demasiado en serio. Los viejos cuentos sobre la casa, esos que su abuela le había contado durante la infancia, parecían pertenecer al reino de las supersticiones. Después de todo, Carolina había vivido ahí toda su vida y nunca había experimentado nada que no pudiera explicar con lógica.

Sin embargo, cuando llegó a la adolescencia, las cosas comenzaron a cambiar. Fue una noche como cualquier otra. Después de cenar, Carolina subió a su cuarto, como de costumbre, para estudiar antes de dormir. El cuarto era su refugio personal, un espacio donde se sentía segura, pero esa noche algo era diferente. No sabía exactamente qué, pero algo en el aire le provocaba una extraña inquietud. Pensó que era solo el cansancio o quizás la mezcla de emociones que siempre la acompañaban en esa etapa de su vida, pero algo en el ambiente la hacía sentir incómoda. Tal vez la luz de la lámpara, que parpadeaba ligeramente, o el eco de las sombras en la esquina de la habitación. Lo cierto es que ese día, por primera vez, algo parecía no estar bien.

Mientras estudiaba, la sensación de ser observada creció. Al principio pensó que era su imaginación, pero de repente, la sensación se volvió tan intensa que no pudo ignorarla. Se levantó de su escritorio y miró alrededor, el cuarto estaba en silencio. Las cortinas se movían suavemente con la brisa que entraba por la ventana entreabierta, y el sonido del viento en las ramas de los árboles del jardín creaba una atmósfera inquietante, pero nada parecía fuera de lugar. Carolina se dijo a sí misma que estaba exagerando, y volvió a su lugar.

Pero en ese instante, vio algo en el espejo de la pared. Un movimiento sutil, una sombra que no debería estar ahí. Pensó que había sido un reflejo, tal vez de una rama moviéndose en el exterior, pero la sombra no desapareció. Permaneció allí, quieta y oscura, al borde de su visión. Desvió la mirada, pero cuando volvió a mirar, la sombra seguía allí, inmóvil. Su corazón comenzó a latir más rápido, y un escalofrío recorrió su espalda. La sombra no tenía forma clara, no parecía de ninguna figura familiar. Era simplemente una mancha oscura que se alargaba por la pared, una forma que no se ajustaba a nada en la habitación.

Al principio pensó que estaba cansada o tal vez delirando, pero cuando la sombra comenzó a moverse, su estómago se retorció. La figura se deslizó lentamente desde el borde del espejo hasta el suelo, extendiéndose como si fuera líquida, pero nunca tocaba el suelo. Parecía flotar, una masa oscura y amorfa que se deslizaba hacia el centro de la habitación. Carolina no podía apartar la vista, estaba paralizada por el miedo. La sombra no tenía contornos definidos, como si fuera una presencia sin forma, algo extraño y antinatural.

De repente, la temperatura de la habitación descendió bruscamente, y Carolina sintió cómo el aire se volvía denso, pesado. Su respiración se hizo más agitada, y por un momento, creyó que sus piernas no iban a responder. Entonces, la sombra se alzó, se deshizo de su forma fluida y se tomó una figura definida: una figura humana, alta y oscura, con una silueta que parecía estar envuelta en la penumbra más absoluta. No podía ver los detalles de su rostro, pero los ojos, o lo que parecían ser los ojos, brillaban con una luz cegadora. No era un resplandor normal; eran ojos de una oscuridad profunda, como si no pertenecieran a este mundo.

Carolina intentó gritar, pero no pudo. Su garganta estaba cerrada, el terror la había paralizado. La figura comenzó a acercarse lentamente, sus pasos eran silenciosos, pero a la vez pesados, como si el aire mismo se apretara con cada movimiento. Los ojos brillaban intensamente mientras se acercaba, y Carolina pudo escuchar su respiración, aunque la figura no emitía ningún sonido. Solo una sensación de frío extremo que envolvía todo el cuarto.

La figura se detuvo a unos metros de ella, justo en el centro de la habitación, y permaneció allí observándola, como si esperara algo. Carolina sentía cómo su cuerpo se llenaba de una sensación de impotencia total, como si su voluntad estuviera siendo absorbida por la presencia frente a ella. La sombra no hablaba, no hacía gestos, pero su mera presencia le robaba el aliento.

De repente, como si lo que había estado esperando ocurriera en ese preciso momento, la figura comenzó a moverse hacia ella. Cada paso que daba la hacía sentir más atrapada, más encerrada en un espacio que ya no parecía ser su habitación. Cuando la sombra estuvo tan cerca que Carolina pudo sentir el aire frío que la rodeaba, la figura se inclinó hacia ella. La joven cerró los ojos, esperando lo peor.

En ese instante, el sonido de un fuerte golpe en la puerta la hizo abrir los ojos. La figura desapareció al instante, como si nunca hubiera estado allí. Carolina miró a su alrededor, su habitación estaba nuevamente en silencio. El aire pesado se disipó, la temperatura volvió a la normalidad. El sonido de la puerta golpeando en el pasillo seguía retumbando en su mente. Con un esfuerzo sobrehumano, logró levantarse y salir corriendo de la habitación.

Cuando llegó al pasillo, vio a su madre, quien, preocupada por el sonido de la puerta, la miraba fijamente. "¿Estás bien, hija?" le preguntó, notando la palidez de su rostro. Carolina no pudo articular palabra, solo asentó con la cabeza, sabiendo que algo terrible se había desvelado esa noche en su habitación. Algo que la seguiría por siempre.

Desde esa noche, Carolina nunca pudo volver a dormir tranquila en su cuarto. Aunque la sombra desapareció en esa ocasión, no era algo que pudiera olvidarse. Aquella presencia seguía acechando su mente, y a menudo, cuando se encontraba en la oscuridad, sentía que algo la observaba, esperando el momento en que se descuidara, para regresar.

Los años pasaron, pero Carolina nunca pudo encontrar una explicación para lo que ocurrió esa noche. Y lo peor de todo, es que cada vez que volvía a entrar en su cuarto, sentía, con una claridad espantosa, que la sombra no se había ido.

LA MANO DEL ESPEJO

Elena siempre había sido una persona racional, alguien que no creía en leyendas ni en lo sobrenatural. Había crecido en una familia que valoraba la lógica y la ciencia por encima de todo, y aunque su madre solía contarle historias extrañas cuando era pequeña, Elena siempre las había tomado como meros cuentos inventados. Pero todo eso cambió una noche de otoño, una noche que jamás olvidaría.

Era una noche fría, de esas en las que el aire parece cortar la piel. Elena se encontraba sola en su apartamento, como tantas otras veces. Había terminado de trabajar y, tras una ducha rápida, se preparaba para irse a la cama. El apartamento, en su mayoría desordenado, reflejaba su día ajetreado, pero nada que no pudiera arreglar al día siguiente. Con una taza de té caliente entre las manos, se acercó al espejo del baño para secarse el cabello.

Era un espejo grande, antiguo, con un marco de madera oscura que había pertenecido a su abuela. Elena lo había heredado después de su muerte, y aunque al principio le había dado un toque elegante al apartamento, ahora algo en él le parecía inquietante. Cada vez que pasaba por delante, una sensación extraña la invadía, como si algo la estuviera observando a través de la superficie reflectante. Pero, al ser una persona lógica, nunca prestó mucha atención a esas sensaciones. Solo una tontería, pensaba.

Esa noche, mientras se secaba el cabello frente al espejo, algo raro ocurrió. Primero, fue una sensación de frío que recorrió su espalda, pero lo ignoró. Luego, una leve presión en el aire, como si algo estuviera cambiando en la atmósfera. Elena frunció el ceño, intentando ignorar lo que sentía, pero en el fondo, algo dentro de ella comenzó a temer.

De repente, el aire se volvió aún más frío, y, por un momento, Elena dejó de moverse. Miró hacia el espejo y, por un instante, pensó haber visto algo extraño reflejado en él. No fue un sonido ni un movimiento físico, sino una presencia, algo fuera de lugar. A medida que miraba fijamente su propio reflejo, algo comenzó a cambiar.

Era como si el espejo no estuviera reflejando exactamente lo que ella veía. En lugar de su rostro, su reflejo parecía distorsionarse, como si se desvaneciera y fuera reemplazado por una sombra. Una sombra que se alargaba, que no encajaba con la figura de Elena. Su corazón latió más rápido y, con la vista fija en el espejo, vio cómo una mano comenzó a formarse en el reflejo. No era su mano. Era una mano extraña, pálida, con dedos largos y delgados que parecían extenderse hacia ella. La mano emergió del borde del espejo, como si tratara de salir de la superficie.

Elena se quedó paralizada, incapaz de moverse. La mano se acercaba lentamente, tocando el cristal con una delicadeza macabra. Los dedos, largos como tentáculos, comenzaron a acercarse a su rostro, y un sudor frío comenzó a empaparla. Intentó apartarse, pero su cuerpo no respondía, como si estuviera atrapada en una pesadilla. Solo podía mirar, aterrorizada, mientras la mano seguía extendiéndose más y más.

De repente, con un estremecedor crujido, la mano atravesó el cristal. No era un reflejo, no era una ilusión. Era real. Los dedos, fríos y huesudos, comenzaron a alargarse, atravesando la superficie del espejo, hasta que tocó su mejilla. El contacto helado la sacudió, y un grito se quedó atrapado en su garganta.

Desesperada, Elena dio un paso atrás, pero la mano siguió avanzando, rozando su piel. El dolor era insoportable, como si las yemas de los dedos atravesaran su carne. Con un esfuerzo supremo, logró moverse y empujó el espejo con fuerza. La mano, al principio tan firme, comenzó a retroceder, pero no sin antes dejar una sensación de quemazón en su piel, una marca que perduró incluso después de que la figura desapareciera por completo.

El espejo, que hasta entonces había sido una ventana a lo mundano, ahora reflejaba una oscuridad impenetrable. Elena, con el corazón desbocado, se alejó, temblando. El frío había desaparecido, pero la sensación de esa mano helada en su piel nunca se fue. Esa noche no pudo dormir. Cada vez que cerraba los ojos, veía esa mano alargada, acercándose a ella, como si estuviera esperando el momento perfecto para alcanzarla de nuevo.

A la mañana siguiente, intentó convencerse de que todo había sido producto de la fatiga. Quizá el cansancio y la oscuridad de la noche le habían jugado una mala pasada. Pero, al levantarse y mirar al espejo, vio que la marca en su mejilla, aquella quemadura helada, seguía allí. No era una ilusión, no era un sueño. Algo había sucedido, algo que no podía explicar.

Esa misma noche, Elena decidió llamar a una amiga, con la esperanza de que alguien pudiera ayudarla a entender lo que estaba ocurriendo. Le contó todo lo que había sucedido, sin omitir ningún detalle, y la amiga, sorprendida, le sugirió que tal vez el espejo tenía una historia detrás, algo que podría estar vinculado con la casa en la que vivía. Recordó que su abuela siempre había hablado de ese espejo, diciendo que "no era un simple objeto" y que su familia lo había tenido durante generaciones, pero nunca reveló el origen de su extraña energía.

Esa misma noche, mientras Elena se preparaba para dormir, una extraña sensación volvió a invadir su cuerpo. Una sensación de frío extremo la rodeaba, y el aire parecía volverse denso de nuevo. Con los ojos cerrados, trató de ignorarlo, pero entonces, de repente, oyó un suave susurro. Al abrir los ojos, vio el reflejo de la mano nuevamente. Esta vez, no era solo una mano. Había más: una figura delgada, difusa, una presencia que se desvanecía y aparecía a través del cristal, observándola desde dentro.

Elena nunca volvió a mirar el espejo. Lo rompió, lo rompió con todo lo que tenía. La pieza más grande quedó en el suelo, con los vidrios esparcidos por todo el cuarto. Pero la sensación de ser observada nunca desapareció. Cada vez que entraba al baño, sentía esa presencia. Cada vez que se miraba al espejo, algo en su reflejo no parecía estar bien.

La mano del espejo, aunque rota, nunca dejó de perseguirla. Y, en las noches más oscuras, cuando el silencio era absoluto, Elena aún podía sentir la fría presión de esos dedos sobre su piel.

EL ENTIERRO PREMATURO

Cecilia siempre había sido una mujer tranquila, sin demasiados sobresaltos en su vida. Nacida en un pequeño pueblo rodeado de campos, creció rodeada de historias que sus abuelos le contaban alrededor de la fogata, de esas que hablaban de espíritus vagabundos, de almas perdidas y de sucesos inexplicables. Pero ella nunca les prestó mucha atención. Para Cecilia, esas historias eran solo eso: historias. No creía en fantasmas ni en sucesos sobrenaturales. Hasta que un día, todo cambió.

Una tarde de verano, después de una jornada de trabajo en el hospital, Cecilia se encontraba en su casa descansando cuando recibió una llamada que cambiaría su vida para siempre. Era de una amiga suya, Ana, que vivía en la ciudad. Ana le contaba que su tía, una mujer de avanzada edad que había estado enferma durante algún tiempo, había fallecido esa mañana. A pesar de la pena que le causaba, Cecilia sintió que la noticia no la sorprendía. La tía de Ana había estado bastante mal, y su muerte era algo que, aunque triste, era esperado.

Lo que no esperaba Cecilia era la conversación que siguió. Ana, con una voz tensa y llena de miedo, le explicó que, durante el funeral, algo extraño había sucedido. Aseguró que el ataúd de su tía había sido sellado, y en el momento en que los familiares comenzaban a despedirse, la caja se había movido. Una sacudida tan fuerte que los presentes no supieron cómo explicarlo. Primero pensaron que podría haber sido una reacción de los fluidos corporales del cadáver, pero luego, algo más inquietante ocurrió. Desde dentro del ataúd, comenzaron a escucharse golpes, como si alguien estuviera intentando salir.

El pánico se apoderó de los presentes, y fue cuando el ataúd fue abierto para verificar qué estaba sucediendo que todos comprendieron el horror de la situación. La tía de Ana, que había sido declarada muerta horas antes, no estaba muerta en absoluto. Su rostro estaba pálido, pero no era una figura que perteneciera al reino de los muertos, no aún. Ella había sido enterrada viva.

Cecilia escuchaba con creciente incredulidad. Su amiga le contó que el ataúd fue inmediatamente retirado de la tumba, y los médicos acudieron de inmediato para tratar de revivir a la mujer, pero ya era demasiado tarde. La tía de Ana había muerto definitivamente, pero no sin antes haber vivido los últimos momentos de angustia y desesperación, atrapada en su propio ataúd, en la oscuridad, con el aire agotándose poco a poco mientras los minutos se convertían en horas.

Esa misma noche, Cecilia no pudo dejar de pensar en lo que le había contado su amiga. La imagen de alguien siendo enterrado vivo la perseguía. La idea de pasar esos momentos de terror, en completo aislamiento, sin poder hacer nada, comenzó a atormentarla. Se sentó en su cama, mirando al vacío, mientras su mente recorría las diferentes formas en las que ese suceso pudo haber ocurrido.

Pero lo más espeluznante de todo era que, de alguna manera, la historia le sonaba familiar. La sensación de haber oído algo parecido antes comenzó a crecer dentro de ella. Aquella historia de entierros prematuros no era nueva. En la época victoriana, cuando los avances médicos no podían garantizar con certeza que alguien estuviera muerto, muchos casos de entierros prematuros fueron reportados. Pero, ¿cómo podría ser posible que algo así ocurriera en tiempos modernos, con la tecnología y los conocimientos médicos que existían hoy en día?

Cecilia no podía dejar de pensar en la sensación de desesperación y miedo que habría sentido esa mujer en sus últimos momentos, atrapada bajo la tierra, esperando que alguien la escuchara. Y mientras esas ideas la envolvían, algo extraño ocurrió.

Esa misma noche, mientras trataba de dormir, escuchó un golpeteo suave, muy leve, viniendo desde debajo de su cama. Al principio, pensó que era el sonido de algún animal fuera de la casa o quizás algo que se movía con el viento. Pero el golpeteo se hizo más claro, más insistente, y comenzó a sonar como si algo estuviera intentando salir del suelo. El sonido aumentaba poco a poco, más fuerte, como si alguien estuviera golpeando algo metálico desde dentro de la tierra, pidiendo ayuda.

Cecilia se levantó de la cama, el corazón acelerado. Su respiración se hacía más entrecortada mientras sus ojos recorrían el cuarto en busca de una explicación. El sonido continuaba, y un escalofrío recorrió su espina dorsal. No era posible, no podía ser cierto, pensó. Pero, ¿y si lo fuera? ¿Y si algo... o alguien... estaba atrapado allí, justo bajo el suelo de su casa, como la tía de su amiga?

Con manos temblorosas, Cecilia bajó la lámpara del buró y se acercó lentamente al suelo. A medida que lo hacía, el golpeteo se hacía más claro, más cercano. No podía ignorarlo, no podía convencer a su mente de que era solo una pesadilla. Con un sudor frío en la frente, se agachó junto a la cama y comenzó a golpear ligeramente el suelo, esperando alguna respuesta.

El golpeteo cesó repentinamente, dejándola en un silencio absoluto. Cecilia, paralizada, escuchaba con atención, preguntándose si había sido su imaginación. Pero entonces, en el profundo silencio, oyó algo aún más aterrador: una suave respiración. Era tan suave que casi no se oía, pero estaba allí, como si algo o alguien estuviera observándola desde la oscuridad, esperando. La respiración se hacía más y más profunda, más desesperada, como si alguien intentara pedir ayuda desde debajo de la tierra.

El terror se apoderó de ella en ese instante, y sin pensarlo más, saltó hacia atrás, alejándose de la cama, con la sensación de que algo o alguien estaba justo debajo de ella, esperando. El aire se volvió denso, frío, y por un momento, Cecilia estuvo completamente inmóvil, incapaz de reaccionar. Finalmente, con una rapidez irracional, encendió todas las luces y, aterrada, se alejó del cuarto.

Esa noche, aunque su corazón palpitaba desbocado, no pudo dormir. Pasó horas observando el techo, esperando que el sonido o la presencia desaparecieran. Pero algo en su interior le decía que no sería la última vez que escucharía esos golpeteos, esos susurros. Y aunque trató de convencerse de que todo había sido una pesadilla, un pensamiento persistente se quedó con ella: ¿y si había algo o alguien atrapado en el suelo, como aquella mujer, esperando ser liberado?

Esa misma mañana, llamó a un especialista en fenómenos extraños, buscando respuestas. El experto, tras investigar la casa, le explicó que muchas veces las viejas construcciones tenían "resonancias" inexplicables, pero Cecilia nunca más volvió a sentir la misma tranquilidad. En las noches, cuando la oscuridad caía, aún podía oír el leve golpeteo bajo el suelo, un recordatorio inquietante de que, en algún lugar, alguien había estado atrapado, deseando salir... como ella.

EL ÁNGEL CAÍDO

Desde que su hija, Laura, comenzó a investigar sobre los ángeles y las leyendas antiguas, Claudia se había sentido extrañamente perturbada. Laura era una adolescente curiosa, fascinada por lo sobrenatural, y su habitación estaba llena de libros antiguos y figuras misteriosas de criaturas de la mitología. Sin embargo, había algo en particular que la inquietaba. Había hablado de un "ángel caído", un ser que, según sus fuentes, no solo pertenecía al reino celestial, sino que había caído desde las alturas y ahora vagaba por la Tierra. Nadie podía dar certeza de su existencia, pero su historia era aterradora.

Claudia, aunque escéptica, trataba de no alimentar el interés de su hija en ese tipo de historias. No quería que se adentrara en el mundo de lo desconocido, un lugar donde las supersticiones y los miedos se alimentaban mutuamente. Sin embargo, poco a poco, las señales de algo extraño comenzaron a presentarse.

Era una noche oscura, como tantas otras, cuando Claudia fue a revisar a Laura antes de acostarse. Entró en su habitación sin hacer ruido, como siempre lo hacía, pero algo no estaba bien. La lámpara de su mesa de noche parpadeaba intermitentemente, y Laura estaba sentada en su cama, inmóvil, con la vista fija en el techo. Sus ojos parecían perdidos, como si estuviera mirando algo que solo ella podía ver.

"Laura", susurró Claudia, intentando despertarla de su trance. "¿Qué pasa, hija?"

Laura parpadeó varias veces antes de mirar a su madre. "Mamá... lo vi", dijo en voz baja, como si estuviera hablando de un sueño del que no podía despertar.

"¿Viste qué?"

El rostro de Laura se arrugó en una mueca de miedo. "Vi al Ángel Caído, mamá. Estaba en el techo, mirando hacia abajo. No lo pude ver claramente, pero sus ojos... sus ojos eran oscuros, como dos agujeros en la oscuridad."

Claudia sintió un estremecimiento recorrer su espina dorsal. Pensó que la niña podría estar imaginando cosas, producto de sus historias y su obsesión con lo oculto. "Laura, no te preocupes. Solo fue un mal sueño. No hay nada ahí. Solo estás un poco asustada."

Pero Laura negó con la cabeza. "No, mamá. Lo vi. No fue un sueño. Fue real. Estoy segura."

Claudia trató de calmar a su hija, diciéndole que todo estaría bien, pero esa noche algo permaneció en su mente. Los ojos de Laura, los ojos de alguien que había visto algo que no podía explicar, la inquietaban profundamente. No era una niña miedosa, pero en ese momento, parecía completamente aterrada.

Al día siguiente, Claudia decidió investigar por su cuenta sobre esa entidad, el Ángel Caído, aunque lo hacía a regañadientes. Se dio cuenta de que el nombre de esta criatura no solo aparecía en historias religiosas y mitológicas, sino también en relatos oscuros y leyendas urbanas. Según las leyendas, el Ángel Caído era un ser que, por un pecado inexplicable, fue desterrado del cielo y arrojado a la Tierra, condenado a vagar por la oscuridad. Se decía que su presencia era tan perturbadora que aquellos que lo veían quedaban marcados para siempre. Algunos aseguraban que el ángel no era un ser de luz, sino una entidad sombría, un espectro que acechaba desde las sombras.

La investigación de Claudia la llevó a descubrir que las personas que afirmaban haber visto al Ángel Caído relataban una sensación de profundo malestar. Las historias coincidían en un solo punto: los ojos del ángel. Decían que, al mirar sus ojos, sentían que su alma era devorada, como si algo indescriptible los observase desde dentro de la oscuridad. No era solo miedo, sino una sensación de pérdida de control, como si algo ajeno a ellos tomara posesión de su mente.

Esa misma noche, Claudia se despertó sobresaltada por un fuerte golpeteo en la ventana. Miró el reloj; era cerca de la medianoche. Aunque algo en su interior la advertía de que no debía acercarse, no pudo evitar levantarse de la cama y caminar hacia la ventana. Miró hacia afuera, pero no vio nada. La noche estaba tranquila, el cielo oscuro sin una sola estrella.

Sin embargo, algo llamó su atención: un frío extraño y profundo que parecía emanar de la oscuridad misma, algo que no podía identificar. Un escalofrío recorrió su cuerpo mientras el aire se volvía pesado, casi irrespirable.

De repente, un susurro suave, casi imperceptible, llegó hasta ella, como si viniera de lejos, pero al mismo tiempo cerca. La voz parecía venir de todas partes, retumbando en su cabeza, como si le hablara desde dentro. "Mírame", susurró la voz. "Mírame bien, Claudia..."

Claudia no pudo evitar girar la cabeza hacia la esquina de la habitación, donde algo parecía moverse en la penumbra. Una sombra oscura, mucho más oscura que la propia noche, comenzó a tomar forma. Era como una figura humana, pero no totalmente definida. Una figura alargada, con una presencia opresiva. Los ojos... los ojos eran lo único que brillaba. Dos agujeros negros, como dos pozos sin fondo, que absorbían toda la luz de la habitación.

El terror la paralizó. No podía moverse, ni gritar. El ser frente a ella parecía observarla fijamente, como si supiera todo sobre ella, como si su alma fuera suya. Un estremecimiento recorrió su cuerpo, y en ese instante recordó las palabras de Laura: "Sus ojos... oscuros, como dos agujeros en la oscuridad."

En ese momento, Claudia se dio cuenta de lo aterradoramente real que era lo que su hija había visto. La sombra se acercó lentamente, cada paso acompañando una presión creciente sobre su pecho, como si todo su ser fuera absorbido por ese vacío.

La figura se acercó lo suficiente para que Claudia pudiera sentir el frío que emanaba de ella, y en ese instante, los ojos del ángel la miraron de cerca, llevándola a un estado de desesperación indescriptible. Una sensación de muerte inminente la invadió, como si su alma estuviera siendo drenada, como si ya no tuviera ningún control sobre su propio cuerpo.

De repente, la sombra desapareció. La habitación volvió a la normalidad, pero el frío persistió. Claudia, completamente aterrada, no pudo mover un músculo durante varios minutos. Cuando finalmente recuperó el control de su cuerpo, miró hacia la cama, donde su hija dormía profundamente. ¿Había sido todo un sueño? ¿Una alucinación provocada por el miedo?

Pero al mirar al espejo que estaba frente a ella, vio algo que la dejó sin aliento: en la superficie del cristal, como si alguien lo hubiera escrito con un dedo, aparecieron dos palabras. "Te veo".

La madre y la hija nunca volvieron a dormir tranquilas. Las sombras de la noche se convirtieron en su único enemigo, y el Ángel Caído, con sus ojos vacíos y su presencia opresiva, se convirtió en una figura que acechaba en su mente, en la oscuridad... esperando.

EL HOMBRE SIN SOMBRAS

EL HOMBRE SIN SOMBRAS

Ana siempre había sido una persona racional. No creía en supersticiones ni en relatos de terror, por más espeluznantes que pudieran ser. Su vida transcurría en una rutina tranquila: despertaba por las mañanas para ir al trabajo, pasaba horas en su oficina y regresaba a casa por la tarde. La noche la dedicaba a leer o ver alguna serie, sin complicarse. Sin embargo, todo eso cambió una noche de otoño, cuando algo se cruzó en su camino, algo que desdibujó los límites de su comprensión.

Era una noche lluviosa, y Ana regresaba de una reunión fuera de la ciudad. La tormenta había empeorado, las calles estaban mojadas y desiertas, y su coche era prácticamente el único en la carretera. Mientras conducía por el trayecto habitual, notó que algo en la atmósfera se sentía extraño, una especie de tensión palpable en el aire. La radio estaba apagada, y el sonido de la lluvia contra el parabrisas era lo único que acompañaba el viaje.

A medida que avanzaba, su vista comenzó a distinguir una figura en el borde del camino. Al principio pensó que podría ser alguien pidiendo ayuda, pero al acercarse, pudo ver claramente que era un hombre, parado bajo la luz de una farola que apenas iluminaba el lugar. Parecía normal, con un abrigo largo, sombrero, y una postura erguida, como si estuviera esperando algo o a alguien.

Ana redujo la velocidad al pasar por él, y fue entonces cuando lo notó: no tenía sombra. Al principio pensó que la oscuridad de la noche había jugado una mala pasada a sus ojos, pero al mirar con más detenimiento, se dio cuenta de que la luz de la farola proyectaba sombras sobre todos los objetos cercanos, pero no sobre ese hombre. Era como si se desvaneciera en el aire, como si la luz pasara a través de él. El pánico la invadió por un instante. Lo primero que hizo fue acelerar y alejarse rápidamente, mirando por el espejo retrovisor para asegurarse de que no la seguía.

Sin embargo, el pensamiento de ese hombre extraño la acompañó durante el resto de su trayecto. ¿Cómo era posible que no tuviera sombra? Ana trató de racionalizarlo, pero no pudo. Ese detalle inquietante no la dejó en paz. Al llegar a su casa, intentó distraerse con una taza de té y su libro, pero algo en su interior le decía que algo terrible estaba por suceder.

Esa misma noche, Ana no pudo dormir bien. Se despertó varias veces, inquieta, con la sensación de que alguien la observaba desde las sombras de su habitación. Los ruidos de la casa, tan familiares en otras ocasiones, ahora sonaban diferentes. Era como si los ecos del viento o el crujir de la madera fueran más intensos, más cercanos. Se obligó a volver a dormir, convencida de que todo era producto de su mente, que había exagerado la sensación de pavor que le había provocado aquel extraño encuentro.

Sin embargo, al día siguiente, algo aún más perturbador ocurrió.

Ana salió temprano de su casa para ir a trabajar. Cuando pasó junto a la ventana de la cocina, notó algo extraño en el patio trasero. Un hombre, con un abrigo largo y un sombrero, estaba de pie justo en el borde del jardín, inmóvil, observando hacia la casa. No podía ser el mismo hombre, se dijo a sí misma, ya que había pasado la noche en su cama y no había salido. Pero al mirarlo detenidamente, sintió un escalofrío al darse cuenta de lo inconfundible: de nuevo, no tenía sombra.

Este hombre estaba en su propiedad, parado en su jardín, pero lo más espeluznante de todo era que no se movía. Permanecía allí, como una estatua, con una calma aterradora. Ana sintió cómo su respiración se aceleraba, y sin pensar demasiado, cerró la ventana de golpe y retrocedió. El miedo la paralizó, y por un momento, quedó allí, atrapada en un mar de pensamientos confusos.

Cuando por fin se armó de valor para mirar de nuevo, ya no estaba. La figura había desaparecido sin dejar rastro, como si nunca hubiese estado allí. Ana intentó calmarse, repitiéndose a sí misma que era imposible que estuviera allí realmente. Quizás había sido una alucinación o, peor aún, una pesadilla que se le había colado en su mente.

Pero las apariciones del hombre sin sombra se volvieron más frecuentes. Cada noche, a la misma hora, la veía en su patio, parado, inmóvil, sin reflejo alguno. Lo más desconcertante de todo era que su presencia no solo ocurría de noche. A veces, en pleno día, podía verlo de pie en la calle o cerca de su ventana, siempre en las mismas condiciones: un hombre de gabardina, sombrero y sin sombra.

El miedo comenzó a consumirla, pero lo peor estaba por llegar.

Una tarde, mientras caminaba por la calle, Ana fue seguida por una sensación de incomodidad. Había algo detrás de ella, una presencia que la observaba con intensidad. Al principio pensó que se trataba de alguien que la miraba fijamente, pero al girarse, no vio a nadie. Sin embargo, el aire estaba más denso, y la sensación de que algo la acechaba se intensificaba.

Al llegar a su apartamento, al fin respiró aliviada. Pero cuando se adentró en su cocina, observó en el reflejo del vidrio de la ventana que, en la calle, bajo la luz de la farola, estaba él. El hombre sin sombra. De pie. Mirándola fijamente, como si la estuviera esperando. Su respiración se aceleró, y sintió que sus piernas flaqueaban.

Corrió a cerrar las cortinas, pero cuando volvió a mirarlo, él estaba justo afuera, a un metro de la ventana. Sus ojos, vacíos y penetrantes, la fijaban con una intensidad tan aterradora que el miedo la paralizó. En ese momento, un pensamiento recorrió su mente como un rayo: ¿por qué no tiene sombra?

La respuesta llegó en un susurro dentro de su cabeza, como una revelación horrible: "Él no tiene sombra porque no pertenece a este mundo. Es una sombra hecha de carne, pero está aquí para tomar la tuya."

Aterrada, Ana intentó huir, pero cuando salió de la habitación, el hombre estaba justo en el pasillo, de pie, esperándola. Su figura parecía crecer, volverse más tangible, mientras los bordes de su ser se desvanecían en la oscuridad. Al intentar gritar, se dio cuenta de que no podía emitir sonido alguno. Estaba atrapada en la quietud, en un espacio de terror donde la sombra del hombre parecía engullirla.

Lo último que sintió fue un frío helado, como si la luz de su alma se hubiera desvanecido por completo.

Nunca volvió a ser vista. Nadie más volvió a ver al hombre sin sombra, pero aquellos que vivieron en su apartamento aseguraron que, al caer la noche, un extraño vacío llenaba la casa, como si algo, o alguien, estuviera esperando para cruzar al otro lado.

LA CHICA DE LA NIEBLA

Siempre había algo inquietante en el viejo puente de la carretera secundaria que atravesaba el bosque. No era un puente particularmente grande ni impresionante, pero para quienes vivían en los alrededores, su historia estaba impregnada de una extraña sensación de desasosiego. Nadie se atrevía a cruzarlo de noche, y muchos evitaban hablar de él. Sin embargo, la leyenda de la Chica de la Niebla persistía, un relato que había sido contado una y otra vez por generaciones.

Se decía que ella vivía entre las brumas que cubrían el puente cada noche, una joven cuya figura se materializaba como un espectro difuso y etéreo. Algunos afirmaban haberla visto al borde del puente, vestida con un vestido blanco que flotaba a su alrededor, tan pálido como la niebla que la envolvía. Nadie sabía su nombre, ni cómo había llegado allí, pero todos coincidían en que su presencia era un presagio de muerte, un aviso para aquellos que se atrevieran a atravesar el puente después del anochecer.

Era una noche fría de otoño cuando Tomás, un joven escéptico que había crecido con las historias sobre la chica, decidió comprobar por sí mismo si el relato era cierto. Después de todo, pensaba, la niebla era solo eso, niebla. Nada más. Sin embargo, había algo que lo inquietaba. Aquella noche la niebla parecía más espesa de lo normal, cubriendo la carretera y el paisaje circundante como una manta impenetrable. Pero Tomás no se dejó amedrentar. Subió a su motocicleta y aceleró hacia el puente, dispuesto a demostrar que todo era solo una leyenda.

A medida que se acercaba al puente, una sensación de incomodidad lo envolvía. La niebla se espesaba aún más, y el aire se volvía frío, cortante. A pesar de las luces de su motocicleta, la visión era borrosa, como si estuviera rodeado por una densa cortina de vapor. En ese momento, algo en el ambiente se volvió pesado, como si el mismo aire estuviera cargado de electricidad. Tomás sintió un escalofrío recorrer su espalda, pero siguió adelante, decididamente.

Al llegar al puente, algo extraño ocurrió. La niebla que lo rodeaba parecía tornarse aún más espesa, como si se concentrara en un solo punto frente a él. Allí, en el centro del puente, vio una figura. Al principio pensó que era un espejismo, una ilusión provocada por la niebla, pero al mirar más detenidamente, pudo distinguir claramente a una joven parada en el centro de la estructura. Era una chica de cabello largo y oscuro, vestida con un vestido blanco como la niebla que la envolvía. Su rostro era pálido, casi translúcido, y sus ojos brillaban con una intensidad que parecía penetrar el alma. Estaba inmóvil, mirándolo fijamente.

Tomás frenó su motocicleta en seco, el corazón golpeando en su pecho con fuerza. Durante un par de segundos, se quedó paralizado, sin poder apartar la mirada de aquella figura fantasmal. Su primera reacción fue pensar que se trataba de una broma, de alguien que se había disfrazado para asustar a los incautos como él. Pero algo en la mirada de la chica lo desarmó. No había ningún indicio de humor, ningún destello de vida en sus ojos. Ella lo observaba, inmóvil, como si esperara algo.

Desesperado por recuperar el control de la situación, Tomás encendió las luces de la motocicleta con más fuerza, pero la figura no se movió. De hecho, la niebla alrededor de ella parecía intensificarse, como si absorbiera la luz misma. Tomás sintió un sudor frío en la frente, el miedo comenzando a apoderarse de su cuerpo. ¿Qué estaba ocurriendo? ¿Por qué no podía moverse?

De repente, la chica levantó la mano, señalando hacia el final del puente. La niebla se aglutinó en esa dirección, formando una sombra oscura que se alzó lentamente, como si respondiera a su gesto. Tomás sintió una presión en su pecho, como si el aire mismo se hubiera vuelto más denso. El sonido de la motocicleta, el viento y hasta los latidos de su corazón se desvanecieron, dejando solo un silencio profundo y aterrador.

La joven no dijo una palabra, pero la intensidad de su mirada era suficiente para que Tomás entendiera. Era un mensaje claro: no debía seguir adelante. Algo horrible lo aguardaba al final del puente.

En un impulso frenético, Tomás giró la motocicleta y comenzó a retroceder, arrancando a toda velocidad, sin atreverse a mirar atrás. La niebla, sin embargo, parecía perseguirlo, envolviéndolo, como si la chica lo estuviera siguiendo. No importaba cuán rápido acelerara, la niebla se mantenía a su lado, casi pegajosa, como si quisiera atraparle. El miedo lo mantenía despierto, consciente de que la figura del puente no lo había abandonado, que estaba allí, siguiéndolo en su persecución silenciosa.

Finalmente, logró escapar de la niebla, y cuando salió del puente, las sombras se despejaron. La motocicleta pasó por el borde de la carretera, y el mundo pareció regresar a la normalidad. Sin embargo, al mirar por el espejo retrovisor, Tomás vio algo que lo heló hasta los huesos: la figura de la chica seguía allí, de pie en el puente, observándolo con los ojos fijos. No había avanzando ni un paso, pero algo en su rostro indicaba que sabía exactamente lo que había hecho.

Esa noche, Tomás no regresó a su casa. Durante días, se mantuvo alejado del puente, pero la figura de la chica de la niebla seguía acechando sus pensamientos. No importaba cuánto tratara de olvidarlo, su imagen estaba grabada en su mente, y el terror de aquella noche lo perseguía en sus sueños. La gente del pueblo, al enterarse de lo que había vivido, le contaron más historias sobre la chica. Decían que nunca estaba sola, que la niebla la acompañaba siempre, y que cualquier persona que osara ignorarla, que no prestara atención a sus advertencias, desaparecería sin dejar rastro, como una sombra que se disuelve en el aire.

Tomás nunca volvió a hablar sobre lo que vio en ese puente. Pero lo que aprendió esa noche, lo que entendió en lo más profundo de su ser, es que la niebla tiene un propósito, y que la chica no estaba allí para asustar, sino para advertir. Y los que no le prestaran atención, los que desafiaban las señales, se perderían para siempre en la niebla que ella comandaba.

LA CAVERNA DE LOS MUERTOS

En un pequeño pueblo aislado, rodeado por las montañas y bosques densos, existía una leyenda que se contaba a los niños y a los forasteros, una historia que siempre se susurraba con temor y reverencia. Era la historia de la Caverna de los Muertos, un lugar temido por todos y evitado por los más valientes. Nadie sabía exactamente qué había ocurrido en ese oscuro y remoto paraje, pero todos coincidían en que quienes se atrevían a entrar nunca regresaban.

El relato comenzaba con un nombre: la familia Salazar, una antigua y próspera familia que había vivido en el pueblo durante generaciones. La leyenda decía que, un siglo atrás, los Salazar fueron los primeros en encontrar la caverna, y aunque la habían descubierto por accidente, pronto se dieron cuenta de que el lugar estaba lleno de riquezas, objetos antiguos, y restos de una civilización olvidada. Pero lo que más llamaba la atención de todos era la extraña oscuridad que emanaba de su interior, una oscuridad que parecía consumir la luz de las antorchas y que se hacía más densa cuanto más profundo se adentraban en la caverna.

Los Salazar, seducidos por la idea de riquezas inimaginables, ignoraron las advertencias del pueblo y siguieron explorando la cueva, descendiendo más y más en sus entrañas. Nadie sabe qué encontraron allí abajo, pero después de su última expedición, desaparecieron sin dejar rastro. Al principio, la gente pensó que habían sido víctimas de un accidente, que quizás un derrumbe había sepultado a todos. Pero con el paso del tiempo, el pueblo comenzó a notar algo extraño. Las sombras parecían alargarse de manera anormal durante las noches, y aquellos que se aventuraban cerca de la caverna o intentaban explorarla, simplemente nunca volvían. Los rumores comenzaron a crecer, y con ellos, el miedo.

La leyenda perduró, y generaciones de habitantes del pueblo aprendieron a evitar la Caverna de los Muertos. Sin embargo, como suele suceder con los mitos y las leyendas, hubo quienes no pudieron resistir la tentación de desentrañar el misterio. Uno de esos hombres fue Javier, un joven curioso y valiente que se instaló en el pueblo con la esperanza de encontrar algo que diera sentido a los susurros y las historias oscuras que le llegaban. Había oído hablar de la caverna desde el primer día que llegó y, aunque los aldeanos le recomendaron no acercarse, Javier sentía que debía ver por sí mismo lo que realmente ocurría en ese lugar.

Una tarde de verano, cuando el sol comenzaba a ponerse y el cielo se teñía de un naranja cálido, Javier decidió partir en busca de la cueva. Con su mochila a cuestas y una linterna en mano, se adentró en el espeso bosque, siguiendo las antiguas huellas de quienes antes se habían aventurado allí. El aire se volvía más frío a medida que avanzaba, y la sensación de estar siendo observado crecía con cada paso. Finalmente, después de varias horas de caminata, llegó a la entrada de la caverna.

El lugar era más imponente de lo que había imaginado. La entrada era una grieta oscura en el rostro de la montaña, rodeada de rocas afiladas y musgo. Un viento gélido parecía soplar desde su interior, como si la cueva estuviera viva, respirando con un susurro fantasmagórico. Javier se detuvo unos momentos, observando el entorno, el aire espeso que salía de la cueva, el silencio absoluto que lo envolvía. A pesar de las advertencias, la curiosidad lo impulsó a avanzar, y con una mezcla de excitación y terror, cruzó el umbral.

Al principio, el interior de la cueva era mucho más tranquilo de lo que había esperado. La linterna proyectaba su luz débilmente sobre las paredes rocosas, revelando extrañas formaciones de minerales que brillaban de manera inquietante. A medida que caminaba, un murmullo bajo y lejano comenzó a filtrarse en el aire, como si la cueva misma susurrara. Javier intentó no prestar atención, pero el sonido comenzó a intensificarse, llenando el espacio, hasta que casi parecía como si voces humanas estuvieran hablándole, susurrándole en un idioma extraño e incomprensible.

A pesar del creciente malestar, Javier continuó avanzando, más impulsado por la curiosidad que por el miedo. Sabía que debía estar cerca del lugar donde, según los relatos, la familia Salazar había desaparecido. Mientras más avanzaba, la cueva se volvía más profunda, el aire más denso y frío, como si estuviera entrando en el mismo corazón de la oscuridad. La linterna comenzó a parpadear, y Javier sintió un escalofrío recorrer su espalda. De repente, el suelo bajo sus pies pareció ceder un poco, como si la cueva estuviera viva, absorbiendo todo lo que tocaba.

Fue entonces cuando llegó a la cámara más profunda. Al principio no vio nada, pero a medida que avanzaba, algo extraño apareció en la luz de su linterna: las paredes de la cueva estaban cubiertas de restos humanos. Desmembrados, dispersos, algunos aún con ropas que parecían haber sido arrancadas con violencia. En el centro de la sala, había un altar rudimentario, rodeado de huesos rotos y objetos antiguos. El aire se volvió aún más espeso, y Javier sintió como si algo lo estuviera mirando desde la oscuridad, algo invisible pero profundamente perturbador.

De repente, las voces que había oído antes se intensificaron, ahora claramente audibles, como si la cueva estuviera viva, como si los muertos mismos estuvieran llamándolo. Fue en ese instante cuando una figura se materializó ante él. Una sombra humanoide, más alta que cualquier ser humano, con ojos brillantes que emanaban un resplandor antinatural. La figura avanzó hacia él, y a medida que lo hacía, los murmullos se convirtieron en gritos ensordecedores que llenaron su mente. Javier intentó retroceder, pero sus piernas no respondían. La figura se acercó más y más, hasta quedar frente a él. Con una sonrisa vacía y terrible, la entidad levantó la mano y, en un susurro profundo, murmuró las palabras que Javier nunca olvidaría:

"Bienvenido a la caverna... donde los muertos nunca descansan."

En ese momento, todo se oscureció. La linterna de Javier se apagó por completo, y el último sonido que escuchó fue el crujido de sus propios huesos mientras la oscuridad lo engullía.

A la mañana siguiente, los aldeanos notaron que la niebla en el aire parecía más densa cerca de la entrada de la cueva, y algunos juraron haber escuchado un eco lejano de gritos, como si el viento mismo estuviera llorando. Pero nadie se atrevió a acercarse, porque sabían que la Caverna de los Muertos nunca perdonaba a aquellos que osaban entrar.

EL GRITO EN EL VIENTO

En un pueblo olvidado por el tiempo, rodeado por vastos campos de maíz que parecían interminables, existía una historia que se contaba solo en susurros, una leyenda que congelaba el alma de los más jóvenes y hacía temblar incluso a los más valientes. Los ancianos lo sabían, los padres advertían a sus hijos, y los jóvenes, por más que intentaban desafiarla, nunca lograban escapar del miedo que les causaba. La leyenda hablaba de "El Grito en el Viento", un fenómeno extraño y perturbador que ocurría cada cierto tiempo en esas tierras solitarias, y que nadie se atrevía a investigar por completo.

La historia comenzó hace más de cincuenta años, con una joven llamada Amelia, quien vivía en una pequeña casa de campo a las afueras del pueblo. Amelia era conocida por su valentía, siempre dispuesta a desafiar las supersticiones del pueblo y a aventurarse en los rincones más oscuros. La gente de la aldea había oído hablar de las desapariciones extrañas que ocurrían en las colinas cercanas, pero nadie se atrevía a ir al fondo de la cuestión. El viento, que soplaba constantemente en esas tierras desoladas, tenía un extraño poder sobre los habitantes. Era como si llevara consigo una especie de maldición, un susurro que podría arrastrarte hacia un destino desconocido si te descuidabas.

Amelia, sin embargo, no temía las historias de los aldeanos. Para ella, el viento era solo una parte de la naturaleza, algo que debía ser entendido y respetado, no temido. Pero todo cambió la noche en que decidió ir a investigar por sí misma. Aquella noche, el viento soplaba con una intensidad inusual. La luna llena brillaba en el cielo, iluminando los campos y las colinas con una luz fantasmal. El sonido del viento se escuchaba más fuerte que nunca, como si no viniera de las montañas cercanas, sino de algún lugar profundo y oscuro, un lugar donde las sombras tomaban forma.

Esa noche, Amelia estaba sola en su casa, leyendo un libro junto al fuego, cuando de repente, el viento se levantó con una fuerza inusitada. Las ventanas temblaron y el sonido del viento se transformó en algo más, algo que no parecía natural. Un grito, desgarrador y lejano, se escuchó a través de las rendijas de la casa. Era un grito humano, profundo, como si estuviera atrapado entre el aire y la tierra, un sonido que parecía venir de todos los rincones del universo. Amelia, aunque aterrada, no pudo evitar levantarse de inmediato. La curiosidad y el miedo la empujaron a salir al exterior, hacia la oscuridad, a enfrentarse a lo que no entendía.

Al salir de la casa, el viento la golpeó con fuerza, como si tratara de empujarla hacia atrás, pero ella siguió adelante. El grito continuó, más fuerte ahora, como si se estuviera acercando. Cada vez que el viento se levantaba, parecía arrastrar el grito, transformándolo en algo más: un lamento, un sollozo, una llamada desesperada. Amelia siguió el sonido, sin pensarlo, avanzando por el campo, cada vez más lejos de su hogar. El viento la guiaba, la empujaba hacia las colinas. El aire era frío y húmedo, y el grito se hacía más claro, más cercano, como si alguien estuviera justo detrás de ella, a punto de tocarle el hombro.

Finalmente, llegó a un pequeño acantilado, desde donde podía ver el oscuro abismo que se abría frente a ella. El viento soplaba con furia, levantando polvo y hojas secas, y el grito estaba ahora tan cerca que Amelia pudo distinguir una voz, una voz que la llamaba por su nombre. "Amelia... Amelia...", decía el viento, en un susurro sibilante, como si el propio viento hablara. En ese momento, Amelia sintió que el suelo temblaba ligeramente bajo sus pies, y el grito, ahora más claro que nunca, se convirtió en una palabra: "Vuelve...".

Desesperada, Amelia giró sobre sus talones y comenzó a correr, pero el viento no la dejaba. Cada paso que daba parecía ser más pesado, como si algo la estuviera arrastrando hacia el borde del acantilado. El grito la seguía, ahora más fuerte que nunca, resonando en sus oídos, llenando su mente, envolviéndola. Al mirar hacia atrás, vio una sombra oscura que se deslizaba entre las colinas, una figura amorfa que parecía moverse al compás del viento, como si estuviera formada por el mismo aire y oscuridad.

La figura la observaba, y mientras lo hacía, el grito se transformó en una voz más familiar, una voz que Amelia conocía bien: la voz de su madre. "Amelia, no te acerques...". Pero ya era demasiado tarde. El viento se levantó con tal violencia que la arrojó al suelo. En un último esfuerzo, Amelia extendió la mano, tratando de aferrarse a algo, pero el vacío la rodeó, y en el instante en que sus dedos rozaron la tierra, el grito se detuvo abruptamente.

El pueblo entero escuchó el grito esa noche, resonando en el viento, pero cuando la gente salió de sus casas al día siguiente, no encontraron ni rastro de Amelia. La búsqueda duró días, pero no hubo señales de ella. Solo el viento seguía soplando, como si nada hubiera pasado. Los aldeanos, aunque aterrados, comenzaron a hablar entre ellos sobre el suceso. Algunos dijeron que el grito era la voz de un alma perdida, atrapada en el viento, buscando a quien la liberara. Otros decían que la Cueva del Viento, una grieta profunda en las colinas, era el verdadero origen de la leyenda, el lugar donde las almas perdidas quedaban atrapadas, condenadas a gritar eternamente.

Con el paso de los años, el viento continuó soplando en las noches más oscuras, trayendo consigo el eco del grito de Amelia. Y aunque la gente dejó de hablar de ella, de vez en cuando, en las noches más frías, los aldeanos escuchaban un susurro en el aire: "Amelia... Amelia..."

Y cuando eso sucedía, sabían que el grito no era solo un eco del pasado. El viento seguía buscando a aquellos dispuestos a escuchar, dispuestos a adentrarse en la oscuridad, para nunca regresar.

LA CRIATURA DE LA OSCURIDAD

Desde que era niño, Lucas había escuchado historias sobre el bosque que rodeaba su pueblo. Nadie osaba adentrarse en él después del anochecer, y los más viejos siempre recomendaban evitarlo durante la noche. Decían que una criatura oscura, una entidad que se alimentaba de las sombras, vagaba entre los árboles, esperando a aquellos que se atrevieran a cruzar su senda. Lucas, como cualquier joven que piensa que las leyendas son solo cuentos inventados para asustar a los pequeños, nunca les dio demasiada importancia. Sin embargo, todo cambió en la noche en que decidió desmentir esa superstición.

Una fría tarde de otoño, Lucas se encontraba sentado en su habitación, mirando por la ventana el horizonte nublado. Las nubes, bajas y pesadas, parecían arrastrar consigo una sensación de mal presagio. Esa noche, sus amigos lo habían retado a entrar al bosque, a caminar entre sus árboles frondosos hasta llegar al antiguo claro que, según la leyenda, era el lugar donde se aparecía la criatura. "No te preocupes, no hay nada que temer", le dijo su amigo Julián, con tono desafiante. "La criatura es solo un cuento de viejas. Lo único que hay ahí son árboles y más árboles".

Aunque algo en su interior le decía que debía escuchar los consejos de los ancianos del pueblo, Lucas no pudo resistir la tentación. Reunió su valor y aceptó el reto. Esa misma noche, justo cuando la oscuridad comenzaba a envolverlo todo, se adentró en el bosque con Julián y sus otros amigos. La luna, oculta por las nubes, apenas iluminaba el camino, pero el grupo avanzaba confiado, riendo y burlándose de las historias.

A medida que avanzaban, el aire se volvía más pesado, más denso. Un silencio inquietante comenzó a llenar el bosque, como si los mismos árboles retuvieran la respiración. Lucas notó cómo la temperatura bajaba, su aliento se hacía visible, y el crujido de las ramas bajo sus pies sonaba más fuerte de lo que debería. Miró a su alrededor y vio que las sombras parecían moverse, alargándose y contorsionándose de maneras extrañas, como si la oscuridad misma tuviera vida propia. Sin embargo, el resto del grupo no parecía notar nada fuera de lo común.

De repente, un fuerte crujido rompió el silencio. Todos se detuvieron, mirando nerviosos a su alrededor. "Solo fue un animal", dijo Julián, tratando de tranquilizarlos. Pero Lucas ya no estaba seguro. Algo no estaba bien. La oscuridad parecía estar más densa, más espesa, y el aire estaba cargado con un olor a humedad y tierra podrida.

El grupo siguió avanzando, pero la sensación de que algo los observaba se intensificaba. Lucas podía sentir un frío que no venía de la noche misma, sino de una presencia extraña, palpable, que lo rodeaba. De repente, escucharon un susurro a sus espaldas. No era el viento. Era un sonido inconfundible, como si alguien, o algo, respirara cerca de ellos.

Con el corazón acelerado, Lucas se giró, pero no vio nada. Solo la densa oscuridad de los árboles. Sin embargo, al mirar nuevamente al frente, algo lo hizo detenerse. En el umbral del claro al que se dirigían, una figura apareció, pero no era humana. Era una silueta alta, delgada, cubierta por un manto negro que parecía fundirse con las sombras. El rostro de la criatura estaba parcialmente cubierto por una capucha, pero los ojos... esos ojos eran lo peor. Un par de orbes vacíos, completamente negros, como pozos sin fondo. No reflejaban la luz, ni siquiera la más mínima chispa de vida.

El grupo, paralizado por el terror, observó cómo la figura avanzaba lentamente hacia ellos, sin hacer un solo sonido. Era como si flotara, deslizándose sobre el suelo, moviéndose con una calma inquietante. Lucas no podía apartar la vista de esos ojos vacíos, pero algo dentro de él le decía que no debía mirar más, que debía correr, pero sus piernas no respondían.

"¿Qué... qué es eso?", susurró Julián, su voz temblorosa. Nadie respondió. Nadie se atrevió a mover ni un músculo.

La criatura, sin prisa, se detuvo a unos pocos metros del grupo. Su presencia era opresiva, como si el aire mismo se hubiera vuelto más espeso a su alrededor. Los árboles, que antes se mecía suavemente con el viento, ahora parecían estar inmóviles, como si temieran hacer ruido. Entonces, la criatura levantó su mano, un brazo largo y huesudo que parecía más sombra que carne, y apuntó directamente a Lucas.

Un frío helado recorrió su cuerpo. Era un frío que venía desde el fondo de su alma, un terror tan profundo que Lucas ni siquiera pudo gritar. La criatura, con una calma inquietante, abrió la boca. No era una boca normal. Era un agujero negro, sin dientes ni lengua, solo un vacío profundo que parecía devorar la luz a su alrededor. De su garganta salió un sonido gutural, como un susurro arrastrado por el viento, pero con un tono tan bajo y resonante que parecía venir de todas partes, de dentro de la tierra, del aire, de las mismas estrellas.

"Te estamos esperando", murmuró la criatura en un susurro que solo Lucas pudo oír, sus palabras rozando su mente como un eco. Y antes de que pudiera comprender lo que sucedía, sintió como si algo lo empujara hacia adelante, hacia el abismo de la criatura. Con un esfuerzo brutal, logró apartarse, tambaleándose hacia atrás, y fue entonces cuando vio algo aún más aterrador. Las sombras que lo rodeaban parecían moverse de manera independiente, como si se estuvieran estirando hacia él, intentando atraparlo, sujetarlo.

Con un grito ahogado, Lucas dio un paso atrás y, sin pensar, comenzó a correr, seguido por los demás. El sonido del viento, del crujir de las ramas, el susurro de la criatura y el eco de las sombras que lo perseguían, todo se mezcló en una cacofonía aterradora que los empujó a correr sin detenerse, sin mirar atrás. Cuando finalmente llegaron al borde del bosque, el viento cesó abruptamente. El aire volvió a ser claro, pero el miedo persistió. Nadie habló durante todo el camino de regreso al pueblo, pero todos sabían que algo había cambiado.

Esa noche, Lucas no durmió. Cada vez que cerraba los ojos, veía los ojos vacíos de la criatura, sentía el peso de las sombras persiguiéndolo. Sabía que no había escapado de ellos. Sabía que la criatura de la oscuridad seguía allí, esperando, acechando, y que su encuentro no había terminado. La próxima vez, quizás no pudiera correr.

EL SILBIDO MORTAL

Era una noche como tantas otras en el pequeño pueblo de San Isidro. La brisa fresca soplaba entre las callejuelas desiertas, moviendo las ramas de los árboles como si susurraran secretos oscuros. Sin embargo, esa noche algo se sentía diferente. Un ambiente pesado, cargado de una inquietante quietud, había invadido el aire. Nadie podía decir exactamente qué lo provocaba, pero todos en el pueblo parecían estar al tanto de una vieja leyenda que había rondado sus casas durante generaciones.

La historia hablaba de un silbido mortal, un sonido bajo y agudo que salía de la oscuridad en las noches más sombrías. Nadie sabía a ciencia cierta qué lo causaba, pero todos coincidían en algo: quien escuchaba ese silbido nunca volvía a ser el mismo. Algunos decían que era el alma de un hombre que había hecho un trato con el diablo y que, al morir, su espíritu se quedó vagando, buscando a aquellos que lo escucharan para llevarlos consigo a su condena eterna.

María, una joven que acababa de mudarse al pueblo, no creía en esas supersticiones. Provenía de la ciudad, donde las leyendas como esas eran solo cuentos contados para asustar a los niños. No obstante, a pesar de su escepticismo, algo en el aire esa noche la hizo sentirse incómoda. Caminaba hacia su casa después de un largo día de trabajo, sintiendo que algo la observaba. Cada vez que miraba hacia atrás, no veía nada, pero esa sensación persistía.

Era tarde y las luces de las casas se iban apagando una por una, sumiendo las calles en una penumbra casi total. De repente, el sonido llegó. Un silbido bajo y suave que rompió la calma de la noche. María se detuvo en seco. El aire pareció volverse aún más denso, como si la oscuridad lo hubiera engullido todo. Intentó ignorarlo, convencida de que solo era el viento o algún animal cercano. Sin embargo, el silbido se repitió, más cerca esta vez, como si alguien lo estuviera haciendo a propósito, solo para ella.

"¿Qué es eso?", pensó, alzando la vista hacia las sombras que rodeaban las casas. El sonido era imposible de ignorar. Se estaba acercando. Y no solo eso: el silbido parecía tener algo extraño, algo inquietante. Cada vez que lo escuchaba, su pecho se apretaba y su respiración se volvía más rápida.

De repente, un pensamiento oscuro cruzó por su mente. La leyenda del silbido mortal... nunca creí que fuera cierto. Pero ahora, en medio de la noche, con esa melodía macabra repitiéndose en la distancia, su escepticismo comenzó a desmoronarse.

El silbido, ahora más fuerte, más cercano, parecía rodearla. Miró a su alrededor, pero no veía a nadie. Las sombras jugaban en las paredes de las casas y los árboles se balanceaban, pero nadie estaba ahí. El miedo comenzó a apoderarse de ella. Sabía que algo estaba mal, pero no podía explicarlo. El silencio que seguía al silbido era aún peor, como si todo en el pueblo hubiera quedado suspendido en el tiempo.

Entonces, de repente, el silbido se detuvo.

Un escalofrío recorrió su espalda. María intentó moverse, pero sus piernas no respondían. Era como si el miedo se hubiera apoderado de su cuerpo, inmovilizándola, impidiéndole huir. Y fue en ese instante cuando lo vio.

Desde el final de la calle, en la oscuridad, una figura alta y sombría emergió. No caminaba; flotaba, moviéndose con una lentitud inquietante. Su silueta era indistinta, una sombra que parecía devorar la luz de las farolas cercanas. María intentó gritar, pero no salió sonido de su garganta. Los ojos de la figura, dos orbes vacíos, la miraban fijamente, y en el aire se podía sentir el peso de una presencia malévola que hacía que todo su cuerpo se tensara.

"Ya te escuché", susurró una voz que no parecía venir de la figura, sino de todas partes, del viento, de la oscuridad misma. "Ahora, ven."

El terror la invadió. María dio un paso atrás, luego otro, pero la figura seguía acercándose, como si caminara a través de la neblina misma. El silbido mortal, ahora completamente claro, resonaba en sus oídos. Era un silbido cálido, profundo, que parecía invadir su mente y despojarla de toda esperanza.

La figura levantó un brazo. Su sombra se estiró, contorsionándose como si fuera parte del mismo aire, y de repente, el silbido cesó. La calle quedó en silencio absoluto. María no podía dejar de mirar los ojos vacíos de la criatura. Y cuando vio que su boca se abría, sin ninguna intención de hablar, sino de devorar, su cuerpo reaccionó finalmente: corrió.

Corrió como nunca antes en su vida, a través de la oscuridad, sin mirar atrás. Pero el miedo no la dejaba. Podía sentir la presencia detrás de ella, siempre a unos pocos pasos, como si esa criatura la estuviera siguiendo, esperando a que se detuviera. El silbido comenzó de nuevo, ahora resonando como un tambor en su cabeza, como si la criatura estuviera susurrando su nombre.

Corrió hasta su casa, atravesó la puerta de un solo empujón y la cerró detrás de ella con fuerza. El silencio volvió a llenar la casa, pero el miedo no se fue. María sabía que algo había cambiado. Aunque estaba a salvo en su hogar, algo dentro de ella sabía que el silbido mortal no se iría tan fácilmente. Lo llevaría con ella, dentro de su mente, como una sombra persistente. La criatura ya había encontrado su presa. Y a partir de esa noche, el silbido nunca dejaría de perseguirla.

LA SONRISA DEL DEMONIO

El viento soplaba con fuerza aquella noche de otoño. Las hojas caían de los árboles como si se desprendieran de la vida misma, arrastradas por la brisa helada que recorría las calles desiertas de la vieja ciudad. La niebla se levantaba en espirales fantasmas, cubriendo cada rincón de la callejón solitario donde Martín caminaba apresurado. Era una noche como tantas otras, pensó, pero algo en el aire lo mantenía inquieto.

Había vivido en ese vecindario durante años, pero nunca antes había sentido esa sensación extraña de ser observado, de que algo o alguien lo acechaba en la oscuridad. Aceleró el paso, buscando llegar a su casa lo más rápido posible, pero algo dentro de él sabía que no podía ignorar esa sensación. Era como si algo estuviera siguiéndolo.

Martín se detuvo brevemente, girando sobre sus talones, mirando hacia el final del callejón. No había nadie. Sólo las sombras que danzaban con la luz de las farolas. Sin embargo, un sonido leve, casi imperceptible, comenzó a romper la quietud de la noche: una risa.

Al principio pensó que era su imaginación, tal vez una broma de algún vecino, pero la risa era extraña, retorcida, como si viniera de lo más profundo de un ser que disfrutaba de su sufrimiento. Martín miró a su alrededor, buscando el origen de ese sonido que parecía estar más cerca de lo que pensaba. La risa no era humana, no tenía esa calidez que se espera de una risa genuina. Era fría, vacía, como el eco de un ser que no conocía el dolor, solo el placer del tormento ajeno.

Un sudor frío comenzó a recorrer su espalda. Decidió continuar su camino, sin detenerse, pero sus pasos parecían más pesados con cada momento. El sonido de la risa se fue intensificando, resonando en sus oídos, como si lo siguiera, se acercara más con cada paso que daba.

Entonces, un chillido bajo y gutural cortó la noche, seguido de un sonido indescriptible, como si algo se arrastrara por el suelo. Martín sintió un escalofrío que le recorrió todo el cuerpo. Volvió a mirar hacia atrás, pero la calle estaba vacía. Sin embargo, cuando su mirada se posó en el reflejo de un escaparate cercano, sus ojos se abrieron de par en par, horrorizado.

Allí, en el cristal empañado, apareció una figura. Al principio, pensó que era solo su reflejo, pero luego vio lo que no podía ser. Era una figura humana, delgada, alta, cubierta por una capa negra que cubría casi todo su cuerpo. Lo más aterrador no era su presencia, sino lo que Martín vio al mirarla más de cerca: una sonrisa. Una sonrisa espantosa, exagerada, que parecía no caber en el rostro de aquella criatura. Los dientes eran largos, afilados, como si fueran de un animal salvaje, y la piel alrededor de los labios estaba estirada, como si la sonrisa estuviera forzada, o como si la criatura no pudiera dejar de sonreír, aunque su rostro estuviera congelado en una expresión de sufrimiento eterno.

Martín dio un paso atrás, su mente trabajando a toda velocidad para procesar lo que estaba viendo, pero antes de que pudiera reaccionar, la criatura desapareció del reflejo, como si nunca hubiera estado allí. Su corazón latía con fuerza, y sus piernas no respondían. ¿Qué acababa de ver? ¿Era un truco de la luz? ¿Una ilusión? La risa seguía resonando, ahora más fuerte, más clara, y algo le decía que no debía mirar hacia atrás.

Pero no pudo evitarlo.

Se dio la vuelta lentamente, y allí estaba, frente a él. La criatura había aparecido a pocos metros, como si hubiera salido del reflejo mismo, deslizándose hacia él en una quietud imposible. Su sonrisa era aún más amplia ahora, como si estuviera disfrutando del miedo que Martín sentía. Los ojos de la criatura eran completamente oscuros, vacíos, y su mirada no mostraba ni una pizca de humanidad. Era como si no tuviera alma.

Martín intentó gritar, pero su garganta estaba cerrada, como si el aire mismo lo hubiera abandonado. Su cuerpo no reaccionaba, su mente estaba llena de pánico, y su única reacción fue dar un paso atrás, luego otro, hasta que tropezó con algo y cayó al suelo.

La criatura se acercó, y Martín pudo escuchar el sonido de sus pies deslizándose sobre el suelo, como si no estuviera caminando, sino flotando. La sonrisa de la criatura se estiró aún más, como si no pudiera contener el deleite al ver la desesperación de su víctima.

Entonces, en un susurro escalofriante, la criatura habló. Su voz era como un eco lejano, distorsionada, y cada palabra parecía vibrar en los huesos de Martín.

—Sé lo que temes... —dijo la voz. Cada palabra hacía que la piel de Martín se erizara.— La sonrisa... nunca se va. Estás condenado a vivir con ella, en tus sueños, en tu mente, hasta el final de tus días.

Con un estremecimiento, Martín trató de levantarse, pero la criatura lo agarró por el cuello con una fuerza sobrenatural, obligándolo a mirar sus ojos vacíos, su sonrisa grotesca que se expandía con cada respiración.

—No hay escape —susurró. La sonrisa se hizo aún más grotesca, y Martín sintió una presión insoportable en su pecho, como si su vida misma estuviera siendo arrancada lentamente.

La última visión que tuvo antes de perder la conciencia fue la sonrisa del demonio, una sonrisa que lo acompañaría hasta su último aliento. Porque, tal como la criatura había dicho, esa sonrisa nunca se va. Vive dentro de ti, se alimenta de tu miedo, y te persigue siempre. Y no importa cuán lejos corras, siempre la verás.

EL NIÑO DEL SUBTERRÁNEO

Era una noche fría de invierno cuando Ana, una joven periodista, recibió una llamada de último minuto que cambiaría su vida para siempre. La voz en el otro lado de la línea era grave, tensa, como si estuviera intentando no delatar un miedo profundo. "Ana, necesito que vengas a cubrir una historia", dijo el editor, "es algo extraño, pero podría ser grande". Ana, acostumbrada a las historias más sencillas, aceptó sin pensarlo, sabiendo que esta era una oportunidad que no debía dejar pasar.

La dirección que le dio la voz del editor la llevó a una antigua estación de metro en las afueras de la ciudad, un lugar que había estado cerrado por años. La estación, aunque olvidada, seguía siendo famosa entre los locales, no por su arquitectura ni su historia, sino por las leyendas que la rodeaban. Se decía que algo extraño acechaba en las profundidades de ese lugar, algo que muchos preferían no recordar.

Ana llegó al sitio a eso de la medianoche. La estación estaba sumida en una oscuridad total, a excepción de las pocas luces que se filtraban por las rendijas de las ventanas rotas. Caminó por el andén vacío, sintiendo el frío cortar su piel. Un olor a moho y tierra inundaba el aire, y las paredes, cubiertas de grafitis, parecían haber sido olvidadas por el tiempo.

El editor había sido vago en sus explicaciones, solo había mencionado que había ocurrido algo en los pasillos subterráneos y que nadie sabía cómo explicarlo. Un misterio que debía ser desvelado.

A medida que avanzaba, Ana notó algo extraño. El silencio era absoluto, excepto por el sonido de sus propios pasos resonando en el túnel vacío. Sin embargo, había algo más, algo sutil: un susurro, como si alguien murmurara en lo profundo del túnel. Ella detuvo su caminar y se quedó quieta, concentrándose en el sonido. No era el viento ni el ruido de la ciudad. Era una voz, débil, casi imperceptible.

"¿Hola?", gritó Ana, pero no hubo respuesta. El silencio volvió a caer como una manta pesada.

Decidió seguir el sonido. Avanzó hacia un pasaje oscuro, donde las paredes parecían cerrarse a su alrededor. A medida que avanzaba, el susurro se hacía más claro, pero también más extraño. Era un murmullo bajo, como si alguien intentara hablar sin emitir sonido, como si estuviera atrapado entre las sombras.

De repente, el susurro cesó, y en su lugar, una risa baja y gutural llenó el aire. Ana se detuvo, el miedo se apoderó de su cuerpo, pero la curiosidad pudo más. Siguiendo la dirección del sonido, llegó a una antigua puerta de metal que se encontraba entreabierta. La empujó con cautela, y al entrar, la oscuridad la envolvió por completo.

Dentro del cuarto, encontró lo que parecía una vieja sala de máquinas. Pero algo no estaba bien. En el centro de la habitación había una vieja cama de hospital, cubierta por una manta polvorienta. La luz de su linterna iluminó el lugar, pero lo que vio le heló la sangre. Frente a ella, sentado en el suelo, había un niño pequeño.

El niño tenía la cabeza agachada, cubriéndose los ojos con las manos, pero lo que más perturbaba era su risa, que llenaba el aire como un eco fantasmagórico. La risa sonaba como la de un niño que juega en la oscuridad, pero había algo terriblemente fuera de lugar en ella. Era una risa vacía, hueca, como si no perteneciera a un ser humano.

"¿Qué haces aquí?", le preguntó Ana, su voz temblorosa. El niño no respondió. En su lugar, comenzó a murmurar en un idioma incomprensible, sus manos todavía cubriendo su rostro.

Ana sintió una oleada de frío recorrer su espina dorsal. Decidió retroceder, pero antes de que pudiera hacerlo, el niño levantó la cabeza. Sus ojos estaban completamente vacíos, como dos pozos oscuros que absorbían toda la luz a su alrededor. No había pupilas, solo una negrura profunda, aterradora. Ana intentó gritar, pero un miedo paralizante la mantuvo en silencio.

El niño comenzó a moverse hacia ella, de una forma antinatural, como si su cuerpo fuera demasiado rígido, demasiado rígido para ser humano. Cada paso que daba resonaba en la sala con un eco espantoso, y mientras se acercaba, su risa se volvía más y más fuerte, más estridente, como si fuera una burla que le perforaba el cerebro.

"No... no debes mirarme", susurró el niño, su voz ahora más grave, más extraña. "Si lo haces, te llevaré conmigo".

Ana intentó dar un paso atrás, pero sus pies parecían pegados al suelo. El niño ahora estaba frente a ella, su rostro completamente desfigurado por una sonrisa macabra que se extendía de oreja a oreja. La risa resonó con fuerza en los oídos de Ana, y su mente comenzó a nublarse.

Fue entonces cuando todo se volvió borroso. Las luces titilaron y la visión de Ana se distorsionó, como si estuviera siendo arrastrada hacia un agujero negro, hacia la oscuridad infinita que emanaba de los ojos del niño. Ella intentó gritar, pero la voz no salía. El niño, con su sonrisa cada vez más grotesca, comenzó a moverse alrededor de ella, lentamente, como un depredador jugando con su presa.

"Ahora eres parte de este lugar", murmuró el niño, mientras la risa se convertía en un rugido ensordecedor. "Y nunca saldrás... nunca podrás escapar".

En un último intento de huir, Ana giró sobre sus talones y corrió hacia la puerta. Pero cuando la alcanzó, no pudo abrirla. La puerta estaba sellada. No había salida.

En ese momento, el niño se acercó de nuevo, y lo último que Ana escuchó antes de caer al suelo fue su risa. Una risa que se fundió con las sombras, tragándose todo lo que existía a su alrededor.

Los trabajadores que encontraron el cuerpo de Ana, días después, aseguraron que la estación estaba vacía. No había rastro de ella, ni de su linterna, ni de la habitación donde se encontraba el niño. Sólo una extraña sensación en el aire, como si alguien estuviera observando en la oscuridad, esperando. Los informes decían que, en el lugar donde Ana había desaparecido, el sonido de una risa baja y profunda, como la de un niño, nunca dejaba de escucharse.

Y aunque la estación de metro fue cerrada definitivamente, muchos aseguran que, si te acercas a ese lugar por la noche, aún puedes escuchar la risa del niño, esperando en las sombras del subterráneo.

EL CUENTO DEL ASESINO INVISIBLE

Hace años, en un pequeño pueblo rodeado por bosques oscuros y caminos solitarios, circulaba una historia entre sus habitantes que, a pesar de los intentos de las autoridades por callarla, nunca dejó de rondar por los rincones más sombríos del lugar. Decían que, cada pocos años, un asesino invisible acechaba el pueblo, y nadie, ni siquiera los más valientes, podía escapar de su maldición.

El relato comenzaba con una extraña calma que precedía al terror. Nadie sabía cuándo llegaría o cómo lo haría, pero siempre sucedía lo mismo: en una noche sin luna, las sombras se alargaban más de lo normal, y el viento parecía llevar consigo un susurro que helaba la sangre. Era entonces cuando las primeras víctimas comenzaban a desaparecer, sin dejar rastro alguno, sin señales de lucha, sin huellas que pudieran seguirse.

Todo comenzó una noche fría de noviembre, cuando la joven Marta, una recién llegada al pueblo, se instaló en una pequeña casa en las afueras. Marta era una mujer curiosa, algo excéntrica, y le atraían las leyendas locales, por lo que, al enterarse de las historias sobre el asesino invisible, decidió investigar por su cuenta. Nadie le creyó, ni siquiera el anciano que le advirtió en la taberna esa misma tarde.

"¿No te importa saber cómo murió mi hermano?", le dijo con una voz rasposa. "Mi hermano fue la última víctima del asesino, y nunca pudimos encontrarlo. Nadie lo vio. Nadie escuchó nada. Nadie hizo nada. ¿Qué harías tú si fueras el siguiente?"

Pero Marta, confiada en su razonamiento lógico, se burló de la advertencia y la ignorancia de los demás. Pensaba que todo era solo un mito, un cuento para asustar a los niños. Así que, después de esa conversación, se retiró a su hogar y cerró la puerta con firmeza, decidida a no dejarse envolver por el miedo.

Esa misma noche, cuando las campanas de la iglesia marcaron la medianoche, comenzó a sentir una extraña presión en el aire. Un peso invisible, como si algo estuviera observando desde las sombras. Marta se levantó de la cama, desconcertada, y miró por la ventana, pero no vio nada. La luna se había ocultado detrás de las nubes, y la oscuridad era total. De pronto, una ráfaga de viento helado irrumpió por la habitación, y el susurro comenzó a oírse: suave, imperceptible, como si viniera de todas partes al mismo tiempo. Un murmullo que no pertenecía a ninguna voz humana.

Con el corazón acelerado, Marta trató de ignorarlo, convencida de que era producto de su imaginación. Pero a medida que el susurro se intensificaba, algo extraño comenzó a suceder. La casa se llenó de un frío indescriptible, y las sombras parecían moverse por sí solas. Fue entonces cuando la puerta de su habitación comenzó a crujir lentamente, como si alguien la estuviera empujando desde el otro lado.

El miedo recorrió su columna vertebral, pero aún así, Marta se levantó de la cama, sin querer dar la espalda a lo que ocurría. Al abrir la puerta, la casa estaba completamente en silencio. No había nadie, pero el aire se sentía denso, como si algo estuviera esperando. El murmullante susurro, ahora claramente audible, no provenía de ningún sitio en particular; parecía envolverla por completo.

El sonido creció más fuerte, y cuando Marta intentó retroceder, algo le hizo girarse. Allí, en el umbral de la puerta, no había nadie, pero sintió la presencia de una figura intangible, invisible, que la observaba con una intensidad mortal.

"¿Quién eres?", gritó, su voz temblorosa.

No hubo respuesta. Solo una presión en el aire, como si la misma casa estuviera conteniendo la respiración.

En ese momento, el ruido cesó de golpe. Un silencio absoluto llenó el espacio, y Marta, incapaz de resistir el temor que la invadía, dio un paso atrás. Fue cuando, de repente, sintió una mano invisible que la empujaba con tal fuerza que casi la hizo caer al suelo. El pánico se apoderó de ella. Intentó gritar, pero no pudo. El aire se hizo espeso, como si su garganta estuviera siendo comprimida.

Entonces, escuchó una voz, suave, casi un susurro. "Sabía que vendrías", dijo la voz, esta vez claramente humana, pero al mismo tiempo, extraña. "Sabía que lo harías. Todo lo que has hecho, todo lo que has creído... ha sido en vano."

Antes de que Marta pudiera reaccionar, la voz se desvaneció. Pero algo aún persistía: el frío en sus huesos, la presión de una presencia invisible que no dejaba de acecharla, de observarla, incluso en los rincones más oscuros de su mente.

Esa noche, Marta desapareció sin dejar rastro. Nadie la vio salir, ni nadie la escuchó pedir ayuda. La policía registró su casa, pero no encontraron nada. Las puertas estaban cerradas desde dentro, las ventanas intactas, pero no había ni rastro de Marta. El único testigo de su desaparición fue el viento que, al amanecer, susurraba su nombre, como si el asesino invisible hubiese marcado su próxima víctima.

Los días pasaron, y las investigaciones se hicieron más intensas, pero nadie pudo descubrir cómo ni por qué Marta había desaparecido. El pueblo, por supuesto, siguió viviendo con el temor de la leyenda del asesino invisible, pero pocos se atrevían a hablar de él. Las desapariciones, aunque extrañas, seguían siendo parte de un ciclo que nadie podía entender.

Con el paso de los años, la historia se fue desvaneciendo en el olvido, pero los habitantes del pueblo sabían que el asesino invisible nunca se había ido. Ellos lo sabían porque, cada cierto tiempo, otro ser querido desaparecía en la oscuridad de la noche. Nadie veía nada, nadie oía nada. Pero todos sentían la presencia de la fuerza invisible, acechando, esperando.

Y así, la leyenda perdura hasta el día de hoy: el asesino invisible sigue en las sombras, en cada rincón oscuro del pueblo, esperando que alguien más sea lo suficientemente valiente o lo suficientemente tonto como para desafiar su poder.

LA CANCIÓN MALDITA

Era una noche tormentosa en el pequeño pueblo de Valverde, conocido por su calma y su inquebrantable silencio. Sin embargo, aquel día había algo distinto en el aire. La tormenta no solo arremetía contra las ventanas de las casas, sino que también parecía arrastrar consigo una sensación de inquietud que se apoderaba de todos. Nadie se atrevió a salir, nadie quería enfrentarse a los vientos que soplaban con una fuerza inusitada. Pero lo más extraño, lo que realmente aterrorizó a los habitantes de Valverde, fue la melodía.

La historia de la Canción Maldita era un susurro en los rincones más oscuros del pueblo, una leyenda que había sido transmitida de generación en generación. Se decía que, durante muchos años, una melodía en particular había acompañado a una tragedia aún sin resolver. Nadie sabía de dónde provenía la canción, pero todos la conocían. Aquella melodía era famosa por su capacidad para arrastrar a las personas hacia una especie de trance, como si su mente se apoderara de la melodía, como si fuera imposible no escucharla, aunque quisieras escapar de ella. Muchos decían que la canción estaba maldita, que quien la escuchaba caía irremediablemente en un destino de sufrimiento.

Esa noche, como si la tormenta hubiese convocado el mal, la canción sonó en toda la aldea.

Todo comenzó cuando Samuel, un joven curioso y un tanto incrédulo, encontró un antiguo gramófono en el desván de su abuelo. Nadie en la familia lo había tocado en años, pero Samuel, intrigado por el objeto polvoriento, decidió conectarlo. En la rueda del gramófono había un disco antiguo, con la etiqueta apenas legible. Samuel, ansioso por descubrir lo que estaba en ese disco, lo colocó y puso el brazo del gramófono en el vinilo. En el momento en que la aguja tocó la superficie, la primera nota resonó, suave al principio, como un susurro lejano. Pero pronto, la melodía comenzó a llenar toda la habitación.

Era una música extraña, profundamente conmovedora, pero había algo inquietante en ella. Una cadencia oscura, una tristeza palpable que parecía traspasar las barreras de la razón. A medida que la canción continuaba, Samuel no pudo evitar sentirse atraído, como si la música lo invadiera, como si comenzara a dominar sus pensamientos.

Poco a poco, su visión comenzó a distorsionarse, y la atmósfera en la habitación se volvió densa. El viento afuera aullaba con furia, pero en su interior, Samuel solo escuchaba la canción, cada vez más fuerte, más penetrante, como si le susurrara secretos que no debía saber.

De repente, un escalofrío recorrió su espalda. La melodía que sonaba no parecía provenir solo del gramófono. El sonido, aunque provenía del disco, también se sentía como si viniera de dentro de las paredes, como si la casa misma estuviera viva y cantando una canción de dolor. Y cuando Samuel miró hacia la ventana, vio algo que lo paralizó.

A través del cristal empañado por la tormenta, vio una figura. Una figura de pie en medio del campo, cubierta por un sombrero de ala ancha y una capa negra. El ser estaba inmóvil, pero la intensidad de su mirada parecía atravesar la oscuridad. Samuel sintió una presión en su pecho, como si la figura estuviera observándolo, acechándolo, esperando a que escuchara cada nota de esa canción maldita.

Con un sobresalto, Samuel intentó apagar el gramófono, pero la aguja parecía haberse pegado al disco, como si una fuerza invisible lo hubiera inmovilizado. Desesperado, intentó arrancarlo con las manos, pero la música continuaba, un ciclo interminable de notas tristes y aterradoras que llenaban todo su ser.

Fue entonces cuando la puerta se abrió lentamente, sin que nadie la tocara. Una figura apareció en el umbral: su abuelo. Samuel intentó gritar, pero no pudo. La canción lo ahogaba, lo sumía en un trance profundo, como si su mente ya no le perteneciera.

El abuelo caminó lentamente hacia él, sus ojos fijos en el joven, su rostro grave, lleno de una tristeza profunda. Cuando llegó a su lado, susurró: "Es tarde, Samuel. La canción ya te ha atrapado."

La habitación se llenó de un aire helado, y la figura del abuelo se desvaneció tan repentinamente como había aparecido. Samuel intentó moverse, pero sus piernas ya no respondían. Su mente se nublaba, la canción dominaba todo, y la figura en el campo seguía allí, observando, esperando.

Y entonces, Samuel lo entendió. La leyenda era cierta. La canción maldita era el último paso, el último canto antes de caer en el abismo. Nadie había sobrevivido a escucharla, porque quienes caían bajo su influencia nunca volvían. Eran arrastrados por la melodía, convertidos en parte de la historia, en ecos que la tormenta se encargaba de llevarse al olvido.

El pueblo de Valverde, ese pequeño rincón olvidado por el mundo, nunca volvió a ser el mismo. El gramófono fue encontrado días después, pero el disco desapareció, como si se lo hubiera tragado la misma oscuridad que había atraído a Samuel. Nadie osó hablar de la canción después de esa noche, pero aquellos que se acercaban demasiado a la casa de Samuel decían que, cuando el viento soplaba fuerte, podían escuchar una melodía apagada, distante, como si un alma atrapada aún cantara, invitando a otros a unirse a su triste destino.

Porque, en Valverde, la canción maldita seguía sonando, esperando a su próxima víctima.

EL HOMBRE DE LOS OJOS VACÍOS

En el pequeño pueblo de San Esteban, un lugar que parecía detenido en el tiempo, se hablaba a menudo de una figura sombría que nunca debía ser mirada a los ojos. Nadie sabía de dónde había venido, pero todos conocían la leyenda: "El Hombre de los Ojos Vacíos". Esta figura se decía que rondaba las calles al caer la noche, y si alguien tenía la mala fortuna de cruzarse con él, su vida nunca volvería a ser la misma.

La historia comenzó hace más de tres décadas, cuando un hombre extraño llegó al pueblo, vestido con un abrigo largo y sombrero de ala ancha que siempre cubría su rostro. Nadie lo vio hablar con nadie ni mostrar ninguna expresión. Caminaba sin prisa, como si no tuviera un destino, simplemente vagaba por las calles solitarias del pueblo. Los niños solían verlo desde sus ventanas, y su presencia siempre causaba un escalofrío en el aire, como si la misma atmósfera se volviera más densa al pasar.

Un día, un joven llamado Andrés decidió salir a investigar sobre aquel extraño, movido por la curiosidad. Nadie le había contado realmente quién era, solo que su mirada era lo que debía evitarse a toda costa. Nadie le decía por qué, pero él no podía ignorar las historias que sus padres y abuelos contaban sobre el hombre que caminaba sin alma, como una sombra, por el pueblo.

Esa tarde, al caer el sol, Andrés vio la silueta del hombre a lo lejos, cruzando la plaza del pueblo. Sin pensarlo mucho, decidió seguirlo, con la esperanza de descubrir algo que pudiera dar sentido a toda esa paranoia. A medida que avanzaba tras él, el aire se volvía más frío y el entorno parecía volverse más sombrío, aunque el sol aún no se había puesto por completo.

Cuando Andrés llegó a la vieja calle donde el hombre había doblado la esquina, notó que una sensación extraña se apoderaba de él. Era como si todo a su alrededor se desvaneciera, como si ya no estuviera en el mundo real, como si el tiempo se hubiera detenido. Sin embargo, la figura del hombre seguía allí, caminando sin prisa, ajeno a la presencia de Andrés.

Decidido a enfrentarse a su miedo, Andrés aceleró el paso hasta quedar a pocos metros del hombre. El extraño se detuvo frente a una puerta de madera vieja y la abrió lentamente, como si lo estuviera esperando. Al ver que la puerta se cerraba, Andrés corrió para alcanzarlo. Fue entonces cuando, en un movimiento rápido y silencioso, el hombre se giró hacia él.

Andrés se encontró atrapado por una mirada vacía, unos ojos que no tenían ni pupilas ni iris, solo la nada más absoluta. Eran ojos profundamente oscuros, negros como la noche más siniestra, que parecían no reflejar luz alguna, como pozos sin fondo. Su mirada lo envolvió con una sensación de desesperación y vacío. El joven intentó apartar la vista, pero algo lo mantenía clavado en esos ojos que lo observaban fijamente, como si estuviera viendo su alma misma.

El hombre no dijo una palabra, pero su presencia era tan abrumadora que Andrés sintió que el aire a su alrededor se espesoraba, que sus pulmones luchaban por recibir aire. De repente, escuchó un susurro, un sonido bajo y gutural que provenía de las entrañas de aquel hombre, pero no era él quien hablaba. Era la oscuridad misma, susurrándole al oído.

"Te has atrevido a mirarme. Ahora, ya no hay vuelta atrás."

El corazón de Andrés latía con fuerza, como si fuera a explotar de terror. Intentó dar un paso atrás, pero sus piernas no respondían. La oscuridad en los ojos del hombre parecía engullirlo, como si fuera parte de él, atrapándolo en un abismo insondable del que no podía escapar.

En ese momento, un viento helado surgió de la nada, golpeando su rostro con tal fuerza que Andrés perdió el equilibrio y cayó al suelo. Cuando levantó la vista, el hombre ya no estaba allí. La puerta había desaparecido, y el lugar había vuelto a la normalidad, como si nada hubiera sucedido. El pueblo seguía en silencio, pero Andrés sabía que algo había cambiado en él. Había algo dentro de su mente que nunca volvería a ser igual.

Con el tiempo, Andrés se convirtió en otra víctima del Hombre de los Ojos Vacíos. No fue visto ni oído en semanas, y cuando finalmente lo encontraron, estaba completamente cambiado. Sus ojos, antes vivos, ahora reflejaban la misma vacuidad que los del extraño. Había dejado de hablar y su mirada permanecía fija en el vacío, como si ya no tuviera nada que ofrecer al mundo.

Los habitantes de San Esteban sabían lo que había sucedido. Había mirado al hombre de los ojos vacíos y había perdido su alma en el proceso. Desde entonces, la leyenda del hombre seguía viva. Nadie se atrevía a caminar por las calles después del anochecer. Nadie quería enfrentarse a la posibilidad de perder su alma, de quedar atrapado en ese vacío insondable, donde el tiempo y la vida se desvanecían para siempre.

La gente decía que, si alguna vez lo veías, debías cerrar los ojos, girar en la dirección contraria y alejarte rápidamente, porque si el Hombre de los Ojos Vacíos te miraba fijamente, ya no había escapatoria. Habías sellado tu destino, y la oscuridad de su mirada se convertiría en parte de ti, hasta que todo lo que quedara de ti fuera solo un reflejo vacío.

LA CAJA MALDITA

Hace muchos años, en un pequeño pueblo apartado del mundo, se contaba una historia que aterraba a los habitantes del lugar. No había una sola persona que no hubiera oído hablar de la Caja Maldita, un objeto cuyo poder se decía que era tan maligno que cualquiera que la poseyera sufriría una condena fatal. Sin embargo, como todas las leyendas, había quienes la desestimaban como una simple superstición, hasta que alguien, por accidente, decidió destapar los secretos de la caja.

Todo comenzó con la historia de un hombre llamado Ramón Salazar, un curioso coleccionista de antigüedades que visitaba mercados y casas de subastas en busca de objetos raros y valiosos. Ramón tenía una obsesión por encontrar reliquias, pero no de cualquier tipo; buscaba aquellos artefactos que no se explicaban con facilidad, objetos cargados de misterio o que tenían historias inquietantes.

Un día, en un mercado en las afueras del pueblo, se topó con una caja de madera vieja y desgastada que llamó su atención. No era particularmente grande ni lujosa, pero algo en ella parecía tener un magnetismo extraño. El vendedor, un anciano de ojos vidriosos, parecía nervioso cuando Ramón preguntó sobre la caja.

"Es mejor que la dejes donde está", le dijo el hombre, con una voz áspera, "esa caja trae más maldiciones que bendiciones."

Pero la advertencia solo despertó la avaricia de Ramón, quien, confiado en que los relatos de maldiciones eran solo supersticiones, compró la caja a un precio irrisorio. Cuando regresó a su casa, la colocó en su estudio, sin pensarlo dos veces. No sabía que ese gesto marcaría el inicio de su descenso hacia la locura.

La caja, a simple vista, era de madera oscura, con intrincados detalles tallados en sus costados. Aunque el polvo y el paso del tiempo habían dejado huella, los detalles en la madera parecían tener una perfección inhumana, casi como si fueran observadores invisibles. El hecho de que no tuviera cerradura ni bisagras, lo que hacía imposible abrirla de una forma convencional, solo aumentaba la sensación de que algo no estaba bien.

Esa noche, Ramón no pudo evitar sentir una extraña inquietud. Se quedó mirando la caja por horas, como si una fuerza invisible lo estuviera atrayendo hacia ella. Al principio pensó que eran solo fantasías, pero cuando escuchó un leve susurro proveniente de dentro de la caja, el miedo comenzó a crecer en su interior. Pensó que estaba alucinando, pero no podía dejar de escuchar ese murmullo bajo, casi como una voz lejana que decía su nombre.

Movido por la curiosidad, Ramón intentó abrir la caja. Aunque no tenía ninguna cerradura, la tapa se resistía, como si algo invisible estuviera manteniéndola cerrada. Finalmente, después de varios intentos, la tapa cedió con un crujido espantoso. Lo que encontró dentro de la caja no era lo que esperaba.

En lugar de oro o joyas, dentro había un pequeño trozo de tela negra, enrollado, que parecía tener siglos de antigüedad, junto a un diente humano amarillento. A su lado, una pequeña figura de barro, rotunda y desgastada por el tiempo, representaba una figura extraña, con el rostro deformado por lo que parecían grietas hechas deliberadamente. Ramón, sintiendo un escalofrío recorrer su espalda, no comprendió lo que tenía entre las manos, pero algo dentro de él le decía que debía dejarlo todo atrás.

Esa noche, después de abrir la caja, comenzaron los extraños sucesos. El ambiente en su casa cambió. Las sombras parecían alargarse de manera antinatural, y los ruidos inexplicables comenzaron a llenar los pasillos. Al principio, creía que era su mente jugando con él, pero luego las voces comenzaron a ser más claras. Murmullos que se escuchaban a su oído, palabras incomprensibles, seguidas de un golpe fuerte en la pared, como si algo invisible estuviera intentando salir.

Al día siguiente, Ramón notó que su reflejo en el espejo ya no era el mismo. Su rostro había adquirido una expresión fría, distante, como si estuviera siendo observado por un par de ojos que no eran los suyos. Los días siguientes fueron aún más aterradores. Las luces en su casa parpadeaban sin razón, y en la oscuridad, veía figuras sombrías moviéndose a su alrededor. Intentó deshacerse de la caja, pero cada vez que lo hacía, aparecía de nuevo en su estudio, como si tuviera voluntad propia.

Al borde de la desesperación, Ramón buscó a un experto en lo sobrenatural, alguien que pudiera ayudarlo a comprender lo que estaba pasando. El anciano que lo atendió le explicó que la caja había sido un objeto maldito, creada siglos atrás por un culto oscuro, cuyo propósito era atrapar las almas de aquellos que la poseyeran y condenarlos a una existencia de sufrimiento eterno. Lo que estaba sucediendo con Ramón no era una coincidencia: la caja había comenzado a reclamar su alma.

El experto le advirtió que, a medida que pasara el tiempo, Ramón comenzaría a perder su humanidad. Los susurros en su mente aumentarían, hasta que no pudiera diferenciar entre la realidad y la locura. El precio de poseer la caja era claro: una vida marcada por la desesperación y la muerte inminente. Nadie había logrado deshacerse de ella, pues quienes lo intentaban, morían en circunstancias misteriosas poco después.

La noche en que Ramón intentó escapar del pueblo, la caja lo alcanzó una vez más. Al abrir la puerta de su casa, vio la figura de la mujer de barro que se alzaba ante él, con sus ojos vacíos fijos en su rostro. El aire se volvió espeso y caliente, y una risa macabra llenó la habitación, como si algo de la caja estuviera tomando forma dentro de su mente. El hombre, ahora perdido y enloquecido por la maldición, intentó huir, pero todo lo que pudo hacer fue caer al suelo, abrazado por las sombras de la caja que lo rodeaban.

El pueblo nunca volvió a ver a Ramón Salazar, y la caja, como siempre, desapareció, aguardando a la próxima víctima a la que atraparía con su maldición eterna. La leyenda del pozo sin fondo del mal seguía viva en los ecos de los murmurios y los susurros de los que ya no estaban. Y todos sabían que, de alguna forma, la Caja Maldita siempre encontraría un nuevo dueño.

LA LLAMA DE LA VENGANZA

Era una fría noche de otoño cuando la leyenda comenzó a tomar forma en el pueblo de Villamuerte, un lugar apartado, donde las historias más oscuras se transmitían de generación en generación, siempre acompañadas de un susurro temeroso. Nadie podía decir con certeza cuándo empezó todo, pero lo que sí sabían era que, una vez que la Llama de la Venganza se encendía, no había vuelta atrás.

La historia de la llama se centraba en una mujer llamada Isabela. Era una joven hermosa, de cabellos largos y oscuros, con ojos tan profundos que cualquiera que los mirara podría quedar atrapado en ellos. Vivía en una pequeña casita al borde del bosque, junto a su amado, Adrián, un hombre fuerte y bondadoso que siempre había sido el apoyo de la comunidad. Su relación era el ejemplo de lo que significaba el amor verdadero, y todos en el pueblo se alegraban al verlos juntos.

Sin embargo, la paz que parecía envolver su vida se rompió una tarde de invierno, cuando Adrián desapareció de manera misteriosa. Nadie sabía lo que había pasado, y las búsquedas en el bosque fueron infructuosas. Lo único que se encontraba, a orillas de un arroyo cercano, era su abrigo rasgado y su reloj de bolsillo roto, los cuales no daban ninguna pista sobre su paradero. Isabela, desesperada, buscó consuelo en los sabios del pueblo, quienes le aseguraron que Adrián había sido víctima de una maldición antigua, un hechizo que caía sobre aquellos que osaban traicionar a la naturaleza.

Días pasaron y, en su desesperación, Isabela comenzó a escuchar extraños rumores. Algunos decían que el bosque estaba lleno de espíritus que lloraban por las almas perdidas; otros aseguraban que el arroyo era una puerta hacia el otro mundo, donde los muertos vagaban sin descanso. Finalmente, una anciana le habló de una antigua leyenda: la historia de una llama que, cuando se encendía, tenía el poder de traer de vuelta a los muertos, pero a un precio espantoso. Solo aquellos que tenían una razón lo suficientemente poderosa para buscar venganza podían invocar la llama, y su fuego nunca se apagaba hasta que se completara el ciclo de la justicia.

Desesperada por encontrar a Adrián, y convencida de que alguien en el pueblo tenía algo que ver con su desaparición, Isabela decidió buscar esa llama. Aquella noche, bajo la luz de la luna llena, se adentró en el bosque, armada solo con una pequeña vela encendida y una antigua daga que había pertenecido a su madre. Mientras avanzaba, el viento susurraba entre los árboles, como si la propia naturaleza estuviera observándola. Su corazón latía con fuerza, y cada paso que daba parecía sumergirla más en la oscuridad.

Fue en el centro del bosque donde la encontró. Una pequeña cueva oculta entre las rocas, con una puerta de piedra que parecía estar esperando su llegada. En el interior de la cueva, un altar de piedra era custodiado por una llama verde fosforescente que ardía sin consumir su fuego. Isabela, sin pensarlo dos veces, se acercó al altar y colocó la daga sobre la piedra. Pronunció las palabras que la anciana le había enseñado, palabras que habían sido susurradas por generaciones, casi como una advertencia.

"Que la llama arda, que la venganza se complete, que la oscuridad tome lo que le pertenece."

Al instante, el aire se volvió espeso, y un calor indescriptible comenzó a envolverla. La llama verde se intensificó, iluminando la cueva con una luz tan brillante que Isabela tuvo que cerrar los ojos. Fue entonces cuando escuchó una voz, tan profunda que parecía venir de las mismas entrañas de la tierra.

"Has invocado la llama, pero recuerda, hija mía, que la venganza no tiene fin. El precio es alto."

Isabela no comprendió esas palabras, solo sentía una fuerza ardiendo en su pecho, un deseo de hacer pagar a aquellos que le habían robado a Adrián. Cuando abrió los ojos, ya no estaba sola. A su lado, con una apariencia sombría y distorsionada, apareció Adrián, pero algo estaba mal. Su rostro estaba pálido, sus ojos vacíos de vida, y una expresión de sufrimiento se reflejaba en su rostro.

Isabela sintió un escalofrío recorrer su cuerpo, pero no podía detenerse. La llama de la venganza la había despertado, y con ella, la necesidad de justicia. Sin embargo, a medida que su amado se acercaba a ella, algo en su interior empezó a sentir el vacío de la decisión tomada. ¿Qué había desatado? Lo que había invocado no era solo la vuelta de Adrián, sino el despertar de algo mucho más oscuro.

La figura de Adrián comenzó a transformarse. Su cuerpo se alargaba y retorcía, sus ojos se oscurecían, hasta que se convirtió en una bestia oscura, un espectro de venganza y rabia. La llama que Isabela había desatado se había tragado su alma, y ahora ella estaba condenada a vivir con el monstruo que había creado.

En ese instante, la cueva comenzó a temblar, y la llama verde se apagó, pero no por completo. Aunque el fuego dejó de iluminar la cueva, el calor persistía. La Llama de la Venganza nunca se apaga por completo. Siempre queda encendida en lo más profundo de quien la invoca, un fuego que consume todo lo que toca, transformando el alma de quien la busca en un eco de lo que alguna vez fue.

Isabela no pudo huir. Estaba atrapada en un ciclo eterno de sufrimiento, condenada a ser perseguida por la sombra de lo que había amado. En su corazón, la venganza nunca terminó, y ahora era ella quien debía pagar el precio. Las almas de los muertos siempre encuentran un camino hacia la venganza, pero nunca vuelven intactas.

Los aldeanos nunca volvieron a ver a Isabela. La cueva fue sellada, pero la leyenda seguía viva, recordando a todos que, cuando se busca venganza, el fuego puede consumir mucho más que solo el alma de la víctima. La Llama de la Venganza sigue ardiendo en el bosque, esperando a la próxima alma desesperada que se atreva a invocar su poder. Y cuando lo haga, el fuego será eterno.

EL FANTASMA DEL PASILLO

La antigua mansión de los Haller, situada en las afueras de la ciudad, llevaba años deshabitada, cubierta por la maleza y envuelta en un silencio inquietante. Se decía que los Haller eran una familia noble que había desaparecido de la faz de la tierra sin dejar rastro, dejando la casa atrás como un sombrío vestigio de su tiempo. Los vecinos contaban historias extrañas, rumores que hablaban de ruidos en las noches y luces que se encendían solas. Pero nadie se atrevía a acercarse, pues todo el mundo sabía que la mansión estaba maldita.

Un día, un joven llamado Lucas, atraído por la historia y los misterios de la vieja mansión, decidió que sería él quien resolvería el enigma. Era un estudiante de arquitectura, fascinado por los edificios antiguos, y cuando su profesor le asignó como proyecto un análisis de estructuras históricas, la mansión Haller le pareció la elección perfecta. Aunque sus amigos le advirtieron que la casa estaba maldita, Lucas no les prestó atención. Pensaba que todo eso eran solo supersticiones, nada más que historias inventadas por personas con miedos infundados.

A la mañana siguiente, Lucas se preparó con una linterna, una cámara y un cuaderno, dispuesto a documentar todo lo que pudiera encontrar. Se acercó a la mansión a pie, el sol apenas asomando en el horizonte, y notó cómo el aire se volvía más frío a medida que se acercaba. La enorme puerta de madera, con intrincados detalles de hierro forjado, estaba entreabierta, como si alguien la hubiera dejado abierta para él. Con un escalofrío recorriéndole la columna, Lucas entró.

El interior de la mansión era tan sombrío como se esperaba. Las paredes, cubiertas de polvo y telarañas, parecían esconder secretos oscuros, y el aire estaba denso, pesado por el tiempo y el abandono. Lucas caminó por el vestíbulo, observando cada rincón, cada cuadro envejecido que colgaba de las paredes, hasta que llegó a un largo pasillo. El pasillo parecía interminable, sus paredes se extendían hasta donde la vista ya no alcanzaba, y a medida que avanzaba, un extraño sentimiento de opresión lo invadió. No podía evitar mirar hacia atrás cada pocos pasos, como si algo lo estuviera observando desde la oscuridad.

De repente, al final del pasillo, Lucas escuchó un sonido. Primero pensó que era el crujir de las viejas maderas bajo sus pies, pero luego lo escuchó de nuevo, un leve susurro que parecía provenir de las paredes mismas. Lucas, intrigado y con algo de temor, avanzó hacia el sonido, que ahora se sentía más claro. Era una risa, baja, rasposa, pero inconfundible. Al principio pensó que podía ser la imaginación jugando con él, pero la sensación de que algo estaba mal era palpable.

Avanzó cautelosamente hasta llegar a una puerta cerrada, situada al final del pasillo. La puerta era vieja, con un pomo de hierro que parecía oxidado por los años. Sin pensarlo demasiado, Lucas la abrió. Dentro, lo primero que vio fue la oscuridad, y luego, en el centro de la habitación, una figura. Un hombre, o algo parecido a uno, pero con una silueta borrosa, como si no tuviera forma definida. Los ojos de la figura brillaban con un resplandor azul tenue, y una sonrisa macabra se formaba en su rostro.

La figura estaba inmóvil, como si lo esperara, y cuando Lucas entró, se deshizo en la oscuridad, como si nunca hubiera estado allí. Un estremecimiento recorrió su cuerpo, pero lo que le hizo saltar el corazón fue el sonido de un susurro que comenzó a llenar la habitación. "¿Qué haces aquí?", murmuró la voz. No era un susurro normal; era una voz rasposa, como si estuviera hablando a través de una rendija de la tierra, mezclada con ecos lejanos de dolor.

Lucas giró sobre sus talones y salió corriendo del cuarto. Pero al hacerlo, una extraña presión comenzó a oprimir su pecho, como si el aire en la mansión fuera más espeso de lo normal. El pasillo parecía haberse alargado, y la salida ya no estaba a la vista. La oscuridad se espesaba y el sonido del susurro seguía, más cercano, más claro. "¿Por qué te vas tan pronto?", decía la voz, arrastrando las palabras de manera retorcida.

Lucas se giró hacia el final del pasillo, pero lo que vio lo paralizó. La figura que había visto antes ya no estaba en la habitación, sino que estaba de pie, al final del pasillo, observándolo con sus ojos brillantes. Su rostro estaba borroso, indefinido, como si estuviera formado por las mismas sombras del pasillo, y sus manos se estiraban hacia él en un gesto lento y siniestro. La risa se hizo más fuerte, resonando en las paredes de la mansión.

En un intento por escapar, Lucas corrió hacia lo que creía que era la salida, pero al hacerlo, los pasillos cambiaban ante sus ojos, las paredes se desplazaban, y el lugar parecía transformarse en una trampa interminable. Cada vez que intentaba encontrar una puerta o una ventana, los pasillos se alargaban, y la figura se acercaba más.

Finalmente, sin aliento, Lucas tropezó y cayó al suelo. Cuando levantó la vista, la figura estaba justo frente a él. El hombre, o lo que fuera, estaba sonriendo, pero esta vez su sonrisa era más ancha, más espantosa, como si estuviera a punto de devorarlo.

Con un grito ahogado, Lucas intentó escapar, pero en ese momento la figura extendió su brazo, tocando su hombro con una frialdad que le heló la sangre. "No puedes irte", susurró con voz temblorosa, "porque el pasillo nunca termina para los que entran en él."

Antes de que pudiera gritar de nuevo, el pasillo desapareció. Todo se volvió blanco, vacío, y el silencio se apoderó de la mansión.

Al día siguiente, cuando el sol salió, los vecinos del pueblo encontraron la mansión aún en pie, como siempre. Pero no había señales de Lucas. Nadie volvió a escuchar los susurros, ni la risa, pero aquellos que pasaban cerca de la mansión afirmaban que a veces, cuando la niebla cubría el pueblo por la tarde, se podía ver una figura al final del largo pasillo de la mansión Haller, con los ojos brillando en la oscuridad. Nadie se atrevió a entrar allí nunca más.

Y aunque los años pasaron, la leyenda del Fantasma del Pasillo siguió viva, pues los que osaban acercarse, siempre desaparecían en las sombras.

LA LÁMPARA DEL DESEO

En un pequeño y apartado pueblo, rodeado de campos y colinas cubiertas por la niebla, se encontraba una antigua tienda de antigüedades. Su dueño, un hombre de edad avanzada conocido como Don Horacio, era un hombre peculiar que había vivido en el mismo lugar durante toda su vida, observando cómo el tiempo se desvanecía a su alrededor, pero sin que él pareciera envejecer ni un día. La tienda, llena de estanterías repletas de objetos olvidados, era un refugio de misterio, una suerte de portal a tiempos pasados donde cada artículo parecía tener una historia que contar, y, para algunos, un destino que cumplir.

Entre las muchas reliquias que Don Horacio acumulaba, había una que siempre mantenía oculta, protegida por una pesada tela de terciopelo rojo que solo revelaba a aquellos a quienes él consideraba dignos. Era una lámpara de aceite, de diseño refinado, con una base de plata antigua y una estructura intrincada que parecía reflejar la luz de manera sobrenatural. Su tamaño no era excesivo, pero lo que la hacía especial era su brillo. Aquella lámpara no era común, ni mucho menos. Quienes habían intentado tocarla sin el permiso de Don Horacio nunca volvían a ser los mismos.

La leyenda hablaba de un deseo, un único deseo que se podía pedir al frotar la lámpara. Sin embargo, no todos los que lo hicieron encontraron lo que esperaban. Muchos habían desaparecido, otros se volvían locos, algunos incluso sufrían terribles accidentes poco después de tocarla. Nadie, hasta ese momento, había logrado desvelar el verdadero poder que guardaba, y Don Horacio, con su mirada sabia, había aprendido a no hablar del tema.

Una tarde, una joven llamada Marta, conocida por su curiosidad insaciable, entró en la tienda, atraída por un rumor que circulaba entre los aldeanos. Decían que la lámpara de aceite era capaz de conceder un deseo, uno solo, pero con un precio que nadie se atrevía a pagar. Marta, escéptica, no creía en tales supersticiones, pero algo dentro de ella la impulsó a entrar. Quería saber la verdad, desvelar el misterio, y si la historia era cierta, ella también quería probar su suerte.

Don Horacio la observó cuando entró, y aunque su rostro arrugado mostró una leve sonrisa, sus ojos, profundos como pozos oscuros, no dejaban de examinarla. Marta, sin que él dijera palabra, fue directamente hacia la lámpara. El aire parecía volverse más denso a medida que se acercaba, y un escalofrío recorrió su espalda, pero ella lo ignoró, pensando que era solo su imaginación.

Con un gesto decidido, extendió la mano y, al tocar la fría superficie de la lámpara, algo extraño sucedió. El aire en la tienda pareció espesarse, la luz de las velas tituló y, por un momento, el silencio se volvió absoluto, como si la misma tienda estuviera conteniendo la respiración.

"¿Estás segura de lo que haces?", preguntó Don Horacio, su voz grave y lenta, cargada de advertencia.

Marta, que apenas había reparado en su presencia, asintió, sin vacilar. "Solo quiero saber si realmente puede conceder un deseo", dijo, su tono despectivo. "Solo un deseo, ¿qué podría salir mal?"

Don Horacio no respondió, pero en sus ojos brilló una sombra que Marta no alcanzó a comprender. Con un ligero movimiento de su mano, ella frotó la lámpara. Un suave resplandor emergió de su interior, y la luz se expandió, llenando la habitación con una calidez que no era humana. De pronto, una figura apareció frente a ella, una especie de sombra etérea, flotando en el aire.

El ser, sin rostro, parecía estar compuesto de pura luz y oscuridad, un híbrido de ambas cosas. La voz que emitió era profunda, como el eco de mil almas. "Has invocado el deseo", dijo, su tono resonando en cada rincón de la tienda. "Ahora, elige tu deseo. Pero recuerda, no siempre lo que uno desea es lo que realmente necesita."

Marta, emocionada y con una sensación extraña que crecía dentro de ella, no dudó. "Quiero ser rica", dijo sin pensarlo. "Quiero tener todo el dinero que pueda imaginar, no quiero preocuparme por nada nunca más."

La figura asintió lentamente, y la luz comenzó a girar alrededor de ella, más y más rápido, hasta que Marta sintió que su cuerpo era absorbido por el resplandor. Un escalofrío recorrió su columna, pero no pudo moverse, atrapada en una especie de trance hipnótico. Finalmente, cuando la luz desapareció, Marta se encontró de vuelta en la tienda, sola. La lámpara estaba en su mano, pero el aire se había vuelto pesado, denso, como si algo hubiera cambiado.

"Tu deseo ha sido concedido", dijo la voz de Don Horacio, ahora más cerca de lo que ella pensaba. Al mirarlo, Marta vio en sus ojos una profunda tristeza que la inquietó, pero no le prestó mucha atención. "Vete ahora. El precio se paga siempre, y el tuyo está por llegar."

Con una sonrisa triunfante, Marta abandonó la tienda. A medida que caminaba por las estrechas calles del pueblo, se dio cuenta de algo extraño: sus ropas se sentían diferentes, lujosas, y al mirar sus manos, vio cómo se cubrían de anillos de oro, con piedras preciosas brillando con fuerza. Su bolso se llenó de billetes, su casa parecía haberse transformado en un palacio. Todo lo que había deseado, todo lo que siempre había querido tener, ahora le pertenecía.

Pero pronto, la euforia se desvaneció. Con el tiempo, la riqueza que tanto había deseado se convirtió en una carga. Marta ya no podía dormir, porque la ansiedad la mantenía despierta, pensando en cómo proteger su fortuna. No podía disfrutar de su dinero, pues cada vez que intentaba hacerlo, una sensación de vacío la envolvía. La gente que la rodeaba parecía más distante, y los días se alargaban, llenos de una pesadumbre que no la dejaba vivir en paz.

Poco a poco, Marta fue perdiendo todo lo que antes había amado: sus amigos se alejaron, su familia la rechazó, y las sombras de la mansión que había adquirido parecían crecer con cada noche que pasaba. Los objetos más valiosos que poseía comenzaron a desaparecer, como si se desvanecieran en el aire.

El precio de su deseo no era más que una ilusión: la riqueza que había ansiado no era más que un lastre, y la soledad comenzó a consumirla. Mientras caminaba por las frías calles una noche, Marta miró hacia la tienda de Don Horacio, que permanecía cerrada, oscuro y silencioso. Un escalofrío recorrió su cuerpo, y entendió, al fin, lo que el viejo hombre había querido decirle. La lámpara no concedía deseos, sino que ofrecía una ilusión, una falsa promesa que solo llevaba a la perdición.

Sin poder escapar de su destino, Marta regresó a su casa, donde la soledad la esperaba, y donde los ecos de su desesperación nunca cesaban.

La Lámpara del Deseo había cumplido su parte. Pero nunca se le dijo que, en realidad, el precio del deseo no era el dinero ni las riquezas materiales. El precio era el alma, y la suya ya no le pertenecía.

EL ESPEJO EMBRUJADO

En una antigua mansión que se alzaba solitaria en lo alto de una colina, rodeada de un bosque sombrío y denso, se encontraba un espejo tan peculiar como aterrador. Nadie sabía exactamente de dónde había venido, pero su presencia era tan misteriosa como la casa misma. La mansión, llamada "La Casa de las Sombras", había pertenecido a una familia rica que, con el tiempo, se había marchado sin dejar rastro, dejando todo atrás, como si hubiera sido abandonada de la noche a la mañana.

El espejo estaba colocado en el vestíbulo principal, en una pared que parecía un simple rincón en comparación con el resto de la mansión, que era amplia y llena de muebles antiguos y cuadros descoloridos. Aunque la mansión estaba polvorienta y oscura, el espejo seguía reflejando una luz que no provenía de ninguna lámpara ni ventana. Su superficie, en lugar de ser lisa, tenía una ligera ondulación, como si el cristal estuviera vivo, cambiando sutilmente cada vez que alguien lo miraba fijamente.

Aquella mansión, que alguna vez había sido un lugar de reuniones y fiestas, se había vuelto ahora un lugar de rumores. La gente del pueblo cercano hablaba de cosas extrañas que ocurrían dentro. Se decía que aquellos que entraban a la mansión nunca volvían a ser los mismos, y muchos aseguraban que el espejo era el origen de todos los males. Nadie se atrevía a acercarse demasiado, pero algunos, impulsados por la curiosidad, se adentraban en la mansión, atraídos por las leyendas que giraban en torno a él.

Una noche, un joven llamado Carlos, conocido por su valentía (y algo de imprudencia), decidió explorar la mansión en busca de respuestas. Había escuchado historias sobre el espejo durante años, y se sintió desafiado a enfrentarse a lo desconocido. Su única intención era descubrir si todo aquello que se decía era cierto. Armado solo con una linterna y su determinación, Carlos atravesó el oscuro umbral de la mansión, ignorando los ecos de los crujidos que resonaban a cada paso.

El vestíbulo estaba vacío, pero el aire estaba espeso, impregnado de una sensación de tensión, como si algo o alguien lo estuviera observando. Al fondo, a la izquierda, el espejo de inmediato llamó su atención. Era más grande de lo que había imaginado, una estructura de madera oscura, con intrincados detalles tallados a mano, de una belleza perturbadora. Sin embargo, lo que realmente lo atrajo fue el reflejo: el espejo no solo reflejaba el entorno, sino que parecía hacer que todo lo que tocaba se volviera más oscuro, más nítido, como si la imagen se estuviera absorbiendo en algún otro lugar.

Carlos se acercó con cautela, dejando que el brillo de su linterna iluminara los bordes del espejo. Fue entonces cuando notó algo extraño: el reflejo de la habitación no era igual al entorno real. En el espejo, las paredes parecían estar cubiertas de un espeso polvo, pero las sombras dentro del cristal no se movían como deberían. Al principio pensó que era su mente jugándole trucos, pero cuando observó más de cerca, vio que algo se movía dentro del reflejo.

Una figura sombría apareció en el cristal. Era humana, pero no se parecía a nada que Carlos hubiera visto antes. La figura, completamente negra, con una especie de capa flotante, parecía mirarlo fijamente. No se movió, pero sus ojos, si es que eran ojos, brillaban con una intensidad inhumana. Carlos dio un paso atrás, pero sus pies se sentían como si estuvieran pegados al suelo. El reflejo en el espejo comenzó a moverse hacia él, lentamente, como si la figura quisiera cruzar hacia el mundo real.

Con el corazón acelerado, Carlos intentó retroceder, pero no podía apartar la vista. Algo lo mantenía allí, hipnotizado por la presencia de aquella figura. Cuando finalmente logró girarse para escapar, un terrible sonido, como el rasguño de uñas sobre cristal, lo hizo congelarse. Miró hacia el espejo una vez más, y esta vez vio cómo una mano gris y huesuda comenzaba a salir del vidrio, estirándose hacia él. Su piel se erizó, y el pánico lo envolvió por completo.

Desesperado, trató de correr, pero sus piernas parecían ser de plomo, como si el mismo aire estuviera intentando retenerlo. Cuando miró hacia el espejo una última vez, vio cómo la figura se deslizaba fuera del cristal, avanzando hacia él con una calma mortal. Su rostro nunca fue visible, pero Carlos podía sentir cómo una presencia fría y malevolente se acercaba. Fue en ese momento cuando la figura habló, su voz un susurro tan bajo que apenas pudo escucharla, pero las palabras fueron claras:

"No puedes escapar. Estás aquí para siempre."

Carlos luchó contra el terror que lo invadía, pero era como si una fuerza invisible lo hubiera atrapado, dejándolo completamente inmóvil. Y antes de que pudiera hacer algo más, la figura se lanzó sobre él, su cuerpo se desvaneció en el aire, absorbido por el espejo. En un parpadeo, el vestíbulo volvió a estar en silencio, y la mansión se sumió en la oscuridad.

Al día siguiente, el pueblo despertó con la noticia de la desaparición de Carlos. Nadie pudo explicarlo, pero todos sabían que algo oscuro se había apoderado de él, algo que no debía haberse tocado. La mansión, ahora aún más sombría, siguió siendo un lugar temido, con la leyenda del espejo que nunca dejó de reflejar lo que no debía ser visto.

Se decía que, si alguien se atrevía a mirar dentro de ese espejo, lo haría con la esperanza de encontrar lo que más deseaba… pero que, como Carlos, nunca saldría de él. Y aunque la mansión fue finalmente sellada, se susurraba entre los habitantes que, en las noches más oscuras, aún podían oírse susurros desde dentro, y si se acercaban lo suficiente al viejo cristal, podían ver un par de ojos brillantes mirándolos desde el otro lado.

El Espejo Embrujado seguía esperando a su próxima víctima.

EL ABISMO DEL OLVIDO

En las afueras de un pequeño pueblo, escondido entre las colinas y rodeado por un espeso bosque, existía un lugar que pocos se atrevían a mencionar. Las viejas historias hablaban de un abismo, un agujero oscuro y sin fondo, situado en el corazón de un antiguo bosque olvidado por el tiempo. Nadie sabía cómo había surgido, ni por qué el pueblo lo evitaba, pero todos conocían la regla no escrita: no ir al Abismo del Olvido.

El lugar había sido el centro de muchas leyendas que se transmitían de generación en generación. Se decía que cualquiera que se acercara al abismo perdería algo más que su vida. No se trataba solo de caer en las oscuras profundidades, sino de perder algo mucho más valioso: la memoria. Las almas atrapadas en el abismo no podían recordar ni quiénes eran ni por qué habían llegado hasta allí. En su lugar, quedaban atrapadas en un ciclo sin fin, vagando en la oscuridad, olvidando todo lo que alguna vez amaron.

Muchos años atrás, el pueblo había sido víctima de una tragedia que cambió su historia para siempre. Un grupo de personas había desaparecido misteriosamente, y aunque se hizo todo lo posible por encontrarles, los rastros se perdieron en la oscuridad del bosque, donde nadie se atrevió a seguir. Desde ese entonces, las historias sobre el abismo adquirieron una gravedad sin igual. Las madres advertían a sus hijos que no se acercaran, los ancianos murmuraban advertencias sobre los peligros de olvidar el pasado, y los hombres del pueblo evitaban siquiera mencionar el nombre de aquel lugar.

Sin embargo, un joven llamado Daniel, siempre lleno de curiosidad y una sed insaciable por desentrañar misterios, no podía evitar sentirse atraído por las leyendas del abismo. Había crecido oyendo historias de los más viejos del lugar, historias llenas de terror y advertencias, pero algo dentro de él lo impulsaba a comprobar por sí mismo si el abismo era tan peligroso como se decía. Nadie en el pueblo se atrevió a acompañarlo, y las pocas personas que se ofrecieron a hacerlo se retractaron a última hora, temerosas de las consecuencias.

Una tarde, sin previo aviso, Daniel decidió embarcarse en su viaje. Se internó en el bosque sin más compañía que su linterna, adentrándose cada vez más entre los árboles, dejando atrás los caminos conocidos y las huellas de quienes alguna vez habían vivido allí. El aire se volvía cada vez más denso, y el silencio era absoluto, salvo por el crujir de las ramas bajo sus pies.

Tras horas de caminata, llegó a un claro donde, entre la niebla, podía ver lo que parecía un enorme hueco en el suelo. El aire en ese lugar se sentía diferente, como si el tiempo mismo hubiera decidido detenerse allí. Daniel se acercó con cautela y vio la abertura: un agujero oscuro que parecía no tener fin, un vacío absoluto, que lo absorbía todo a su alrededor. A pesar de la sensación de angustia que lo invadió, Daniel se sintió extrañamente atraído por él, como si algo invisible lo estuviera llamando.

Mientras observaba el abismo, algo comenzó a cambiar. La sensación de inseguridad se transformó en una quietud extraña, como si el mismo bosque estuviera observándolo. Daniel, en lugar de dar un paso atrás, dio un paso hacia adelante, sin saber por qué, casi sin control sobre sus propios movimientos. En ese momento, un susurro, lejano y apenas audible, pareció llegar de las profundidades del abismo, como una voz que murmuraba su nombre.

"Daniel..."

Se detuvo en seco, pero el murmullo continuó, ahora más cercano, más claro.

"Ven, Daniel..."

El joven, tembloroso, no pudo resistir la tentación de acercarse más al borde. De pronto, un escalofrío recorrió su espina dorsal cuando algo extraño comenzó a suceder: su visión comenzó a distorsionarse. Las sombras a su alrededor se alargaban y se retorcían de manera antinatural, y la oscuridad del abismo parecía devorar la luz de su linterna. Fue entonces cuando sintió como si algo tirara de él, algo invisible pero fuerte, como si la misma tierra estuviera llamándolo hacia abajo.

De pronto, Daniel dejó de escuchar su nombre y, en su lugar, un vacío profundo y ensordecedor lo rodeó. Su mente comenzó a desmoronarse. Recordaba su nombre, pero ya no era él mismo quien lo pronunciaba. Comenzaba a olvidar las razones por las que había ido al bosque, e incluso el significado de su propia existencia. El abismo lo estaba consumiendo, no solo físicamente, sino también en su mente.

Con un último esfuerzo, trató de retroceder, pero sus pies no respondían. La oscuridad se volvía más espesa, como si quisiera envolverlo por completo. Miró hacia arriba y, por un breve instante, vio cómo los árboles y la luz de la linterna se desvanecían, y lo único que quedaba era el abismo y su voz, que ya no parecía humana.

"Te hemos esperado, Daniel. Ahora eres uno de nosotros."

Al día siguiente, los habitantes del pueblo encontraron la linterna de Daniel tirada cerca del abismo, pero de él, no había rastro alguno. Nadie sabía lo que había sucedido con él, pero las leyendas decían que aquellos que caían en el Abismo del Olvido no morían, sino que quedaban atrapados en la eternidad de la nada, condenados a olvidar todo lo que conocían, a perderse en las sombras sin salida.

Con el tiempo, el pueblo olvidó su nombre, como si el propio abismo hubiera comenzado a borrarlo de la memoria colectiva. Pero a veces, en las noches más oscuras, cuando la niebla cubría el bosque y el viento soplaba entre los árboles, algunos afirmaban escuchar su nombre, susurrado en la lejanía. Nadie se atrevió a seguirlo. El Abismo del Olvido, como siempre, permanecía esperando.

LA VENGANZA DE LA MUJER AHOGADA

Hace muchos años, en un tranquilo pueblo costero, existía una leyenda que helaba la sangre a todos aquellos que osaban hablar de ella. Decían que, al caer la noche, en las aguas oscuras del río que rodeaba el pueblo, se podía escuchar el llanto de una mujer. Nadie sabía su nombre, ni de dónde provenía, pero todos coincidían en una cosa: su historia estaba marcada por la tragedia, y su venganza, por la sed de sangre.

La historia comenzó con un amor prohibido, el tipo de amor que nunca debería existir, pero que, en ocasiones, surge de las sombras del deseo más oscuro. La mujer era joven, hermosa, y conocida por todos en el pueblo. Su nombre era Mariana, y vivía en una pequeña cabaña cerca del río. Un hombre, apuesto y con un futuro prometedor, la había conocido en una fiesta local. A pesar de ser prometido con otra mujer de la misma localidad, algo en los ojos de Mariana despertó en él una pasión irrefrenable.

Mariana, que había sufrido en su vida más de lo que podía soportar, vio en ese amor la oportunidad de escapar de su rutina monótona, de los días llenos de dolor y soledad. La atracción fue mutua, y pronto se convirtieron en amantes. Se encontraban a escondidas, siempre al caer la noche, junto al río. Pero, como suele suceder en estos casos, la pasión se convirtió en un juego peligroso.

Una noche, después de un encuentro furtivo, la mujer fue sorprendida por su propio destino. El hombre, temeroso de las consecuencias de ser descubierto y del escándalo que se desataría si su prometida llegaba a enterarse, comenzó a cambiar su actitud hacia Mariana. Un día, la dejó plantada junto al río, prometiéndole que volvería por ella. Pero nunca regresó. El cruel abandono de aquel amor se convirtió en la última traición que Mariana podría soportar.

En un ataque de desesperación, la joven corrió hacia el río, buscando consuelo en las aguas profundas, como si el agua pudiera lavarla de la humillación y el sufrimiento. Nadie la vio de nuevo, hasta que, dos días después, su cuerpo fue encontrado flotando en la orilla, envuelto en una niebla espesa que nunca se disipaba completamente.

El pueblo se sumió en la tristeza, y el hombre, avergonzado por lo que había hecho, intentó olvidar a Mariana. Se casó con la mujer que le habían prometido, y la vida continuó, como si nada hubiera sucedido. Pero la memoria de Mariana no fue tan fácil de borrar, y mucho menos su dolor.

Con el paso de los años, comenzaron a ocurrir extraños sucesos en el pueblo. Los niños hablaban de una mujer que se les aparecía en la orilla del río, siempre envuelta en una niebla fría, con los cabellos oscuros y enredados como si se tratara de un espectro. Nadie la veía con claridad, solo sentían su presencia cerca, y luego, escuchaban su llanto, bajo y desesperado, un llanto que parecía llegar de lo más profundo del agua.

Al principio, la gente pensaba que era solo una leyenda, una historia más para asustar a los jóvenes. Pero cuando los adultos comenzaron a oír el llanto por las noches, y los caballos se mostraron extrañamente inquietos al cruzar el puente hacia el río, empezaron a sospechar que algo más estaba sucediendo.

La aparición de Mariana, o lo que quedaba de ella, había comenzado su venganza.

Una noche, el hombre que había abandonado a Mariana, ahora ya casado y con hijos, decidió ir a pescar al río. Llevaba mucho tiempo sin hacerlo, pues los rumores sobre la mujer ahogada le incomodaban. Sin embargo, pensó que su valentía lo libraría de esas supersticiones.

Al acercarse al agua, la niebla comenzó a levantarse, como si fuera atraída por su presencia. Las primeras gotas de lluvia comenzaron a caer, y fue entonces cuando escuchó, de nuevo, el llanto de una mujer. Esta vez no fue un susurro lejano, sino un grito desgarrador que parecía recorrer el aire, envolviéndolo por completo.

El hombre, ahora paralizado por el miedo, miró hacia el agua y vio, al borde del río, una figura blanca, etérea, con el rostro de Mariana. Ella lo miraba fijamente, sus ojos vacíos de vida, pero llenos de dolor y furia. Un estremecimiento recorrió todo su cuerpo.

"Te olvidaste de mí..." murmuró la figura, y su voz sonó como un eco, mezclada con el sonido del agua. "Te olvidaste de mí, y ahora pagarás por ello."

El hombre trató de huir, pero sus piernas no respondían. Sintió cómo la tierra bajo sus pies se desmoronaba, cómo la atmósfera se volvía más densa, como si el aire mismo lo estuviera estrangulando. Cuando por fin consiguió dar un paso atrás, vio algo que lo hizo gritar de terror: el agua del río comenzó a elevarse, rodeando sus pies, como si la misma corriente lo estuviera arrastrando.

De repente, la figura de Mariana desapareció bajo la superficie del agua, y en su lugar, el hombre vio una mano fría y húmeda que surgía del río, extendiéndose hacia él. Intentó gritar, pero no podía emitir sonido alguno. Sintió la mano fría rodearlo por completo, y en ese instante, el agua lo cubrió completamente, llenándole los pulmones de agua helada. Sus ojos se desorbitaron al darse cuenta de que su vida se desvanecía entre los oscuros abismos del río.

Esa noche, el pueblo despertó con el sonido de un último grito, uno que parecía ser arrancado del alma misma. Al día siguiente, el cuerpo del hombre fue encontrado en el río, con los ojos abiertos, llenos de horror, y su rostro completamente desfigurado, como si hubiese visto algo más allá de la muerte misma.

Desde entonces, se dice que la venganza de Mariana nunca terminó. Aquellos que hayan abandonado, engañado o traicionado a una mujer, especialmente en un amor que haya sido marcado por la tragedia, nunca deben acercarse al río. Las aguas, dicen los ancianos, guardan el alma de la mujer ahogada, esperando su momento para reclamarla, para arrastrarla al fondo de su olvido. Y siempre que alguien con mala conciencia se acerca a las orillas del río, el eco del llanto de Mariana se escucha de nuevo, como un recordatorio de que, en el corazón del agua, la venganza nunca muere.

EL PACTO DE SANGRE

Hace siglos, en un pequeño y apartado pueblo en las montañas, existía una leyenda tan oscura que incluso los más ancianos evitaban hablar de ella. Nadie recordaba bien cuándo había comenzado, ni quiénes habían sido los primeros en hablar de él, pero todos sabían que estaba vinculado al bosque sombrío que se extendía más allá de las casas del pueblo, donde la niebla nunca parecía levantarse del suelo y donde nadie se atrevía a ir después del anochecer. Nadie, excepto aquellos que habían sellado su destino con un oscuro pacto.

La historia comenzó con un hombre llamado Víctor, un joven de noble corazón pero con una ambición desmedida. En un tiempo donde la tierra estaba marcada por la guerra y el hambre, Víctor deseaba poder, riqueza y una vida de gloria que sobrepasara cualquier frontera. Su familia, aunque respetada, era de orígenes humildes y no podía ofrecerle lo que él anhelaba. Había oído rumores sobre el bosque, sus misterios, y especialmente, sobre un antiguo ritual que, según decían, podría otorgarle todos sus deseos a cambio de algo a lo que muchos temían: un pacto de sangre.

Una tarde, desesperado, Víctor decidió adentrarse en el bosque. Sabía que su vida estaba a punto de cambiar, pero no sabía si sería para bien o para mal. Con su corazón palpitando en el pecho, cruzó la entrada del bosque, que parecía cerrarse tras él como si un muro invisible lo separara del mundo conocido. Caminó durante horas, el sol ya se había puesto y la oscuridad cubría todo a su alrededor. El aire era denso, impregnado de humedad y un frío inexplicable.

En el corazón del bosque, encontró lo que buscaba: una cueva oculta entre las rocas, de cuyas entrañas emanaba una luz tenue, casi irreal. La entrada estaba custodiada por símbolos extraños, tallados en las paredes con una precisión imposible de lograr por manos humanas. El aire allí dentro olía a tierra vieja, a muerte, a algo mucho más antiguo que el propio tiempo. Sin pensarlo más, Víctor cruzó el umbral.

Dentro de la cueva, una figura esperaba en la penumbra. Era alta y delgada, con ojos que brillaban como llamas. Su rostro, pálido y casi translúcido, mostraba una sonrisa inquietante. No era humano, pero tampoco totalmente una sombra. En su presencia, el aire parecía volverse espeso, como si el tiempo mismo se hubiera detenido.

"¿Has venido por lo que deseo?" preguntó la figura con una voz profunda y resonante, que parecía provenir de todas partes al mismo tiempo.

Víctor, con la voz temblorosa pero firme, asintió. Sabía que no había vuelta atrás, que ya no importaba lo que sucediera, solo importaba obtener lo que anhelaba.

"¿Estás dispuesto a pagar el precio?" replicó la criatura, acercándose lentamente, como si cada palabra la acercara más al alma de Víctor. La oscuridad de la cueva se hacía más opresiva con cada paso que daba, envolviendo a Víctor en un miedo palpable. Sin embargo, su ambición fue más fuerte que su temor.

"Sí, lo estoy," respondió, casi sin pensar, sabiendo que no podía arrepentirse, que ya había cruzado una línea que no podía deshacer.

La figura le ofreció un cuchillo, cuyo filo brillaba a la luz vacilante. "Sella el pacto con tu sangre. Con ella, se forjará tu destino y lo que deseas será tuyo, pero recuerda: todo pacto tiene su precio. Nadie escapa de las consecuencias."

Víctor, cegado por su avaricia, no dudó ni un segundo. Con una rápida y calculada acción, cortó su palma, dejando que la sangre cayera sobre las piedras del suelo. En ese momento, la cueva tembló y la figura desdibujada se desvaneció, dejando solo un eco de su voz: "Recuerda, todo tiene su precio."

El silencio volvió a la cueva, y con él, una sensación extraña y siniestra. El miedo se apoderó de Víctor, pero ya era demasiado tarde para arrepentirse. Cuando salió de la cueva, el aire parecía más frío, y el cielo, más oscuro de lo que recordaba. La atmósfera del bosque había cambiado, y algo lo observaba desde las sombras.

Al principio, las bendiciones comenzaron a llegar. Su familia fue recompensada con tierras ricas y abundantes, y él ascendió en la vida, logrando poder y respeto. Su nombre se conoció en todo el país, y las personas comenzaron a mirarlo con admiración. Parecía que la vida le sonreía, que todo lo que tocaba se convertía en oro. Sin embargo, pronto comenzaron a suceder cosas extrañas.

Los mismos hombres que lo habían elogiado comenzaron a mirarlo con desconfianza. Los animales huían de él, como si pudieran percibir algo que los humanos no podían. Sus sirvientes hablaban de extraños ruidos en la noche, sus ojos parecían siempre vigilantes, y los espejos mostraban figuras que no deberían estar allí. En sus sueños, la figura del ser que lo había iniciado en el pacto aparecía con una sonrisa maliciosa, diciéndole que todo lo que tenía era solo una ilusión, que había sellado su destino de una manera irreversible.

La primera víctima fue su propio hermano. Una mañana, se le encontró muerto en su cama, con los ojos desorbitados, como si hubiera visto algo aterrador en sus últimos momentos. Nadie pudo explicarlo, pero la gente empezó a murmurar. Víctor comenzó a perder el control de lo que había construido, y cada vez que intentaba mejorar, algo oscuro lo seguía. Las personas cercanas a él empezaron a morir bajo circunstancias extrañas, y una presencia invisible parecía acecharlo.

Una noche, desesperado, Víctor regresó al bosque, buscando al ser que le había otorgado sus deseos. Pero esta vez, al cruzar el umbral de la cueva, no encontró nada. El aire estaba más pesado que nunca, y el suelo, cubierto de hojas secas, crujía bajo sus pies. Un frío penetrante lo envolvió. En el centro de la cueva, el ser apareció de nuevo, su rostro más distorsionado y horrible que nunca.

"Te dije que todo tiene un precio, Víctor," dijo la criatura, su voz resonando en la cueva como un susurro de ultratumba. "El precio de tu ambición ha sido tu alma. La venganza ya ha comenzado, y la oscuridad que has desatado no te dejará ir."

En ese momento, el suelo bajo sus pies se desplomó, arrastrándolo hacia una oscuridad infinita. La última imagen que vio fue la sonrisa del ser, antes de ser tragado por la oscuridad eterna.

A partir de esa noche, los habitantes del pueblo aseguraban que, en las noches más oscuras, podían escuchar un susurro en el viento. Un susurro que decía: "Todo pacto tiene su precio", y algunos juraban haber visto una sombra que se deslizaba por las calles, buscando su siguiente víctima. Nadie se atrevió a adentrarse en el bosque, pero todos sabían que el precio de un pacto de sangre nunca se olvida.

EL ÚLTIMO SUSURRO

En una pequeña aldea, rodeada por colinas y bosques densos, vivía un hombre llamado Samuel, conocido por su serenidad y su vida solitaria. Su hogar era una casita desvencijada en el borde del pueblo, donde pocos se atrevían a acercarse, pues las historias de su pasado habían dejado una marca imborrable en la memoria colectiva de los aldeanos. La gente murmuraba que Samuel había perdido a su familia en un terrible accidente años atrás, pero la verdad era mucho más oscura, mucho más aterradora. Nadie sabía a ciencia cierta por qué había quedado tan solo ni qué había sucedido exactamente esa noche fatídica.

Lo que sí sabían era que Samuel había dejado de ser el hombre que solía ser antes de la tragedia. Tras la pérdida de su esposa e hijos, se volvió taciturno, sus ojos vacíos parecían reflejar la desesperación, y su rostro se hundió en una tristeza interminable. Pero lo más inquietante no era su apariencia, sino el hecho de que había comenzado a hablar en voz baja, como si conversara con alguien que no estaba presente. Nadie entendió realmente lo que estaba sucediendo en la mente de Samuel, pero susurros escalofriantes comenzaron a emanar de su casa al caer la noche, susurrando palabras incomprensibles que helaban la sangre de cualquiera que pasara cerca.

Las personas del pueblo se mantenían alejadas, temerosas de las historias que se tejían alrededor de él, pero una noche, una joven llamada Clara, decidida a saber la verdad, decidió visitar la casa de Samuel. Había escuchado demasiadas versiones del misterio y no podía resistir la tentación de desvelar lo que realmente había sucedido. A pesar de las advertencias de los ancianos, Clara se armó de valentía y caminó por el sendero que conducía a la casa.

El aire de esa noche era especialmente frío, y la niebla cubría el suelo como una manta espesa, envolviendo todo a su paso. Clara avanzó con cautela, la luz de su linterna titilando, proyectando sombras distorsionadas sobre las rocas y los árboles. A medida que se acercaba a la casa, un estremecimiento recorrió su cuerpo, y un sentimiento de inquietud se apoderó de ella. Las ventanas de la casa estaban apagadas, y no había ruido alguno, excepto el crujir de la madera bajo sus pies.

Con un golpe nervioso en su pecho, Clara tocó la puerta. Al principio, no hubo respuesta. Nadie contestó, ni siquiera se oyó el sonido de los pasos. Pero Clara, decidida, no iba a irse sin respuestas. Golpeó nuevamente, esta vez con más firmeza. La puerta se abrió lentamente, con un chirrido bajo y arrugado, revelando el oscuro umbral de la casa. Un olor a humedad y a abandono llenó el aire, pero Clara entró, forzándose a no mirar atrás.

La casa estaba en completo silencio, salvo por un débil susurro proveniente de las paredes, como si algo, o alguien, hablara desde lo profundo de la casa. Clara avanzó por el pasillo, su linterna iluminando las habitaciones vacías, cada paso resonando en el eco de la soledad. La atmósfera en ese lugar era densa, cargada de una energía palpable, casi como si la misma casa estuviera viva, observando.

Al final del pasillo, Clara llegó a una puerta cerrada. La puerta de la sala principal. A través de las grietas, pudo ver una tenue luz, como si algo brillara en la oscuridad. Con el corazón latiendo con fuerza, empujó la puerta y entró. La escena que se desplegó ante ella era aterradora. Samuel estaba sentado en el centro de la habitación, su figura encorvada, mirando fijamente un retrato antiguo que colgaba en la pared. Su rostro estaba bañado por la luz tenue de una vela, y su boca se movía lentamente, murmurando algo en voz baja, como si estuviera conversando con alguien que no podía ver.

El aire se volvió aún más pesado y Clara sintió un escalofrío recorrer su columna vertebral. Las palabras que Samuel murmuraba no eran comprensibles, pero al acercarse un poco más, Clara pudo distinguir un nombre: "Elena". La misma Elena que había sido su esposa. La misma Elena que había muerto en el accidente, junto con sus hijos.

De repente, Samuel levantó la cabeza y la miró fijamente. Sus ojos, usualmente vacíos, estaban ahora llenos de una intensidad inquietante. Clara sintió que su corazón se detenía al ver la expresión de Samuel. Su rostro no reflejaba tristeza ni locura; había algo más en sus ojos, una fuerza oscura que no podía comprender.

"¿Por qué estás aquí?", dijo Samuel con voz ronca, pero clara. Clara no pudo responder, la sensación de terror la había dejado muda. Samuel comenzó a levantarse lentamente, y fue entonces cuando Clara notó algo extraño. En las sombras de la habitación, algo se movía, algo que no debería estar allí. Era una figura borrosa, como si fuera una sombra viva, que parecía seguir cada uno de los movimientos de Samuel.

El hombre se acercó a Clara con pasos arrastrados, y a medida que se aproximaba, el susurro que había estado pronunciando se volvió más fuerte. Clara apenas pudo entender las palabras, pero al hacerlo, su sangre se heló: "Elena no se ha ido. Está aquí, esperándome."

La figura en las sombras dio un paso más cerca, y Clara sintió que el aire se volvía irrespirable. El calor de la vela que antes iluminaba la habitación desapareció por completo, dejando el lugar sumido en una oscuridad absoluta. Samuel, con una sonrisa extraña en su rostro, susurró nuevamente, esta vez con voz temblorosa pero profunda: "Ella ha vuelto, Clara. Elena ha vuelto a mí."

En ese momento, el último susurro de Samuel se desvaneció en la oscuridad, y Clara sintió cómo algo frío y viscoso la rodeaba, como si una mano invisible la empujara hacia atrás. Con un grito ahogado, trató de huir, pero no pudo moverse. Los susurros crecieron más y más fuertes, y Clara vio, horrorizada, cómo la figura sombría que la había seguido hasta allí se materializaba frente a ella, tomando forma humana. Un rostro, cubierto de sombras, apareció ante ella. La misma cara de Elena, pero con los ojos vacíos, y una sonrisa torcida que parecía más un sufrimiento eterno que un gesto de bienvenida.

Clara no podía moverse, ni gritar. Solo podía escuchar ese último susurro, que ahora retumbaba en su mente como una condena: "El pacto fue sellado, y tú eres la siguiente."

En la mañana siguiente, cuando los aldeanos fueron a buscar a Clara, no encontraron más que el eco de su nombre, perdido en la brisa. La casa de Samuel estaba cerrada, y él nunca fue visto de nuevo. Sin embargo, desde esa noche, algunos dicen que aún pueden oír el susurro en el viento, como una advertencia, un recordatorio de que hay pactos que no se pueden romper, y que el último susurro nunca se olvida.

EL ALMA PERDIDA

En un pequeño pueblo olvidado por el tiempo, donde las casas de piedra parecían estar tan envejecidas como los recuerdos de los ancianos que vivían allí, existía una vieja iglesia que la mayoría de los habitantes evitaba. No por su tamaño ni por su antigüedad, sino por una historia que se susurraba con miedo, como una advertencia que las generaciones anteriores habían dejado a los más jóvenes. El pueblo, aunque aislado, seguía siendo el hogar de aquellos que no podían abandonar su tierra, y entre ellos había una figura solitaria y extraña, conocida por todos como Elena.

Elena vivía en una cabaña cercana a la iglesia, un lugar que pocos se atrevían a visitar. Siempre estaba rodeada de sombras, y se decía que su mirada era tan profunda que podía ver a través de la piel de quien la observaba. Aunque era amable, tenía una tristeza infinita en su rostro, como si algo la hubiese marcado para siempre. Nadie sabía con certeza su edad, pues su aspecto nunca cambiaba. Algunos incluso decían que Elena llevaba en su alma una carga que no le pertenecía, un peso que se reflejaba en la tristeza de su caminar.

Era una tarde fría de otoño cuando, como siempre, Elena pasó por el pueblo, dirigiéndose hacia la iglesia. Su destino parecía claro y sin prisa, como si su vida estuviese escrita en esos pasos que recorrían el pueblo. Nadie se atrevió a detenerla. Era conocida por todos, pero sobre todo por su constancia al visitar ese lugar desolado. Sin embargo, esa tarde algo fue distinto. Aquella tarde, el viento no solo llevaba consigo el aroma de la tierra húmeda y las hojas caídas, sino un extraño susurro que hacía que la piel de los aldeanos se erizara.

Elena entró en la iglesia, y como siempre, la puerta chirrió al cerrarse. Nadie la vio salir esa noche.

Lo que sucedió después no fue algo que se pudiera explicar con facilidad. Al día siguiente, en el mercado, los aldeanos comenzaron a notar que algo había cambiado. Elena ya no estaba. Nadie la había visto salir de la iglesia, y cuando los más curiosos se acercaron al edificio, lo encontraron cerrado. Sin embargo, un par de ojos se asomaron a través de una ventana rota, unos ojos vacíos, oscuros como la noche más profunda. Nadie se atrevió a hablar de lo que vieron, pero todos entendieron que algo macabro estaba sucediendo.

Una semana después, extraños rumores comenzaron a circular por el pueblo. Decían que Elena había hecho un pacto con una entidad oscura, que su alma se había perdido en la iglesia, atrapada entre el mundo de los vivos y el de los muertos. Algunos decían que ella misma había buscado esa condena, que había dejado que el alma que vagaba entre las sombras tomara control de la suya. Nadie estaba seguro de lo que había ocurrido, pero pronto empezaron a suceder cosas extrañas.

Durante las noches, los aldeanos comenzaron a escuchar un susurro que flotaba en el aire, un murmullo lejano que parecía venir de la iglesia. Algunas personas afirmaban que podían oír su nombre entre las voces, pero siempre lo escuchaban desde la distancia. Nadie se atrevió a acercarse para investigar. La iglesia, por fuera, estaba tan en ruinas como siempre, pero la sensación de que algo indescriptible se encontraba en su interior era imposible de ignorar.

Una noche, un hombre joven, llamado Víctor, decidió que iba a descubrir qué sucedía. Había oído las historias, pero no creía en ellas. Con el valor que solo los que no han conocido el miedo absoluto pueden tener, se acercó a la iglesia. La niebla, espesa y casi tangible, envolvía el edificio, y el viento parecía susurrar su nombre. Al llegar a la puerta, no dudó en empujarla. La entrada crujió, y la oscuridad lo engulló, envolviéndolo en un silencio inquietante.

Dentro, el aire estaba cargado. El olor a humedad y abandono llenaba sus pulmones, y la sensación de que algo lo observaba lo envolvía por completo. Caminó lentamente por el pasillo, la linterna en su mano apenas iluminando los muros cubiertos de musgo. A medida que avanzaba, el susurro se hacía más fuerte, más cercano. Podía escuchar fragmentos de palabras, pero no podía comprenderlas. El miedo comenzó a invadirlo, y sus pasos se volvieron más vacilantes.

De repente, en el centro de la iglesia, vio una figura. Estaba de espaldas, mirando hacia el altar, y aunque al principio pensó que era Elena, pronto se dio cuenta de que no era ella. La figura era completamente negra, sin rasgos, una silueta de sombras que se movía de una manera extraña. Era como si estuviera flotando, deslizándose hacia él. De repente, escuchó la voz de Elena, débil, pero clara, susurrando en el viento.

"¡Ayúdame!"

La voz estaba llena de desesperación, pero también de una tristeza profunda. Víctor sintió cómo el miedo lo paralizaba, y la figura oscura comenzó a acercarse a él. Los susurros se volvieron ensordecedores, llenos de voces entrelazadas, como si estuvieran hablando de mil almas perdidas. El aire se volvió más pesado, y la oscuridad comenzó a tragárselo todo.

"¡Ayúdame, o serás como yo!" La voz resonó en su mente, y Víctor comprendió que las palabras no venían solo de Elena, sino de todas las almas atrapadas en esa iglesia. El alma de Elena ya no era solo suya, había sido devorada por la oscuridad, y ahora ella misma pedía ayuda, aunque su alma estaba irremediablemente perdida.

Con un último grito de terror, Víctor intentó correr hacia la salida, pero las puertas se cerraron violentamente, como si una fuerza invisible las hubiera sellado. El susurro se convirtió en un rugido, y la sombra oscura lo rodeó, llenándolo todo de un vacío absoluto. Su grito fue el último sonido que resonó en la iglesia.

A la mañana siguiente, los aldeanos encontraron la iglesia abierta, las puertas abiertas como si nada hubiera sucedido, pero dentro no había rastro de Víctor. Solo quedaba la sensación de que algo había ocurrido, algo que no se podía entender. Nadie se atrevió a investigar más.

El tiempo pasó, y la gente dejó de hablar de la iglesia, pero la leyenda del alma perdida de Elena y las voces que la acompañaban nunca se olvidaron. Los aldeanos sabían que la iglesia, ahora más que nunca, estaba llena de almas errantes, esperando que alguien cayera en su trampa, como lo hicieron Víctor y Elena. Cada vez que la niebla se cernía sobre el pueblo, los susurros podían escucharse en el viento, un recordatorio de que hay almas que nunca encuentran la paz, y que el olvido no es más que una mentira que las sombras nos cuentan.

Y así, la iglesia permaneció, vacía por fuera, pero llena de presencias que acechaban en las sombras, esperando a la siguiente alma perdida que se atreviera a cruzar su umbral.

LA CASA DE LOS CUERVOS

En los rincones más oscuros del bosque, más allá de los caminos transitados, existía una casa que había sido abandonada hacía décadas. La gente del pueblo cercano la conocía como "La Casa de los Cuervos". No porque se encontraran estos animales merodeando por los alrededores, sino por la extraña relación que el lugar tenía con estas aves. Se decía que, en la época en que la casa aún estaba habitada, los cuervos eran la compañía constante de su moradora, una mujer de edad avanzada que había vivido toda su vida allí, aislada del mundo exterior. Nadie sabía su nombre, pero todos recordaban los ojos penetrantes de esa mujer, los mismos ojos que los cuervos parecían tener. Y de la misma manera que esos ojos, las historias sobre ella nunca se desvanecieron del todo.

El pueblo tenía una superstición arraigada: aquellos que se acercaban demasiado a la casa desaparecían. Algunos decían que los cuervos, alzando el vuelo en grandes bandadas, cubrían el sol y atrapan a las almas desprevenidas, llevándolas hacia el interior de la casa. Nadie se atrevía a poner un pie cerca de la propiedad, pero un joven llamado Andrés, curioso y escéptico, decidió un día poner a prueba la leyenda.

El viento soplaba fuerte esa tarde, trayendo consigo una niebla densa que parecía envolver todo a su paso. Andrés, armado solo con una linterna y la determinación de desafiar el miedo, cruzó el umbral de los árboles y llegó al camino que conducía a la casa. A medida que avanzaba, los cuervos comenzaron a aparecer, uno a uno, desde las ramas de los árboles cercanos. Su graznido, grave y retumbante, cortaba el silencio de la tarde, llenando el aire con una sensación extraña, inquietante. Pero Andrés no dudó. Pensaba que la superstición era solo eso, una historia inventada para asustar a los niños.

Al llegar a la casa, se detuvo unos segundos. La estructura estaba envejecida, las paredes de madera crujían con el peso de los años y el techo, a punto de colapsar, parecía soportar la casa por pura voluntad. Sin embargo, lo que más llamaba la atención era el silencio. Un silencio absoluto. Ni el viento, ni los graznidos de los cuervos, ni siquiera los sonidos del bosque llegaban hasta allí. Era como si el tiempo se hubiera detenido.

Andrés empujó la puerta de madera, que se abrió con un quejido sordo, y entró. La casa estaba en un estado de abandono total. El polvo cubría cada rincón, las telarañas colgaban del techo como cortinas olvidadas, y las ventanas estaban rotas, dejando que la luz de la tarde iluminara la oscuridad del interior con una débil claridad. Lo primero que notó fue una sensación de frío, un frío que no provenía del aire exterior, sino de las paredes mismas, como si la casa estuviera viva y tuviera su propio aliento helado.

Al explorar la planta baja, Andrés encontró lo que parecía haber sido un salón. En una de las esquinas, un gran retrato de una mujer colgaba de la pared. Aunque la pintura estaba deteriorada y apenas se veía, Andrés pudo distinguir los detalles: la mujer, con su mirada severa, era la misma que había visto en las historias, la misma que se decía había vivido allí. Tenía el rostro sombrío, los ojos oscuros, y una extraña quietud que lo hacía parecer más una figura de otra época que una persona real. Al mirarla, Andrés sintió una presión en el pecho, una sensación inexplicable, como si aquellos ojos lo estuvieran observando.

A medida que avanzaba por la casa, los cuervos fuera comenzaban a aumentar en número. De repente, una extraña sensación recorrió su espalda, como si alguien lo estuviera observando, pero al volverse, la casa permanecía vacía. Decidió seguir adelante, subiendo las escaleras que crujían bajo su peso. El primer piso, al igual que la planta baja, estaba cubierto de polvo y desorden. Pero lo más extraño era lo que encontró allí: una habitación cerrada con llave.

Al acercarse, notó que la puerta estaba ligeramente abierta, y el aire que salía de la rendija era extraño, cálido, pero con un olor nauseabundo, a algo podrido y rancio. Sintió una necesidad irresistible de entrar. Con la linterna en mano, empujó la puerta. En el interior, todo estaba cubierto de una neblina espesa que no se disipaba. Los cuervos parecían estar dentro, aunque no podía verlos. Solo podía escuchar el inconfundible sonido de sus picos golpeando algo, una cadencia macabra que resonaba en sus oídos.

De repente, la luz de su linterna titiló y se apagó. Andrés intentó encenderla, pero no funcionaba. En la oscuridad, comenzó a oír un susurro, bajo al principio, casi imperceptible, pero que gradualmente fue tomando fuerza. "Vete... vete..." las palabras se arrastraban por el aire, frías y rasposas. Andrés intentó retroceder, pero el ambiente se volvió más denso, como si la misma casa estuviera ejerciendo una fuerza sobre él, arrastrándolo hacia el centro de la habitación.

En la oscuridad, algo se movió. Era una sombra, una figura que Andrés reconoció al instante: la mujer del retrato, pero no como la había visto antes. Sus ojos ya no eran profundos y tranquilos; ahora brillaban con una intensidad antinatural, y su rostro estaba marcado por una expresión de desesperación y furia. Los cuervos, que hasta ese momento solo se oían, comenzaron a materializarse. Miles de ellos, sus ojos brillando como esferas oscuras, rodearon a Andrés. El aire se llenó de sus graznidos, un sonido ensordecedor que hizo que su corazón latiera al ritmo de una campana de muerte.

La figura de la mujer avanzó hacia él, sus pasos flotaban sobre el suelo, sin hacer ruido, como si caminara entre las sombras mismas. "Te he estado esperando", susurró, su voz un eco de los vientos oscuros. "Tus ojos... tus ojos serán los míos. Quiero ver a través de ti. Quiero que me veas por fin."

Andrés intentó gritar, pero su garganta se cerró. No pudo moverse, no pudo respirar. Los cuervos lo rodearon, sus picos afilados apuntando hacia él. En un último esfuerzo, Andrés intentó correr, pero algo invisible lo sujetó, y sintió una presión en su pecho, como si el aire mismo lo estuviera aplastando.

De repente, un grito desgarrador llenó la casa, y las sombras parecieron tragarse a Andrés, llevándolo hacia la oscuridad. La puerta se cerró con un golpe tan fuerte que retumbó en el aire.

Esa noche, el pueblo escuchó el graznido de los cuervos más fuerte que nunca. Los aldeanos sabían lo que significaba. Nadie volvió a acercarse a la Casa de los Cuervos. Y la mujer, esa sombra antigua, continuó esperando a aquellos que se atrevían a desafiarla. Porque, como todos sabían, en esa casa nunca estaba sola: siempre había un alma nueva que añadir a su colección. Y cuando la niebla cubría el pueblo, los graznidos podían escucharse incluso en la lejanía, como un recordatorio de que la casa nunca olvidaba a sus visitantes, ni a las almas que quedaban atrapadas en su oscuridad.

LA VOZ DE LOS MUERTOS

La pequeña aldea de San Felipe, enclavada entre montañas y rodeada por frondosos bosques, tenía una historia tan antigua como sus tierras, una historia que sus habitantes preferían susurrar al oído más que contar a viva voz. Una leyenda que se transmitía entre generaciones, un misterio aterrador que nadie se atrevía a investigar, pero todos temían: La Voz de los Muertos.

Cada año, durante la última semana de octubre, cuando la niebla comenzaba a abrazar la aldea con su manto espeso y la luna llena iluminaba el cielo nocturno, un extraño fenómeno ocurría. En ese tiempo, los habitantes más ancianos hablaban en voz baja, se cruzaban miradas llenas de terror y se aseguraban de sellar puertas y ventanas antes del anochecer. Porque, decían, en esas noches el viento traía consigo una voz. Una voz que venía del más allá, de las tumbas y los campos donde yacían los muertos.

María, una joven periodista de la ciudad, había escuchado esta leyenda por casualidad durante una visita a la aldea. Su escepticismo hacia las historias de fantasmas y leyendas urbanas la llevó a investigar el misterio, deseosa de desmentirlo con la razón. A pesar de las advertencias de los aldeanos, decidió quedarse en San Felipe hasta el final de octubre para averiguar la verdad detrás de la Voz de los Muertos.

El primer día de su llegada, la aldea parecía normal, tranquila y pintoresca, como cualquier otro pequeño pueblo rural. Sin embargo, conforme se acercaba la fecha en que la leyenda debía cumplirse, el aire se volvía más pesado, como si algo ominoso se acercara. Los aldeanos se volvían cada vez más reservados, algunos cerraban sus puertas sin despedirse, otros evitaban el contacto visual. María intentó hablar con ellos, pero siempre evitaban entrar en detalles. Nadie se atrevía a decir más de lo necesario, y todos lo evitaban con un miedo palpable.

El 30 de octubre, la niebla comenzó a cubrir la aldea por completo. Una niebla espesa, que se deslizó por las calles y se enroscó alrededor de las casas como una serpiente. A medida que la noche caía, el aire se volvía más frío, como si el mismo ambiente hubiera absorbido el terror de todos aquellos que alguna vez habían escuchado la historia. María, sin embargo, se mantenía firme. Instaló su grabadora en la habitación del pequeño hotel donde se hospedaba y se preparó para lo que pensaba sería una larga y aburrida noche.

A medida que avanzaba la madrugada, un extraño silencio cayó sobre la aldea. Ni siquiera el viento parecía moverse. María, inquieta, se levantó de la cama y miró por la ventana. La niebla era tan densa que apenas podía ver más allá de unos metros. Sin embargo, algo comenzó a inquietarla, algo que no podía describir, una sensación creciente de que no estaba sola.

De repente, la escuchó. Al principio, un susurro leve, casi inaudible, como un viento distante. Pero no era viento. Era una voz. Una voz humana.

"Ayuda... Ayúdenme..."

El frío recorrió la columna vertebral de María. La grabadora que había dejado encendida comenzó a captar ruidos extraños: susurros que se mezclaban con el viento, pero que no pertenecían a este mundo. María, decidida a descubrir la fuente de ese sonido, se cubrió con su abrigo y salió de su habitación. Afuera, la niebla era espesa, casi impenetrable. Cada paso que daba parecía hacer que el aire se volviera más denso, más pesado, como si alguien o algo estuviera acechando en las sombras.

Las voces se hacían más claras ahora, más cercanas, pero extrañamente distorsionadas, como si las estuvieran llamando desde el fondo de un pozo o desde el interior de la tierra misma.

"No me dejes... No me dejes..."

María siguió la voz, temblando, pero sin poder detenerse. La siguió hasta el viejo cementerio, un lugar olvidado en la periferia del pueblo, donde las lápidas, cubiertas de musgo, parecían haberse tragado el paso del tiempo. La niebla se espesó aún más a medida que se acercaba, cubriéndolo todo con una capa de misterio y desesperación.

Cuando llegó a la entrada del cementerio, la voz se detuvo por un instante, solo para reanudarse de una forma aún más desgarradora. Esta vez, no era solo un susurro. Era un grito, un grito lleno de sufrimiento y desesperación.

"¡Ayúdenme! ¡No quiero morir!"

María sintió como su pecho se oprimía. Los pelos de su nuca se erizaron y, por un momento, pensó en dar la vuelta y huir. Pero algo la mantenía allí, una fuerza invisible que la empujaba a avanzar. Decidida a enfrentar lo que fuera, cruzó el umbral del cementerio y siguió el eco de la voz que parecía provenir de lo más profundo del lugar. La neblina era tan densa que no podía ver con claridad más allá de unos pocos pasos, pero aún así sentía que la voz la llamaba, una y otra vez, sin cesar.

Al final, llegó a una tumba olvidada, rodeada de árboles muertos y cubiertos de musgo. La lápida, desgastada por el tiempo, estaba cubierta de hierbas y tierra, casi invisible a simple vista. Sin embargo, algo parecía atraerla allí. Como si las voces provinieran de esa tumba en particular.

María se agachó y, con manos temblorosas, despejó la tierra. Al hacerlo, sus dedos tocaron algo frío, algo duro. Una pequeña caja de madera apareció bajo la tierra, medio enterrada. La respiración de María se detuvo por un segundo, su mente procesando lo que acababa de descubrir.

Abrió la caja con rapidez, revelando dentro una antigua grabadora, cubierta de tierra. Lo más extraño era que la grabadora, aunque tan vieja como la tumba misma, parecía seguir funcionando. María, con una mezcla de miedo y fascinación, presionó el botón de reproducción.

Lo que escuchó a continuación no lo podía creer. La grabadora emitió el sonido de una voz que la hizo temblar de terror.

"Ayúdenme… me han enterrado vivo… No me dejen… por favor…"

Era la misma voz que había escuchado en su habitación. La misma voz que la había guiado hasta allí. Pero lo más aterrador de todo fue que, cuando miró alrededor, la niebla se disipó de golpe, y pudo ver algo más. Una sombra, alta y delgada, se erguía frente a ella, apenas visible, pero claramente presente.

Los ojos de la sombra brillaban con una intensidad sobrenatural, y la voz, esa voz que había oído todo el tiempo, ahora la estaba mirando directamente. María, paralizada por el miedo, no pudo mover un solo músculo. La sombra se acercó lentamente, sus ojos penetrantes fijos en ella, mientras la grabadora seguía sonando, como si estuviera atrapada en un ciclo interminable.

"Ahora eres mía…"

Con un último susurro, la figura desapareció en la niebla, y la voz cesó abruptamente.

María nunca regresó a la aldea. Nadie la vio salir del cementerio esa noche. La grabadora fue encontrada, aún funcionando, en la tumba donde había estado enterrada. Y aunque los aldeanos nunca hablaron abiertamente de lo que sucedió, todos sabían lo que significaba: la Voz de los Muertos nunca se apaga. Siempre llama, y siempre reclama a aquellos que osan escucharla.

EL PUEBLO OLVIDADO

Hace muchos años, en una región apartada, rodeada de altas montañas y espesos bosques, existió un pueblo que, a pesar de su antigua historia, nunca apareció en ningún mapa. Su nombre era El Pueblo Olvidado, pero quienes lo conocieron lo llamaban también El Pueblo Perdido, y no por una simple casualidad. Nadie sabía con certeza cómo había llegado allí ni cómo había desaparecido, pero su historia se tejió con los susurros de quienes osaron acercarse, y con el miedo palpable de aquellos que lo dejaron atrás.

La leyenda comenzó cuando un joven periodista llamado Javier decidió investigar la extraña desaparición de aquel pueblo. El caso le había llegado por una carta anónima, enviada a su redacción, con un mapa rudimentario que señalaba la ubicación de un pueblo que se decía había sido arrasado hace décadas. La curiosidad y la necesidad de una buena historia lo impulsaron a embarcarse en la aventura, sin imaginar que lo que encontraría cambiaría su vida para siempre.

El mapa era impreciso, pero Javier, confiado en su destreza para leer coordenadas, emprendió el viaje por caminos cada vez más estrechos, desmoronados por el tiempo y el olvido. Tras varios días de viaje, y ya casi sin esperanza, llegó a lo que parecía un bosque sin fin, cubierto por la niebla, donde las ramas de los árboles parecían entrelazarse como si intentaran sellar el paso.

El aire se volvía más pesado a cada paso que daba, y una extraña quietud rodeaba el lugar. No se oía el canto de los pájaros, ni el viento moviendo las hojas. Solo el silencio, profundo y denso. Al principio, pensó que solo era su mente que comenzaba a jugarle trucos, pero luego lo escuchó: un crujido a lo lejos, como si algo estuviera moviéndose entre los árboles. Decidió seguir el sonido, adentrándose más en la espesura.

Tras horas de marcha, al fin llegó a un claro. Y allí, ante él, apareció el pueblo. Era como si el tiempo se hubiera detenido por completo. Las casas estaban derrumbadas y cubiertas de maleza, pero había algo inquietante en su apariencia: las estructuras parecían intactas, como si el paso de los años no hubiera tocado sus paredes, pero al mismo tiempo, todo estaba desmoronándose en su interior. Las ventanas, algunas rotas y otras opacas por el polvo, daban la sensación de ser ojos vacíos que observaban en la distancia.

Javier, con el corazón acelerado, comenzó a caminar por las calles del pueblo. Al principio, pensó que estaba completamente deshabitado, pero pronto se dio cuenta de que no estaba solo. Los recuerdos del lugar parecían cobrar vida a su alrededor: los ecos de voces lejanas, risas apagadas

, el crujir de las tablas de madera bajo sus pies. Algo no estaba bien, pero no sabía qué.

rse más en el pueblo, Javier notó que todas las casas tenían una peculiaridad: las puertas y ventanas estaban cerradas, pero las huellas de un paso reciente se notaban en el suelo cubierto de polvo. Era como si alguien, o algo, hubiera estado observando. Decidió investigar una de las casas, una que parecía estar en mejor estado que las demás. Empujó la puerta, que cedió con un crujido, y entró.

El interior estaba oscuro y polvoriento, pero lo que más le sorprendió fue el silencio absoluto. Todo parecía estar congelado en el tiempo. Sin embargo, en una mesa en el centro de la habitación, encontró un viejo diario, sus páginas amarillentas por el paso de los años. Al abrirlo, leyó las primeras palabras, escritas con tinta negra, que le helaron la sangre:

"El pueblo ya no es el que era. Algo nos está mirando desde la oscuridad. Lo que vino esa noche no tiene rostro, ni alma. Nadie puede salir, pero tampoco sabemos cómo entrar. La niebla nos cubre y nos consume. Estamos atrapados en este lugar, olvidados por todos. Si estás leyendo esto, huye antes de que sea tarde."

La sensación de ser observado aumentaba, y Javier sintió un escalofrío recorrer su espina dorsal. Decidió abandonar la casa, pero cuando intentó salir, algo extraño ocurrió. La puerta ya no estaba donde la había dejado. No podía abrirla. El pánico comenzó a invadirlo. Corrió hacia las ventanas, pero todas estaban selladas. Desesperado, intentó romper una de las ventanas, pero el cristal no cedió. Era como si todo el pueblo estuviera vivo, protegiendo su secreto.

De repente, escuchó una risa, baja y gutural, proveniente de algún lugar cercano. Una risa que no tenía dueño, que parecía emanar de las paredes mismas, como si las casas estuvieran vivas. Javier retrocedió, su mente entrando en un frenesí. La risa se fue convirtiendo en susurros, voces distorsionadas que hablaban en un idioma que no entendía. Pero luego, entre los murmullos, pudo distinguir una palabra que hizo que su sangre se helara:

"Olvidado... olvídame..."

Las voces eran un lamento, un ruego por ser liberadas, pero también un grito de advertencia para que no lo hiciera. Javier, con el corazón desbocado, no podía dejar de escuchar cómo las sombras que se arrastraban por el pueblo parecían acercarse a él. Un susurro en sus oídos le ordenó huir, pero su cuerpo no respondía, como si la tierra misma lo estuviera atrapando.

Con un último esfuerzo, logró romper una de las ventanas. El aire fresco de la noche entró violentamente en la casa, y Javier aprovechó la oportunidad para escapar. Corrió sin mirar atrás, a través de las calles desiertas del pueblo, hasta llegar al borde del bosque. Al mirar hacia atrás, vio algo que nunca olvidaría: la niebla se alzaba del suelo, como si fuera una sombra viva que s deslizaba sobre las casas. Unos ojos brillaron en la oscuridad de las ventanas rotas, y, por un breve momento, creyó ver figuras observándolo desde dentro.

Javier logró escapar del pueblo y nunca volvió a mirarlo. De regreso a la ciudad, intentó contar su historia, pero nadie le creyó. Algunos pensaron que había perdido la razón, otros que estaba inventando todo por pura exageración. Sin embargo, a medida que pasaron los años, comenzó a recibir cartas anónimas, todas con el mismo mapa del pueblo, siempre acompañadas de una nota que decía:

"El pueblo no te ha olvidado. Él recuerda a los que entraron, a los que se atrevieron a conocer su historia. Y cuando la niebla regrese, ya será demasiado tarde."

Javier nunca volvió a la región. La niebla, la misma niebla que había invadido el pueblo, lo siguió durante años en sus pesadillas. Siempre, al final de la oscuridad, escuchaba susurrar las mismas palabras: "Olvidado... olvidado..."

El Pueblo Olvidado seguía esperando a ser recordado, pero también a reclamar a aquellos que se atrevieran a descubrir su terrible secreto.

PALABRAS FINALES

Así concluye este viaje a través de las sombras y los secretos que han sido transmitidos de generación en generación, manteniendo viva la chispa del misterio y el terror en las calles y en nuestras mentes. Las leyendas urbanas tienen esa extraña capacidad de perdurar, de adaptarse a los tiempos y a los lugares, pero siempre conservando ese tinte de lo inexplicable que hace que, incluso en pleno día, un escalofrío nos recorra la espalda.

Lo que hemos compartido en estas páginas son solo relatos, historias que pueden parecer inofensivas en la luz del sol, pero que cobran vida en la oscuridad, donde todo lo desconocido acecha, donde los miedos de nuestra infancia se entrelazan con la inquietante realidad del presente.

No importa cuántas veces escuchemos una leyenda, ni cuánto creamos que sabemos sobre ellas. Siempre habrá algo en la voz que la cuenta, algo en la atmósfera que cambia, que nos hace cuestionar: ¿y si todo esto es cierto?

Así que la próxima vez que sientas una presencia en la esquina de tu ojo, o escuches un ruido extraño en la noche, recuerda: las leyendas nunca mueren. Solo esperan, agazapadas, listas para cobrar un nuevo oído, un nuevo corazón que palpite al ritmo del miedo.

Quizás ahora, cuando cierres este libro, te sientas un poco más vigilado. O tal vez sea solo tu imaginación, la misma que siempre ha dado vida a estos relatos. Al final, solo hay una cosa que es cierta: las leyendas urbanas no se cuentan porque sean ciertas, sino porque, de alguna manera, nos hacen sentir que pueden serlo.

El misterio persiste. Y mientras sigamos preguntándonos "¿será verdad?", ellos seguirán acechando, esperando en las sombras.

FIN

Made in the USA
Monee, IL
17 December 2024

74137713R00221